U0732633

剑王朝
第一卷 大逆
无罪
一柄残剑，一段前缘，
虽千万人吾往矣……
天猫旗舰店
次元时空裂缝
长江出版社

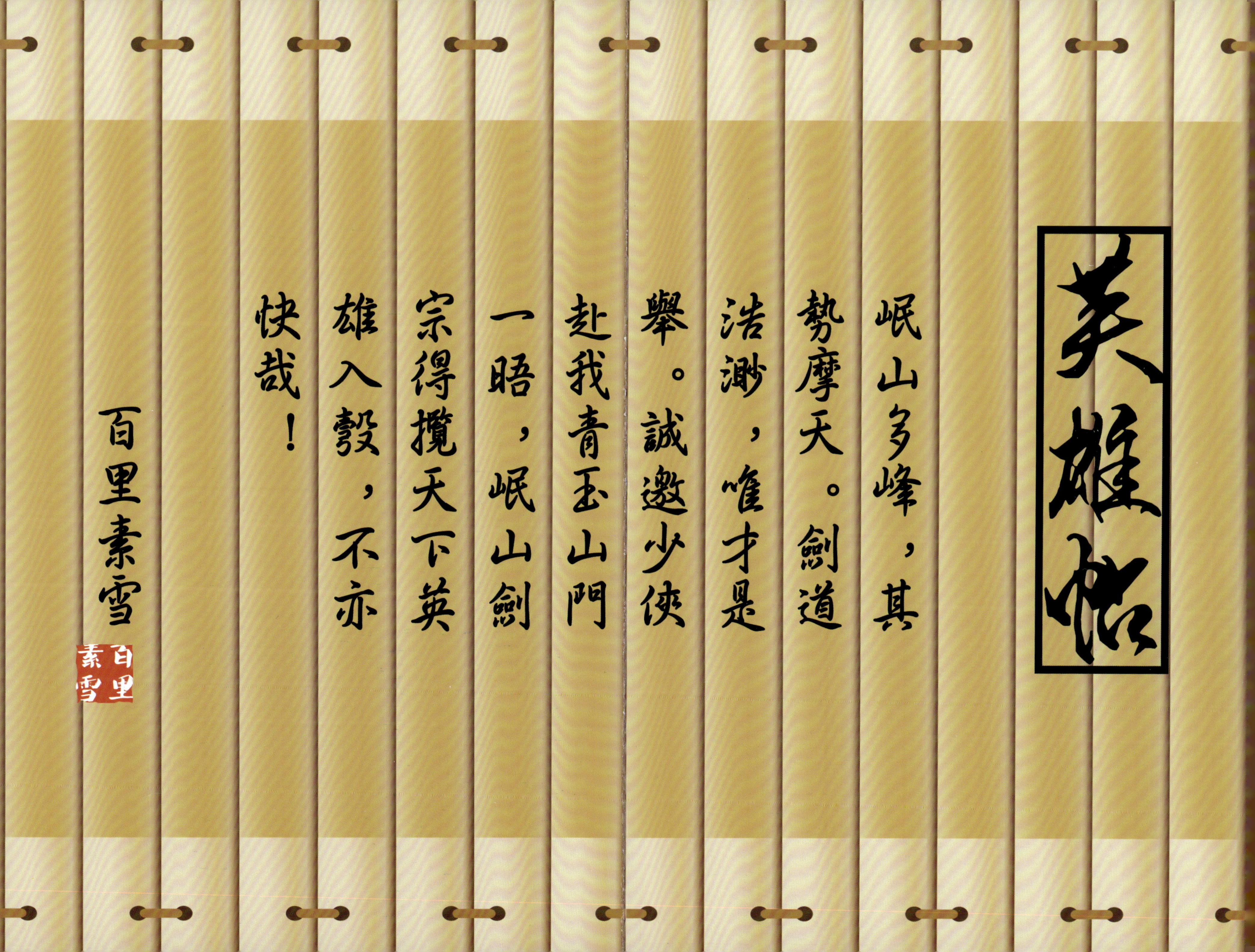
英雄帖
岷山多峰，其勢摩天。劍道浩渺，唯才是舉。誠邀少俠赴我青玉山門一晤，岷山劍宗得攬天下英雄入彀，不亦快哉！
百里素雪
百里素雪

英雄志
剑王朝
SWORD DYNASTY
寻宝路径：
获取
兑换码
获取
游戏宝藏
和丁宁一起
闯荡江湖！
次元时空裂缝
《剑王朝》手游微信号
长江出版社

长江出版社

长江·大风堂书系

看着她冷若冰霜的脸，丁宁心中涌起无数复杂的情绪，嘴角缓缓浮现出一丝苦笑，但在接下来的一瞬，他的双眸变得清亮无比，神情则变得极为肃穆、凝重。

第十四章 青脂玉珀 140
第十五章 一柄残剑 149
第十六章 一场刺杀 159
第十七章 将山搬来 171
第十八章 所谓公平 185
第十九章 一鸣惊人 195
第二十章 适者生存 206
第二十一章 狭路相逢 218
第二十二章 来捡便宜 230
第二十三章 鹿死谁手 243
第二十四章 借刀杀人 251
第二十五章 名剑雪蒲 262
第二十六章 胜券在握 271

Contents
目录

第一章 剑炉余孽 1
第二章 倾国倾城 12
第三章 伺机而动 22
第四章 风雨如晦 36
第五章 剑斩蛟龙 43
第六章 悬悬而望 51
第七章 深猷远计 59
第八章 拨云见日 72
第九章 白羊挂角 83
第十章 生死之距 96
第十一章 山门难入 103
第十二章 特例特办 116
第十三章 半日通玄 127

第一章 剑炉余孽

秦王十一年秋，一场罕见的暴雨席卷了整个长陵，如铅般沉重的乌云伴随着恐怖的雷鸣，让秦国的这座都城恍如堕入魔界。

城外渭河港口，无数身穿黑色官服的官员和军士密密麻麻地凝立着，任凭狂风暴雨吹打，他们的身体就像一根根铁钉一样钉死在了地上，一动不动。

滔天浊浪中，一艘铁甲巨船突然驶来！

一道横亘天际的闪电破空劈来，将这艘乌沉沉的铁甲巨船照耀得一片雪白，所有凝立于港口边缘的官员和军士全部骇然变色。这艘铁甲巨船的撞角，竟是一颗真正的鳌龙首！

比马车还要庞大的兽首即便已经被人齐颈斩下，但是它赤红色的双瞳中依旧闪烁着疯狂的杀意，滔天的威煞比惊涛骇浪更为惊人。

不等巨船靠岸，三个官员直接飞身掠过数十米河面，如三柄重锤落在船头甲板之上。

让这三个官员心中更加震骇的是，这艘巨船上方到处都是恐怖的缺口和碎物，看上去不知道经历过多少惨烈的战斗，而他们放眼所及，唯有一个身披蓑衣、奴仆模样的老人幽灵般站立在船舷一角，根本看不到他们苦苦等待的那人的身影。

“韩大人，夜司首何在？”这三个官员齐齐一礼，强忍着震骇问道。

“不必多礼，夜司首已经去了剑炉余孽的隐匿之地。”奴仆模样的老人微微欠身回礼。在暴雨之中，根本看不清老人的面目，但是他的眼神分外深邃冷酷，散发出一股震

慑人心的霸气。

“夜司首已经去了？”三个官员身体一震，忍不住同时回首往城中望去。

整个长陵已被暴雨和暮色笼罩，唯有一座座高大角楼的虚影若隐若现。

与此同时，长陵城南一条河面之上，突然出现一顶黑雨伞。

手持着黑雨伞的人，在波涛汹涌的河面上如履平地，走向这条大河岸边的一处陋巷。

有六个高矮不一的黑衣官员，静静驻足在岸边等待着这人。他们持着同样的黑雨伞，在黑伞遮掩下，全都看不清面目。

在这人登岸之后，六个官员没有任何多余的动作，也没有发出任何声音，只是分散着，沉默地跟在他身后。

陋巷里，有一处普通的方院，那是黑雨伞的中心目标。随着黑雨伞的到来，渐渐地，这里竟开始散发出肃杀的气息。

水声滴答，混杂着咀嚼食物的声音。

一个身穿着粗布乌衣，挽着袖口的中年男子正在方院里的雨檐下吃着他的晚餐。

这个男子乌衣破旧，一头乱发用一根草绳随意扎起，一双布鞋的鞋底已近磨穿，双手指甲之间也尽是污秽，面容寻常，看上去和附近的普通挑夫没有任何区别。

他的晚餐也十分简单：一碗粗米饭，一碟青菜，一碟豆干，仅此而已。可他却吃得分外香甜，每一口都要细嚼数十下，才缓缓咽下肚去。

在嚼尽了最后一团米饭之后，他伸手取了一个挂在屋檐下的木瓢，从旁边的水缸里舀了一瓢清水，一口饮尽，这才满足地打了一个饱嗝。

在他一声饱嗝响起的同时，最前面的那顶黑雨伞正好在他的小院门口停下来。

一只雪白的官靴从其中一顶黑雨伞下方伸出，在浓重的色彩中，显得异常夺目。

官靴之后，是雪白的长裙，肆意飘洒的青丝，薄薄的唇，以及如雨中远山般淡淡的眉。

从惊涛骇浪的河面上闲庭信步走来的，竟是一个很有书卷气、腰肢分外动人的秀丽女子。

她脚步轻盈地从黑伞下走出，任凭秋雨淋湿她的青丝。

来到中年男子的方院后，她对着中年男子盈盈一礼，然后柔柔地说道：“夜策冷见过赵七先生。”

中年男子微微挑眉，只是这一挑眉，他的面部棱角便陡然变得生动起来，身上也开始散发出一种难言的魅力。

“我在长陵三年，还是第一次见到夜司首。”他没有还礼，只是微微一笑，目光却是从这个女子身上掠过，投向远处秋雨中重重叠叠的街巷。

“长陵看久了真的很无趣，就跟你们秦人的剑和为人一样，直来直去，横是横竖是竖，四平八稳，连街面、墙面都不是灰就是黑，毫无美感。今日看夜司首的风姿，却是让我眼前一亮，和这长陵似乎很不合。”

他的话云淡风轻，就像平日里茶余饭后与人闲聊时的随口感叹。然而这几句话一出口，院外所有黑伞下的人却都是面容骤寒。

“大胆！剑炉余孽赵斩！夜司首亲至，你不束手就擒，竟然还敢说此大逆不道之语！”

一声冰冷的厉喝，突然从停驻远处的一柄黑伞下响起，明显是想引起赵斩和夜策冷的注意。伞面抬起，竟是一个面容分外俊美的年轻男子，肤色如玉，唇红齿白，目光闪烁如冷电。

“哦？”一声轻咦声响起，赵斩微皱的眉头展开，一脸释然，“怪不得你的气息与其他人相比弱了太多……原来你并非是监天司六大供奉之一，这么说来，你应该是神都监的官员了。”

黑衣年轻官员的双手不可察觉地微微颤抖着。之前的动作，似乎耗费了他大量的勇气，此时听到赵斩说他的气息比后方几名持伞者弱了太多，眼中顿时燃起一股怒意，但呼吸却不由得更加急促了些。

赵斩的目光却已然离开他的身体，落在夜策冷身上，说道：“在这个年纪就将跨过第四境，他在秦国也算是少见的才俊了。”

夜策冷微微一笑，脸颊上露出两个浅浅的酒窝：“先生说得不错。”

“他应该只是仰慕你，想要给你留下些印象而已。”赵斩意味深长地看着夜策冷，“会不会有些可惜？”

“你……什么意思？”面容俊美的年轻官员脸色骤然无比雪白，他的重重衣衫被冷汗湿透，心中升起不好的预感。

夜策冷转头看了看他，嘴角轻轻上扬，似乎对这英俊的年轻人并无恶感，然而一滴落在她身侧的雨滴，却是骤然静止。

接着，这滴雨珠突然开始直线加速，加速到恐怖的地步，竟渐渐拉长成一柄薄薄的

小剑。

“哧”的一声轻响，黑伞内被血浆糊满，面容俊美的年轻官员头颅脱离了颈项，和飘飞的黑伞一齐落地，一双眼睛死死地睁着，兀自不敢相信这是真的。

“好气魄！”中年男子击掌欢呼，“居然连监视你们行动的神都监的人都敢杀，夜司首果然好气魄，不过一言不顺心意便杀死一个不可多得的修行者，夜司首好像没有什么心胸。”

夜策冷微嘲道：“女子要什么心胸，有胸就够了。”

赵斩微微一怔，他根本没有想到夜策冷会说出这样一句话来。

“有道理。”他自嘲般笑了笑，“像夜司首这样的人物，无论做什么说什么，都不需要太在意旁人的看法。”

夜策冷睫毛微颤，嘴唇微启，然而就在此时，她似乎感应到了什么，眉头微蹙，却是不再出声。

赵斩脸上的笑意也在此时收敛，他眼角的几丝皱纹，都被一些奇异的荧光熨平，身体发肤开始闪现出玉质的光泽。一阵滚滚的热气，使得天空中飘下的雨丝全部变成了白色的水汽，一股浓烈的杀伐气息，开始充斥这个小院。

“虽主修有不同，但天下修行者按实力境界分为九境，每境又分三品，你们的秦王，他现在到底到了哪一境？”一开始，身份超然的夜策冷对他行礼之时，他并没有回礼，而此刻，他却是认真地深深一揖，肃然问道。

“我没有什么心胸，所以不会在没有什么好处的情况下回答你这种问题。”夜策冷面色平和地看着他，用不容商榷的语气说道，“一人一个问题吧。”

赵斩微微沉吟，抬头应道：“好。”

夜策冷先行开口问道：“剑炉弟子修的都是亡命剑，连自己的命都不放在眼中，但在潜伏的这三年里，你既不刺杀我大秦的修行者，又不暗中结党营私，也不设法窃取修行典籍，你到底想要做什么？”

赵斩看着她，轻叹了一声：“你们那些修行之地的秘库武藏就算再强，能有‘那人’留下的东西强么？”

他的这句反问很简短，甚至都没有提“那人”的名字，似乎有所顾忌。

院外五名黑伞下的官员在之前一剑斩首的血腥场面下，都没有丝毫的情绪波动，此刻听到这句话，他们手中的黑伞却同时微微一颤，伞面上震出无数杨花般的水花。

夜策冷顿时有些不喜，冷笑道："都已经过去了这么多年，你们还不死心，还想看看'那人'有没有留下什么东西？"

赵斩没有说什么，只是饶有兴致地看着她眼眸深处，等待她接下来的回答。

夜策冷看着似乎越来越有魅力的赵斩，忽然有些同情对方，柔声说道："王上五年前已到七境上品，这五年间未再出手，不知这个回答你是否满意？"

"五年前就已经到了七境上品，五年的时光用于破境，应该也足够了吧？这么说，真的可能已经到了第八境？"赵斩眉宇之中出现一缕深深的失意和哀愁，但在下一刻，却都全部消失，化为锋利的剑意！

他的整个身体都开始发光，就像一柄在鞘中隐匿许多年的绝世宝剑，骤然出鞘！

小院墙上和屋脊上所有干枯的和正在生长的蒿草，全部被锋利的气息斩成数截，往外飘飞。

"请！"赵斩深吸了一口气，他眼中的世界，似乎只剩下对面这个白裙女子。

"剑炉第七徒赵斩，领教夜司首秋水剑！"

此话一出，夜策冷尚且沉默无语，看似没有任何反应，但是院外五名黑衣官员却都是一声低吟，身影倏然散布于院外五个角落，手中的黑伞同时剧烈地旋转起来。随着急剧的旋转，圆盾一样的黑色伞面上，不是洒出无数雨滴，而是射出无数道劲气。

"轰"！整个小院好像纸糊的一样往外鼓胀起来，瞬间炸成无数燃烧的碎片。

一声声闷哼在伞下连连响起，这些燃烧的碎片蕴含着惊人的力量，让踩在湿润的石板路上的五名持伞官员鞋底发出了刺耳的摩擦声。

绵密的劲气组成了密不透风的墙，很少有燃烧的碎片穿刺出去，滚滚的热气和燃烧的火星被迫朝着上方的天空宣泄，从远处望去，就像在天地之间陡然立起了一个闪烁着耀眼光焰的洪炉。

洪炉的中心，中年男子赵斩的手中不知何时已经多了一柄赤红色的小剑。

这柄剑长不过两尺，但剑身和剑尖上外放的熊熊真火，却形成了长达数米的火团！

他面前的夜策冷早已消失，唯有成千上万道细密的雨丝，如同无数柄小剑，朝他笼罩而来。

……

在五个手持黑伞的官员出手的瞬间，数十名佩着各式长剑的剑师也鬼魅般涌入了这条陋巷。

这些剑师的身上都有和那五名持伞官员相同的气息，坠落到他们身体周围的雨珠如同有生命般畏惧地飞开，每个人身外凭空隔离出一个透明的气团，就像是一个独立的世界。

这样的画面，只能说明他们和那五个黑伞官员一样，是世所罕见的，拥有令人无法想象手段的修行者。然而此刻听着小院里不断传来的轰鸣，看着周围的水洼中因为地面震动而四处飞溅的水珠，连内里大致的交手情形都根本感觉不出来的他们，脸色却是越来越苍白，手心里的冷汗也越来越多。

他们先前已经听说过赵国剑炉到底是什么样的存在，但是时至今日，他们才终于明白自己对剑炉的预估还是太低。

时间其实很短，短得连附近的民众都以为只是打雷，并没有反应过来到底发生了什么。

突然，围绕着小院的黑色伞幕，骤然发出一声异样的裂响。一柄黑伞支撑不住，往一侧飘飞近百米。

这些散落在小院外围，佩着无鞘铁剑的黑衣官员骇然变色，而其他四个手持黑伞的剑师顿时齐齐发出一声厉叱，拔剑挡在身前。

“当当当当”四声重响，四柄各色长剑同时弯曲成半圆。这四个黑衣剑师脚底一震，都想强行撑住，但是在下一瞬，他们口中却喷出一口血箭，纷纷如折翼的飞鸟般颓然往后倒飞出去。

从黑色伞幕的裂口中涌出的这一股气浪余势未消，穿过了一个菜园，连摧了两道篱墙，又越过一条宽阔的街道，涌向街对面的一间香油铺。

“轰”的一声爆响，香油铺门口斜靠着的数块门板爆裂成无数碎片，接着半间铺子被硬生生地震塌，屋瓦“哗啦啦”砸了一地，掀起大片尘嚣。

“哪个天杀的雨天赶车不长眼睛，走得这么快！毁了我的铺子！”

一声刺耳的尖叫从塌了半边的铺子里炸响，一个手持打油勺的中年妇人悲愤欲绝地冲了出来，作势就要打人，但看清眼前的景象时，她手里的打油勺“当”地落地，紧接着又发出更加刺耳的尖叫声。

“监天司办案！”

一个被震得口中喷出血箭的黑衣剑师坠落在铺子前方的青石板路上，听到中年妇人的尖叫，他咬牙拄着弯曲如月牙的长剑强行站起，厉叱一声，凛冽的杀意令中年妇人浑身一颤，叫声顿止。

就在此时，塌了半边的香油铺子里，又走出一个提着油瓶的少年，最多十三四岁的样子，沾满灰尘的稚嫩面容上，居然没有半分害怕的神色。

他先是一脸好奇，眼神清亮地看着黑衣剑师，然后目光越过黑衣剑师的身体，落向被摧毁的两道篱墙后方——一个身姿曼妙的白裙女子正从黑色伞幕的缺口里走出。

“厚葬他。”

此时夜策冷浑身的衣裙已经湿透，她似乎疲倦到了极点，在几柄黑色油伞聚拢上来，帮她挡住上方飘落的雨丝时，她只是轻声地说了这三个字。

几柄黑伞小心翼翼地护送着夜策冷走出了数十步，上了等候在那里的一辆马车。

从塌了半边的香油铺里出来的少年始终目不斜视地看着夜策冷，直到她掀开车帘坐进去，他才感叹道：“真是漂亮。”

跌坐在地的黑衣剑师这才回过神来。

“漂亮？”他开始咀嚼身后少年的话。

夜司首的美丽毋庸置疑，然而像她这样的国之巨擘，令人仰视的修行者，只是用“漂亮”来形容她的容貌，似乎是一种亵渎。

马蹄声起，载着秦国夜司首的马车瞬间穿入烟雨之中，消失不见。

绝大多数黑衣剑师也和来时一样，快速而无声地消失在这片街巷。

在雨中显得有些迷离的街巷终于彻底惊醒，越来越多的人走出家门，想看看到底发生了什么，但就在几个呼吸之间，无数金铁敲击地面的声音便遮掩了雨声和雷声。一瞬间，浩浩荡荡涌来的战车形成了一道道铁墙，阻挡了他们的视线。

“你叫丁宁，是梧桐落酒铺的？怎么会跑到这里来打香油？”一顶临时搭建的简陋雨棚下，一个头顶微秃的中年微胖官员递了一块干布给浑身淋湿了的少年，问道。

这个官员看上去非常和蔼，因为赶得急，额头上甚至泛起了一点油光，给人的感觉更显平庸，但周围绝大多数官员和军士都刻意和他保持着一定的距离。稍有见地的长陵人，都知道他是莫青宫——神都监经验最丰富的几条“恶犬”之一。

“恶犬”不是什么褒奖的称呼，但却隐含着多重意思，除了凶狠、嗅觉灵敏之外，往往还意味着背后有足够多的爪牙和足够强大的靠山。对于这种异常难缠又不能伸棍去打的“恶犬”，最好的办法唯有敬而远之。

就如此刻，他才刚刚赶到，气息未平，然而手里却已经有了数十份案卷，其中一份就详尽记录着眼前这个让人有些疑虑的少年的身份。

名叫丁宁的少年却根本没有意识到，看上去很好说话的莫青宫其实很可怕。他没有第一时间回答莫青宫的问题，而是一边用莫青宫递给他的干布擦拭着脸上的泥水，一边用好奇的目光打量着布有虎头图案的森冷战车和战车上青甲剑士剑柄上的狼纹，反问道：“这就是我们大秦的虎狼军么？”

莫青宫擦了擦额头上的汗珠，回答道：“正是。”

“那个小院里住的到底是谁？”擦净了脸上的雨水和泥垢之后，更显清秀和灵气的丁宁一脸认真地问道，“居然要这么兴师动众！”

莫青宫越来越觉得丁宁有意思，对方身上淡定自若的气息，让他莫名地受到感染，内心平静了一些，眼睛里渐渐泛出些异彩。

“你听说过剑炉么？”他和颜悦色地反问道。

“赵国剑炉？”丁宁有些出神。

“正是。”莫青宫和蔼地看着他，耐心地说道，“自我大秦和赵国征伐开始，天下人才明白赵国最强的修行地不是青阳剑塔，而是那个看似普通的打铁铺子。剑炉那八名真传弟子，皆是一剑可以屠城的存在。赵国已被我朝灭了十三年，但那些剑炉余孽，依旧是我大秦的喉中刺，一日不拔除，一日不得安心。今日里伏诛的，就是剑炉第七徒赵斩。”

“怪不得……”丁宁若有所思地说道。

从战车的缝隙中，他看到那个小院已经荡然无存，此时有不少修行者正在仔细翻查每一处细微的角落。

莫青宫微微一笑：“现在你明白为什么我一开始要问你这些琐碎的问题了？”

丁宁认真地点了点头：“像这样的敌国大寇潜伏在这里，所有附近的人员，当然要盘查清楚，尤其是我这种本来就不居住在这边的，更是要问个清楚。”

莫青宫赞赏地微微颔首：“那这下你可以回答我先前的问题了？”

丁宁笑了笑，说道：“其实就是我们那家香油铺子这两天没做生意，所以只能就近到这里来，没想到被一场暴雨耽搁在这里，更没有想到正好遇到这样的事情。”

莫青宫沉默了片刻，接着随手从身旁抓了柄伞递给丁宁：“既然这样，你可以离开了。”

丁宁有些惊讶，眼睛越发清亮，问道："就这么简单？"

"还舍不得走不成？不要自寻麻烦！"莫青宫又好气又好笑地呵斥了一声，摆了摆手，示意少年快些离开。

"那您的伞？"

"要是我不来拿，就送予你了。"

……

看着丁宁的背影，莫青宫神色渐冷，沉吟了片刻，向雨棚之外低喝了一声："招秦怀书过来！"

不一会儿，一袭青衫的枯瘦年轻人走入雨棚，此人正是秦怀书。

莫青宫微微抬头，看着秦怀书，手指在身前展开的案卷上轻轻地敲击着，连续敲击了十余记之后，才缓声问道："梧桐落这个叫丁宁的少年，备卷是你做的，你可有印象？"

秦怀书恭谨地垂头站立着，不卑不亢道："有。"

莫青宫冷冷地看了他一眼，沉声道："这份备卷上说，他和开酒铺的小姨出身干净到了极点，但是，你当初为什么会做这样一份备卷？"

秦怀书似乎早已料到他会问这样的问题，毫不迟疑地回道："这个少年的确是我们秦人无疑，往上数代的来历也十分清楚，属下之所以做这份调查案卷，是因为方侯府和他有过接触，曾特地请了方绣幕去拜访过他。"

莫青宫一怔："方侯府？"

秦怀书点了点头："这个少年自幼父母染病双亡，之后便由他小姨照拂，而他小姨在梧桐落有一间酒铺，铺子虽极小，但很有名气。方侯府的人到这家酒铺购过酒，大约是觉得此子有些潜质，便特意请了方绣幕去看过。"

莫青宫微微蹙眉，手指不自觉地在案卷上再度敲击起来。

"后来呢？"他沉吟了片刻，问道。

秦怀书认真答道："方绣幕看过之后，方侯府便再也没有和此子接触过，属下推断应该是方绣幕觉得他不足以成为修行者。再者他身份低微，出身又毫无疑点，所以属下便只是按例做了备卷封存，没有再多花力气调查下去。"

莫青宫脸上首次流露出嘉许的表情："你做得不错。"

秦怀书沉稳地说道："属下只是尽本分。"

莫青宫想了想，问道："梧桐落那种小酒铺出的酒，能入得了方侯府的眼睛？"

秦怀书摇了摇头：“那家酒铺之所以出名，只是因为丁宁的小姨长得极美。”

莫青宫彻底愕然。

秦怀书依旧没有抬头，但嘴角却泛起一丝不可察觉的笑意，心想：大人您要是真见了那个女子，恐怕会更加惊愕。

莫青宫自嘲地笑了笑，突然认真看着秦怀书，轻声说道：“此次灵虚剑门开山门，我将你的名字放在了举荐名单里。”

“大人！”

之前秦怀书始终保持着恭谨沉稳的姿态，然而莫青宫的这句话，却让他浑身剧烈颤抖，不受控制地发出一声惊呼。

莫青宫拍了拍他的肩膀，缓声说道：“在你去灵虚剑门修行之前，再帮我最后一个忙，核实一下丁宁和他周遭人的出身来历，查清楚方绣幕到底对他下了什么论断。”

……

长陵所有的街巷，和赵斩所说的一样，全都直来直去，横是横竖是竖，就连一座座角楼，都均匀分布在城中各处。

此刻最靠近莫青宫所在雨棚的一座角楼上，摆放着一张紫藤椅，椅上坐着一个身穿普通素色布衣的老人，稀疏的白发像参须一样垂散在肩头。

老人身后，是一个身材颀长，身穿黄色布衣的年轻人。

年轻人面容儒雅，神态安静温和，是那种见之就让人心生好感的类型。此时他的双手垂落在紫藤椅的椅背上，显得谦虚而又亲切。

“你在想些什么？”老人收回落向远处的目光，微微一笑，主动说道。

黄衫年轻人脚步轻移，走到老人身侧，尊敬地说道：“师尊，夜司首既然能够单独诛杀赵斩，说明她至少已经踏入七境中品的门槛。不过我不明白，此刻的长陵……除了夜司首之外，其他人也能够杀死赵斩，为什么大王一定要让远在海外修行的夜司首回来？”

老人微微一笑，伸出枯枝般的手指，指向角楼外：“你看到了什么？”

黄衫年轻人努力凝神望去，如瀑的暴雨中，却只见平直的街巷，他有些歉然地回答道：“弟子驽钝，望师尊指点。”

“你看得太近，你只看到眼前这些街巷，却看不到长陵的边界。”老人微眯着眼睛，徐徐说道，“你应该知道，长陵是天下唯一没有外城墙的都城。之所以不需要护城城墙，是因为我们秦人的剑，就是城墙。”

黄衫年轻人面容渐肃，沉默不语。

“大王，或者说李相，就比你看得要远得多。”老人看了黄衫年轻人一眼，有些嘲讽地说道，“召夜司首回来，至少有两层用意。一是长陵之中虽然不乏能独立击杀赵斩的强者，但多一个，便多一分威势。夜司首威名远播，可仍有不少人怀疑她还未跨入第七境。今日她一剑刺杀赵斩，将会是秋日里最响的惊雷，长陵无形的城墙，就又厚了一分。另外一层用意则是，她已在海外修炼数年，我等心中自然有些疑虑，怀疑她是否不得大王信任，被悄悄放逐。由她击杀赵斩，这些流言和疑虑也就不攻自破了。”

“李相的确比我看得要远得多。”黄衫年轻人一声轻叹。

他吐出“李相”二字的时候，神色既是钦佩，又是自愧。

李相是一个尊贵的称呼，秦国有两位丞相，一位姓严，一位姓李。这两位丞相年龄、外貌、喜好、所长虽各有不同，但同样神秘、强大。

他们的神秘、强大，在于长陵绝大多数地方都笼罩在他们的阴影之下，在于所有人都肯定他们是强大的修行者，但却没有人见过他们出手，甚至没有几个人有资格见到他们的真面目。

太强的人，往往没有朋友。所以在长陵，但凡提及严相或者李相，对应的情绪往往是敬畏、恐惧和愤恨，极少有人像黄衫年轻人这样，眼中充满钦佩。

“师尊的看法应该不错，大王这段时间以修炼为主，应该是李相主事……只是鹿山会盟在即，这个时候召夜司首回来，他应该还有更多的想法。”黄衫年轻人思索了片刻，继续说道。

老人满意地笑了起来。在他看来，这个关门弟子天资的确不算聪慧，但是性情却和长陵的道路一样平直、坦荡，对任何人都没有敌意，懂得认真学习对方的长处。

这样的人，在如此风起云涌的大秦，便能活得长，走得远。

看事物眼光暂时不够长远没有问题，只要走得足够远，看到的事物总会比别人多。

第二章　倾国倾城

罕见的暴雨暂时没有停歇的意思，整个长陵的街面积起一层薄水。

面容已经擦拭干净，衣衫上却还满是污迹的丁宁，正深一脚浅一脚地走向栽种着很多梧桐树的那片街巷。

对一个以往雨水并不多的城池而言，不期而至的暴雨倒了芭蕉，歪了篱墙，漏了屋顶，湿了不及运送的货物，实在是令人着恼。

梧桐落这片街巷，种有很多梧桐树，是破落户的居住地。

在长陵，破落户是小摊小贩、走方郎中，以及没有自己田宅的租户、帮佣乃至闲人的统称，这等人的聚居之地，环境比起普通的街巷，自然更难让人生起清雅的感觉。

除了被风雨卷下的落叶之外，并不平整的青石路面的水洼里，还漂浮着一些混杂着菜叶和鸡粪的泡沫。

脚面已经全部湿透，身上糊满泥灰的丁宁似乎有些着急，但是手里的千工黄油布伞比市面上一般的雨伞要好得多，也沉重得多。这对他形成了不小的负担，他时不时地要交换打伞和提油瓶的手，又要防止伞被风雨吹到一边，所以脚步便怎么都快不起来。

前方临街的铺子全部隐藏在暴雨和梧桐树的晦暗阴影里，只能模糊看到有一面无字的青色酒旗在那里无助地飘动。

青色酒旗下方是一个小酒铺，布局摆设和寻常的小酒铺没有任何差别。当街的厅堂里摆了几张粗陋的方桌，柜台上除了酒罐之外，就是放置着花生、腌菜等下酒小菜的粗瓷缸，内里则是酒家用于酿酒的地方和自住的屋所。

走到酒铺的雨檐下，丁宁才终于松了一口气，收了沉重的雨伞，甩了甩已经有些发酸的双臂，在门坎上随便刮了刮鞋底和鞋帮上的污泥，便走了进去。

酒铺里空空荡荡，没有一个酒客。

倒不是平日生意就清冷，光是看看被衣袖磨得圆润发亮的桌角椅角，就知道这些桌椅平日里要被人摩挲多少遍。只是有钱又有雅兴的酒客在这种天气未必有出行的心情，而那些没有雅兴的酒客，此刻或许正在忙着应付他们漏雨的屋顶。

“你就不能在外面石阶上蹭掉鞋泥，非要蹭在门槛上？”明显不悦的女子喝斥声从内院响起，像一阵清冷的秋风，拂过空空荡荡的桌椅。

丁宁满不在乎地一笑：“反正你也不想好好做生意，就连十几道基本的酿酒工序，都随便减去几道，还怕门槛上多点儿泥？”

院内沉默了数秒，接着有轻柔的脚步声响起，和内院相隔的布帘被人掀开。

“若早知在这种地方开酒铺都有那么多闲人来，我绝不会听你的安排。”女子声音里含着浓浓的怒意，“更何况门口有没有污泥，事关个人的感受，和生意无关。”

丁宁想了想，认真说道：“有关个人感受的部分，我可以道歉，但生意太好，闲人太多，是因为你长得太美，和我又有什么关系？况且开酒铺总比你栖身花街柳巷打听消息要稳妥一些。你什么时候听说过生活还过得去的良家女子想主动投身花楼的？要么是天生的淫娃荡妇，要么是卖艺不卖身，像你这样的，一眼就能看出不寻常……你当监天司和神都监的人都是傻子么？”

女子没有再多说什么，她知道丁宁说的是事实，包括那句她长得太美。

绝大多数女子的美丽来自妆容或风韵，她们身上大多有特别美丽的部分，或者有独特的气质，甚至有些女子的五官单独分开来看并不好看，但凑在一起，却能给人分外赏心悦目的感觉。

然而，此刻安静站在清冷酒铺里的这个女子，却是无一处不美。

她的五官和身姿仪态，无论是单独看某一部分，还是看全部，都是极美的。

她的年纪已经不算太小，但要命的是正处于青涩和成熟之间，两种风韵皆存。哪怕此刻她眼中隐含怒意，神情有些冰冷；哪怕只是身穿最普通的素色麻衣，给人的感觉，也是美得不可方物。她身体的每一部分似乎都发着光，能够挑动让人心猿意马的琴弦。

那件普通的麻衣穿在她的身上，像是世间最清丽又最贵重的衣衫。但凡见过她的人，

就都会相信，书本上记载的那种倾国倾城，让万千粉黛无颜色的容颜是存在的。

她的容颜很不寻常，她和丁宁的对话也很不寻常。因为神都监的备卷上，她名叫长孙浅雪，身份是丁宁的小姨，然而没有哪个小姨会和相依为命的外甥，有这样针锋相对的气氛。

酒铺里一时一片宁静，显得格外清冷。

丁宁脸色渐肃，他回想起那五个围着赵斩小院的监天司供奉，想到一瞬间化为无数碎片的小院，清亮的眼睛里弥漫着很多复杂的意味。

“赵斩死了，夜策冷回来了。”他轻声说道。

长时间的安静之后，无一处不美的女子微微蹙眉，冷漠地问道：“夜策冷一个人出的手？”

丁宁猜出女子的心思，认真说道：“是她一个人，不过监天司的五名供奉组成的阵势，让赵斩的元气往天空倾泻了不少，而且夜策冷还受了伤。”

“她受了伤？”长孙浅雪眉头微蹙。

“看不出受伤轻重，但绝对受了伤。”丁宁看着她的双眸，说道，“夜策冷出身于天一剑阁，主修‘离水神诀’，在暴风雨的天气，她比平时要强得多，不过既然受了伤，那就说明她的修为其实和赵斩相差无几。”

长孙浅雪想了想：“那就是七境下品。”

此时她的语气已经十分平静，就像是普通的闲聊，然而若是先前那些神都监的官员听到他们的对话，绝对会震骇到难以想象的地步。

虽然今日在那条陋巷之中，一次性出现了数十个修行者，其中几个剑师甚至被一股宣泄出来的元气震得口喷鲜血，站立不稳，看上去无比凄凉。然而在平日里，其中任何一个剑师都可以轻易地在半炷香时间内扫平十余条那样的街巷。

唯有拥有天赋、际遇和独特体质的人，才能踏入修行者的行列。“修行”二字对于寻常人而言，本身就是可望而不可即的存在，到达六境之上的修行者，便注定能在后世史书上留下浓重的一笔。

尤其像夜司首这种神仙一样的人物，出身和修炼的功法，无一不是神秘到了极点，即便是监天司的供奉都未必清楚。然而对长孙浅雪和丁宁两人而言，竟算不上什么隐秘之事！

有风吹进酒铺，吹乱了长孙浅雪的长发。她随意地拢了拢散乱的发丝，用命令的口吻认真说道：“你去冲洗一下，然后上床等我，我来关铺门。”

丁宁明显一呆，随后苦了脸：“现在就……这也太早了些吧？”

长孙浅雪看了他一眼，冷漠转身：“可能这场暴雨寒气过重，我的真元有些不稳。”

丁宁脸上轻松的神色尽消，说道：“这可是非常紧要的事情。”

能够感悟玄机，打开身体秘窍，这便是修行第一境——通玄，意味着正式踏入超凡脱俗的修行者的行列。

识念内观，贯通经络，五脏孕育真气，源源不断地进行周天运行，这便是修行第二境——炼气。

到了第二境，外可利用真气对敌，内可伐骨洗髓，能够获得寻常人无法想象的好处。但凡越过第二境的修行者，除非深仇巨恨，死生之事，否则其余事情已全然没有修行之事重要。寻常的欢喜，又怎能与解决修行中的问题，感觉身体的改变以及壮大时的愉悦相提并论？

能引天地元气入体，融汇成真元，这便到了修行第三境——真元境。

世上没有资质完全一样的修行者，即便是双胞胎，也会有一些微小的差异；即便是修行途中有明师相助，明师的双目也无法穷尽弟子体内的细微之处。所以修行之途，大多需要自己感悟，如不善游泳者在黑夜里摸着石头过河，时刻面临着凶险，一境更比一境艰难。

丁宁自然知道长孙浅雪真正的修为到达何等境界，也十分清楚她那冷漠平静的话语里暗藏着什么样的凶险，但他所做的一切还是有条不紊，没有丝毫慌乱。

在迅速冲洗干净身体，换了身衣衫之后，他又细细地切了盘豆腐，撒上葱末，淋上香油；就着这盆小葱拌豆腐连吃了两碗没有热透的剩饭后，这才走进后院的卧房。

其实对于他现在的身体而言，完全可以少吃这一餐。然而他十分清楚，或许只是买了香油却不用这一点小小的疏忽，便有可能让监天司的官员发现一些隐匿的事实。而他同样也十分清楚，按照监天司的习惯，在连续两度确认没有问题之后，有关他的调查备卷就会销毁，在将来很长一段时间内，监天司的目光都不会落在他的身上。

这也是今日他会故意出现在莫青宫等人视线中的真正原因之一。

简陋的卧房里有两张床，中间隔着一道灰色布帘，对没有多余房间的寻常人家而言，

像这样和自己的小姨同居一室，是极其正常的事情。

然而带上卧房的大门后，丁宁却没有走向自己的床榻，而是轻车熟路地走到长孙浅雪床前，麻利地脱去外衣，整理了一下被褥。

和过往的许多个夜晚一样，当他安静地在靠墙的里侧躺下去时，长孙浅雪的身影穿过黑暗来到床前，和衣在他身旁躺下。

“开始吧。”

除了冰冷，长孙浅雪眼里看不到其他情绪，她甚至没有看丁宁一眼。而就在她冷冷地吐出这三个字的同时，身上开始散发出一股真实的寒冷气息。

在黑暗中，丁宁却始终在凝视着她。

看着她冷若冰霜的脸，丁宁心中涌起无数复杂的情绪，嘴角缓缓浮现出一丝苦笑，但在接下来的一瞬，他的双眸变得清亮无比，神情则变得极为肃穆、凝重。

一股独特的气息，若有若无地从他身上散发出来，就连空气里极其微小的尘埃都被远远吹走。他和长孙浅雪身旁数米的空间，就像是被清水清洗了一遍。

这种气息，和陋巷里持着黑伞的五大供奉，以及那些随后赶到的修行者身上的气息十分类似，只是显得有些弱小。但即便弱小，也足以证明他是一个修行者。

长孙浅雪很快陷入熟睡，呼吸变得缓慢而悠长。然而她的身体却变得越来越寒冷，床褥上开始出现白霜。她呼出的气息里，甚至出现了细小的湛蓝色冰砂。

每一颗细小的湛蓝色冰砂落到冷硬的床褥上，便“噗”的一声，发出奇异的轻响，化为一缕比寻常的冰雪更为寒冷的湛蓝色元气。往上升腾的湛蓝色元气与湿润的空气一接触，瞬间便结出洁白的冰霜。所以在她身体周围的被褥上，就像是有无数内里是蓝色，表面是白色的冰花在生长。

在开始呼出这些湛蓝色冰砂的同时，她沉没在黑暗中的睫毛微微颤动，眉心也皱了起来。似乎在无意识的修行之中，她的身体也感觉到了痛苦。

丁宁有些担忧地闭上了眼睛。

他的身体表面也结出一层冰霜，然而脸色却变得越来越红，身体越来越热，平时隐藏在肌肤下的一根根血管渐渐鼓胀，然后突起，甚至隐隐可以看到血液在血管里快速地流动。

安静的卧房里，响起灶膛里热风鼓动般的声音。

没有任何气息从他的身体里流淌出来，但他的身体却好像变成了一个有独特吸引力的容器。

"咔嚓咔嚓"的响声在床榻上不断响起，被褥上的一朵朵冰花开始碎裂，那些肉眼可见的湛蓝色元气，缓慢地渗入他的身体。

白色的冰霜在长孙浅雪和丁宁身外飘舞，在这片狭小的空间内，竟然形成了一场风雪。

丁宁的胸腹在风雪里越来越亮，他的五脏都透出隐隐的红光，散发着热意。然而对于周围的风雪而言，却如同随时会熄灭的微弱烛火。

修行是一个很奇妙的过程。

在丁宁的识念之中，此刻他正置身于一个空旷的空间里。这个空间似乎很幽闭，然而又十分广阔，有五彩的元气在垂落。

这便是修行者的气海。

他的脚下是一片淡蓝色的海水，洁净无比的海水深处，似乎有一处晶莹剔透的空间，看上去如同一座玉做的宫殿。

这便是修行者所说的玉宫。

而他的头顶上方，五彩的元气中间，有一片特别明亮的空间，那便是天窍。

气海、玉宫、天窍这三大秘窍能够感悟得到，贯通一体，体内五脏之气便会源源不断流转，化为真气。

然而此刻，他的气海中心却没有任何真气凝结，一缕缕流动到中心的五彩元气，在融合之后便化为无比灼热的火焰。干净透明到了极点的火焰，带着恐怖的高温，炙烤着上方的天窍，有种要烧穿整个气海的气势。

无数湛蓝色的冰砂也在气海中心不断坠落，每坠落一颗便消灭一团火焰。接着，正中有一缕沉重的真气生成，落入气海下方的玉宫之中。

时间缓慢地流逝，气海里五彩的元气越来越淡，火焰即将熄灭，湛蓝色的冰砂却没有停止，依旧在坠落。

这对于丁宁而言，自然是一次真正的意外。

只是一个呼吸之间，他用寻常修行者根本无法想象的速度醒来，睁开双目。

数片冰屑从他的睫毛上掉落下来，他没有看自己的身体。在黑暗里，他看到周围的风雪还在不断地飘洒，而长孙浅雪的身体表面，已经结出了一层坚硬的冰壳。

她的身体几乎没有多少热度，血液似乎都被冻结，可体内一股气息还在自行流转，

正不断地从中吹拂出湛蓝色冰砂。

丁宁眼中瞬间充满震惊，他反应过来发生了什么，没有任何犹豫，便将自己像被褥一样覆盖向长孙浅雪的身体。

身体接触的瞬间，凛冽的寒气便令他的脸色变得无比苍白，只一刹那，他的识念便浑然忘我地进入自己的气海。

他紧紧抱住已成冰块的长孙浅雪，无意识地越抱越紧；他的肌肤开始发烫，发红。

“咔”的一声，长孙浅雪身上坚硬的冰壳破了。无数冰片被两人之间的某种力量震成了比面粉还要细碎的粉末，飘洒出去。

她醒了。

她的醒不是普通的苏醒，而是识念在气海中的清醒。

她看到自己站在气海之中，脚下的海面和祥云一般的五彩元气都已经彻底冻结，就连从天穹中垂落的真元，都像冰冻的瀑布一样冻结着。

她开始意识到自己先前已经完全失去了对身体和真元的控制，在生死边缘走了一圈儿，然而她没有感觉到庆幸，因为她十分清楚死亡的威胁并没有过去。

她看到像冰冻瀑布一样的真元顶端的天穹中，有隐隐的红色光亮——那是丁宁的元气。

虽然不能理解丁宁是采取何等手段及时唤醒了自己的识念，但她知道此刻只有依靠自己，才能真正活下来。她再次陷入绝对的平静，竭尽全力将神念沉入彻底冰封的玉宫。

玉宫发出一丝震动，冰封的海面骤然绽开无数裂纹。冰冻的瀑布也绽开无数裂口，真元开始流动。

如万物复苏，细小的水流融化了碎冰，然后变成更大的水流，汇聚成海。

五彩元气也开始流动，所有冰寒的湛蓝色元气被真元不停震落，挤压至玉宫最深处。

脚下的海水变得无比清澈，一种淡淡的，难以用言语形容的蓝色。

随着气海的清澄，她玉宫里的一缕异色也隐约显露出来。

那是一柄蓝黑色的剑！

她的玉宫中心，竟有一柄蓝黑色的剑正在休养生息！

那种深沉到似乎足以将人的灵魂都吞噬进去的蓝黑色，只是看一眼，就让人觉得凶煞无比。

……

她的身体不再冰寒，呼吸之时也不再有蕴含着恐怖寒气的湛蓝色冰砂飞出。

她睁开双眼，终于正式醒来，从生死的边缘重新回到人世间。接着，她看清了紧紧抱着自己的丁宁。

她的眼神瞬间充满了惊怒和凛冽的杀意，手掌微微抬起，就要向依偎在自己怀里的丁宁的头颅落去。

这一掌看似轻柔，然而其中却蕴含着某种玄之又玄的力量，散发着难以用言语形容的毁灭性气息。

丁宁睡得极其香甜。

他已经虚弱、疲惫到了极点，在感觉到长孙浅雪身上的真元开始流动的那一刹那，他便安心地抱着她直接陷入最深层的熟睡。

他完全没有感觉到死亡的临近。

长孙浅雪脸色越来越冰寒，但是看着丁宁过分苍白的面容和安心的神色，她的动作变得越来越迟缓。最终，她深深地吸了一口气，手掌在落到丁宁的头颅上之前，毁灭性的气息便化成数股柔和而温暖的气流。

所有冰霜化成的湿气，全部从被褥中震出，震成更细微的粒子，离开这个床榻。

她推开丁宁的双手，站了起来，走到窗前。

窗外已然有点微光，暴雨已停，即将日出。

丁宁在鸡鸣狗吠中醒来。

卧房对着一片芋田的窗户已然打开，即便隔着一道爬满了丝瓜藤的篱院，丁宁还是可以感觉到从中拂来的新鲜气息。

深巷中的锅碗瓢盆声、车马行走声、呼喝声、夫妻吵闹声……不断传入他耳中。暴雨过后，整个长陵似乎又恢复如初，而且变得更加鲜活了。

长孙浅雪就站在窗前。

她根本没有回头，却知道丁宁已经醒来，冷漠地说道："你昨夜太过放肆，如果再有下次，我一定会毫不犹豫地杀了你。"

丁宁看着她美丽的背影，脸上的神色没有什么改变，低声说道："你应该明白我的修为和你相差太多，要救你，我便只有那一种方法。而且就昨夜的情形来看，九幽剑诀的厉害程度还远在我想象之外，你的修行必须更加耐心一些。"

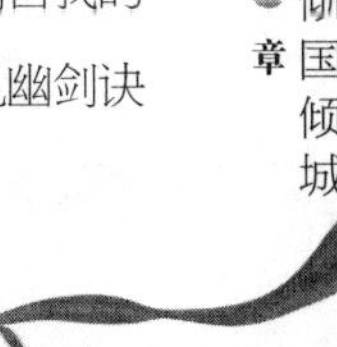

长孙浅雪转身，平静地看着刚刚起身的他："你不觉得你说这些很可笑？"

丁宁眉头微皱："哪里可笑？"

长孙浅雪说道："如果你不觉得有些事情比生死更为重要，何必找到我，何必暗中图谋反对你们的秦王？"

丁宁摇了摇头，认真地说："这不一样。"

"没有什么不同。"长孙浅雪冷嘲道，"对你而言，替师报仇比生死更为重要；对我而言，有些事情比我的生死更为重要。"

听了这番话，丁宁沉默片刻，然后认真地低声说道："我和你说过，我并不是他的弟子。还有，如果你下次还有这种意外，我依旧会选择救你。"

长孙浅雪眉梢微微挑起，一抹真正的愤怒出现在她的眼角。

"不要和我说这些无用的废话，倘若你不是'那个人'的弟子，绝对不可能知道我修炼的是什么功法，更不可能修习这种找死的'九死蚕'神功，也不可能在这种年纪就拥有这样的修为和见识。"她的眼睛里再次弥漫出冷酷的杀机，"我只想再提醒你一遍，你是'那个人'弟子这件事本身，就已经有足够的理由让我杀死你。我不杀你，只是因为你的存在能让我的修行更快一些。"

丁宁安静了数息时间，抬起头来，看着愤怒的她，认真问道："你真的那么憎恨他？"

"这世上有人不憎恶他么？就连你们秦人自己都憎恶他。"长孙浅雪面无表情地说道，"不憎恶他的人差不多死光了。"

丁宁看着她无比美丽的双眸，更加认真地说道："既然这样，你为什么要来到长陵？"

长孙浅雪看了他一眼，愤怒的神色缓缓消失，面容再次冰冷而平静："你认为我留在长陵是因为和他的旧情？我只是觉得不公平……他做了那么多事情却落到这样的下场，我觉得不公平，所以我才想杀死秦王。"

丁宁安静了下来，不再辩驳什么，只是说道："我今天会去趟鱼市，去杀一个人……"

长孙浅雪微微蹙眉："你刚刚才重新引起神都司的兴趣，你确定这是很好的时机？"

丁宁点了点头："赵斩刚死，监天司和神都司的厉害人物会有更多的事情要做。"

长孙浅雪看了他一眼，问道："你要杀的是谁？"

丁宁揉了揉脸颊，轻声说道："宋神书。"

长孙浅雪仔细想了想，她的记忆力并不算很好，但所幸整个长陵的修行者数量也并不算多，而且这个名字和大秦的经史库藏有关，所以她马上从脑海中搜出了这人。

她用看着白痴般的目光质疑一脸认真的丁宁：“一个刚到二境下品的修行者，居然大言不惭地说要去杀一个三境上品的修行者？”

丁宁很顺口地轻声应道：“四境之下无区别。”

“四境之下无区别？”长孙浅雪顿时满眼含煞，冷冷看了他一眼，“你还说自己不是‘那人’的弟子，也只有他才敢说这种话！”

丁宁沉默了片刻，说道：“我会尽量小心，如果我在午夜时分还没有回来，你就想办法离开长陵吧。”

长孙浅雪转过头去，不再看他，冷淡地说道：“放心，我不会愚蠢到留下来陪你一起死。”

她这句话说得很是无情，然而丁宁看着她的侧脸，却是微微一笑。他比这世上大多数人都要清楚，有些人看似有情，实则薄情；而有些人看似无情，但却有情。

第三章　伺机而动

暴雨骤停，绝大多数长陵人都松了一口气，平时看厌了的晴好天气也似乎变得格外可亲起来。很多商队抓紧时间处理受潮的货物，然而让人意想不到的是，过了正午，天空却又重新变得阴霾，接着一场雨又迅速笼罩了整个长陵。

这场雨并不像昨夜那般暴烈，而是十分缠绵，淅淅沥沥，眼看一时无法停止。街巷阡陌之间烟雨空蒙，像笼了无数层纱一样看不清楚。

在长陵城南，有一处外表看起来像道观的建筑，占地数十亩。

秦国封赏极重，能得敌甲首一千者，可赏爵一级，宅院九亩；斩首满两千级，则可以享三百家赋税。所以长陵大多数宅院乃至普通军士的院落，都大得出奇，整个长陵也随之往外一扩再扩。

这处位于长陵城南的建筑，实在不算大。然而除了王宫深处少数几位大人物之外，秦国所有的权贵，对此处都怀有深深的戒备和恐惧——因为这里是神都监的所在。

秦国查案办案主要靠监天司，监天司各地正职官员便有上千名，各官员自己门下的食客又不计其数，且各类大案不需要报备其余各司，直接上达天听，所以监天司的权力一直隐隐凌驾于其余各司之上。

然而神都监是其中的异类，神都监在册官员不过百名，平时只负责调查、监视工作，不过调查、监视的对象，却都是各类官员、修行者，以及有可能成为修行者的人物。所以，神都监便是秦王和那两位丞相专门用于监察官员和修行者的秘密机构。

再者，所有神都监的正职官员都是“战孤儿”，即战死的将领、军士的子弟。这些人没有多少牵挂，不会受制于人，往往更加冷酷无情。所以在绝大多数官员和修行者眼里，神都监甚至比监天司还要可怕一些。

莫青宫此刻便在神都监的一间书房里。和往日不同，他微胖的身躯上散发着淡淡的血腥味道，冒着油光的脸上也没有任何笑容，只有一股若隐若现的煞气。这种气息，甚至使得院落周围经常存在的一些秋虫都逃离得无影无踪。

让他情绪如此不佳的，正是监天司夜司首。

昨日夜司首一剑斩杀剑炉第七徒赵斩，替秦国拔去了一根喉中刺，是每个秦人都引以为傲的事情。然而现在有确切的证据表明，当时在场的神都监官员慕容城不是死在赵斩手中，而是被夜司首所杀。

神都监官员负责监察其余各司官员的办事过程，慕容城又是极有前途的修行者。而杀死慕容城之后，无论是夜司首，还是监天司其他几个供奉，都没有及时处理慕容城的遗体，这代表着他们根本不屑掩饰什么。

夜策冷夜司首，实在太过嚣张跋扈！

更让他感到愤怒的是，赵斩本来就是他们神都监先发现的。赵斩虽亡，但赵剑炉真传弟子尚余三名，其背后不知道有多少赵国余孽存在。

原本按照他们的计划，在杀死赵斩之后，会采取闹市曝尸的手段，引出更多的赵国余孽。然而夜策冷不知采取了什么手段，竟然要厚葬赵斩，还直接获得了秦王的默许，这无疑让神都监的很多付出和后继安排全部付诸流水。

就在此时，伴随着数声有节奏的叩门声，秦怀书走进这间房，来到他的书桌前。

“问清楚了？”莫青宫抬起头来，压抑了一些怒意，低声问道。

秦怀书恭谨地点了点头，直接说道：“方侯府已经给出明确的答复，那梧桐落酒铺少年虽然资质极佳，然而却是罕见的阳亢难返之身。”

莫青宫情绪不佳地皱了皱眉头：“什么叫阳亢难返之身？”

“一种阳气过旺的体质。”秦怀书详细解释道，“此种体质体内五脏之气比一般人旺盛无数倍，不过物极必反，如同薪火燃烧得太过猛烈便很难持久，寻常人很有可能在壮年时期，体内才会五衰，丁宁则会提前。”

莫青宫脸色难看了些：“简单点而言，就是虚火过旺、燃烧精血？”

“意思差不多，然而寻常的虚火过旺、燃烧精血可以设法医治，这种体质却是连方

绣幕都没有法子，或者即便有那种灵药和宝物，也不值得用在他身上。”

秦怀书点了点头，他的眼睛里也有同情和遗憾，因为他十分清楚一个出身普通的人能够进入那些真正的大人物的视线，是一件多么不容易的事情。丁宁从某种意义上而言，已经拥有了一步登天的潜质，然而却因为体质问题，便注定只能在破落的街巷继续生存下去。

莫青宫在显赫的位置上已经坐了很多年，自然不像还在艰难地往上爬的秦怀书一样生出这种感慨。既然不可能成为修行者，便代表着不能成为对神都监有用的人，所以他只是微微摇了摇头，便将丁宁的备卷随手丢进了火盆。

猩红的火苗如蛇信舔舐着火盆的边缘，秦怀书没有马上离开。

“大人，慕容城的身份有问题。”他继续说了下去，声音变得更低，如果不仔细听，根本听不清楚。

莫青宫微微眯眼，不解道：“慕容城虽然平时和我们并不算熟，但他的家世我们清楚得很，能有什么问题？”

秦怀书说道：“他的出身没有问题，但是他前些时日刚刚和许侯府定下亲事，如果不出意外，今年冬天他将会入赘许侯府。”

“入赘许侯府？”莫青宫瞳孔不自觉地剧烈收缩，心中涌起一股强烈的寒意。

在秦国，封侯的途径唯有一种，那就是建立军功。

享万户赋税，良田千顷方为侯。三百户需斩敌两千，万户需多少军功？哪怕是不会盘算的人，心中都能估摸出那个恐怖的数字。所以秦国有资格称侯的，一共只有十三位。

两相双司十三侯，这十三位王侯，和监天司、神都监的两位司首，以及两位神秘而强大的丞相，便是这个强盛的王朝最顶端的存在。

一抹苦笑慢慢浮现在莫青宫嘴角，他再次抓起面前一份案卷，将它丢进火盆。

不管神都监的最高人物陈司首到底清不清楚慕容城入赘许侯府这件事，以及是否有故意安排的成分，但既然此事已经牵扯到陈司首和许侯府这个层面，他再因此而对夜策冷愤懑不满，便没有任何意义。

雨还在继续下。

已过了正常午饭的时间，酒铺里有限的几个客人已经离开。丁宁搬了一张竹椅在门口的屋檐下坐下，然后一边看雨，一边吃面。

面是酸菜鱼片面，雪白的鱼片和面条杂乱地混在一起。鱼片也不太齐整，看上去没有什么卖相，但是酸菜的量不仅足，而且看起来十分入味。面汤很浓，表面上浮着一层浅而清亮的油光，让人一看就觉得味道必定很好。

丁宁不急不忙地吃完，喝了大半的面汤，将面碗洗干净之后，便跟后院的长孙浅雪打了个招呼，换了双旧草鞋，打了柄旧伞，走入雨帘之中。

在梧桐落巷口，一列商队和他擦身而过，数名身披蓑衣的赶车人习惯性地嘟囔着，骂了几声“鬼天气”。

丁宁微微一笑，在充满鸡粪和浮便味的街巷中冒雨赶路，的确不是什么愉快的事情，但这场突如其来的大雨对他而言却犹如天赐。

雨可以掩人耳目，可以冲刷掉很多痕迹，可以让他好不容易等来的这个时机变得更加完美。所以即便他的草鞋湿漉漉的，不太舒服，但是心情却很愉悦。

他独自走向长陵东城边缘的鱼市。

奔流不息的渭河穿过秦国的疆域，流入东海。这条巨河不仅滋养着秦国大部分的农田，还让秦国的船舶开辟了和海外岛国通航的路线，甚至让一些修行者从海外得到了罕见的珍宝。

到了长陵，渭河又分散成数条支流，源头一直可以追溯到秦国的边缘——巴山蛮荒之地。

长陵鱼市，就位于城东渭河最小的一条支流——东清河的两岸。

这条宽不过十余米的小河，已经因为农田开垦而被拦腰截断。位于城内的部分，有些成为鱼塘，有些则建起了市集。

所有市集本身只是以一些已然无法行驶的船舶为交易场所的水集，然而经年累月下来，两岸重重叠叠建起了无数棚户。这些棚户的屋顶和招牌遮天蔽日，里面高高低低地隐藏着无数通道，就连水面和泥塘之间，也建起了许多吊脚楼。一些简陋的木道、舢板，下方的小船，甚至稍微大一点的木盆，都成了交通工具，就更是将这里变得如阴沟里的蛛网般错综复杂。

尤其在天光不甚明亮的时候，从两岸高处往市集中心低处看去，鬼火幢幢，鬼影幢幢，更是如同建立在深渊里的鬼域一样。

这片一眼望不到头的集市便是鱼市，绝大多数修行者所能想象得到的东西，这里都有。

即便秦国从不禁止普通民众携带刀剑，甚至一些公开的比试也不会禁止，但杀伤力巨大的军械，乃至修行器具、修行典籍，都属于严禁交易、流通的物品。

修行者所能想象得到的东西，大部分自然不能用来交易。然而这些东西如荷叶下的鱼一样隐匿着，鱼市又是自发形成的集市，里面很多生意自然并不合法。

只是这么多年，这样的集市为何能在长陵的边缘，在那么多大人物的脚下，一直长久地存在着？

就如此刻，一个外乡人打扮、浓眉大眼的年轻人心中就有这样的疑惑。

他持着一柄边缘已经有些破损的黄油纸伞，身上穿的是长陵人很少会穿的黑纱短袍，没有穿鞋，直接赤着双足。

黄油纸伞很大，但为了完全遮挡住身前那人，他的小半个身体还是露在了外面，被雨水完全淋湿。

他身前这人是一个很矮的年轻男子，书生打扮，瓜子脸，面容清秀到了极点，肌肤如白玉一般，看不到任何瑕疵。

看着重重叠叠的棚户上如珍珠跳跃般不断抛洒的雨珠，浓眉年轻人皱着眉头，忍不住沉声问道：“公子，此集市为何能一直存在？”

书生打扮的年轻人冷冷一笑：“只有那两名丞相授意，这集市才能够一直留在这里。”

浓眉年轻人依旧有些不解，困惑地看着他。

“不合法的交易，往往能够带来更高的利润；更高的利润，则能让更多不要命的人源源不断地带来东西。”书生打扮的年轻人冷冷地接着说道，“这些年海外很多奇珍异宝能够到达长陵，甚至很多海外蛮国和修行者可以跟长陵建立联系，依靠的不仅仅是渭河的航道，还有这个鱼市。而对于高坐庙堂之上的那些人而言，他们也能够从中获取之前不可能得到的东西，所以他们便睁一只眼，闭一只眼，容许这里存在下去。当然所有在这里做生意的人，自然也清楚那些人需要什么样的秩序，因此这里比起其他大型市集，反而更为公平和安全。”

“你要明白一点，任何勾当一定要能给人带来更大的利益，才会令人产生兴趣。而且绝大多数亡命之徒都不会与虎谋皮，他们不会和那些远远高于自己，随时可以一口吞掉自己的对象交易。”书生打扮的年轻人又说道，“因为有基本的规则存在，所以我才有信心来这里谈一谈。”

鱼市的道路崎岖不平，泥泞不好走。数十米的落差，便层层叠叠隔出十余条高低不同的通道。对于不经常来的人而言，更是如同迷宫一般；然而对于大多数根本不欢迎闲逛者的生意人而言，则不介意道路变得更复杂，更难走一些。所以虽然雨天很黑，无数雨棚交替遮掩的商铺间的道路更黑，但却只有少数一些商家挑起了灯笼。

灯笼微弱的光芒在风中摇晃不安，在鱼市中穿行的人依旧很多。丁宁收起伞，像拄着拐杖一样，轻车熟路地到了鱼市中心。

鱼市底部平时干涸的泥塘已经被水淹没，水位距离大多数吊脚楼底部唯有半米，但即便如此，上面还是漂荡着许多小船和木盆。

丁宁沿着一条用舢板架起来的摇晃着的木道，走进一座很小的吊脚楼。

这是一家很小的印泥店，兼卖些笔墨纸砚。

店主人是已过六旬的孤寡老妇人，因为平时没有多少开销，再加上鱼市里大多数交易都需要契印或者手印，所以作为唯一的印泥店，印泥的销路还算不错，生活倒也过得下去。

她正端着一个粗陋的瓷杯在喝茶，看到从不远处阴影里走来的丁宁，布满皱纹的脸上忽然泛起温暖的笑容，转身从门口旁的一个壁柜里拿出一碟干果。

“怎么下这么大雨还过来？”

见走到面前的丁宁只是湿了草鞋，她彻底放了心，取了双干净的旧草鞋，示意丁宁换上。

丁宁微微一笑，也不拒绝，直接坐在吊角楼边缘洗了洗脚，换上干净的旧草鞋，然后左右打量着吊角楼的屋顶和墙面。

屋顶和墙面都有些渗水，但看上去不严重。于是他也放了心，在老妇人旁边的板凳上坐了下来，说道：“本来昨天那么大雨，担心你的屋子有问题，就想过来看看的，只是临时有点儿事，所以拖到现在才过来。”

老妇人笑出声来，自从看到丁宁，她就变得很开心。

“能有什么问题？”她笑着说道，“你每隔一阵儿就把我这间屋子敲补一下，比那些船工补船还用心。我看即便雨再下个几天，这里所有的屋子都漏了，我这儿也不会漏。”

看着她的笑容，丁宁的心情也更加好了，他随手抓了几颗干果，一边嚼着，一边问道：“最近需要买什么东西么，我等会儿帮你买回来？”

“柴米油盐都还满着，所以你只管歇着就好。”老妇人摇了摇头，看着丁宁略显苍

白的面容，又忍不住摇了摇头，爱怜地问道，“中饭吃过了么？”

“吃过了，酸菜鱼面。”丁宁笑了笑。

老妇人有些不快，用不容置疑的口吻说道：“那晚饭留在我这儿吃。”

“好。”丁宁点头表示同意，“我要吃油煎饼。”

“我给你做红烧鱼和腊鸡腿。”老妇人责怪般看了他一眼，眼睛里却涌起更多宠溺的意味，“油煎饼有那么好吃么？当年你年纪还小，正好走到这里，我给你做一个油饼是再正常不过的事情，结果你到现在还记着那一个油饼的事情。若是做生意，只是一个油饼，却帮人做了这么多年的事情，这亏本便亏得大了。”

“哪里有亏本？”丁宁笑着说道，“只是做些顺手的事情，陪你说说话，听听故事，免费的饭菜倒是吃了不少。”

老妇人摇了摇头，眼里涌起复杂的情绪：“陪着说说话，聊聊天，这对一个没有子嗣的孤独老人而言，是最大的恩赐。长陵战死的人很多，像我这样年纪的人也很多，只是很少有人有我这样的福气。”

丁宁一时没有说什么，垂下头，像松鼠一样啃着干果。

数年前的一个冬天，他经过这里，和蔼的老妇人好心递给他一块热乎乎的油煎饼。后来他就经常来这里看看老妇人，做些力所能及的事情。他心里十分清楚，这哪里是一个油煎饼的事情。

这是他欠她的。

他欠其他人的，只希望能够慢慢还清，或者说做一些补偿。

照例和老妇人聊了一会儿，听她说了些鱼市最近发生的新鲜事儿之后，他便告辞离开，和平时闲逛一样，向鱼市更深更低洼处走去。

这个时候，宋神书应该进入鱼市了。

宋神书是经史库的一个司库小官，也是丁宁的“熟人”。然而和开印泥店的老妇人不同，丁宁不欠他什么，而是他欠了丁宁的。

在过往数年默默的关注里，丁宁知晓了宋神书的一些习惯，也知道他的修行遇到了什么困难。所以丁宁肯定，宋神书今日一定会来拿火龟胆，一定会出现在他面前。

一辆寻常的马车停靠在鱼市某个入口处，戴着斗笠，穿着长陵最普通粗布麻衣的宋神书下车走进鱼市，不疾不徐地走向鱼市最深处。

秦国的经史库虽然藏了不少修行典籍，然而谁都知道，秦国最重要的典籍都在王宫深处的洞藏里，所以经史库的官员在长陵的地位并不显赫，基本上没有多少积累战功，获得封赏或升迁的可能。

尤其是像宋神书这种年过四旬，鬓角都已经斑白的经史库官员，根本不会引人关注，但他依旧极其谨慎，因为他对过往十余年的生活很满意，哪怕没有现在的官位，能够成为一个修行者本身，就已经让他很满足了。

最近数年，他对修行功法有了新的领悟，找出了可以让自己更快破境的辅助手段，行事就变得更加谨慎了。

无数事实证明，成为修行者时间早晚并不重要，重要的是破境的时间。只要他能够在今年顺利突破第三境，踏入第四境，那么他的天地就会骤然广阔，存在无限可能。

一路默然地走到鱼市最底部之后，他依旧没有除下头上戴着的斗笠，而是弓着身子，沿着一条木道，从数间吊脚楼下方穿过，来到一个码头。

有一条乌篷小船停靠在这个码头上。他掀开帘子，一步跨入船舱，等到身后的帘子垂落下来，这才轻嘘一口气，摘下头上的斗笠，开始闭目养神。

除了两鬓有些斑白之外，他保养得极好，面色红润，眼角没有一丝皱纹。

乌篷小船开始移动，船身轻微摇晃，很有节奏感，让斜靠着休息的他觉得很舒服。然而不多时，他的心中却自然地浮起阴寒的感觉。

小船的行进路线似乎和平时略有不同，而且周围喧哗的声音也越来越少，唯有水声依旧，说明小船在朝着市集最僻静的水面行进。

他霍然睁开眼睛，从帘子的缝隙往外看去……船头那个穿着蓑衣撑船的小厮的背影，让他兀自不敢肯定，只能寒声问道："是因为水位的关系么，今天的路线好像有些不对？"

"的确和平日的路线不同，不过不是因为水位上涨。"身穿蓑衣的丁宁停了下来，转过身，看着船内的宋神书说道。他的声音很平静，带着淡淡的嘲讽和快意。

宋神书的脑袋一瞬间有些隐隐作痛，他可以肯定自己从来没有见过这面目清秀的少年，但是少年的面容和语气却让他觉得十分怪异，就像是隔了许久，终于在他乡和故人见面一样。这种诡异的感觉，让他没有第一时间去思考这少年到底要做什么，而是迫切地想要知道对方的来历。

"你是谁？你认识我？"他尽量保持平静，轻声问道。

丁宁很认真地点了点头："宋神书，十四年前兵马司的车夫。"

宋神书面色渐渐苍白，这是他最不愿想起和提及的旧事，更让他心神震颤的是，这些旧事只有他最为亲近的人才有可能知道。

“你到底是谁？想要做什么？”他强行压下心中越来越浓的恐惧，问道。

丁宁感慨地看着他，轻声说道：“我是你的一个债主，来向你收些旧债。”

听到这番话，再加上近日里的一些传言，宋神书的手脚更加冰冷了。他张了张嘴，还想再问些什么，毕竟对面这少年不可能和自己有什么旧仇，背后肯定有人指使。

然而他还没有来得及发出任何声音，面前的少年便已经动了。

丁宁看似瘦弱的身体里，突然涌出一股沛然的力量，船头猛然下坠，船尾往上翘了起来，瞬间悬空。他的身体如金蝉脱壳一般，从蓑衣下灵巧地钻出，瞬间欺入狭窄的舱内，因为速度太快，那件蓑衣还高高悬在空中，没有掉落下来。

宋神书呼吸骤顿，他的右手食指和中指并拢，其余三指微曲，一股红色真元从食指和中指指尖涌出。

在丁宁的手掌接触到他的身体之前，这股真元便以极其温柔的态势，从丁宁肋部冲入。

在丁宁刚刚有所动作的一刹那，他还有别的选择。他可以弃船而逃，同时可以弄出很大的动静。毕竟地下黑市也有地下黑市的秩序，长陵城中所有的大势力，都不会容许有人在这里肆无忌惮地破坏秩序。

可也就在这一刹那，他断定丁宁是刚刚到达第二境的修行者。

每一个大境之间，都有着不可逾越的差距。他不是刚入第三境的修行者，他的真元已经修到如琼浆奔流、可以离体的地步。而三境上品的境界，可以让真元在对敌时拥有诸多妙用。所以他下意识地认为，丁宁只是吸引他注意力的幌子，必然有更厉害的修行者隐匿着，伺机发动最致命的一击。

即便在看似温柔、实则暴烈地送入一股真元至丁宁体内的过程里，他的绝大部分注意力也不在丁宁身上，而在周围的阴暗里，甚至是泥泞、浑浊的水面之下。

然而让他怎么都想不到的是，那股真元送入丁宁体内，丁宁只是发出一声闷哼，身体动作竟然根本没有任何停顿。左手食指和中指骈指为剑，狠狠刺在他胸腹间的章门穴上。

他不能理解丁宁怎么能够承受得住自己的真元，也不能理解这一刺有什么意义。可是就在下一瞬，他的整个身体骤然一僵。

“啪”的一声，船头的蓑衣竟在此时落下，翘起的船尾也同时落下，拍起一圈儿水花。

他体内气海之中也传来“啪”的一声，原本有序地流淌不息的真元，骤然崩散成无数细流，像细小的毒蛇一样，分散游入他体内无数穴位，并从他的血肉、肌肤中渗出。

无数红色真元在他的身体表面不停扭动着，将幽暗的船舱映得一片通红，好像点了数盏红灯笼。

他大脑一片空白，心中涌起莫名的恐惧。

他知道有些修行功法本身存在一些缺陷，然而“赤阳神诀”到底有什么缺陷，就连他自己都不知道。对方只用如此简单的一记手剑，就让他的真元直接陷入不可控的暴走状态，甚至连身体都无法控制，这怎么可能！

“你怎么会知道我这门功法的缺陷？你到底是什么人？”

在凝滞了数息时间过后，他终于强行发出了声音，“嘶嘶”的呼吸声就像濒死的毒蛇在喘息。

“严格来说，赤阳神诀是一门绝佳的修行功法。只要有一些火毒之物可以入药为辅，修行的速度就能大大加快，所以一般修行者从第一境到第三境上品至少要花去二十余年时光，但你只用一半时间就达到了。”丁宁轻微地喘着气，在宋神书对面坐下，认真地看着他，双手不停触碰着他身上的真元。

“只是这门出自魏国赤阳洞的修行之法，本身有着极大的缺陷，只要让体内肾水之气过度激发，便会让真元彻底散乱，所以昔日我大秦的修行者和赤阳洞的修行者交战时，便发现他们身上数个关窍都覆盖着独特的防护器具。赤阳洞覆灭，这门功法被纳入我大秦的经史库之后，便被发现缺陷，一直封存不动，没想到你却恰好挑了这门功法来修行。”丁宁继续轻声说道。

他的双手指肚与宋神书身上真元接触的部位不断发出奇怪的响声，就像有无数的蚕在吞食着桑叶。

“九死蚕神功！”宋神书终于发现了比他此刻的处境还要更可怕的事情，他喉咙里的血肉像要撕裂一般，惊骇欲绝地发出了嘶哑至极的声音，“你……你是‘他’的传人！”

天下间的修行流派数不胜数，而且修行者的先天体质又各不相同，所以过往数百年来，不知道产生了多少开山立派的宗师级人物，开创了多少种功法和强大的借用天地元气的手段。秦国的岷山剑宗和灵虚剑门，将御剑的手段研究到了极致；而虎视眈眈的楚国、燕国、齐国的诸多宗门，却在炼器、符箓、阴气之道上令他国修行者根本无法企及。

即便是已然灭亡的韩、赵、魏三国，除了数以百计的修行密宗之外，韩国的南阳丹宗、赵国的剑炉、魏国的云水宫，在修行功法和修行手段上，更是只有少数几个宗门才能企及。而在所有的修行功法里，九死蚕神功无疑是最强大、最神秘的一种。

没有人知道这门功法的来历，只是隐隐推测，这是数百年前建立大幽王朝的那个天下无敌的幽帝所修的功法。甚至有推测说，当年身为最强修行者的幽帝在五十余岁便归天了，就是因为修行这门功法时出了意外。

之所以有这种推测，是因为在幽帝之后，历代都有惊才绝艳的人物得到过这门功法，然而所有人，包括在秦人口中几乎是禁忌的“那人”，都不敢修行这门功法。

无人修行，便根本没有人知道这门功法到底有什么强大和神妙之处。

后世的修行者，从幽王朝遗留下来的一些记载中得知，这门功法在修行的过程中要杀死很多人……而且在触碰到其他修行者的真元时，会发出如万蚕啃噬般的声音。不过，却不能像齐国的数种魔功一样，直接吞噬别人的真元去提升自己的修为。那么触碰对方的真元，发出万蚕啃噬般的声音，到底意味着什么？

光是这种难以理解的推测，便让人觉得神秘和恐惧。不过此刻让宋神书感到万分恐惧的，不是这门功法本身，而是它最终是在“那人”的手中消亡的。

“那人”有很多门客，而在很多年前，宋神书只是帮他的门客驱车的最卑微的车夫之一。

现在，原本应该随着“那人”的死去而彻底消失的九死蚕神功，却无比真切地出现在他面前，无数封存在他心中，刻意不去回想的画面，一下子如大山般压在他的身上。他浑身剧烈地抽搐开来，他开始意识到，前些时日在长陵流传的事情，竟然是真的。

丁宁看着宋神书，动作没有丝毫停顿，如同在抚平衣衫上的褶皱一样，指尖细心地扫过他身体表面每一条赤红色的真元。伴随着无数春蚕食桑般的细微声音，一条条赤红色的真元在他的指尖下消失。

“卖友求荣的滋味怎么样？”与此同时，他认真的，好像真的想得到解答一般，轻声地询问宋神书。

宋神书终于确信自己推断无误，他为自身的处境感到恐惧。

“不要杀我！”他浑身汗如雨下，震动着已经僵硬的喉部肌肉，发出嘶哑难听的声音。

“欠债就要还。”丁宁用看着可怜虫的目光看着他，“你告诉我，除了这条命，你还能用什么来还债？”

宋神书的眼睛快被自己的汗水糊住，他用力睁着眼睛，急促回道：“如果……如果我告诉你一些比我的命更为重要的秘密，你能让我活下去么？”

丁宁的眉头微微蹙了起来，沉吟了数息时间，说道：“可以。”

宋神书的眼睛里油然生出希望的光焰，只是一时还有些犹豫。

丁宁冷笑起来：“你应该知道他的剑叫什么名字。”

宋神书的眼睛亮了起来。

“当年李观澜被杀，出卖他的人是慕梓，现在他改名为梁联。”他控制着越来越僵硬的咽喉，摩擦着发出难听的声音，说出他认为最重要的第一个秘密。

丁宁的眼神不可察觉地一黯，那些熟悉的名字，对他而言，是很多很多的债。

“梁联？虎狼北军大将军？军功已满，接下来最有希望封侯的那位？”他的眉头深深皱起，自言自语般说道。

“就是他。”宋神书求生的欲望越来越强烈，虽然发声更加困难，但声音反而更响了一些。

“只有这一个？你应该明白，只要这是真的，不用你说，我将来也能查得出来。”丁宁抬起头，冷漠地看着他。

宋神书艰难地吞咽着口水，心脏剧烈跳动起来。他知道接下来出口的这个秘密必定能让对方满意，然而他也十分清楚，若是让人知道这个秘密是从他的口中说出的，那么他将来的结果肯定会比现在还要凄惨。

“林煮酒还没有死。”他用乞求的目光看着丁宁，嘶声说道。

丁宁身体一震，面容第一次失去平静，惊声说道：“你说什么！”

“他被关在水牢最深处的那间牢房里。”宋神书感觉自己的心脏都要从喉咙里跳了出来，“严相想从他身上获取一些修行的秘密，所以一直没有杀死他……外界的人都以为他死了，就连李相和夜司首都不知道这个秘密。”

丁宁脸色恢复了平静，沉默了片刻后，认真问道：“那你怎么知道这个秘密？”

宋神书不敢看他的眼睛：“因为从他的嘴里挖不出任何有用的东西，所以严相想过一些方法……他曾让人施计假劫狱，劫狱的人里面，有一些便是林煮酒以前认识的人。”

“你也是其中一个，只是他不知道你们都已经是严相的人。”丁宁面容依旧平静，问道，“后来呢？”

宋神书艰难地说道：“不知哪个地方出了错漏，林煮酒根本就未上当。”

“他的心思比严相还要缜密，那些小手段怎么可能骗得过他？”丁宁微垂下头，轻声说道，“他现在一定过得很不舒服。”

宋神书不知该怎么接话，他没有出声。

丁宁没有看他，又轻声问道：“没有了？”

宋神书的心脏再次剧烈跳动起来，他听出对方还是不满意。

“我……”他颤抖着，说出自己所知道的最后一个极为重要的秘密，“传说中的‘孤山剑藏’应该存在，而且可能在云水宫白山水的手中。”

“孤山剑藏？”丁宁呼吸微微一顿，这又是一个他根本没有预想到的消息。

孤山剑宗是一个很神秘、强大的宗门，不知道起源、消亡于何时，但一直有传闻，这个宗门留有一个密藏，里面有许多至宝。除了一些失传的修行功法之外，让所有修行者更为心动的，是一些已经绝迹的灵药和炼器材料。

随着越来越多和孤山剑宗有关的东西被发现，现在天下的修行者已经可以肯定孤山剑宗和密藏的确存在，但是孤山剑藏到底在哪里，却一直没有确切的线索。

“你怎么知道？”丁宁目光闪烁了一下，再次问道。

“神都监曾经有人带着数片玉简残片到经史库来鉴定，残片上的文字很奇特，我们彻查了古籍后，发现是孤山剑宗的特有文字。”宋神书呼吸急促地说道，“而且我暗中查过，神都监的人和云水宫的余孽发生过战斗，他们确定有更多的玉简残片在云水宫的余孽手中。”

丁宁一时没有说话。

哪怕现在云水宫的修行者和赵剑炉的修行者一样隐匿得极深，但只要舍得花时间，总可以找出一些线索。

“还有么？”他看着宋神书，再次问道。

宋神书无助地看着他，大脑渐渐空白，他实在想不出还有什么足够分量的秘密。

“很好。”丁宁满意地点点头，俯下身子，凑到他耳边说道，“既然这样，你可以去死了。”

宋神书的眼睛瞪大到了极点，一股劲气轻而易举地刺入他的心脉，切断了对于一个人的生命最为重要的数根血脉。

“你……”他怎么都不相信自己的生命即将结束，一只僵硬的手不知道哪里来的力气，死死抓住丁宁的衣角。

“很奇怪为什么我会不守信，对么？”丁宁看着他渐渐放大的双瞳，轻声说道，“他是天下最信守承诺的人，所以你觉得他的门下弟子也一定会守信。”

“只可惜他都已经死了，他的那一套，现在还能用么？”丁宁平静地掰开宋神书的手指，接着说道。

宋神书听清楚了这句话，还没来得及为自己被欺骗感到愤怒，便听到喉咙里发出古怪的声音。

那是他最后的气息，他带着无尽的悔恨气绝身亡了。

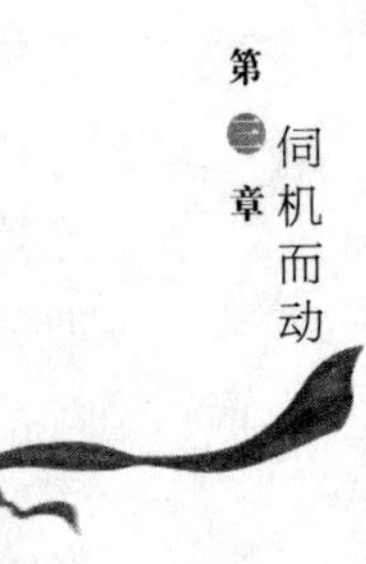

第四章　风雨如晦

鱼市里有无数见不得光的生意，也有无数嘈杂的声音和见不得光的人。

就在半炷香之前，丁宁撑着的乌篷小船摇曳着驶离阴暗的码头。当他在无数支撑着鱼市的木桩之间行进的时候，先前在鱼市外满怀疑问的浓眉年轻人和书生打扮的公子一起走进了靠近河边的一间当铺。

他们没有典当任何东西，而是在一个手持着黑竹杖的佝偻老者的引领下，通过当铺的后院门，穿过一条狭窄的弄堂，进入了另一扇大门。

阴暗、潮湿、狭窄的弄堂里十分安静，然而大门内却是另一番天地。

只见一个并不算大的厅堂，里面摆了十余张方桌，每张方桌周围却密密麻麻，至少挤了十几人。四处的角落里都燃着沉香，然而因为人多嘈杂，反倒显得有些乌烟瘴气。

看清屋内的景象时，浓眉年轻人的瞳孔不自觉地微微一缩。并非是因为周围那些人眼中隐含的敌意和修行者身上独有的气息，而是因为此刻屋子中间的台面上摆放着一件东西。

那是一截成人拇指大小，颜色蜡黄的玉石。

在寻常人看来，这或许只是一段成色不好的普通黄玉。然而几乎所有的修行者都知道，这是昔日韩国南阳丹宗的黄芽丹。

黄芽丹药性温润，大益真气，是先天不足的真气境修行者朝着真元境迈进时最佳的辅助灵丹之一。

南阳丹宗全盛之时，一年所能炼制的黄芽丹也不过数百颗，此时南阳丹宗已不复存在，黄芽丹自然更为稀少。它在秦国属于不准交易的禁品，然而连绵不断的喊价声却充斥在这间屋子里。所以，这里俨然就是一个非法的拍卖场所。

浓眉年轻人早就知道鱼市里有着很多外面难以想象的场景，以及对于修行者而言十分重要的东西。然而一进门就看到黄芽丹这种级别的丹药，让他还是跟刚刚进城的乡下孩童一样，有着莫名的震撼。他忍不住在心中感慨道：长陵鱼市果然名不虚传。

书生打扮的清秀年轻人也停下了脚步，凝视着场间的情景。领路的佝偻老人也不催促，只是默不作声地等待着。

大家对这颗黄芽丹的争夺已经到了近乎疯狂的地步，早些年价值千两白银的黄芽丹，此刻已经价值不菲，而且仍有数方在争夺着。过了一会儿，争夺者最终只剩下身穿灰衫的年轻剑师和脸蒙黑纱的中年男子。

年轻剑师的面孔已经涨得通红，额头上的汗珠不停滑落，而那个脸蒙黑纱的中年男子却端坐不动，极其沉着冷静，每一次喊价只是按照最低规则，在年轻剑师的出价基础上再加百两纹银。

转瞬间价格已至六十五镒黄金。

年轻剑师的面容由红转白，这枚黄芽丹对他极其重要，若是没有它，恐怕以他体内的病根，此生都没有机会从第二境突破到第三境。所以他转过头，用哀求的目光看了脸蒙黑纱的中年男子一眼。

然而中年男子不屑地发出一声轻笑。

年轻剑师情绪终于失控，他霍然站起，厉声道："百镒黄金！"

满室俱静，所有人的目光都聚集在他的身上。即便他是财力惊人的某个氏族的子弟，但对于任何氏族而言，百镒黄金用于购买一颗黄芽丹，还是太过奢侈了一些。若是脸蒙黑纱的中年男子不抬杠，恐怕这颗黄芽丹五十镒黄金便可入手。

听到年轻剑师喊出百镒黄金的价格，脸蒙黑纱的中年男子明显一滞，然而他依旧沉稳地坐着，只是声音微寒道："兄台好气魄，某家自愧不如，只是兄台真的拿得出百镒黄金么？"

场内一片哗然。

年轻剑师骤然如坠冰窟，通红的面容变得无比雪白。看他的神色，所有人便知道他根本不是巨富氏族的子弟，喊出百镒黄金的价格，只是因为一时情绪失控，心态失衡。

嘲笑过后便是冰冷的责难，虾有虾路，蟹有蟹路，任何地方都有规则，鱼市的暗道则更为严苛。

身着黄衫、主持拍卖的瘦削男子摇了摇头，用同情的目光看着年轻剑师，轻叹道：“你应该明白这里的规矩。”

年轻剑师的衣衫都被汗水湿透，他的右手落在斜挂在腰间的长剑剑柄上。他深吸了一口气，神色却坚定起来，缓缓伸出左手。

原本所有人的目光已经聚集在他腰间那柄长剑上，此刻看到他的动作，绝大多数人眼中的嘲弄之色却消失了，脸上竟现出一丝尊重的神色。

他的剑看上去很轻，剑柄是一种罕见的青金色，这绝对不是凡品，价值至少在百镒黄金之上。按照鱼市的规矩，既然他已经喊出了价，那么至少可以用这柄剑作为抵押，去换取那颗黄芽丹，但他显然不肯舍弃佩剑，像是要用削指的方法来给出一个交代。

剑可以再寻，指断却不能再生，但对于主修剑道的修行者而言，剑却是一种象征，一种精神。拥有这种精神的修行者，往往能在修行的道路上走得更远。所以年轻剑师此刻的选择，让周围所有人心中的轻视和嘲笑尽去，化为尊重。

“够了。”眼看年轻剑师已然发力，即将一剑斩去自己两根手指，就在此时，一声清叱响起，“这颗黄芽丹我赠予他。”

这句话简单而平静，没有任何炫耀、博取他人好感的情绪在里面。

年轻剑师愕然转过头去——出声的是书生打扮的清秀年轻人。

在他说出这句话的同时，他身后的浓眉年轻人微微挑眉，直接从身后包袱中取出一颗黑珍珠，放在黄芽丹一侧。这颗黑珍珠足有鸽蛋般大小，散发着淡淡幽光，任何明眼人一看，都知道它绝对不止百镒黄金。

年轻剑师确信自己从未见过这两人，想着只要那个清秀年轻人出声慢上一步，自己的两根手指此刻便已落地。他先是感到幸运和惊喜，接着却羞愧得无地自容，一时竟说不出话来。

清秀年轻人却也不说什么，只是看了驻足在他身旁的引路老人一眼，便开始动步。

佝偻的老人也不多话，直接走向屋内一扇侧门。

年轻剑师有些回过神来，双手不可遏制地震颤着，因为激动，苍白的脸上再次浮现异样的红晕：“在下中江……”

他想报出姓名，然而只吐出了四个字，就被清秀年轻人打断了。

“我不需要你报答，所以不用告诉我你的名号。”清秀年轻人没有回头，有些不近人情地说道。

然后，他跟着老人进入那扇偏门，消失在所有人愕然的视线之中。

年轻剑师凝立了数秒，汗珠再次从他的额头滚滚而落。不知为什么，他突然明白了清秀年轻人的意思。对于清秀年轻人而言，这是随手便可以解决的小事；可是对于他而言，却极为难得。他再也遇不到这样的人，也没有重来一次的机会。

他绝对不能再犯那种因为情绪失控而导致的可怕错误。

得到教训，能够悟道，比授丹的恩惠更大。所以接过主持拍卖者递过来的黄芽丹之后，他便对着清秀年轻人身影消失的侧门深深行了一礼，做了个奉剑的手势。

看到他的举动，房间里的诸多修行者神容更肃。

侧门内里，是一条幽深的胡同。

胡同上方的屋檐和雨棚并不完整，有雨线淋洒下来。两边的房屋里，有很多人影如鬼魅般晃动，声音杂乱，不知在做些什么勾当。

风雨如晦人如鬼。

在这样的画面里，就算是随手赐予素不相识之人一颗黄芽丹的清秀年轻人，平静而坚定的眼睛里也多了一分幽思。然而他马上醒悟了过来，脸上浮现出一丝怒意。

一股炙热的气息以他的身体为中心扩散开来，转眼间，风停雨霁，阴晦气息皆散。

前方不远处，靠着胡同的墙边，种着几株黑竹。紧接着，几株黑竹如活蛇般扭动起来，迅速化为黑气，消失不见。

景物骤然一变，鬼影般晃动的人影也消失了，而那几株黑竹消失的地方，却出现了一扇虚掩的木门。木门里面，是一个幽暗的房间。

“想不到商家大小姐，修行的竟然是阴神鬼物之道。”清秀年轻人冷冷一笑，漠然说道。

幽暗的房间里，隐约坐着一个红衫女子。她的面前摆着一张琴，旁边有一个香炉；她身旁两侧，也有几株墨玉般的黑竹。

“只不过是个破家的弱女子，知晓了些保命的手段，倒是让赵四先生见笑了。”

香炉中黑烟袅袅，红衫女子的身影在空气里有些晃动，如同鬼影般阴森。然而她的声音却出奇的清澈、温婉，而且说不出的有礼，让人听了便觉得舒服，使得幽暗的屋子

都温暖了起来。

赵四先生微皱的眉头松开，怒气渐消。

“同是沦落人，商大小姐又何必自谦。”他对着红衫女子行了一礼，然后波澜不惊地走入幽暗的房间，在她对面坐下。

红衫女子琴前还有一道薄薄的黑色纱帘，他便和红衫女子隔帘相望；一直跟在他身后的浓眉年轻人也对着红衫女子行了一礼，但不进门，只是转身站在门口。

“赵四先生先前差人传来口信，说有事和我相商，不知到底所为何事？”红衫女子在帘后还了一礼，这才不徐不缓地问道。她的声音细细的，语速和语气无一不让人觉得舒服。

赵四先生看着这位实际上控制了鱼市大部分非法生意的枭雄，微微点了点头：“我师弟赵斩被夜策冷所杀，这件事商大小姐想必已然知晓。”

红衫女子细声细气地说道：“赵七先生是天下可数的人杰，一朝身亡，实在令人叹息。”

赵四先生双眉渐渐挑起，身上开始散发出一种难言的气魄和魅力，一瞬间锋芒毕露。

“我师弟之死，过不了几天就会天下皆知。”他沉稳说道，“只是我师弟为何会潜伏在长陵，又为何会死在长陵，这其中缘由，却没有几个人知道。”

红衫女子说道：“弱女子驽钝，不明白赵四先生的意思。”

赵四先生看着纱帘后的红衫女子，接着说道：“你们秦国的修行者追我们剑炉的人追得最紧，我们剑炉的人，不要说在长陵，只要在你们秦国的任何一座大城久居，便必然会被察觉。我师弟明知此事，却不惧生死，在长陵隐居三年，不是为了刺杀某个人，而是为了寻找‘那个人’遗留下来的东西。”

红衫女子沉默不语，身体开始微微震颤，她身侧的数株黑竹也似乎痛苦地抖动起来。

即便她已然是长陵地下最有权势的人之一，是所有进入鱼市的人都必须尊敬和畏惧的存在，然而想到“那个人”的名字，她依旧会觉得痛苦。很多时候，不愿提及“那个人”，只是因为无助和痛苦，因为不愿想起那么多不堪的往事。

剑炉因“那人”被灭，然而现在却得靠“那人”遗留下来的东西去对抗秦国的修行者，这本身就是一种巨大的痛苦。

赵四先生平静地接着说道：“我师弟自然不怕死，然而若是没有一丝蛛丝马迹，我也不会允许他随意将一条命丢在长陵，而且他的命比天下绝大多数人的命，都要值钱。”

纱帘微微抖动，隔了数息时间，红衫女子轻声说道：“真的如传闻所说，‘那人’的弟子出现了？”

赵四先生缓声说道：“你知道‘那人’的仇人很多，但旧部也不少，在他死后，他的旧部大多下场凄惨，留下来的老弱妇孺也并不多。或许是机缘巧合，剑炉的人发现一个被杀死的贼人，他身上浮现着一圈圈儿连续不断的剑伤。”

红衫女子再次一震：“‘磨石剑诀’？”

赵四先生冷漠地说道：“我后来亲自查验过，是磨石剑诀无误。磨石剑诀是‘那人’自创的剑法，专门对付护体真元太过强横的修行者。从剑痕来看，施剑者当时只是第一境修为，而那贼人已是第二境上品，应该是修为上存在如此差距，所以才用磨石剑诀应对。之后我们仔细追查过贼人的踪迹，发现贼人可能是想劫掠附近某处村庄，而那处村庄里，有几名妇孺正是‘那人’旧部的家眷。”

红衫女子沉默了数息时间，说道：“我相信您的判断，但于我而言，身死仇消，‘那人’是否留下真传弟子，和我并没有什么关系。”

“但我们可以过得更好，毕竟没有人会拒绝力量。”赵四先生冷笑道，“即便许多人畏惧我们，然而我们都清楚，自己不过是见不得光的孤魂野鬼罢了。”

“看来您是想让我帮忙，看能不能从‘那人’旧部家眷的身上找出一些线索。”红衫女子诚恳地说道，“我敬重先生，可我毕竟是秦人。”

赵四先生自嘲道：“现在秦人和赵人又有什么分别？赵国已灭，难道赵留王的那一套还有用么？左右不过是些私人恩怨！天下大势已然如此，难道我会愚蠢到认为凭借剑炉几柄残剑，就能重建赵国不成？”

红衫女子想了想，她知道赵四先生是剑炉真传弟子里境界最高的。这个境界不只是修为的境界，她想认真与之交谈，以便看清楚这个人。

身侧数株黑竹微微摇摆，好像有风吹过；她身前的黑色纱帘也摆动开来，往一侧收拢。

感觉到黑色纱帘上那一股微弱的天地元气，赵四先生不由得目光一凛，由衷赞叹道：“原来商大小姐还精通法阵布置之道。”

“又让先生见笑了。”红衫女子的声音听起来更让人觉得舒服，见传说中的赵四先生比她料想的还要年轻许多，她心中不免有些吃惊。

赵四先生也看清了她的面容。

她身上的红裙很长，完全拖在地上，遮住了她的双足；她的五官算不上特别好看，

肤色有些病态的白，但是神情分外安静祥和，眼瞳则很有特点，漆黑而且明亮；眼睛里似乎没有任何情绪，就像寺庙里的佛像一般，用一种悲悯的神情看着众生。

两人互相打量着，幽暗的房间里一时沉寂下来。

“愿听先生详解。”红衫女子首先出声，打破了宁静。

“有两件事。”赵四先生神色渐肃，他端正坐姿，深吸了一口气，缓缓说道，“第一件事，大小姐生性豁达，甚至对‘那人’都有些敬重，对‘那人’的弟子也没有什么恨意。我既已将我师弟殒身长陵的真正秘密告知大小姐，只希望大小姐如果真的发现‘那人’的弟子，请一定设法告知我剑炉之人。”

红衫女子点了点头：“此事我可以应允先生。”

赵四先生颔首为谢，接着说道：“第二件事，想请商大小姐帮忙留意魏国那些人的行踪。在下得到消息，他们可能知道孤山剑藏的线索。”

“孤山剑藏？云水宫的修行者也在长陵？”红衫女子有些不敢相信。

赵四先生深深躬身，肃容说道：“若是得到‘那人’或是孤山剑藏的一些东西，剑炉愿与大小姐共享。今后剑炉几柄残剑，也必定力保大小姐周全。”

红衫女子自然知道这句话的分量，她不再多说什么，只是深深还礼。

第五章 剑斩蛟龙

见宋神书死不瞑目，丁宁轻声说道："欠债还钱，这是天经地义的事情。"

知道还有足够的时间，所以他没有急着离开这条乌篷船，而是细细搜索宋神书衣衫上的每一个口袋。

在袖内的暗袋里，他搜出了数件东西：一本密密麻麻写满字迹的笔记，一个钱囊、一个丹瓶和两块铜符。

打开笔记，看着上面记载的宋神书对赤阳神诀的修炼心得和后继修行的一些推测，他忍不住摇了摇头，随手将其塞入衣袖之中。

钱囊很轻，但是打开之后，里面是数枚散发着美丽光泽的秦国云母刀币。它由海外深海中一种珍稀的云母贝制成，是秦国独有的钱币，一枚便价值五百金。

丁宁没有过多思虑，毫不在意地将它们收起来。然而在打开赤铜色粗瓷丹瓶的瞬间，他却明显有些意外。

丹瓶底部，孤零零地躺着一颗惨白色的小药丸，就像一颗死鱼眼。

"是准备破境时用么？想不到你已经准备了这颗凝元丹，谢谢你的真元，谢谢你的凝元丹。"丁宁情真意切地对宋神书说道。

他认真地想了想，确定自己不需要那两块经史库的通行令符，便再次骈指为剑，在船舱底部刺了刺。

木板上出现一个小洞，浑浊的泥水迅速从破洞涌入，进入船舱。

丁宁弓着身体退出乌篷船，双足轻轻一点，落在不远处一半淹没、一半露出水面的木道上。

这是他花了数年时间才选定的路线，此刻没有任何人察觉，一个秦国修行者的遗体，就在他身后的阴影里，随着一条乌篷船缓缓沉入水底。

在连续穿过数个码头之后，才有人声响动，周围渐渐变得热闹起来。

丁宁和平时闲逛一样，走入人来人往的晦暗小巷。他的呼吸有些急促，一抹胭脂般的红，渐渐出现在紧抿的唇间。

感受着唇齿之间浓烈的血腥气，他的面色依旧平静到了极点，取出一枚铜钱，从小贩手上买了一串糖葫芦。

他微垂着头，细细咀嚼着酸甜的果实，红色冰糖的碎屑和唇齿之间的鲜血混在一起，便再也看不出来。

想到随着那条乌篷船在孤寂中沉入泥水的宋神书，想到静静躺在自己袖袋里的那个粗瓷丹瓶，他便有些高兴。这几年所花的力气没有白费，而且得到了超值的回报。然而想到更多的事情，想到有些人比宋神书还要凄凉的下场，他的鼻子便不由得发酸了。他现在很想马上回到老妇人的吊脚楼，吃一张热乎乎的油饼，但是他知道自己还有事情要做。

阴影里的乌篷船已经完全消失在水面，唯有一连串的气泡，带着一些被搅动的淤泥，不断浮上水面。

一只木盆漂浮到这些泡泡上方，木盆里面盘坐着一个四十余岁、渔夫打扮的披发男子。

在看到这些不寻常的气泡之后，男子面容一冷，眯着眼睛左右看了一下。确定周围没有其他人存在之后，他单手划水，让木盆漂到一根废弃的木桩旁，然后轻易地将这根钉在河底的木桩拔了起来。

木桩很沉重，即便大半被他拖在水里，他身下的木盆也有些无法承载这多出的重量，上沿几乎和水面平齐。然而他却毫不在意，撑着木桩回到那些气泡上方，用力将木桩往下捶了捶。

听到底部传来异样的声音，他确定出了问题，松开握着木桩的手，一瞬间，木盆以惊人的速度飞射出去，在阴暗的水面上拖出一条惊人的水浪。

丁宁吃完糖葫芦，咽下最后一丝血腥味。

他不停地走着，不经过重复的地方。然而了解鬼市地图的人，会发现他径直穿过一片区域之后，在接下来的半炷香时间里，其实一直在某个地方绕圈儿。

那里是一处码头。

“砰”，木盆撞到码头边缘腐朽的木桩，发出轻微的擦碰声。

听到声音后，丁宁不动声色地加快了脚步，穿过一个叮叮当当打铁的铺子，便看到从隐秘的码头上走来的披发男子。

他默默跟上披发男子，这是他一石二鸟的计划。

谁都知道这黑暗的地下王国有一个强有力的掌控者，但这么多年来，这个掌控者到底是谁，背后又站着什么样的大人物，却极少有人知道。

宋神书几乎每个月都会来这里一次，即便能够瞒过外人的耳目，这里的人肯定会知道他的真正身份。

一个秦国的官员，一个修行者在这里被刺杀，必定会引起不小的震动。

交易者发现宋神书没有按时取火龟胆，必定知晓宋神书出了意外，也明白这种意外很有可能会引来诸多清查。所以他会用最快的速度，去通知那个掌控者。

披发男子心情极其凝重，低着头匆匆赶路，完全没有想到背后有人远远地跟着。

他走进一间当铺。

丁宁没有接近那家当铺，这数年时光里，除了一些宅内密道他无法知晓，鱼市里的各个角落他都心中有数。

他知道当铺后方有数重院落，有三个可以进出的出口。所以他只是往上坡走去，走向可以看到这片区域的路口。

突然，他的眉头微微蹙起，三个身影出现在他眼角的余光里。

三人行走的那条道路分外泥泞，甚至可以听到鞋底发出独特的“啪嗒”声。

丁宁混迹在人群中，很寻常地转过身，装作不经意地一眼扫过去。只是一眼，他的眼瞳就不可察觉地微微收缩。

三人分别是一个手持黑竹杖的佝偻老人，一个个子很矮的清秀年轻人和一个外地打扮的浓眉年轻人。

丁宁深深地吸了一口气，嘴角浮现出一丝苦笑。

三人身上都没有任何修行者的气息，即便是五境之上的修行者，和他们擦肩而过时，恐怕都察觉不出来他们是修行者。然而丁宁却可以肯定，他们全都是强大的修行者，因为他认识手持黑竹杖的佝偻老人。

至于另外两人，虽然他从未见过，也无法确定他们到底属于哪个宗门，然而却感受得到佝偻老人对他们的尊敬。

佝偻老人只会尊敬强大的修行者。能够控制体内五气，这两个年轻人的修为境界，一定异常恐怖。

就在这时，丁宁微微一怔，他又感觉到一股霸道而暴烈的气息。顺着这股气息，他看到一柄黄油纸伞。

手持黄油纸伞的是一个瘦高男子，伞面遮住了他的面目，只能看到他的每一根指节都很粗大，分外有力。

这显然是一个修行者，比绝大多数修行者见识更加高明一些的丁宁，轻易地判断出他的师门来历。

看着他的行进路线，丁宁知道今日长陵野外肯定会多出一具尸体。

手持黄油纸伞的瘦高男子并不知道丁宁此刻的想法，他不疾不徐地跟着那两名外乡人，神情平静而冷漠。

雨帘如幕，池塘的水即将漫出，岸边的青草随着水浪漂漂荡荡。

赵四先生和浓眉年轻人向城外走去，那些挺立在风雨之中的角楼，渐渐消失在他们身后的烟雨中。

城外驿道边有数座木亭，有一座正巧叫作秋雨亭。

这座缠满枯藤的破旧小亭，本来是为了替行人遮风避雨而建。不过秋风秋雨愁煞人，在这种难以行路的天气，行人反而更加匆匆地赶路，连一个避雨的人都没有。

看着烟雨中匆匆行走的路人，赵四先生眼中渐渐涌起雨雾。人生亦是如此，行的路和一开始所想，往往大相径庭。

帮他打伞的浓眉年轻人并没有这样的感怀，自从走出鱼市之后，他的眉头一直锁着，眼睛里的杀机也越来越浓。见赵四先生停下来观望这座小亭，他便压低了声音，问道：“就在这里？”

赵四先生负着双手，点了点头：“就在这里。”

浓眉年轻人有些兴奋：“让我出手？”

赵四先生看了他一眼，面容平静如水："对方实力不俗，这里又是长陵，我们不能在此多耗费时间，所以你出手很合适。"

浓眉年轻人越加兴奋，左手在衣襟上擦了擦，似乎手心已经出汗；赵四先生心情好了一些，微微一笑，步入小亭，安静地等待着。

不远处，他们来时的路上，一柄黄油纸伞正像荷塘里枯黄的荷叶，慢慢显露出来。

见二人停驻不前，黄油纸伞下的瘦高男子微微蹙眉，强烈的自信让他前进的步伐没有丝毫停顿。一直走到浓眉年轻人对面十余米处，他才停了下来。

浓眉年轻人眉头挑起，心中更加兴奋，在没有听到确切的命令之前，他绝不会出手。

"你不是秦人。"亭内负手而立的赵四先生冷漠地说道。

瘦高男子不置可否，淡淡说道："看情形，你们也不是秦人。"

赵四先生平静地说道："你倒是打的好主意，你不是秦人，杀的也不是秦人，那就和秦国律例无关，也不会有人下气力追查此事。看你有恃无恐的样子，恐怕不是第一次做这样的生意了。"

难道是钓鱼？

瘦高男子皱起眉头，他狐疑地转头，看向周围，确定雨幕中没有隐匿的秦国战车，便更加不解地看着平静的赵四先生，问道："寻常外乡人在鱼市做生意都要通过中间人，不敢露富，你们不守规矩，明知道我专门做这种生意，还停在这里等我，难道你们也是做这种生意的？"

"这种剪径劫道的生意我没兴趣。"赵四先生摇了摇头，"不过有人打我们的主意，我们便会反击。倒是你，察觉不对还敢跟上来，的确勇气可嘉，算是亡命之徒了。"

瘦高男子笑了起来，说道："我本是潭里一条蛟龙，不是鱼市里的小鱼小虾，自然和一般人不同。既然花力气跟了上来，好歹要看个清楚。"

他的笑声很真诚，说话的口气很狂妄，话音未落，便毫不犹豫地转身，手中的黄油纸伞朝着前方的浓眉年轻人飞出，身体则像匹狂奔的骏马，往后方的雨幕中逃去。

"倒是有几分脑子，懂得以退为进。"看着瞬间撞碎无数雨珠，以无比暴烈的姿态向后倒飞的瘦高男子，赵四先生感叹地摇了摇头，"不过既然来了，是退是进就由不得你了。"

说完，他向浓眉年轻人轻声说道："动手。"

此时，飞旋的黄油纸伞已经距离浓眉年轻人的双目不到一尺。纸伞边缘因切割空气和雨珠不断发出“嘶嘶”声，他清晰地感觉到其中蕴含的力量。然而却一动不动，只是兴奋地看着往后奔逃的瘦高男子。

空气里骤然响起一声凄厉的鸣啸，一柄红得发黑的轻薄小剑从浓眉年轻人的衣袖中飞出，如闪电破空般切开黄油纸伞的伞柄。伴随着一声嗡鸣，黄油纸伞彻底崩解，被恐怖的力量直接震裂成一蓬丝絮，往外散开。

瘦高男子瞳孔剧烈收缩，浑身如被针刺般痛楚。

他的确是一条过江龙，所以才敢做这样的事情，但是在和赵四先生谈话之时，他便感觉处处受制。此刻虽然心生不安而退后，可那柄黄油纸伞只是他的试探，只要对方实力不像他想象中那么恐怖，那么他就会奋勇前进。

然而浓眉年轻人的实力，却比他想象之中还要恐怖！

“哧”的一声裂响！速度已经恐怖到极致的飞剑，竟然更加猛烈地加速，伴随着一蓬爆开的白色气团，直接出现在他的视线之中！

他发出一声凄厉的嘶吼，周身的空气里瞬间出现十余条拇指粗细的火线，包裹着他的水汽顷刻间便被蒸发干净。那柄消失在他视线之中的小剑已然出现在他身后，朝着他的后背连刺三记。

轰！轰！轰！

十余条纵横交错，挡在飞剑前方的绵密火线全部被斩碎，强大的力量使得他的身体不受控制地往前飞出。

浓眉年轻人紧抿着嘴唇向前跨出，只一步，便来到瘦高男子身前。他手中破旧的大伞往上空飞起，一柄黑色大剑却从伞柄内抽出。

瘦高男子面色惨白，他知道已经到了生死关头，在死亡气息的压榨下，他终于爆发出极致的实力，体内所有真元，尽情地从身前无数窍位中喷涌出来。无数细小的真火出现在他身前，隐隐结成一条红色蛟龙，扑向浓眉年轻人。

他说得不错，他不是浅塘里的小鱼小虾，他是一条蛟龙。

红色蛟龙比真正的蛟龙还要恐怖，上方飘散下来的雨珠被烧得发出阵阵炸响。

浓眉年轻人身上潮湿的衣服瞬间被炙干，他连眉头都没有皱一下，只是简单挥动着黑色大剑，向前方斩去。

“咚”的一声巨响，黑色大剑携带着无数恐怖的天地元气，直接敲碎了真火结成的蛟龙，敲在瘦高男子身上。这根本就不像剑，而像一把巨锤！一把连铁山都可以一击敲碎的巨锤！

"一……"瘦高男子刚发出一个急促的音阶，便被恐怖的力量拍碎了体内所有经络和骨骼，如同没有分量的麻袋一样往后飘飞。

他满心凄惶，那个"一"字，代表着很多含义。

赵剑炉七大弟子之中，首徒名叫赵直，然而大家却习惯性地称呼他为"赵一"。

传说他有两柄剑："赤煞"和"破山"。

和其他使用两柄剑的剑师不同，他的两柄剑一柄是飞剑，另一柄是近身剑，不是一攻一防，而是都用于攻击。他只修了一种剑式，不管什么样的对手，只会一剑击出。

然而极少有人能够接得住他这一剑。

没想到要杀的竟然是赵剑炉的修行者，而且是七大真传弟子里的人物，瘦高男子在凄然坠地之时，觉得自己死得不冤。一波波的震撼和惊叹，压过了凄惶和死亡来临时的恐惧。

原来浓眉年轻人是赵一先生，原来他竟然这么年轻！

瘦高男子有些茫然，又有些惊喜和满足。骨骼已经完全碎裂的他，不知哪里来的力气，竟微微往上抬了抬头，想要再看亭子里的赵四先生一眼。

传说中的赵四先生，竟然这般眉清目秀！

天下所有修行者都知道，赵四先生虽然是剑炉第四位真传弟子，但是他的境界最高，所有剑炉弟子都听从他的号令。只取一剑的赵直对他也是唯命是从，无比尊敬，就像仆从一样跟随在他身边。

赵直感到心满意足，对手很强，这于他而言是一种难得的历练。

"是燕国真火宫的修行者。"他接过上方飘落下来的大伞，将黑色大剑插入伞柄，一边为走出木亭的赵四先生遮住上方的天空，一边说道，"应该是燕东浮，刚刚的'魑火真诀'已经像点儿样子了，多半得到了真火宫曹阳明的一些真传。"

剑炉主事人赵四先生，则一步不停地从瘦高男子的尸身旁走过，沿着小道朝渭河方向走去。

"长陵现在是一块肥肉，什么人都想分一块。"赵四先生说道。

赵直回头一看，身后风雨中的长陵只剩下边缘轮廓，连那些巨大的角楼都已经看不清楚了。他总是担心那重重的雨幕里，会突然冲出无数战车，跑出几个厉害至极的修行者。

"这像是肥肉么？一点儿都不像啊。"只看到凶险的他忍不住嘀咕道。

赵四先生又轻声说道："楚、燕、齐，哪一个对长陵不是虎视眈眈？不过在长平之时，我就已经看清楚了，这些人都想从对方嘴里抢肉吃，抢不均匀，就会打起来。像我们这般弱小的，要是真和他们合作，那就只能被一口吃掉了。"

赵直突然转头看着他："你好像有点儿不对劲，才见了商家大小姐一次，怎么说话竟像她一样绵绵软软、轻声细气的？"

"是么？"赵四先生微微一怔，觉得自己说话的语速的确慢了一些，也没有了平时的火气，"大约是从她身上学到了一些东西。"

微微顿了顿之后，他有些感慨地说道："你现在明白为什么师傅以前不让你留在剑炉，而是让你跟着我多走多看了吧？"

赵直认真地摇了摇头："我比较笨，你学得会，我就算经历了，也不一定学得会。"

"修行如同黑夜里摸石过河，活得越长走得越远，感悟和见识更为重要。"赵四先生性情似乎真的平和了一些，说起话来不温不火。

赵直若有所思地点了点头。

"你大概也想不明白师尊为什么只传你一招。"赵四先生看了他一眼，接着说道。

赵直摇了摇头。

赵四先生抬头看向前方，深吸了一口气，说道："师尊是懂得因材施教的宗师，他知道你笨，让你只修这一招，修行里面想不明白的关隘便会少一些。让你跟着我，也是因为你只会那一招，应对的手段总是太过单调，多见些人和不同的手段，记在心里，今后遇到类似的情况，也好对付一些。"

听到赵四说自己笨，赵直没有生气，眼中充满浓浓的感怀和思念。

前方那条大河浊浪滔天，惊涛拍岸，卷起千堆雪。转眼间，已到达渭河边。

"走吧！"赵直先行跳上系在岸边的一条竹筏，对着正在回望长陵的赵四先生喊了一声，但他并没有马上动手划筏，而是取出两个酒壶，一口饮尽其中一壶烈酒，再将另一壶酒倒入滔滔江水之中。

"赵斩师弟，我敬你！"直到此时，他的眼中才有热泪流下。

竹筏在惊涛骇浪中顺流而下。

"梆梆梆……"他一只手撑着竹竿，另一只手在竹竿上敲打着，放声而歌。

歌声粗犷，是小地方的俚语，听不清楚含义，但是敲击的节拍却沉重而坚定，如同打铁一般。

第六章　悬悬而望

夜色渐深，梧桐落青色酒旗下的大门被人推开，露出一缕昏暗的火光。

丁宁收起伞，随手带上门。

长孙浅雪坐在桌子后面，面无表情地看着他。桌子上点着一盏油灯，照着一碗已经冰冷的鳝丝炒面，旁边还放着一个碟子，上面铺着两个荷包蛋。

丁宁脸上有一丝不正常的红晕，关上门之后，他的呼吸也沉重了几分，但是看着点灯等着自己的长孙浅雪，他的嘴角不自觉地往上微微翘起，露出一抹微笑。

他没有多说什么，坐在长孙浅雪对面，端起那碗已经冷掉的炒面，将两个荷包蛋扣在上面，然后一声不响地闷头大吃起来。

“真的这么好吃么？”看到丁宁坐下时有些微隆的肚子，长孙浅雪目光又冷了一些，“明明已经吃过了，还要吃这么多，所有修行者都十分注意入口的东西，喝水恨不得喝花露，吃饭恨不得只吃蕴含天地灵气的草木果实，你受了伤都这样生冷不忌、暴饮暴食，真的没有问题么？”

“白费力气，八境之上便会自然洗体……”丁宁嚼着半个荷包蛋，有些得意地说道，“而且天下间谁能吃到你做的面和荷包蛋。”

长孙浅雪冷冷地看了他一眼：“面和荷包蛋都是我从别的铺子买的。”

“……”丁宁顿时苦了脸，说不出话来。

长孙浅雪神色却认真了起来：“到了第八境就会洗体，前面修身调理、注意饮食是

白费力气……这也是‘那个人’说的？”

丁宁一口气扫光剩余的面条，鼓着腮帮子点头：“第八境启天不是用凝练储存的方式，而是直接调用大量天地元气，修行者本身就是打开天地的一把钥匙，必须纯净无比才行。”

长孙浅雪有些震惊，蹙紧了眉头说道：“可是所有典籍不都记载着，唯有洁净饮食，才能让身体洁净，到达第八境启天和第九境长生么？”

丁宁看了她一眼，认真地摇了摇头：“极少有人能够达到第八境，所以大多数典籍都只是推测，那些真的能够达到的人，最多将一些体悟言传身教给自己的弟子，又怎会花费力气去让人发现那些典籍中的错误？”

“或者对于所有宗门而言，巴不得其他宗门的修行者多走弯路，多犯错误。”丁宁揉了揉肚子，又补充一句。

长孙浅雪思索着这些话的含义，一时沉默不语。

丁宁站了起来，像往常一样走入后院，先用热水冲洗干净身体，换上干净的衣衫。不过今夜他没有直接回到睡房，而是点了一盏油灯，走进旁边一间酿酒房。

微弱的火光照亮了靠窗的一面墙壁，墙壁上有很多花朵一样的图案。

丁宁知道这不是一面普通的墙，他用一根木炭涂掉其中一朵花，然后又认真地画上两朵。因为要记住的人和事情实在太多，生怕自己有所疏漏，所以才有了这样一面墙。

沉默地看着这面墙，尤其是新画上去的那两朵花，他知道自己现在什么都不能做，唯有静静等待。

秋风秋雨凉入心扉，吹熄了油灯的他脱去外衣，盘坐在床榻上，拿出宋神书的意外礼物——赤铜色粗瓷丹瓶中的惨白色小丹丸。

“这是第三境修行者朝着第四境迈进的时候，才会用的凝元丹，你不要告诉我你现在就想炼化这颗丹药。”长孙浅雪清冷的声音再度响起。

丁宁很认真地回答：“别人或许不可以，但我的功法不一样，可以勉强一试。”

长孙浅雪不再说话，她知道今夜对丁宁而言比较重要，所以只是静静地合上眼睛躺着，并没有修行。

丁宁也不再说什么，吞下惨白色丹丸，捏碎粗瓷丹瓶，缓缓闭上了眼睛。

一股辛辣的药力从喉咙开始，迅速朝着他的全身扩散。

那颗不起眼的丹丸在他的身体里迅速消失，然而恐怖的药力，却仿佛变成一条无比庞大的惨白色大鱼，在他体内肆意游走。他的一条条经脉被迅速撑裂了，体内血肉根本承受不住这么强大的药力，开始干枯、崩裂。

换作其他修行者，在下一瞬间必定会爆体而亡，化为无数血肉残片。然而就在此时，竟然响起了蚕声。蚕声越来越密集，但不是那种啃食桑叶的声音，而是无数沙沙的，如同吐丝一样的声音。

丁宁身上开始闪耀微弱的光亮，好像有无数看不见的蚕爬到他的身体表面，开始吐丝。

无数肉眼可见的细丝在他身体外形成，每一根细丝，都像是由三境之上修行者的真元凝结而成，蕴含着强大的力量。只是令人难以想象的是，细丝的色彩十分驳杂，看上去如同由很多种不同颜色的真元拼接而成。

色彩驳杂的细丝在丁宁身外穿梭，渐渐结成一个巨大的茧子。内里的丁宁悄无声息，似乎连体温都已经消失。

直到黎明时分，无声无息的巨茧里才又响起一声低微的蚕鸣，奇异的茧丝突然寸寸断裂，重新消散为天地间看不见的元气。

丁宁睁开眼睛，醒了过来。

一股连最强的修行者都无法感知的死寂气息，从他体内逸出，在空气里流散开来。

土壤深处，感知比人类强大无数倍的虫豸，却感应到了这种气机。好像生怕厄运降临在自己身上一样，它们纷纷拼命逃亡，远离这间小院。

丁宁缓缓坐了起来，感受着体内真气强劲的流动，似乎有无数的雨露不断渗入他的骨骼，他便知道的确和自己想象中一样，宋神书的那份意外大礼让他直接从第二境下品提升到了第二境中品伐骨，真气强度有了数倍提升。

“一颗可以让三境上品的修行者破境几率大增的丹药，只是治疗了你的伤势，让你从二境下品到二境中品，你不觉得浪费么？”长孙浅雪已经起身，此时正坐在床侧的妆台上梳头，她没有看丁宁，只是用一贯清冷的语气说道。

她细细梳理的样子美得惊人，淡淡的晨光透入窗棂，丁宁一时看得有些痴了。

长孙浅雪眉头微挑，面色微寒。

丁宁轻咳了一声，说道：“浪费没有关系，修行的真义在于能不能得到，能不能用到而已。”

“这话说得有些道理。”长孙浅雪继续梳头，认真说道。

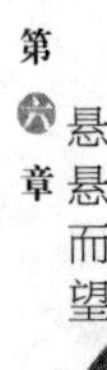

听到她少有的夸奖，丁宁觉得接下来她可能会客气一些，然而让他无奈的是，长孙浅雪的声音却再次清冷起来：“不要在床上腻着，快去开铺门。”

虽然有整整一面墙的人和事情要记着，然而在长陵这种地方，连五境之上的修行者，都有可能在一夜之间被毙掉几个，所以对于丁宁而言，现在所能做的事情，便只有且修行且等待了。

该开的铺门还是要开的。

淅淅沥沥的秋雨连下了五六天之后，天终于放晴，神都监始终没有什么有头有脸的人物走进酒铺。丁宁知道有关自己的那份备卷大约已经被销毁了，将来很长一段时间，鼻子比猎狗还要灵敏的神都监官员，再也不会在自己身上浪费力气。

一阵秋雨一阵寒。

天气虽然晴好，但是寒气却越来越浓，清晨起来，屋顶上竟挂起白色寒霜。

路面干了，车马渐多，酒铺的生意越发好了起来。

丁宁换了一件新薄袄子，捧着平日里吃面专用的粗瓷大碗，一边喝着剩余的面汤，一边看着不远处一个水塘——水塘里漂着一些发黄的梧桐叶。

丁宁痴痴地想着，水牢里的水一定很冷，可是怎样才能进入最深处那间牢房呢？一时间思绪纷繁，千头万绪无从入手。

正在此时，巷子一头施施然走来一个黄衫师爷。

一番寒暄之后，丁宁方才明白对方来自锦林唐，将取代之前两层楼的收租人老纪，前来收取一月一交的平安租子。

“连两层楼的生意都抢，究竟出了什么事儿？这锦林唐又是什么路数，连一个收租子的师爷居然都是过了第二境的修行者。真是该来的人不来，不该来的人却来添乱……”黄衫师爷走后，丁宁异常恼火地抱怨道。

正将新酿出来的酒分装到一个个小坛的长孙浅雪皱了皱眉头，不悦地说道：“连这种市井江湖的小事也让你烦心么？”

丁宁说道：“这不是普通的市井江湖之事，虽然两层楼明面上只占了我们城南一小块儿地方的租子生意，但我听说长陵大多数花楼、赌坊，他们都占了数成，而且已经做了十来年，根基很稳。锦林唐我倒是没怎么留意过，表面上好像只是做些马帮和搬运生意，突然跳出来抢两层楼的地盘，不知道究竟出了什么事情。”

“那又如何？”长孙浅雪冷冷看了他一眼，漠然说道，“不管是两层楼还是什么锦林唐，都是庙堂里那些大人物养的狗，左右不过是有些门阀分赃不均，想要重新分配一下而已。”

“其他地方或许如此，但各国的都城没有这么简单。”丁宁明白她心中所想，轻轻摇了摇头，耐心解释道，“都城的规模比其他城池要大得多，比如长陵，人口早已达到数十万，尤其在灭了韩、赵、魏，卷了大量妇孺至长陵为奴之后，常居人口恐怕涨了不止一倍，更何况还有往来旅人和各国商队……长陵的市井江湖里不知潜藏着多少蛟龙，和他国打仗这些蛟龙倒是可以出力，但真想大刀阔斧地让他们拜服，没准会折去几条臂膀，甚至连朝中的位置都保不住。”

“另外各国都城相差不大，虽然立国已久，但是儿子生得太多，分封的贵族田地收不回来，门阀和王侯的势力甚至可以动摇王宫的决定。哪个王子能够继任，哪个女子能做王后，要看其娘家是否能占上风。”顿了顿之后，丁宁接着说道。

长孙浅雪明白了丁宁的意思，而且这些话让她联想到有关自己的往事，她的脸上慢慢笼上一层寒霜。

然而，此时丁宁却没有注意到她的表情，他想到了鱼市里那个拄着黑竹杖的佝偻老人，想到很多年前为了让那些门阀贵族作出让步，为了让秦国与他国有所不同而付出的代价，心情便有些沉重，不自觉地垂下了头。

“市井江湖门派如果只是某人养的狗，那么死伤就会少一点。最怕的是哪个大人物有野心，暗地里设法推动，想要重整一些地方的格局。这便会血淋淋的，不知道又要死多少人……我不怕杀人，但是怕麻烦。要理清一些头绪，得花很多力气，而且我们现在连修行者的身份都不能暴露，更何况我连第三境都不到，卷进去之后，不知会有什么样的后果。”丁宁说道。

他担心鱼市那个佝偻老人和他背后的人，也会卷入这场风波。

长孙浅雪双眸很冷，她对丁宁所说的没有兴趣，因为对她而言，丁宁修为太低。计划被打乱，甚至他的图谋能不能达成，那是他自己的事情。她只专注于一件事，那就是赶超所有走在她前面的修行者。

她考虑的只是自己的剑和修为，她甚至可以一直不出这个酒铺，她最简单。

当然，她以前也一样的简单。

虽然对做酒极不上心，但长孙浅雪和丁宁的酒铺的确是梧桐落一带生意最好的铺子。

一切如旧，丁宁像往常一样，空闲的时候在长陵城中四处转一转，夜深之后修行，清晨开铺。

天气越来越凉，丁宁知道长陵的秋天过得很快。清晨门板上的霜花越来越浓的时候，就可以扳着手指头算算第一场雪降临的时间了。

刚过早面时分，丁宁吃完一碗肥肠面，洗干净他那个专用的粗瓷大碗，一侧的巷子口，便谈笑风生地走进一群衣衫鲜亮的弟子。

看到那些弟子衣衫上的图纹，丁宁眼中现出平时没有的光亮。他抬起头，看着已经落光叶子的梧桐树上方的天空，万分感慨地轻叹道："终于来了么？"

剑是秦国修行者的主要武器，秦国的疆域便是历代修行者在连年征战中，用剑硬生生开拓出来的。

赵剑炉消失之后，秦国的岷山剑宗和灵虚剑门，便是天下公认最强的宗门。这两大剑宗传道授徒极为严苛，每年只在固定的几个日子才会开山门。修不到一定境界的弟子，便只能留在宗门内修行，以免出去之后被人欺负，堕了两大剑宗的威名。

除去这两大宗门，仅在长陵就有上百处出名的剑院，且平日里对门下弟子的管理也十分严格，大多规定修为达到三境之上，才有在外自由行走的资格；那些距离三境尚远的弟子，便只有在为数不多的放院日才被允许出外游玩。

眼下这批如出笼之鸟一般的弟子，身上衣衫有数种纹饰，身佩长剑也各有不同，显然分属于不同剑院，多半是因为平日里关系不错，所以才结伴同行。其中数名弟子身上素色衣袍的袖口上全是云纹，丁宁的目光便时不时地落在那些云纹上。能在放院日如此兴高采烈地游玩的，自然都是剑院中的佼佼者。

走在最前面的身材高大、面目方正、气势逼人的少年，便是南城徐府的五公子徐鹤山。

南城徐府是关中大户，后来又出了数位大将，获封千户，算得上是底蕴深厚了。而徐府这一代的子弟也十分争气，除了九公子自幼多病，没有修行潜质之外，其余子弟已全部进入修行之地。

徐鹤山便在青松剑院修行，在院里同年的弟子中，已然少有敌手。除了他，这批弟子里还有一个身穿素色衣袍的少年和一个身穿紫色衣袍的少女，身世也颇为不凡。

身穿素色衣袍的少年看上去只有十三四岁，身材中等，面容稚嫩，神色充满骄傲，身上衣袍的袖口上正好有云纹。

他名叫谢长生，谢家本就是终南巨贾，其母又出身魏国中山门阀，在秦、魏征战开始之前，其母便从中山娘家拉了不少人来到长陵，和魏国断绝了往来。谢家后来能在长陵占有一席之地，就是因为这个具有远见的举动。

至于身穿紫色衣袍的少女南宫采菽，则是长陵新贵，其父是镇守离石郡的大将。离石郡原先是赵国的一个重镇，一般而言，镇守此地的大将，都是最得秦王信任的重臣。

虽然同为青年才俊，关系也还不错，但毕竟家世、身份有别，所以交谈起来，其他人便或多或少有些拘谨和礼让，甚至刻意与这三人保持一定的距离。

这三人却仿佛没有察觉，走在最前面的徐鹤山微笑着，看到前方的酒旗，微侧着身体，向身旁数名青年才俊说笑道："应该就是那家了，据说酿酒全无章法，糟糕至极，但因为女老板倾国倾城，所以生意极佳，今日倒要看看传言是否属实。"

谢长生年纪虽幼，闻言却是露齿一笑，说道："若真是如此，不如求你父亲先帮你定了这门亲事，收她为妾，以免被人抢了先。"

周围的青年才俊哄笑起来，南宫采菽嫌恶地皱了皱眉头，看着徐鹤山和谢长生冷哼道："怕只怕到头来反而是徐兄的父亲多了个妾室。"

徐鹤山顿时面露尴尬之色，他父亲已收了九房妾室，好色之名众所周知。

在一片哄笑声中，他率先跨入酒铺。他打量了一下周围的环境，心想这酒肆的环境果然和传说中一致。接着和煦一笑，向丁宁问道："这位小老板，店里只有你一人么？"

丁宁直接回道："你们到底是来喝酒的，还是来见我小姨的？"

见丁宁如此反应，这些青年才俊都是一怔，旋即反应过来，心中对女老板的期望瞬间又提高数分。

面嫩的谢长生在此时却最是老道，微微一笑道："要喝酒又如何，要见你小姨又如何？"

丁宁不冷不淡地回道："要喝酒就按规矩来，付钱后自己取酒；要见我小姨，除非这外面的酒全部卖光了。"

"倒是有些意思……"

"怪不得生意这么好，希望不要让我们失望才好。"

众人开始议论纷纷，谢长生则摇头一笑，随手从衣内取出一枚钱币，丢在桌上。

他身后那些青年才俊，心中都是微微一震：这是一枚云母刀币。

"若是不让我失望，这枚云母刀币赏予你又何妨！"谢长生云淡风轻地说道，这就

更让那些青年才俊们自觉和他之间有着难言的差距了。

南宫采薇眉头深深皱起，即便谢家是关中巨富，但谢长生如此做派，难免让她心生不悦。哪怕能够立时震慑住这个市井少年，但谢长生也不想想，周围大多数人一年的资费也未必有一枚云母刀币。得道多助，失道寡助，有时候往往就是这样不经意的举动，便能让人心生嫌隙。

然而就在此时，一个平静的声音响起："要酒自取。"

南宫采薇顿时怔住了，惊愕地看着丁宁，像是要从他平静的脸上看出一朵花来。

众人也是一片愕然。

谢长生没有想到丁宁会如此回答，抬起头来，颇为不悦地看着丁宁。

丁宁马上转头，冲着后院喊了一声："小姨。"

反应如此迅捷，谢长生倒是不由得一怔；徐鹤山等人会心一笑，都觉得丁宁有趣。

就在此时，那连通后院的一面布帘被微风拂动，抱着一个酒坛的长孙浅雪娉婷走出。

所有人，包括南宫采薇，在第一眼看到长孙浅雪的时候，心中便咯噔一下，如同第一次看到剑院里的尊长展露境界时一样震撼。

他们全部呆呆地愣住，心中全然不敢相信，在梧桐落这种地方，竟然有如此倾国倾城的女子。

谢长生双唇微启，一时竟说不出话来。长孙浅雪神色冰冷，他脑海里不停地想着，这样仙丽的女子，若是展颜一笑，会是何等颜色。

"砰"的一声，长孙浅雪将酒坛放在丁宁身前的案台上。

徐鹤山心脏为之猛的一跳，这才回过神来。

一切都如丁宁所想的那样，然而就在此时，他的脸色却微微一变。

马蹄声响起，巷子一头，有辆马车正不疾不徐地驶来。

第七章　深猷远计

这是一辆很华贵的马车。

拖着马车的两匹高头骏马，浑身毛发是奇异的银白色，而且洗刷得异常干净，看上去就像抹了一层蜡一样油光发亮。

马车的车厢用上等紫檀木制成，而且每一处都雕刻了花纹，浮雕、透雕重叠，又镶嵌以金玉，华贵到了极点。

就连驾车的车夫都是一个腰佩长剑的银衫剑师，他身材颀长，剑眉星目，看上去十分静雅贵气，一头乌发垂散在身后，只是两侧略微拢起一些，用一根青布带扎在中间；其余发丝依旧披散着，但即便微风拂过，也不显得散乱。这等装扮，别有一番潇洒不羁的姿态。

他看上去不过二十余岁年纪，但一举一动却非常沉静平稳。到了酒铺面前，先在靠墙一侧的梧桐树下停住，确定不会影响别人通行，这才不疾不徐地走进酒铺。

丁宁眉头微挑，一眼看到银衫剑师白玉剑柄上雕刻着的鹤形符箓，便已洞悉其来历。他意识到，这个不速之客和前不久到来的楚人有关。

好不容易回过神来的徐鹤山深吸了一口气，嘴唇微动，准备出声。

然而此时，长孙浅雪的目光也落到剑师身上，所有人的视线便都不由自主地落在剑师身上。

剑师见铺子里居然有这么多弟子，微微一愣。待见到长孙浅雪时，眼中则现出一丝

震撼之色，对着长孙浅雪微微欠身行礼，说道："在下骊陵君座下陈墨离，见过长孙浅雪姑娘。"

徐鹤山面容骤变，南宫采菽眉头挑起，谢长生则轻轻冷哼了一声。他们身侧诸人反应也各不相同，但眼睛里却都或多或少地燃起杀机。因为这有关秦国之耻，骊陵君便是那个换了秦国六百里沃土的楚国质子。

这些长陵各院的青年才俊，将来必定是名动一方的修行者，他们身上承担的责任，自然与普通人不同，所以不需要任何言语挑唆，他们心中便油然升起敌意。

他们十分清楚骊陵君不是寻常人物，除了王子的身份，他的经历甚至可以用"凄凉"二字来形容。

他的母亲本是宫中一个乐女，受了楚王宠幸，诞下他数年之后，便因为言语冲撞了楚王而被赐死。

眼不见为净，楚王随便封了一块谁都看不上的封地打发了他，让他远离自己的视线。据说这还是朝中有人劝谏的结果，否则以楚王的心性，说不定直接下一道密令，让他去追随亡母。

即便他所获封地距离楚国王城极远，远到足以被人遗忘。然而当楚国需要一个王子作为人质去换取秦国的城池时，楚王却又马上想起他来。

谁都清楚质子的下场大多很凄凉，对于那些掌握着无数军队和修行者生死的统治者而言，征战兴起时，他们绝对不会在意一个自己最不喜欢的儿子的生死。

不过作为一个远道而来，没有多少家底的楚人，在长陵待了不到十年，骊陵君却已然成为一个举足轻重的大人物。门下食客过千，其中修行者少说也有数百名。

没有人知道他是怎么从弃子的位置慢慢爬起来，爬到今日在长陵的地位。面对这样的人物，诸院弟子自然会心存敬畏。

随着陈墨离出声，谢长生等人的目光再次聚集在长孙浅雪身上。

然而长孙浅雪什么都没有说，像从画里走出来的仙子一样，微微蹙了蹙眉头，便转身走进后院。

陈墨离不禁怔住了，一时不知该如何应对。

谢长生也是一愣，看到陈墨离有些尴尬的面容，这个出身关中望族的骄傲少年心中却甚是痛快。他突然笑了起来，眼中的嘲讽之色也越来越浓："以为搬出骊陵君的名头便可以唬人，可惜他毕竟不是长陵的侯爷，否则长孙浅雪姑娘或许会搭理他。"

丁宁静静看着谢长生，感受到这有着很多缺点的骄傲少年的勇气，心中对他的评价顿时高了一些。

陈墨离的手不自觉地落在剑柄上。

燕雀不知鸿鹄之志，两者本身就不是一个世界的存在，超脱和涵养，有时候区别只在于心中是否在意。在陈墨离心中，至少现在这些弟子和他根本不是一个阶层的存在，所以他俊美的容颜毫无表情，甚至连一丝愤怒都没有。

不过长孙浅雪是骊陵君志在必得的人，事关重大，他需要一个安静的对话环境去促成此事。

“小小年纪不好好学剑，却做些无谓之事。”他面上神情依旧没有任何改变，甚至连看都没有看谢长生一眼，只是摇了摇头，轻声说了这句话。

谢长生年纪很小，看上去和丁宁差不多高，身体瘦弱，衣袍显得有些宽松，微笑的时候，只能用“可爱”二字来形容。

听到陈墨离这句话，熟悉谢长生性情的人都是呼吸一顿，四周寒气立生。

谢长生的小脸上似乎结出了冰霜，他沉默了数息时间，然后摇了摇头说道：“我希望你的剑能让我觉得你有资格说这句话。”

陈墨离微微一笑，没有再说什么。然而有一股莫名的气息，突然从他身上往外析出。

酒铺里顿时刮起了风，所有弟子均感觉呼吸困难。陈墨离依旧没有动，但是他身外涌起的天地元气，却越来越强烈。

“哧哧哧……”

他的身体周围像是多了无数风洞，看不见的天地元气往外吹拂着。即便在修行者眼中看来，这种析出速度已经十分温柔，然而强劲的力量，还是使得他周围的桌椅全都自然地向外移动起来。

谢长生眼神更冷，脸色竟有些苍白。他和身边所有弟子身上的衣袍，在风中猎猎作响。

这是第四境。

唯有到达第四境的修行者，在修行之时，才可以在自己的真元中融合一部分天地元气，将身体变成一个可以储存天地元气的容器。

南宫采薇的睫毛不断颤动着，她心里很愤怒，但同时也有些无奈。

就在这时，陈墨离身上的气息开始减弱了，他体内像是正在修建堤岸一样，发出异样的声音。

“我比你们年长，用境界压你们，想必你们不服。”他淡然说道，“你们之中最厉害的是谁……我可以将自己的修为压制到和他相同的境界，只要他能胜得了我，我便道歉离开。但若是我胜了，便请你们马上离开。”

天地元气停止喷涌，风息了，桌椅也停止移动。

陈墨离身上再也感觉不到任何可怕的气息，然而他平静的话语，却如同大风一样继续刮过。

“出去吧，等下打乱了东西，还要费力气收拾！”陈墨离淡淡说道，说完，便平静地转身走出酒铺。

徐鹤山脸色越来越难看，他没有第一时间跟上陈墨离，而是转过头看着谢长生和南宫采薇，压低了声音说道：“压低境界，便与修为无关。”

在场的弟子都很聪慧，他们自然明白徐鹤山这句话的意思。在抛开修为的情况下，决定胜负的关键往往就在对敌经验和战斗技巧上。

“我明白。”谢长生看着陈墨离的背影，冷冷说道，“这是关乎面子的大事，自然要让最擅长战斗的人出战。”

此话一出，所有人的目光便全部停留在南宫采薇身上。他们这些人里面，最会战斗的，反而是这个娇柔的少女。

南宫采薇似乎也很清楚这一点，她面容渐肃，挺身而出，走在最前面。

陈墨离在街巷中间站定，他低头望向地面，看到靴畔的石缝里生长着数株野草。突然觉得自己追随的骊陵君，在这长陵，就像是石缝中顽强生长的野草一样。

过了今天，情况会有转机么？

他向南宫采薇颔首为礼，说道：“请！”

南宫采薇眼睛微眯，还礼道：“请！”

声音尚在巷间回荡，周围梧桐树上的麻雀竟突然惊飞了，无数黄叶从南宫采薇周身飞旋而出。

狂风乍起，南宫采薇以纯正的直线，带出一条条残影，朝着陈墨离的中线切去。一柄鱼纹铁剑也自她的右手斩出，以异常平直的姿态，朝着陈墨离的头颅斩下。

剑才刚出，旧力便消，新力又生。一股股真气不断在剑身上爆发，消失，爆发……

清冷的空气里，不断蓬起一阵阵气浪，异常平直的一剑给人的感觉却像是斩出无数剑一样。这便是她父亲——镇守离石郡的大将南宫破城的“连城剑诀”。

记载之中，那些征战赵国的故事里，南宫破城有着很多一剑斩飞数辆重甲战车的经历。这是通过控制真气不断连续发力，所造成的极其刚猛的剑势。

陈墨离的眼睛里闪现着异光，他根本没有想到，这样娇柔的少女，一出手竟然如此刚猛，甚至可以说是威武!

不过，他的反应也只是眼睛里闪过异光而已；他一步都没有退，空气里好像响起一声鹤鸣，剑已出鞘。

他的剑柄洁净如白玉，剑身竟然也是晶莹的白色，薄而透明，有着浅浅的羽纹，看上去很精美，也很脆弱。然而却异常简单粗暴地横了过来，往上撩起，朝着从上往下劈来的鱼纹铁剑砸了过去。

“砰”的一声巨响，一圈儿气浪在两人身体周围炸开，就连陈墨离脚下石缝里那几株柔软的野草，都被强劲而锋利的剑气折断了。

谢长生等人的眼睛不自觉地眯起，谁也没有想到，陈墨离手中那柄看似脆弱的白剑竟然能迸发出这样的力量，而且是在这么局促的空间里。

最为关键的是，他手中的白剑此刻连任何的伤痕都没有，只是在不断地震颤，而南宫采菽手中宽厚的鱼纹铁剑却已经微弯了。数缕血丝，正从她的虎口流淌到鱼纹铁剑的剑柄上。

梧桐落周遭的小巷里走出不少零零散散的看客，他们未必看得出战斗的精巧之处，让他们感到震惊的是，南宫采菽小小的身体竟然可以迸发出这样的力量。

一声让人耳膜似乎都要震破的愤怒尖嘶，便在此时从南宫采菽的唇间喷薄而出；她的靴底发出了近乎炸裂的声音，然而她却一步不退，咬着牙，强忍着痛楚，左手刺向陈墨离的小腹。

一瞬之间，她的左手已经多了一柄青色小剑，小剑表面有很多天然形成的藤纹。而在她往上刺出的同时，剑身上流散出来的真气，也使得空气里好像有许多青色的细藤在生长，让人无法轻易看清楚剑尖到底指向何处。

这便是青藤剑院的青藤真气和青藤剑诀。

丁宁的脸色也凝重起来。

怪不得骄傲的谢长生会让南宫采菽出战，青藤剑院的青藤真气和青藤剑诀难的便是配合，南宫采菽在第二境的时候，就已经让两者发挥出这样的威力，的确是罕见的奇才。

剑意迎腹而至，刚刚极刚猛的一剑之下，又藏着这样阴柔的一剑，就连陈墨离都是

脸色剧变。

他有种解开自己真元的冲动，然而他还是强行控制住这种冲动，就在这电光石火的一刹那，他的左手也动了。

他的左手里有一柄剑鞘，一柄华贵的绿鲨鱼皮剑鞘。这柄剑鞘突然化成一蓬春水，将无数往上生长的青藤兜住。

只听“铮”的一声轻响，所有青藤般的剑气全部消失，南宫采薇脸色雪白，她身后所有弟子则全部倒吸一口冷气。

她的剑，竟然归于陈墨离的鞘中。

在那么急促的时间里，陈墨离竟然从无数青藤之中准确地把握住了她真实的剑影，用剑鞘套住了她的剑。并且，他的动作还没有停止，持着剑鞘一端，继续挥剑。

南宫采薇终于支撑不住，她的身体先是像石头一样被撬起，后脚跟离地，转瞬间，持剑的左手被震得五指松开，青色小剑脱离她的手掌，像被笼子擒住的雀鸟一样，困于陈墨离手中的绿色剑鞘之中。

谢长生垂下头，他心里很冰冷，很愤怒，但是他知道这个时候说什么都是废话。

徐鹤山等众多弟子脸色也是一片惨白。

从陈墨离展露境界开始，他们就知道这个楚国的剑客很强，然而没有想到竟然会这么强！就连青藤剑院所公认的最懂得战斗的南宫采薇，竟然也败得如此干脆，甚至连青藤袖剑都被人用一柄剑鞘夺了过去。

“噗……噗……”

伴随着两声轻响，南宫采薇双脚落地，两股烟尘从她的双脚下逸出。

她毕竟年纪尚小，想到平日里剑院那些老师的教诲，看到自己视若性命的青藤袖剑被对方所夺，她羞愤到了极点，甚至想哭出声来。

陈墨离看了她一眼，左手微动，青藤袖剑从剑鞘中飞出，直直地落在南宫采薇身前。

与此同时，他右手中白玉般的长剑稳稳归鞘。这等姿态，真是说不出的潇洒静雅。

“能在这种修为，就将青藤真诀和青藤剑诀修炼到如此程度，的确有自傲的资本，将来或许可以胜过我。”他认真地看着南宫采薇，诚恳地赞赏道。

南宫采薇没有看他，她看着身前石缝中兀自轻微颤动的青藤袖剑，感觉到袖剑的无助和无力，鼻子微微有些发酸。

她深吸一口气，揉了揉自己的鼻子，然后拔起青色小剑，面色再次变得极其肃穆。

一条淡淡的青光扫过，空气里似乎长出一片藤叶。

她的右手手心出现一条浅浅的血痕，沁出数滴鲜血。

“请陈先生好好活着，我一定会击败你。”她举着流血的右手，将青色小剑平放在胸口，认真说道。

这是秦人的剑誓。

在她看来，输就是输，赢就是赢，输赢的过程是否光彩和有值得骄傲的地方，一点儿都不重要。关键在于只要还有命在，那么输掉的就要赢回来。

陈墨离沉默了数息时间，不是因为害怕，而是因为尊敬和担忧。

秦人有虎狼之心，就连南宫采菽这样的少女，今日所表现出来的一切，也足以让任何楚人警惕。只是今日里需要做的事情十分重要，绝对不能让这少女和她身后的弟子拖住脚步，所以他的神色再度变得平静而冰冷。

“今日这种比试其实不公平，因为我的战斗经历毕竟比你们多。”他的目光扫过南宫采菽白生生的手掌，扫过谢长生和徐鹤山等所有人，接着缓缓说道，“我今年才二十七。”

这个时候突然郑重其事地提及自己的年龄，对于寻常人而言可能难以理解，但这些弟子都是修行者。在正式修行之前，他们就已经看过无数典籍，听过许多教导，所以都很清楚陈墨离这句话里包含的真正意义。

一个寻常人能够完全入境忘我，让念力进入自己身体深处，感觉到五脏内气，这成为修行者的第一步已是极难了。

成为修行者之后，越往上便越加艰难。

第一境修行者能够进入内院，获得名师指导和一些资源。

第二境真元境听起来简单，然而这一境界不知道卡死了多少修行者的出山之路。

第二境到第三境，最大的桎梏便是感悟天地元气，并从周身的天地元气里，感悟出适合自身，以及与自身真元相融合的天地元气。但这往往是很多修行者终其一生也无法做到的事情，如同明知高山就在前方，却偏偏看不见高山，感觉不到可以为自己所用的那种鲜活的力量，这就是很多修行者的悲哀。而终于来到山前，看到并翻越这座山的过程，就是所谓的每个修为大境的破境。

每个人破境的时间有所不同，有些人只需数年，有些人却是一生。

陈墨离的真正年龄是二十七岁，但他的修为已经到了第四境。

南宫采菽和谢长生等人都非常清楚，这种破境速度已然极快。甚至可以说，按照他们目前的修行状况……在二十七岁之前，都很难突破到第四境。

在相同的年龄，你们也不可能达到我的境界——这才是陈墨离这句话中包含的真正意义。

谢长生缓缓抬头，他看着陈墨离莹润的面目，神色变得越来越寒。

绝大多数修行者看起来都很年轻，因为到了真元境之后，身体的改变能够让人的寿元大大增加，很多功法都能让容颜不老，时光对身体机能的洗涤如同停顿了一般。现在的陈墨离，看上去要比真实年纪年轻得多。

“走！”谢长生什么话都没有多说，只是冷冷吐出一个字，便招呼所有人一起离开。

不如就是不如，这一役，他输得心服口服。

他输得起。

所有人都没有说话，很干脆地和他一起离开。

丁宁的眉头深深皱了起来，虽然这些学院弟子的表现在他看来已是极好的，然而事情的发展却已经打乱了他的计划。

看着这些弟子的背影，陈墨离心情更加沉重了。以秦人的性格和风气，昔日的败绩——那六百里沃土，不可能就此罢手。

楚国虽然强盛了很多年，但那些天赋优秀的贵族子弟与这些长陵少年相比，却多了几分娇气，少了几分虎狼之心。

他深吸一口气，让自己的面容和心情恢复平静，然后转身看着丁宁，即便是这个普通的市井少年，都让他觉得颇为不凡。

秋风吹拂，吹动丁宁的发丝。

不等他开口，丁宁已经出声说道：“我小姨不理你，不是不懂礼数，而是她的许多事情，包括这间酒铺的生意，都由我做主。所以有什么事，你和我谈便是。”

陈墨离想了想，说道：“也好，我来这里，是因为我家公子想求见长孙姑娘。”

陈墨离是骊陵君座下门客，他口中的公子，自然是指大名鼎鼎，富有传奇色彩的骊陵君，让长陵所有修行者都要另眼相看的大人物。

然而丁宁却直截了当地说：“既然你家公子想要求见我小姨，为什么是你来，不是他来？”

陈墨离一愣，他没有想到丁宁会这么回答，因为骊陵君和一个酒肆女子自然不是同等级别，以骊陵君的身份，想要见一个酒肆女子，还需要亲自求见么？

他不知如何回应丁宁，一时之间，谈话似乎陷入僵局。

就在此时，一阵轻轻的掌声却从停在道旁的华贵马车声中响起。

“长陵的年轻人真是令人敬畏。”和陈墨离的声音相比更加温雅，有如春风拂面般和煦的声音从马车中响起。

世间有一种人天生便具有难言的魔力，哪怕他身着最普通的衣衫，长相极其平凡，哪怕他身处喧嚣的市集之中，只要他一出现，总会第一时间吸引所有人的目光，让人觉得他周身都在绽放光彩。

从马车里走出来的年轻人便是如此，他只穿着普通的青色衣袍，身上没有任何配饰，面容也十分普通，如同普通秦人一样，用一根布带将长发随意地扎在身后，然而缓步在梧桐树稀疏的阴影下的他好像散发着神奇的光辉。

他宛如神子，远处普通的看客，哪怕是根本不知晓他身份的贩夫走卒，都看出他的不凡，觉得他生来就是吸引人目光的大人物。

陈墨离恭敬地退到一侧，眼睛里闪耀着真正的尊敬，甚至是崇拜的神色。能让他如此的，自然只有他口中的公子，那传说中的骊陵君。

看起来也只有二十余岁年纪的骊陵君缓步走到丁宁面前，保持着令人感觉最舒服的一个距离。因为身材和丁宁相比太过高大，他甚至还有意识地不去将身体挺直。

他温雅地微笑着，认真对着丁宁欠身一礼，然后说道：“先生的话说得很对，我的确不应该自恃身份，到了这里还停驻于马车之上，理应自己出来求见长孙姑娘。”

这一番话不仅有礼，而且不加掩饰，一听便让人觉得骊陵君此人光明磊落，堂堂正正。

丁宁神情平静，揖手为礼，说道：“既然如此，公子可说明来意。”

骊陵君看着神色平静的丁宁，眼睛里也泛出些异彩，他毫不犹豫，诚恳而谦虚地说道：“在下特意来此，是想求娶长孙姑娘入府。”

此言一出，四下哗然。巷子里所有能够听清这句话的看客，全部震惊到了极点，甚至以为自己听错了。

虽然是楚国的质子，但骊陵君毕竟是一个真正的王子，而且在长陵这么多年，他已经充分证明了自己的能力，成为真正的一方之雄。在很多有远见的人眼里，骊陵君甚至和长陵那些王侯没有任何区别。

真正见过长孙浅雪容貌的人，虽然都知道她倾国倾城，然而她毕竟只是一个身份低

微，没有任何背景的酒家女。

像骊陵君这种人物，即便是纳妾，恐怕纳的都应该是大氏族的千金，或是将军家的小姐，怎会在这种公众场合，认真地说要求娶一个酒家女？

震惊之余，所有看客的目光全部聚集在丁宁的身上。他们认为丁宁一定受宠若惊，不会拒绝。

虽然之前无数媒婆踏破了酒铺的门槛，但是所有人都觉得所托之人家世不够，长孙浅雪或许会有更好的选择。然而此刻……应该不会有比骊陵君身份更高的人来求亲了。

这是一个千载难逢，燕雀飞上枝头做凤凰的机会。

很多看客心中甚至开始觉得酸楚，或许今日之后，便很难再喝到那酸涩的酒，再难以见到那惊世的容颜。

然而让他们根本预想不到的是，丁宁微微一笑，认真地回绝："多谢公子美意，但我不可能答应。"

听到丁宁如此回答，骊陵君不由得一怔。难道是梧桐落这种地方太过低微，这个酒肆少年连自己到底是何人都不知道？

他眉头微蹙，正寻思着要怎么开口。然而丁宁却像看穿了他心中所想，平静说道："不用向我介绍你到底是什么身份，我知道只要你一句话，便可以轻易用黄金将我这间酒铺填满；只要你一句话，至少有上百名修行者可以马上割下自己的头颅为你去死。"

"那么为什么……既然拒绝得这么干脆，总该有个原因。"骊陵君没有生气，只是用有些好奇的目光看着丁宁，温和地说道，"我以为你至少会和长孙姑娘商量一下，听取她的意见。"

丁宁摇了摇头，说道："我说过我不可能答应，便不需要听她的意见，至于原因……你真的希望我在这里将原因说出来？"

骊陵君神色未变，平静而温和地说道："但说无妨。"

看客们也都凝神静气，想要听听丁宁到底会说出什么理由。

丁宁没有犹豫，认真说道："你的父亲在位已三十二年，在这三十二年里，为我们外人所知的，可以算是他嫔妃的女子，一共有六十五位，平均一年便有两位。这些年他一共生了十七位王子，二十三位公主，所以他这些年可真是挺繁忙的。"

周围的看客听到丁宁这么说，都觉得他胆子也太大了。虽然天下都知楚王贪恋美色，平时大家也谈论得津津有味，恨不得以身代之，然而现在当着人家儿子的面直接评说，似乎有些说不过去。

骊陵君眉头微微挑起，声音微沉道："君子不拘小节，人无完人，即便父王有许多做得不到位的地方，仍不妨碍他成为伟大的君王。"

这话听起来似乎很有道理。

楚王确实是一位强有力的统治者和修行者，在位这三十二年间，他南征北战，建功无数。现在的楚国如日中天，出名的修行者的数量比秦国要多得多，甚至连日常所用之物都比别朝精美，衣衫和摆设更是各国模仿的对象。

只是丁宁根本不和骊陵君争辩什么，他只是看着对方，平静地接着说了下去："听说你父亲所宠幸的每一个嫔妃，无一不是人间绝色，且各有千秋，有些精通音律，有些长袖善舞，有些则分外善解人意，甚至还有特别擅做美食的。不过在这么多名嫔妃里面，他最宠爱的，还是来自于赵国的赵香妃。"

听到"赵香妃"这三个字，骊陵君眼眸深处微冷，但他的面容依旧平静温雅，保持着优雅的沉默。

"他到底想说什么？"看客们更加好奇了。

赵香妃自然是秦人闲暇时经常谈及的话题，这个传奇女子出身于赵国没落贵族之家，据说天生媚骨，这些年迷得楚王神魂颠倒，朝中一半大事几乎都是由她定夺，现在可以称得上是楚国第一号权贵。绝大多数人对她又惧又恨，暗中称呼她为"赵妖妃"。

也就是在长陵，普通的市井少年敢直接谈论她的名讳；换作在楚国，若是有人敢谈论她的事情，恐怕第二天就会沉没在某条河里。

"楚王膝下虽然子女成群，但是最宠爱的赵香妃却一直无子。不知是对所有王子不甚满意，还是想等赵香妃诞下王子，竟然到现在还未册封太子。"丁宁没有丝毫畏惧的样子，只是平静地接着说了下去，"骊陵君你在长陵这些年，名声很好，楚人眼不瞎的话，不会看不到你的才能。所以，若是你现在出现在楚王的视线中，他应该不会像之前那样讨厌你；倘若你还带着一个让他都感到惊艳的女子的话，结局又会有很大不同。以他的性情来看，根本不会在意你跟那女子有什么关系；而且夺了你的爱妃，他或多或少都会对你有些内疚。"

停顿了一会儿，丁宁又思忖道："赵香妃膝下无子，任何人处在她的位置，都会未雨绸缪。她无子，而你又无母，所以权衡利弊之后，她自然会尽早筹谋，有所决断。若是她肯为你说话，那么就有可能扭转乾坤，届时自然会有她不想见到的王子被驱逐到长

陵，来取代你现在的位置。”

秋风依旧，整条街巷都似乎突然变得冰冷起来。

绝大多数看客都是没有多少见识的破落户，然而丁宁的讲述极有条理，就连他们都明白其中深义。

只是这种大事，能在街道上公然说出来么？丁宁的胆子也太大了，太不顾及骊陵君的感受了……

然而心惊胆战之后，他们却又不由得骄傲了起来。

骊陵君再怎么出色，再怎么厉害，也只是楚人。

秦人为什么要管楚人的感受？丁宁这种表现，才符合秦人的性格。

骊陵君脸上依旧没有任何生气或者震惊的成分，只是他的眉头却深深地皱了起来。

他缓缓抬起头来，看着丁宁，认真说道：“如果我真的有可能成为楚国的君王，那么你是否会考虑我的请求？”

“成为你父亲的嫔妃之一？”丁宁脸上笼上一层寒霜。

骊陵君和陈墨离的到来，打乱了他的计划，他本来就不高兴，只是他知道平静地改变计划之外的事情，远比无谓的生气要重要。现在，他却是真正心生不快了。

“在你看来这竟是难得的际遇么？我们是不是应该谢谢你的提携和赏赐，让我们终于过上了锦衣玉食的生活？难道我们真如你想象之中那么卑贱？”他冷冷地看着骊陵君，缓慢而清晰地说道，“我们在长陵待得好好的，难道你觉得我会为了一个没有把握的可能，让我的小姨跟着你去做这样的事情？”

骊陵君面容依旧平静，眸底却似乎有火焰燃烧起来，他平和地说道：“以一人谋一国，这不只是难得的际遇，你不在意，并不代表长孙姑娘不感兴趣，总比在这里做酒，最终嫁作商人妇要好。”

“你这是在侮辱我小姨。”丁宁笑了起来，他看着骊陵君，无比认真地说道，“我小姨比我更高冷，我看不上的东西，她当然更不可能看得上。”

他说的完全是事实，长孙浅雪的确比大多数人想象中还要高傲孤冷。

骊陵君的整个眼瞳都似乎要燃烧起来，但是他却依旧没有失态。

“既然如此，实在是打扰了。”他微微躬身，认真施礼，然后优雅地转身，朝着自己的马车走去。

“有些机会转瞬即逝，一生都不可能再来，若不抓住，终老之时，恐怕会叹息自己这一生活得不够精彩。”比不得骊陵君的君子风范，陈墨离最终意难平，转身离去之时，像是自言自语般轻声叹息了这一句。

“我这一生，会不够精彩么？我倒是希望能够平凡一些，不要太过精彩。”丁宁难言地苦笑着，在心中轻声说道。

当车帘垂下，将外面的天地隔绝在外之时，骊陵君的面容变得黯淡而冷漠。他可以肯定，丁宁绝对是个真正的天才。

仅凭着坊间一些传闻，这个年幼的少年竟然拥有如此清晰而恐怖的判断，对于遥远的楚国的大势，看得甚至比他还要清楚。

然而天才不能为他所用，便分外令人憎恶。而且不能为他所用的天才，便很有可能会成为将来的敌人。

马车开始移动，车轮从石板路上碾过，车厢微微颠簸着。

他闭上眼睛，冷漠的面容变得更加冷厉。刚刚的谈话点醒了他很多事情，也让他再次清晰地意识到，这件事有多么迫切。因为丁宁并不知道，他的父亲，那强大的楚国统治者，身体已经开始变差了。

山河路远，归家的路如此艰难、漫长。然而再远的路，也熄灭不了他心中的火焰。

第八章　拨云见日

华贵的马车驶出梧桐落时，一片稀稀拉拉的掌声和叫好声响起。

不管平日里觉得骊陵君有多么不凡，今日看到这位传说中的大人物有多么兴奋和惊喜，但对方毕竟是楚人。能让楚人不高兴，他们便高兴。看来这酒铺的少年，真的和传言中一样特别。

看客们渐渐散去，此时，一个在这里观望已久的看客，却快步走进了酒铺。

这是一个看上去有些病态的三十岁男子。他面目英俊，身穿一件略厚的灰色棉袍，即便这样，似乎还有些怕冷，身形有些瑟缩。他的眼角已经有了皱纹，眉头中间也有皱纹，始终像在想着什么烦心事似的。看来他平日里需要思考、担心的事情一定特别多。

他像进了自己家门一样，自顾自地在柜台上拍下些酒钱，然后在丁宁身旁不远处坐下，缓缓饮酒。

“你又是什么人？你们这些大人物，平日里难道无处可去，围着这个小地方转是什么意思？”丁宁用力将一张椅子重重掷在这个男子对面，情绪不佳地说道。

男子倒没有在意丁宁态度恶劣，反而笑着问道：“我叫王太虚，你不认识我，怎么可以肯定我是大人物？”

“王太虚？你的身体倒是真虚。”丁宁在他对面坐下，见对方吐息微弱，说话时露出的牙齿都缺了一颗，便微讽道。

接着，他反手指了指铺外：“你当我是瞎子么？那几个壮汉把想进入酒铺的其他人都拦住了，你一个人霸占了这里，而且被拦的那些人还不敢有什么怨言……”

“真是细致入微。”王太虚丝毫不介意丁宁嘲讽的语气，反而欣赏地笑了起来。他看上去的确很虚，不仅缺了一颗牙齿，连其余牙齿都似乎有些松动。

他看着丁宁，笑着说道：“小处细致入微，大处纵览全局，的确是天生的鬼才。”

丁宁看了他一眼说道：“好好的人不做，做鬼干吗？”

王太虚又笑了笑，说道：“前不久这条巷子里来了个黄衫师爷向你收租子，但是你没有给吧？”

丁宁眉头微皱：“说了过几天再来，不知怎的却没有来……你到底是两层楼的，还是锦林唐的？”

王太虚微笑道：“我是两层楼的人，更确切地说，两层楼的事情现在都归我管。”

丁宁怀疑地看着他：“两层楼的主人怎么可能这么虚？”

王太虚收敛了笑容，正色道：“可能是最近处理的事情太多，所以伤了身体。”

“如果你真是两层楼的主人，应该不会凑巧出现在这里。”丁宁也认真地看着他说道，“不过这和我没什么关系，和我有关的只是我的租子到底应该交给谁。”

“我现在还活着，说明租子还是应该交给我。”王太虚轻咳了数声，有些自傲地说道，“至于今日我之所以会在这里，只是因为骊陵君过来了。”

大约是怕自己说得不够清楚，王太虚又看着丁宁接着说道：“你也明白，我们两层楼有面子上的生意，也有暗地里见不得光的生意。面子上的生意虽然油水很少，但倘若被人抢了去，连面子和地盘都没有了，要里子又有何用？我们和锦林唐的竞争向来激烈，现在骊陵君这条大龙突然出现在这里，究竟代表着何等意义？若是他略微显露一些与锦林唐有关的言行，那我就要考虑一下自己明天可能会躺在哪条河里了。”

“你这么怕他？”丁宁微讽道。

“我和你不一样。”想到丁宁刚刚对骊陵君说的那番话，王太虚又忍不住笑了起来，“哪怕你让他丢了面子，碍于身份他也不会对你怎么样，毕竟对付你这种市井少年，说起来也不是君子所为……但我们不一样，要是真和他有了冲突，那就免不了一场腥风血雨了。而且他门下修行者的实力你也看到了，像陈墨离那样的修行者可不止一个。其实我也不是怕他，你应该明白有所防备和没有防备的结果，是完全不同的。”

丁宁面无表情地说道：“你错了，我敢那样对他，是因为我是交了租子钱，交了保护费的。”

“说得好。”王太虚忍不住拍掌大笑起来。

丁宁看了他一眼，质疑道：“可是你现在这么虚，真的有能力保护我们么？”

王太虚严肃了起来，认真地看着他的眼睛说：“有没有能力，关键在于能不能解决掉锦林唐。如果一直被锦林唐缠着，没办法好好做生意，我们自然会越来越弱。”

“那我祝你们好运。”丁宁说道。

“运气这种东西，只会降临在做好充足准备的人身上。”王太虚轻咳了两声，用一块丝巾擦了擦嘴，说道，“我来到这里，就是为了得到你的帮助。”

丁宁眉头微蹙：“我能帮你什么忙？”

“帮我拨开迷雾。”王太虚缓缓说道，“你年纪虽小，但是我在长陵待了这么久，却没有见过几个像你这样事无巨细都看得这么清楚，理得这么清楚的人。”

“你应该明白，能在纷乱的头绪中迅速理清整个大局，这种能力有多重要。我缺一个这样的军师，或者说是弟子、伙伴。”王太虚认真而诚恳地接着说道。

“其实你现在的处境和骊陵君的处境差不多，如果能够站稳脚跟，再把锦林唐一口吃掉，那么你在长陵的地位就会青云直上。可关键在于，这同样充满无数风险，两层楼现在还只是风雨飘摇之中布满很多窟窿的大船。”丁宁也认真地看着他，问道，“再说了，我帮了你，我能得到什么好处？”

王太虚反问道：“你想要什么好处？”

“什么好处都可以么？”丁宁突然有些恼火地伸出手，指了指之前那些剑院弟子离开的方向，“包括让我进入他们那些剑院？”

王太虚笑了起来，他温和地看着丁宁，说道：“你想成为修行者么？其实想成为修行者，不一定需要进入那些剑院。”

丁宁冷笑道：“可是只有某些剑院，才有参加岷山剑宗入试的资格。”

王太虚彻底怔住了。

他足足怔了五六息时间，才终于回过神来，有些不可置信地看着丁宁说道：“你居然想进入岷山剑宗？”

任何人听到丁宁这句话都会感到震惊，觉得不可思议，甚至可能会忍不住拿手里的酒瓶打他的脸，因为进岷山剑宗……这哪里是市井少年所能想的事情？

岷山剑宗和灵虚剑门每年收徒数十名，整个长陵有多少适龄的年轻人？而且岷山剑宗和灵虚剑门不是面对长陵收徒，而是面对整个秦国，甚至更远一些的属国、友好邻邦。

即便在某个大城是独一无二的绝顶天才，到了岷山剑宗，恐怕也会发现自己很普通。能够直接进入岷山剑宗和灵虚剑门的，都是可以用“怪物”一词来形容的人。

比如有的人天生能感觉到天地元气的存在；有的人经络比一般人要宽，体内窍位能够储存更多的真元和天地元气，这便意味着今后他的境界越高，就比同阶的修行者拥有更多可以挥霍的力量；甚至有些人在生下来之后，很快就成为修行者，体内的五脏之气已自然凝成真元……

面对这样的“怪物”，绝大多数天才简直都要汗颜了。

所以，即便是权势滔天的氏族门阀的精英子弟，也不会一直在这两大剑宗的山门前浪费时间，而是采取第二条路——先进入其他合适的修行之地，获得一些际遇之后，再设法在与两个剑宗有关的会试里脱颖而出，获得进入两大剑宗的某些密地和藏经之地观摩、学习的资格。

除此之外，各司还有极少的举荐名额。唯有在各司任职，且表现异常优异，累积功绩到了一定程度，才有进入两大剑宗学习一段时间的资格。

然而这两条路，同样极其难走。

所以在回过神来之后，王太虚又忍不住轻咳一声，补充了一句：“你真的不是开玩笑吗？”

丁宁看了他一眼，说道：“刚刚那批弟子所在的某些剑院，就有参加会试的资格。”

见丁宁眼神如此肯定，王太虚深吸了一口气，眉头皱成了“川”字，沉吟道：“从特殊的会试中脱颖而出，的确有成功的机率，很多权贵、氏族打的就是这个主意，哪怕先天资质比那些‘怪物’差一些，但后天修行时通过堆积大量的资源，也能提升实力，从而在会试中胜出。”

见王太虚如此认真，丁宁脸上嘲讽的表情彻底消失了，他平静地说道：“你说的这些我自然也都清楚，现在的问题在于，你有没有能力让我进入那些有资格参加会试的宗门。”

王太虚的眉头皱得更深了，皱纹好像刀刻出来的一样。他剧烈地咳嗽着，像是要将肺都咳出来。

“只要我们两层楼还在，让你进入其中一个宗门应该没有太大问题。”在咳嗽略微平复了一些之后，他喘息着说道，“关键在于，做任何生意都要讲究付出和回报。你为什么一定要进入岷山剑宗？有些风景，你接近之后往往会发现没有想象中那么美。在我

看来，与其花费大量代价去参加那种机会渺茫的会试，还不如直接将代价花费在你身上，或许你还能获得更高的成就。”

“我承认你也是‘怪物’。”微微一顿之后，王太虚接着说道，“‘怪物’的想法和看事情的眼光，的确和我们正常人不太一样。只是岷山剑宗和灵虚剑门所要的‘怪物’，对修行天赋本身有着更高的要求。”

丁宁平静地看着王太虚，轻声说道：“你很坦诚，所以我也坦诚地告诉你，我的身体有很大问题。”

“很大问题？”王太虚眉头一挑，“什么问题？”

“一种天生的毛病，数年之前，就已经有修行者给我下了论断，我的五脏之气活动过旺，是早衰之症。”丁宁缓缓说道，“绝大多数宗门的修习功法，只会让我的五脏之气活动更旺，甚至在很年轻的时候就死去，所以我有必须进入岷山剑宗的理由。”

王太虚再次感到震惊，他似乎有些明白为什么丁宁在绝大多数时候都拥有如此平静的眼神。一个时时觉得自己生命会终结，连生死都不那么畏惧的人，在很多时候，自然会比一般人更为平静。或者这就是所谓的天妒英才吧！

“岷山剑宗有可以让你活得更久一些的修行功诀？”王太虚深吸了一口气，看着丁宁，缓缓问道。

“岷山剑宗有一门‘续天神诀’，应该能解决我的一些问题。”丁宁点头说道。

“我也猜到是这门真诀。”王太虚沉吟道，“这的确是岷山剑宗的不传之秘，只有真正进入岷山剑宗密地修行的弟子，才有可能学到这门真诀。”

丁宁点了点头，没有说话。

王太虚的神情却更为严肃和凝重：“如果我帮你进入有资格参加会试的剑院，那么你必定会马上开始修炼……”

“是的，开弓没有回头箭，倘若不成功，一截残烛可能很快就会烧光。”丁宁打断了王太虚的话，笑着说道，“不过这样总比等死，或者成为骊陵君的棋子，要有趣得多。”

“命运掌握在自己手里，搏一搏，总有些机会；不搏，则一点机会都没有。我赞成你这种说法。”王太虚想了想，笑了起来，“我想你可以帮我，我也可以帮你。”

丁宁也笑了：“说说你的想法。”

“我们和青藤剑院有些关系，最近此院有些变动，想个办法让你进入青藤剑院，应该没有太大问题。”王太虚不假思索地说道。

丁宁却皱了皱眉头：“太虚先生，你不要欺负我年纪小，想要诓我，我可是记得青藤剑院根本就没有参加岷山剑会的资格。”

王太虚摇了摇头：“以前的确没有，今年开始有了。”

丁宁愣了一愣。

王太虚很喜欢看到他这副失算的样子，微微一笑，说道：“青藤剑院已经扩院，白羊洞归入青藤剑院，按照人数和规模，不需要大王特例宣旨，已然获得了参加岷山剑会的资格。”

“白羊洞归入青藤剑院？”丁宁陷入沉思。

白羊洞位于白羊峡，距离青藤剑院的确不远。白羊洞的历史比青藤剑院还要悠久一些，近年来也出过一些不错的修行者，而且最为关键的是白羊洞里有一口灵泉，富含利于修行的灵气，对于提升修行速度有着不错的功效。在正常情况下，这样的宗门是不可能甘愿被一个差不多的宗门管辖的。

“这就是我所说的变动。”王太虚看穿丁宁的心思，轻声说道，“白羊洞有人触怒了王后，所以才有此变数。至于青藤剑院，在白羊洞的归附和使用问题上，也有分歧，所以这对于我们而言，便是机会。”

“王后？”丁宁又怔了怔。

这个称呼，在他的记忆里似乎非常遥远。

“你在想什么？”看着丁宁似乎有些出神的样子，王太虚平静地说道，“难道是对我说的话有些怀疑？”

“没什么。”丁宁摇了摇头，想了想，问道，“鱼市里的生意和你们两层楼或是锦林唐有关系么？”

王太虚微微一怔，他不明白丁宁为什么会突然提及鱼市的事情，但他还是认真地回答道：“没有，那是上层的生意，我们这种下层人物，做不了那种大江大河的生意。”

丁宁鄙夷地看了他一眼，说道：“传说中占了大部分赌场和花楼生意的人，还是下层人物？”

王太虚摇了摇头：“哪里有那么夸张，我们最多占了几成生意，而且我所说的上层、下层只是和生意对象有关。我们做生意的对象是普通的市井人物和江湖人物，而鱼市的生意牵扯的却是大宗大派、庙堂人物和大逆大寇，这种级别的人物，我们纠缠不起。也只有真正大智大勇，有大能耐的人，才能做这种随时都有一条过江龙趟过的生意……”

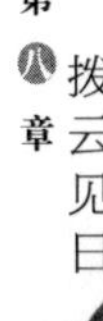

“龙有龙路，蛇有蛇路，蛟龙天生就和蛟龙为伍；蛇就算一朝化成蛟龙，也不可能有那么多积累，更不可能混迹在蛟龙的潭子里，这就是所谓的底蕴。所以，长陵一般的贵族子弟和普通的市井子弟也都玩不到一块儿去。”丁宁沉吟道，“听你的意思，有资格做那种生意的，至少是那种级别出身的人物才行。”

王太虚耐心说道：“能和大宗大派、庙堂人物搭上线的，自然不是普通的人物。鱼市里的生意，长陵其余的帮派都不敢插手，也不敢去打听。鱼市的规矩是商大小姐定的，我只知道她是一个颇为不凡的女子，具体是什么出身，怎么会走到这一步，却是一概不知。”

“锦林唐和鱼市没有关系那就好。”丁宁平静地说道。

“看来你的确能够帮助我。”王太虚会错了意，他以为丁宁正在考虑自己的提议，眼睛里燃起异样的光焰，沉声说道，“锦林唐主要做一些马帮和行镖生意，以及一些与军方有关的漕运生意。按理来说，无论是财力还是根基，他们都不可能和我们两层楼相比，而且江湖上的生意，虽然没有什么律法规定，但是却有许多约定俗成的规矩。他们这次行事竟没有顾及规矩，我们在长陵这么多年，和别的帮派相处得也还算融洽，所以查来查去，思前想后，便只有两个可能……”

丁宁眉头微挑，示意王太虚继续说下去。

“一是突然来了条过江龙，锦林唐多了个极厉害的修行者。这种例子也不是没有，以前城北的风水码头之争，就是因为飞鱼堂多了个姓风的极强的修行者，使得和飞鱼堂相争的杏林圃被杀寒了胆。”王太虚轻咳了数声，等到呼吸彻底调匀之后，才接着说道，“既然有这样的先例，我便想了个法子，故意给了他们一个可以刺杀我的机会。”

“所以你便虚成了这样。”丁宁微微一笑，说道，“这的确是个好方法……那么你从这种试探中得到了什么答案？”

“并没有出现我所担心的那种过江龙似的人物。”王太虚的眉头再次深深地皱了起来，“所以我觉得只剩下另外一种可能，恐怕是庙堂里有什么人物，看中了我们这块儿的生意。”

“这很有可能，毕竟锦林唐的生意和漕运有关联。”丁宁眉头微蹙，思忖道，“这样的话，就不算糟糕到极点，还可以争一争。”

“我想听听你的见解。”王太虚平静地看着丁宁，说道。

“整个长陵，不需要考虑秦王想法的人，只有李相和严相，但是他们应该没空来抢这块肉。而且如果是他们，说不定你现在已经被满门抄斩了……”丁宁抬头看着他，认真说道，“至于其他权贵，则要顾及秦王和这两位丞相的想法。朝中的修行者，说到底都是秦王的财产，动用朝中的势力谋私利，一贯以来就是禁忌。而且让秦王的修行者有了折损，这样的罪责谁也承担不起。所以若只是朝堂里的某位贵人看上了这块肉，倒不是特别糟糕的事情，你们还可以争一争。他们能够动用的力量有限，做起事来也束手束脚。”

“我果然没有看错你。”王太虚的眼睛越来越亮，“你还需要知道些什么？”

丁宁问道：“我想知道那次试探让锦林唐付出了什么代价，以及锦林唐现在有什么动作，让你看不明白的又是什么？”

“他们一共留下了五十三具尸体，其中有六名修行者，锦、林、唐这三个人里面，只有唐缺没有出现，徐锦和林青蝶都被我们杀死了。”

“锦林唐是三个人的名字凑在一起的？”

“他们三个是从北边乡下小地方一起出来闯荡江湖的异姓兄弟。锦林唐里面没有比他们更强的修行者，刺杀我的时候，也没有出现比他们更强的修行者……”

丁宁仔细听着这些平时自己很难接触到，也很难了解到的底层江湖的事情，接着问道：“被你们杀死的徐锦和林青蝶是什么修为，没有出现的唐缺又是什么修为？”

王太虚说道：“徐锦是第四境上品，林青蝶已然到了第五境下品。至于唐缺，应该是第四境上品。”

“你能确定唐缺的修为么？”丁宁又问。

王太虚摇了摇头：“我只能确定他是因为正好不在长陵，一时赶不过来，不是像你所想的那样，他在破境或者身份远高于其他两人，所以才未亲至。”

丁宁点了点头说：“你们的损失大吗？”

王太虚看了他一眼说：“我们没有太大的损失。”

丁宁问道：“他们接下来有什么动作？”

“唐缺居然说动了雷雨堂的章胖子前来和我们谈判。”王太虚深吸了一口气，说道，“这就是我现在最想不明白的地方。因为如果是我，要么带着其余的人一起逃出长陵，要么寻求一些强大力量的帮助，再垂死反扑一次。雷雨堂虽然想从我们手里得到一点生意，和我们不太对路，但是平时极讲规矩。而且谈判的地点就在我们的地盘，只要前来谈判的人不符合我的要求，我就不会出现。”

丁宁沉默了数息时间，然后说道：“不说天时，至少地利、人和你们全都占了。拜托有分量的江湖人物来讲和，看上去像是求你们高抬贵手，不要斩尽杀绝的意思。他们对你们到场的人，有没有什么特别的要求？”

王太虚摇了摇头：“没有，并且既然是在我们的地盘，谈判的地方自然也是由我们布置。”

丁宁笑了起来：“你多带些人也无所谓？”

王太虚若有所思。

“这就是问题所在。”丁宁认真地看着他，平静地说道，“我想我知道为什么了。”

王太虚的眼睛眯了起来，他有些不敢相信，自己考虑了许久都想不清楚的问题，丁宁居然从一问一答的几句对话之中，快速找出了症结所在。

“是什么问题？”他认真看着丁宁，谦虚请教道。

“既然不可能是外面的问题，便自然是你们自己的问题。”丁宁平静地说道。

王太虚呼吸一顿，微眯的眼睛里顿时射出了寒光。

丁宁微微一笑，说道：“现在地方是你们选的，人他们不能多带，所请的调停人也不够分量，这就是最大的疑点。唐缺难道就不怕你们根本不给雷雨堂的章胖子面子？”

听丁宁这么一说，王太虚的脸色越来越阴沉。

丁宁似乎根本没有注意到他的脸色，接着说了下去：“而且先前你也说过，唐缺背后的靠山很有可能是庙堂里的人物。对于庙堂里的那些人物而言，虽然不能弄出很大动静，不太敢动用王上的私人财产，但是像唐缺这种修为的江湖修行者的性命，在他们眼中和阿猫阿狗也没有太大区别。所以他们不会容许唐缺轻易失败，一定会让他再拼命一搏。”

王太虚面色更寒，压低了声音，缓缓说道：“因此你的判断是我们身边的人有问题？”

丁宁点了点头，看着他说道：“我不知道你们在哪里设宴谈判，但这恐怕是一场会要了你性命的送终宴。”

王太虚深吸了一口气，轻声说道：“可是我的那些兄弟都是同乡，跟我都有过命的交情。”

“人是会变的，一时为形势所迫，难免会做一些本来并不乐意做的事情。人在江湖，身不由己，这句话的真正含义，你应该比我更加清楚。”丁宁微嘲道，“更何况每个人都有弱点，包括你我。”

王太虚脸色难看地问道：“你说说我的弱点是什么？”

“你很讲信义，所以刚刚和我谈条件的时候，你理所当然地认为我是和你一样的人。或许平日你们两层楼的氛围的确如此。”丁宁平静地看着他，“你能做两层楼的主人，当然是一个极聪明，看得极远的人物，但是这么简单的事情你却看不明白，只是因为你有这样的弱点，根本不往那方面去想。看东西之前，你先遮住了一只眼睛，将本该看清的一些人也撇了出去，又怎么能看得到全局？”

王太虚沉默不语，他并不是迂腐的人，否则绝对不会亲自向在绝大多数人眼里还是孩子的丁宁讨教。他开始在心里衡量丁宁所作的判断的可能性。倘若这场大宴不只是决定长陵城中江湖格局的盛宴，那么牵涉的便不仅仅是两层楼怎么才能活下去，走得更远的问题，而是直接关系着他的生死的问题。

数滴冷汗不自觉地从他两鬓流淌下来。

“就在今晚。”他没有掩饰什么，很随意地用手擦了擦冷汗，轻咳着，看着丁宁说道，“唐缺约了章胖子，在红韵楼和我谈判。”

丁宁眉头微挑，没有说话。

王太虚用丝巾掩着嘴角，接着说了下去：“倘若今天我没有听到你这番话，那么我很有可能活不过今晚。生死一发……此时想想，人的生命真的太过脆弱……”

一抹肃穆的神色出现在他的脸上，他深深地看着丁宁，接着说道：“今晚的大宴，我想你和我一起去。我会为你做些事情……若是我能安然活过今晚，我和两层楼，将来不会忘了你。”

“我可以和你一起去。”丁宁毫不犹豫地说道，“但苟富贵，请相忘。”

王太虚一怔，若是今日能够彻底解决锦林唐的事情，那么至少很长一段时间，两层楼在长陵的江湖之中，将会拥有更高的地位。这样一个帮派的感激和支持，对于任何人而言都是宝贵的财富，然而丁宁却似乎生怕将来和他们扯上更多的关系。

他想不明白，所以忍不住问道：“为什么？”

“有些时候，所做的事情不一样，最好不要相欠太多。我只要我的，你只要你的，这样干净。”丁宁看着他，平静地说道，“有了期望，将来便难免对对方失望。”

王太虚的眉头又深深地皱了起来。

“看来你的天地与我们所看到的不一样。既然如此，我便让你如愿以偿，进入岷山剑宗。”他又用丝巾掩了掩嘴，十分真诚地说道，“走吧。为了今夜的大宴，我需要准

备一下。”

然后，他站了起来，示意丁宁跟着他离开。

后院里，一直倾听着他们谈话的长孙浅雪眉头也微微地皱着，似乎想要对丁宁说些什么，但最终还是有些恼怒地低下了头，不去理会跟着王太虚离开的丁宁。

第九章 白羊挂角

夕阳将落，夜缓缓袭来，如同远处有位天神，正扯着一面黑色大旗，缓缓行过天幕。

一辆黑色的马车，从神都监的殓尸房外缓缓行出。黑色的马车和远处微暗的天幕相对，似乎在迎接着黑夜。

沿途不少神都监的官员躬身而立，眼神里充满敬畏和憎恶。

赶着黑色马车的是一个面容枯槁，如同僵尸一样的老仆；马车里，依旧一袭白裙的监天司司首夜策冷闭着眼睛，似已睡着。

非凡的人物自有非凡的气息，这辆黑色马车虽然没有任何标记，但沿途却是畅通无阻，一路上所有马车、行人全都自觉或不自觉地退让到一旁。

然而，当它行进在一条很宽阔的道路上时，一辆很威严的马车，却缓缓地迎面驶来，最终在它面前停下。

之所以用“威严”一词来形容这辆马车，首先是因为它很大，由四匹马拖动。其次，它的装饰不像其他马车 样，选用金银或者美玉，而是黑色的玄甲。就连四匹马身上，都覆盖着鱼鳞铁甲。四匹马很高大，而且腿肚很壮实，步伐几乎完全一致，明显就是久经训练的战马。

看着这通体如同铁铸的威严马车在面前停下，赶着黑色马车的老仆依旧面无表情，只是缓缓勒停了马车。

两辆马车隔着一丈的距离相望。

“是九死蚕？”金铁摩擦般的声音从铁铸般的马车车厢内响起，竟然不向四周传播，而是如同一条线一般传入黑色马车的车厢里。

一袭白裙的夜策冷此时才睁开眼睛，面无表情地说道：“是。”

“很好。”铁铸般马车内的乘客似乎冷笑了一声，然后接着说道，“公事谈完，接下来，就要请夜司首下车谈谈私事了。”

声音未落，马车“嗡”地发出一声震响，四匹战马身上的无数鳞甲都在不断震鸣。

沉重如铁的车帘掀开，一个身形分外高大的男子，从车厢内一步跨出。马车少了大量负担，一时竟往上微微一跳。

这是一个很高、很胖的男子，他的身型，大约相当于三个高壮的男子挤在一起。他身体的每一个部分，脸、脖子、胳膊、腿、肚子……都是高高堆起的肥肉。的确只有这么大的车厢，才坐得下他这么胖的男子。只是寻常像他这般肥胖的男子，一定连走路都艰难，然而他却不同，他身上的每一块肥肉，似乎都蕴含着可怕的力量。所以哪怕他满身肥肉，眼睛都被肥肉挤得快没了，但给人的感觉却分外的庄严、可怕，就像一座威势赫赫的巨山。

几乎所有长陵的人都认识他——他就是许兵，秦国最普通的小兵出身，横山剑院有史以来最强的传人，最终封侯，成为秦国十三侯之一的横山许侯！

夜风轻柔，一袭白裙出现在夜色将至的长陵街道中。

一脸平静的夜策冷出了马车，站在这威风凛凛的王侯对面。她身影娇小，和许侯相比，就像一朵纤细的白花。

“慕容城这个人虽然蠢了点儿，但毕竟年轻，而且修行潜质和破境速度都还不错，可以慢慢调教。可我还没来得及调教，就被你一剑斩杀了。”横山许侯浑身散发着无比霸烈的气息，用狮子看着绵羊的眼神看着夜策冷，冷冷说道，“毕竟已经算是半个我府里的人，你不给我个交待，今后谁还会给我面子？”

“接你一剑，不就给了你面子？”夜策冷不以为然地冷冷一笑，脸上露出两个浅浅的酒窝。

“爽快！我就喜欢你这个性，不愧是我大秦唯一的女司首！”横山许侯森冷一笑，对着夜策冷伸了伸手，“那就来吧，还等什么！”

夜策冷一言不发，只是往前伸出一只白生生的小手。

晴朗的暮色里，突然掉落一滴雨珠，落在许侯庞大身躯后方的阴影里，“啪嗒”一声，牵扯出无数条微小、晶莹的水线。

与此同时，夜策冷的手心里凭空多出一颗晶莹的液滴。

横山许侯本来就快不存在的眼睛眯得更细了，重重地冷哼道："天一生水！"

时间仿佛在这一瞬间凝固了，整条街的砖石都被突然从四面八方涌来的天地元气压得"咯吱"作响。无数陈年的灰尘从缝隙里争先恐后地挤出，似乎也感受到恐怖的气机，想要逃离这条长街。

夜策冷脸上的笑意完全消失，她的每一个动作都变得极其缓慢而凝重，明显比对阵赵斩时还要吃力。她伸出的手只是托着一颗悬浮着的晶莹的液滴，然而每一个细微的动作，却沉重得犹如搬山。

"轰！"

液滴在她手中变成一柄一寸来长的晶莹剔透的水剑，同时，整条街上方的天空好像突然塌陷了，无数天地元气朝着她手中这柄小剑汇聚。因为速度太快，天地元气的数量又太过恐怖，所以一瞬间，这些天地元气就像一座无形的巨山，被她硬生生地搬来，然后强行挤入晶莹的水剑之中。

这便是让天下无数修行者仰望的修行第七境——搬山境。

到了第三境真元境之时，修行者便可吸纳一些天地元气入体，将自己的真气炼成真元；到了第四境融元境，真元和更多的天地元气相融的同时，在体内开辟出一些可以存储天地元气的窍位，在修炼之时，身体便不只是吸纳、炼化一些天地元气，而是成为存储天地元气的容器；而只有到了第七境搬山境，才可以做到直接从周围的天地间搬运数量恐怖的天地元气，强行压缩在自己的真元里，每一滴细小的真元瞬间涌入恐怖的天地元气，在对敌之时，便能爆发出难以想象的力量。

陈墨离是第四境的修行者，然而他震慑那些学院弟子时身体里涌出的天地元气，与夜策冷一瞬间搬来的天地元气相比，简直就像细流之于江海，差距竟如此之大！

被夜策冷搬来灌入剑身的天地元气沉重如山，然而她手心里的这柄晶莹水剑，却轻得好像没有任何分量。

"哧！"

小剑直接从她的手心消失，射向许侯的眉心。剑速太快，似有江河于空中穿行，然而肉眼却看不见。

许侯如山的身体一步都没有退却，肥胖的右手在这个时候也消失了。

事实上，他只是往上横了横这条手臂。然而只是这一横，便有一条青色剑影，像一座巨山横在他眉心之前。

一剑如山横，千军不得进，这便是真正的“横山剑”！

一股更加霸烈无双的气息出现在天地间，一声沉闷到难以用言语来形容的巨响在他眉心之前响起。

他的双手已经背负在身后，身上如铁的衣衫猎猎作响，似乎动都没有动过。

他面前的夜策冷也是沉默如水，一步不动。她的手依旧向前伸着，那一柄小剑已然重新化为晶莹的液滴，悬浮在她的手心。

然而两人身体上方，却有恐怖的青色元气往上升腾，在高空里，形成一座青色的大山。大山上方，有无数雨露在飞，而且是往更高的天空飞去。

许侯抬头望着天空中的异相，嘿嘿一笑，浑身的肥肉微微一颤，便不再多说什么，转身走入巨大的马车。

夜策冷面无表情地看着手心，只见晶莹的液滴正缓缓沁入她的身体。

夜色终于降临，两辆马车似有默契一般分道驰离。

不远处石桥畔的一株枫树下，停着神都监的一辆马车。

驾车的是一个没有舌头的哑巴，而且似乎还是个聋子，连方才那声沉闷的巨响都没有听到，全然没有反应。

马车里坐着一个身穿深红色锦袍，短须分外杂乱，面相年轻的瘦削男子。他头发灰白，双手的指甲略微发黄，看起来有些颓废，然而长陵所有人都知道这只是假象。其实他分外阴狠、狡诈、残酷，因为他就是神都监之首——陈监首。

他有些颓然地低着头，目光却从车帘的缝隙里看向那条宽阔的街巷。

铁铸的马车在黑夜里穿行。

许侯的身体将原本宽阔的车厢变得异常拥挤，他的手指在肚子上缓缓敲击着，想着方才那一剑，他不由得冷笑起来，自言自语道：“真是够劲儿……接了我这一剑，苦头是要吃不少，不过至少可保你暂时平安。”

夜色中，数辆马车正缓缓驶向红韵楼。

红韵楼是城南一处中等的花楼，平日里夜色渐浓的时候，周围的庭院和门前的小河畔便都挑起了灯笼。街巷里车如流水马如龙，贩卖小吃食、鲜花的，唱小曲儿的，做点零碎生意讨些赏钱的……人头攒动，热闹非凡。但今日红韵楼包了场，方圆数里分外幽静，静到让人觉得有些压抑。

即便那些不缺银钱、兴致勃勃而来却被扫了兴的豪客，听到空荡荡的楼里传出带着杀气的丝竹声，看到街巷里隐约可见的幽影，也只觉得汗毛竖起，不敢多加停留。

丁宁和王太虚下了马车，两人像散步的闲人一样走向前方不远处的红韵楼。

一个头发雪白，身穿麻布棉袍，肤色十分红润，看不到多少皱纹的清癯老者独自从第二辆马车中走下来，走到王太虚身侧。

他们身后的五六辆马车里“哗啦啦”下来十余人，跟着他们向红韵楼走去。

透过灯笼微弱的光亮，依稀可以看到至少有上百人沉默地站立在红韵楼周围的阴影里，身上或多或少都有着兵刃的反光。

王太虚微皱着眉头向前走着，他换了一件绯红色的锦袍，这使得他的脸色看上去显得红润一些。他身侧一老一小也是一言不发，三人便这样跨过了红韵楼的门槛。

二楼东首是一间极大的雅室，此刻这间雅室里一应不必要的摆设已然全部清空，只放了许多短案，已有十余人席地而坐。

当王太虚推开门，半张脸在微启的门后显露之时，静室里顿时一片死寂。

王太虚却是微微一笑，嘴唇微动，将细细的声音传入侧后方丁宁的耳中：“那个最胖的，自然就是雷雨堂的章胖子，他身旁那个留着短发，脸色看上去极其难看的瘦削汉子，便是锦林唐硕果仅存的唐缺。章胖子旁边那个白面书生，是他的义子钟修，应该是雷雨堂最厉害的修行者。至于唐缺旁边那个独眼龙，则是唐蒙尘，是锦林唐目前少数几个能拿得出手的人之一。”

话刚说完，丁宁和头发雪白的麻袍老者便跟着他进了雅室，到了桌案前。

丁宁自顾自地在王太虚身旁坐下，开始打量王太虚所说的这几个人。

雷雨堂的章胖子长着朝天鼻，一眼看去便只见两个硕大的鼻孔，如此一来，即便五官其他部分长得再好看，也已让人大倒胃口。更何况这个江湖大佬为了展示其豪爽，在这样的天气里，黑色的锦袍竟然敞开着，露出毛茸茸的胸脯。他似乎穿得太暖了一点儿，又容易出汗，额头和胸口不时地冒着汗珠，看上去油汪汪的。若是此刻将他拿来和同样很胖的横山许侯相比，那么所有人都会觉得横山许侯是一座威严的巨山，而他却只能让人联想起案板上的五花肉。

盘坐在他身旁的唐缺却和他截然不同，身体坐得笔直，身上看不到一块赘肉，只是

颧骨有些高，而且明显这些时日心思太重，休息不好，所以眼圈儿有些发黑。再加上此刻脸色过于阴沉，眼睛周围好像始终笼着一层黑影。

章胖子的义子钟修倒是风度翩翩，身穿一袭紫色轻衫，面白无须，看上去也只不过二十七八岁的年纪。

至于独眼龙唐蒙尘，却是连面目都看不清楚，因为他始终低垂着头颅，一次都没有抬起来过。

久坐高位的江湖大佬自有不凡的气度，两层楼能在长陵屹立多年不倒，王太虚自然不是个简单的人物，至于他说自己做的是经不起风浪的下层生意，其实也只是自谦罢了。再加上之前那场血淋淋的绞杀，已让场间所有人彻底看清楚他是一个什么样的人，所以当他坐下之时，所有人案上的酒杯似乎都在轻轻地颤动。一股看不见的压力，令他们的呼吸变得越来越困难。

王太虚没有先开口说话，只是看着对面的章胖子和唐缺微微一笑。

章胖子名为章南，“胖子”这个形容词虽然恰如其分，但在长陵，也只有王太虚等少数几人敢这么称呼他。在他到来时，这红韵楼就已经被两层楼的人团团围了起来，周围街巷里能够看得到的两层楼的人至少有上百名，暗地里还不知道埋伏着多少箭手和可以对修行者造成威胁的人。

红韵楼其他房里倒是有人在弹着曲子，隔着数重墙壁传入，反倒让这间静室的气氛变得有些诡异。

眼见王太虚落座之后并不说话，章南的肥脸不由得微微抽搐，不快道：“王太虚，你葫芦里到底卖的是什么药，我们是客，你是主，你既然来了，不言不语是怎么个意思？”

看着章南油汪汪的脸，王太虚神色没有什么改变，微笑道：“我虽是主人，然而今日里是你们要和我谈，不是我想和你们谈，所以我自然要听听你们想和我谈什么。”

章南脸色微寒，冷哼了一声，不再言语。他身旁的唐缺却是缓缓抬头，冷厉的目光定定地落在王太虚身上。

“我十五岁开始杀人，十六岁和徐锦、林青蝶一起来到长陵，不知流了多少血，才爬到今日这个位子。”唐缺缓慢而冰冷地说道，“我当然不怕死……所以今日来见你，不是想求你放锦林唐一条生路，而是想告诉你，就算你杀死我和我身边所有的兄弟，你们两层楼的那些生意也留不住。”

王太虚平静地看着这分外冷厉、阴沉的男子，无动于衷地说道：“然后呢？”

章南脸上的肥肉微微一颤，有些尴尬地笑了笑："王太虚，得饶人处且饶人，前些日子你们死的人太多，再争闹下去，给了上面直接插手的机会，那就都没有好果子吃了。你是聪明人，知道什么时候该进，什么时候该退。你杀了锦林唐那么多人，也得了足够的筹码，接下来和锦林唐合作，只会赚，不会亏。"

王太虚闻言笑笑，一时又不说话了。

"王太虚，你到底怎么想的。"看着王太虚这副样子，章南顿时有些不耐烦起来，沉声喝道。

王太虚脸上浮起讥讽的神色，他认真地看着章南，轻叹道："章胖子，你也是个聪明人，而且你比我年长，按理来说应该明白，像我们这样的小人物，有些事碰不得。"

章南脸色越发阴沉，黑着脸说道："王太虚，你说得清楚点儿。"

"既然如此，那我就把话说清楚。"王太虚看着他，眼神冷漠了下来，"你给他们做说客，显然是他们向你透了点儿底子，许了你一些好处。可是你应该很清楚，我们两层楼在长陵做了这么多年的生意，想找个上面的靠山还怕找不到么？可我们为什么不找？像我们这样的小人物，难道有资格和庙堂里的那些权贵称兄道弟不成？找了靠山，就只能做条狗。"

听完王太虚的这些话，章南脸上浮现出一丝冷笑，他拿出一块锦帕擦了擦汗，冷冷打断道："可是你也应该明白，对于那些贵人而言，我们的命和一条狗相比没有什么区别。"

"做野狗还能随便咬人一口，做家狗却只能任人宰割。"王太虚嘲弄道，"而且靠山也不见得稳固，指不定哪一天你的靠山倒了，顺便把你给压死了。所以这些年，我们两层楼安安分分地在塘底的泥水里混着，小心翼翼，不依附于任何权贵。不是不想往上爬，而是生来就是这命，只有这样才能更好地安身立命。野狗想到老虎嘴里谋块肉吃，哪怕肉再鲜美，把身家性命都填上去，值得么？"

章南脸上的肥肉再次晃动了一下，寒声道："贵人也分大小。"

"能大到哪里去？"想到之前丁宁和自己说过的话，王太虚侧眼看过去，见丁宁正安静地对付着案上的几道菜，吃得很定心的样子，便又忍不住一笑，说道，"现下除了深受大王信任的严相和李相，其余人地位再高，还不是说倒就倒了？你难道忘了大王即位前两年发生的事情？"

"看来你是决计不肯让步了？"章南又掏出锦帕擦了擦汗，脸色倒是好看了许多。

王太虚也不看他，而是看着唐缺，说道："如果你今天来求我放过你和你的兄弟，我或许可以答应，只要你们今后永不返回长陵，这便是我能作出的最大让步。"

"是么？"唐缺阴冷地看着王太虚，说道，"如果那天我在场，你说不定已经死了。我们唯一的失误，是没有想到你竟然是第五境的修行者。"

王太虚笑了起来："世上没有那么多如果，我只知道结果是我只掉了一颗牙齿，而锦林唐的两个当家，现在却在泥土里躺着。"

唐缺没有因此而愤怒，他的脸上反而泛起一阵异样的桃红，他看着王太虚，阴冷地说道："你很自信。"

王太虚微笑着说道："你需要自省。"

唐缺微微眯起眼睛，目光扫过王太虚身旁正专心吃东西的丁宁，以及自从落座之后，就一直安静喝茶的老者，讽刺道："我不明白你的自信从何而来，就凭身旁梧桐落的市井少年和桥下算命的老头儿？未免故弄玄虚了一些。"

王太虚认真说道："已经足够了。"

"是你放弃了最后的机会。"唐缺摇了摇头，极其冷漠地说道。

他松开手指，任凭手中的酒杯落了下来，酒杯掉落的同时，章南的眼睛里射出实质性的寒光。

"动手！"他发出一声低喝。

这间静室里，除了章南和唐缺等四人之外，其余七人全部是两层楼的人；能够有资格陪着王太虚坐在这里的，自然都是两层楼最重要的人物，他最信任的伙伴。

章南一声低喝响起的同时，这七人已全部出手，然而其中三人却倒戈相向。

狂风大作，伴随着无数凄厉的嘶鸣。

章南身旁的钟修像一只紫色的蝴蝶一样轻盈地飞了起来，他左手的衣袖里，梦幻般伸出一柄淡紫色的剑，不带任何烟火气，点向王太虚的额头。

唐缺身前的桌案四分五裂，一柄青色大剑从他膝上跳跃而起，落于他掌心。

伴随着一声厉叱，他直线进击，一路前行，体内真元尽情地涌入剑身之中。顷刻间，整个剑身上荡漾起青色的波浪，像箭头一般，朝着王太虚轰来。

他身旁始终低垂着头的独眼龙唐蒙尘，在此刻也抬起头，举起双臂。

四周瞬间响起剧烈的金属震鸣声，数十道蓝光后发而先至，笼罩住王太虚的身影。

章南却没有动手，依旧一动不动地坐着。和先前计划的一样，此刻他已经不必动手。

那暗中站在他们这一边的三人，足以让忠于王太虚的四人一时无法伸出援手，而原本就已受伤的王太虚，根本不可能挡得住钟修、唐缺和唐蒙尘的联手刺杀。只要王太虚死去，他们便能迅速控制这里的局面。

长陵最重要的竞争对手即将在眼前倒下，章南心中本该生起自得和满足，然而不知为什么，此时他却感到强烈的不安。

王太虚身旁那一老一少的表现都太过异常：丁宁居然还在平静地夹菜，而另一侧的白发老者，依旧端着茶壶喝茶。在满室的刀光剑影之中，这种画面太过平静、诡异。

按照安插在两层楼里的内线传来的消息，这两个人明明都是普通人：丁宁只是梧桐落中普通的市井少年；白发老者只不过是王太虚今日在市集认识的算命先生，王太虚觉得他仙骨道风，才故意带在身边，以壮声势。正因如此，唐缺才说王太虚故弄玄虚，王太虚的底牌，实际上早就被他们摸清了。

只是现在，这两人为什么会有这种表现呢？章南的身体越来越寒冷，额头上却不自觉地涌出无数滴汗珠。

王太虚坐着没有动，他的右手好像突然消失在空气里，一片灰色的剑光密布在他身前。

这是一片只有一尺来长的剑光，他手里的剑也只有一尺来长，而且剑头有些钝，看上去就像是一柄灰色的扁尺。

他完全不去理会刺向自己额头的淡紫色长剑，以及大浪一般朝着自己涌来的青色剑光，而是无比专注地斩飞了射到自己身前的每一道蓝光。

就在这时，章南的喉咙里不由自主地发出一声恐惧的呻吟，因为他最害怕的事情出现了：白发老者手中的茶壶落了下来，手里竟出现一柄白色的剑。剑身粗大而短小，就像是一根白羊角。

“轰”的一声爆响，钟修无力地倒飞向墙角，淡紫色长剑软弱无力地往上飘飞，斜斜插入上方的横梁。他的脸上全都是细微的血珠，发青的嘴唇微微颤抖，看着自己左臂上绽开的无数条裂口，眼睛里全是茫然和绝望——那是被完全无法抗拒的强大境界碾压后的茫然和绝望。

与此同时，唐缺也凄然地往后倒飞，他的青色大剑已经被一种恐怖的力量直接折弯，就像拧弯的钢条一样跌落在地。

风雨骤静。

浑身湿透的章南就像一条被捞出水面丢在地上的肥鱼，张开了嘴，快要渴死，却绝望地发不出任何声音。

唐蒙尘的手依旧抬着，透过他千疮百孔的衣袖，可以清晰地看到两个方形的湛蓝色盒子。而此刻，他的眼睛紧紧盯着那柄白羊角一样的短剑，同样充满了茫然和绝望。

所有人都僵住了：有些人手中的剑在滴血，有些人身上在滴血……大家都因为这一剑而彻底停顿下来。

只是一剑从上往下劈下，便砸飞了蝴蝶，震碎了巨浪。

无数脚步声在楼道里响起，朝着这间静室涌来。好像拆房一般，门上、窗上、墙上，瞬间多了无数窟窿。

看着窟窿外涌动着的一条条森寒的身影，以及对面屋檐上闪过的一道道寒光，章南终于哭号了起来："怎么可能！你明明说过不想和任何贵人扯上关系，身边怎么会有白羊洞的大修行者，又怎么请得动这样的修行者！"

此刻，章南的哭喊代表了这间屋子里绝大多数人的心声。

白羊角一样的剑正缓慢、奇异地融解在白发老者的手上，如同被他收回体内。

这代表着修行者的第六境——本命境！

一境通玄，二境炼气，三境真元，四境融元，五境神念，六境本命，七境搬山，八境启天，九境长生。

修行到了第五境神念境，真元和天地元气所引发的改变，会令修行者的念力大大增强。此时，可用念力控制真元，使其附着在一些独特的器具上面，比如飞剑、符箓。

念之所至，飞剑、符箓便至。与第四境相比，这自然代表着截然不同的速度和力量，当然也多出了无数难以想象、灵活多变、神鬼莫测的对敌手段。

到了第六境本命境，真元可分阴阳五行，修行者可以挑选适合自己的天材地宝，修炼自己的本命物。

对于章南等人而言，虽然知道长陵城中有许多六境之上的修行者，然而平日里却并未真正见识过，也根本不知道本命物究竟具有何等威力。

第五境的修行者只要想见还能见到，第六境的修行者却是想见都见不到。这两境之间，甚至可以说是权重者和普通人物的分水岭，是蛟龙和鱼虾的分界线。

这正是章南最想不明白，也最绝望的地方。

能够到达第六境的修行者，不都是朝中担任重职的官员，或者是各个修行宗门里的镇山长老、宗主级的人物么？

这样的人物，定会引起朝中那两位丞相注意，又怎么会亲自为了王太虚而出手！

这怎么可能！

没有人理会他的呼喊。

一展露境界就已经决定战斗格局的白发老者似乎根本听不到章南的哭号，王太虚也没有理会章南的哭号。

他转过身体，面无表情地看着身后面色越来越惨白的三人，他们都是跟着他出生入死过的兄弟，然而方才却暴起偷袭，重伤了两个自己人。此刻，有一人手上的雪白长剑正滴着血。

"为什么？"王太虚的目光落在这人滴血的长剑上，"李雪青，当年是我从奴隶贩子手里买下了你，就连这柄雪花剑，也是我好不容易帮你得到的，你为什么要杀我？"

见他始终不言语，王太虚平静而认真地接着说道："只要告诉我真正的原因，我可以保证善待你们的家眷，甚至可以告诉他们，你们是为了护我而死。"

听了王太虚的话，李雪青惨然一笑，说道："我相好的姑娘落在他们手里，这才做了对不起大哥的事。"

说完，他对着王太虚跪倒在地。

"哧"的一声轻响，他手中的长剑刺向自己，一截剑尖透胸而过，鲜血瞬间覆盖他整个后背。

"多谢。"一个络腮胡子的中年男子叹息一声，先抱拳向王太虚诚恳地道谢，接着说道，"我对不起帮中兄弟，早些年柳三兄弟媳妇被奸杀，是我醉酒后犯下的大错。这笔陈年旧账不知怎么被他们翻了出来，我一时糊涂，才会被他们调唆。"

说完，他直接用手在心脉处一戳，便整个手掌没入胸膛，满脸愧疚地往后倒了下去。

看着满地的鲜血，一个年龄和王太虚差不多的白面男子，轻叹了一声，说道："我觉得我做两层楼的主人更好，我对你没有信心，现在却知道是我小看了你。"

说完，朝着王太虚深深一拜，手中长剑反手刺入自己的身体。

江湖自然有江湖的规矩。

知道绝无幸免，唐缺和唐蒙尘互相望了一眼，各自抹了脖子，飞溅的血沫染红了章南半边身体。

"你不用死。"王太虚看着章南，云淡风轻地说了这句话。

章南浑身的肥肉抖动了起来，他不敢置信地看着王太虚，生怕这只是王太虚的伎俩，故意让自己燃起生的希望，然后又无情地熄灭它，让自己在临死之前备受煎熬，更加痛苦。

“今夜死的人已经够多了，我不想外面的兄弟们和你埋伏好的手下再来一场血战。”王太虚似乎有些疲惫，他闭上眼睛，沉默数息时间，然后才接着说道，“但是钟修刚刚向我出手，他必须死……至于你们雷雨堂在南城的生意，我们只占两成。所以缺了他也不要紧，自然会由我们两层楼罩着。从今以后，你和我们算是一条绳上的蚱蜢了，希望你记住我今天说过的话，明确你的立场。”

听了他的话，章南终于停止发抖，眼睛里有了生气。而坠倒在墙角如折翼蝴蝶般的钟修，却发出一声凄厉、不甘的嘶鸣，背部狠狠撞击在身后的墙面上，一瞬间，整个人伴随着无数碎裂的砖木往后飞射出去。

王太虚连眉头都没有皱一下，他甚至都没有看钟修一眼。

浓厚的夜色里，骤然响起无数凄厉的破空声，接着便是金铁入肉的声音，以及重物狠狠坠地的声音。

王太虚对着几乎瘫软在地的章南挥了挥手，用更加低沉的语气说道：“你可以走了，带着你的人离开，记住接下来要做的事情。”

“我只知道是军中的某位大人物，具体是谁则全然不知。”章南一边夺门而出，一边嘶声说了这句话。

原本想占两层楼几成生意，结果却丢了两成生意和义子钟修。章胖子，这平日里跺一跺脚就要让不少街巷为之一震的江湖枭雄人物，在下楼的时候，有好几次差点脚下一软，从楼梯上滚下去。与其说吓破他胆子的是满地的鲜血，不如说是白发老者那霸气无双的本命剑。

“谢杜先生大恩。”一举成功，日后必定更上一层楼的王太虚对着端坐不动的白发老者深深一礼。

“你选的人不错，换作平时，说不定我也会让他入门。”白发老者看了丁宁一眼，只是淡淡地回了这一句，便起身离去。

“我活了下来。”目送老者离开后，王太虚转头认真地看着丁宁，带着无限感慨，轻声说道，“所以从今日开始，你就是白羊洞的弟子。”

丁宁摇了摇头，自言自语般轻声说道：“就这么简单？”

这事儿简单么？若不是白羊洞触怒了王后氏族，在近日就要被迫并入青藤剑院；若不是这杜老先生已经得了秦王的恩准,准备告老还乡,不用在意朝堂里那些人的想法……这白羊洞数一数二的人物，怎么会出手相助?

这是非常复杂，付出了很多代价的事情。

王太虚并不明白丁宁心中想的是什么，一地鲜血已经让他太过疲惫，所以他只是虚弱地笑笑，不再多解释什么。

有时候活着，的确很累。

第十章 生死之距

两层楼的一辆马车载着丁宁驶入梧桐落，在没有字的青色酒旗下停了下来。

驱车的是一个灰衫剑师。虽然不明白丁宁对今晚这一役有什么贡献，但是想着既然这酒肆少年能够跟在王太虚身侧，必定有过人之处，这灰衫剑师便对他尊敬到了极点。

丁宁向这个叫周三省的灰衫剑师致谢后，推开酒铺的大门，走了进去。

内里没有火光，在带上门之后，长孙浅雪的脚步声才响起。

她似乎刚刚冲洗过，头发湿漉漉地盘在头顶，身上散发着淡淡的幽香。

在黑暗里，哪怕看不真切，她也依旧美到了极点，只是她的声音依旧太过冷漠。

“你太急了一点。”她看着丁宁，说道，“你明明告诉过我，在突破第三境之前，你不会引起太多人的注意。即便你是‘那个人’的弟子，在连真元境都没有到达之前，也不能置身险境。”

丁宁陷入沉默，如同被黑暗吞噬。数息时间过后，他才问道：“你到底是担心我的安危，还是担心你自己的修行？”

“你果然有问题，以前你绝对不会问这样没有意义的问题。”长孙浅雪的声音更冷了一些，“你应该明白，这两者根本没有区别。”

丁宁又沉默了片刻，方才说道：“我是有些心急，但我们的计划里，没有骊陵君出现在这里，想要求娶你这样的意外……以骊陵君的能力，如果楚国没有发生意外，他也不可能这么着急。白羊洞是秦国存在已久的修行之地，算得上是秦国的根基。即便有触怒王后的地方，如果没有什么意外，泰王和两名丞相也绝对不会容许王后的力量参与其中，让这样一处修行之地并入青藤剑院。因为这种兼并，其实和让一个修行流派直接消失没有区别。还有军方权贵急于插手市井之间的争斗，孤山剑藏即将出世……很多地方都有大变动。一场暴雨过后，长陵所有人似乎都突然变得很急。”

顿了顿之后，丁宁接着说道：“我必须尽快获得修行者的身份，今日王太虚和我说的话你也都听到了，你应该明白，像这样轻易地进入白羊洞，再进入青藤剑院，是我们多年来求之不得的机会，所以我不能错过。”

“你在鱼市杀死宋神书之后便心神不安。”长孙浅雪毫不客气地说道，“我不管你有什么理由，我只知道以你这样低微的修为，这么早接触那些修行者和权贵，无异于找死。”

看着眼前这个高傲孤冷，却又颇有情义的女子，想到自己需要承担的事情，想到她的生死与自己紧密地联系在一起，丁宁眼中的冷意全部消失了。

他的眼睛在黑暗里闪闪发光。

“我一定会比以前更加小心。”看着长孙浅雪的眼睛，他无比认真地保证道，“在你突破第八境之前，我绝对会更加小心珍惜自己的性命。”

感觉到丁宁诚恳的话语里异样的意味，长孙浅雪微微蹙眉，转身走向后院。在走到睡房门口时，她像突然想到什么似的，问道：“你必须进入岷山剑宗得到续天神诀的事，是不是真的？”

“差不多是真的，如果不能修行续天神诀，我在很年轻的时候就会老死。”丁宁轻声回答，“不过也不是绝对的，至少除了续天神诀之外，还有几种修炼真元的功法，可以让我好好活下去。”

长孙浅雪清冷的声音再次响起：“但续天神诀肯定是最有希望得到的一种。”

丁宁又微微沉默了片刻，然后点头说道：“至少以前我根本没有机会得到岷山剑宗的秘传功法……这门功法不仅可以让我好好活下去，还可以让我变得更强。”

长孙浅雪也沉默了片刻，才用一种极其冷漠的声音接着说道：“我记得‘那个人’和岷山剑宗的宗主是死敌，他连岷山剑宗的门都进不了，所以的确拿不到岷山剑宗的功法。”

丁宁对她从不隐瞒，简单地回答：“是的。”

长孙浅雪平静下来，问道：“若是你顺利进入岷山剑宗，我的修行怎么办？”

丁宁回答："我已经考虑过了，外院通过大试进入岷山剑宗，在剑山学习的时间很有限，也不用像真正的岷山剑宗弟子那样，在到达真元境之后才能出山门。所以不会影响你我的修行。"

长孙浅雪便不再多问，继续朝屋内走去，同时说道："我在床上等你。"

这话有些暧昧，容易让人产生遐想。然而在这弥漫着酒气的铺子里，这话几乎每天都会出现，在两人之间也没有任何暧昧的成分，唯有凶险和肃杀。

丁宁像以往一样，整理好床褥，在床的内侧躺下；长孙浅雪在他身侧躺下，发丝上所有的水滴，被她身上散发出来的一丝丝天地元气震飞出去。

有风雪围绕着他和长孙浅雪飞舞。突破了上次的关隘，长孙浅雪最近的修行已不存在什么危机。而他也不需要触碰她身体的窍位，强行灌入真气来帮助她修行，更不需要用自己的体温去温暖她的身体。

今天发生的事情太多了，一切都比计划之中快了很多，那些原本很遥远的人和事，此刻却如此清晰地出现在他的面前。

看着长孙浅雪的侧影，他突然很想拥抱她。不过他知道，如果在此时拥抱她，她会毫不犹豫地杀死自己。所以，他只是在风雪里凝望着她。

他和她的身体只有短短一尺距离，然而却像是隔着无数重山河，隔着生和死的距离。

同一时间，夜策冷行走在监天司里。她经过一条长长的通道，走向监天司最深处的一间房。

通道两侧点着油灯，在她走过之时，纷纷熄灭。

她在黑夜里行走着，她身上的白色裙衫，如同赵斩所说的那样，似乎和长陵的黑、灰，有些格格不入。

最深处的房间里，有很多厚重的垂幔。

重重叠叠的垂幔不仅像个迷宫，让人无法轻易发现她的身影，还可以遮掩住很多气息，甚至强大修行者的念力都无法透入。

垂幔的中心，有一个圆形的软榻。软榻的前方，放着一个微沸的药鼎。

"噗"的一声轻响，一口鲜血从她口中毫无征兆地喷出，溅染了她身上的白裙和前方的地面。

然而她脸上的神色却依旧平静，因为她知道，不知道有多少人正盼着她死去，她绝对不能向任何人示弱；唯有强大，才能让她好好活着。

她面无表情地往前方走去，一股晶莹的水汽跟随着她前行。她身上的猩红和地上的血迹变得越来越淡，最终全部消失。

她平静而自信地坐在软榻上，揭开了身前的药鼎。滚沸的深红色药液里，煮着一颗金黄色的鳌龙丹。

她将数勺药液送入自己口中，缓缓咽下。

她的眉头微微皱起，似乎有些痛苦，然而在下一瞬，她便神色自若，内心再次变得平静而强大。

同样的夜里，一个女子正走在一条石道上。石道两侧站立着很多铜俑，铜俑上面，则至少布有数种可以轻易杀死第四境修行者的法阵。

这个女子异常美丽，她身后的两名侍女也是人间绝色，然而和她相比，却只算得上是青涩的孩子。因为她的美丽不是那种秀丽、妩媚之美，而是无比端庄、耀眼，令人仰望之美。

她的美丽之中，含着慑人的威严。

两侧那巍峨壮观的王宫的影子，都畏缩似的匍匐在石道两侧，拜伏在她的脚下。

她便是秦国的王后，长陵的女主人。

尽管她的容颜无可挑剔，完美到了极点，哪怕是一根发际线，都像是由天下最好的画师画出来的。然而整个长陵，却没有多少人敢认真地看她的容貌。

此刻，在石道的尽头，一个身穿杏黄色长袍，正于她的书房前等待着她的蒙面修行者，便根本不敢抬头看她，始终无比恭谨地微躬着身体，垂着头，心中满是尊敬和紧张。

虽然不敢抬头，然而他的念力却始终跟随着她的双足。知道这秦国最尊贵的女子不喜欢繁文缛节，也不喜欢听废话，在感觉到她即将停顿下来之时，便恭谨地说道："王后，今日夜司首已经去神都监验过宋神书的尸身，确认是九死蚕神功，只是那人修为很低，最多只有炼气境。"

王后的脚步停了下来，她的每一个动作都高贵、端庄、完美到了极点，包括此刻看着这个修行者的动作和神情。

"告诉家里，能够在炼气境杀死宋神书的，不只是得到了九死蚕的修炼方法那么简单，不过让他们不必紧张，这段时间也不要有所动作。现在的秦国已经不是十几年前的

模样，任何人的力量都无法威胁到它，只要我们自己不犯错。”她平和地说着，语气里充满无上的威严。

“是。”这个修行者心中凛然，接着说道，“今日许侯在神都监外截住了夜司首，两人交手，平分秋色。”

王后说道：“既然如此，就不要想着依靠长陵之人对付她。云水宫的白山水最近不是出现踪迹了么？让家里把力气全部用在白山水身上，只要查出白山水，这件事自然会由她负责。”

修行者继续问道：“今日白羊洞杜青角出山，插手了江湖帮派的事情，家里想听听王后您的意见。”

“家里最近是越来越糊涂了么？”王后说道，“既然大王已经同意让杜青角归老，白羊洞也因为其过失付出了应有的代价，便根本不需要再考虑这方面的问题。你替我转告家里，大王虽然一心向道，力求长生，但不代表他和以前有所不同，他的旨意便代表最终的结果。家里虽然强大，然而却始终倚仗于大王，永远不要想着越过大王去做些什么，甚至妄图改变已有定论的事情。”

王后的声音虽然依旧平和，然而这个修行者却听出强烈的威胁和警告之意，他的背心不由得沁出一滴滴冷汗。

“还有，让家里警告一下梁联，他办的这事儿太过简单粗暴，这不比和敌国打仗，需要更温和的手段。长陵水深，永远不要以为可以轻易地碾杀任何人。”

王后开始动步，从这个修行者身侧走过，进入书房。

这个修行者感觉着王后的气息，衣衫尽湿。

王后的言行举止和平日相比虽然没什么变化，还是那么完美，但是他总觉得这母仪天下的女主人今日似乎有些不同。

王后在书房的凤椅上坐下，她的身前，是一口活泉。

泉水中不断冒出的气泡里，散发着大量肉眼可见，对修行者体内五气有着惊人滋养作用的乳白色灵气。

氤氲的灵气里，盛开着数朵洁白无瑕，和她一样近乎完美的莲花。

灵泉的上方是一个天井，方圆数里的星光都好像透过屋顶的晶石折射了下来，洒落在灵泉里。

“木秀于林，风必摧之。”王后静静看着身前的灵泉，轻声说道，“只知道自己想要什么，不知道别人想要什么，这便是最大的罪恶。我不知道你临死前是什么想法，是否有所醒悟，但既然你已经死了这么多年，难道还不能心安么？”

她缓缓抬头，目光似乎透过前方垂落的星光，沿着长陵平平直直的道路，往外无限地扩散……

她的表情渐渐变得冷酷起来，眼睛里浮现出幽然的火焰。

“即便你留下了什么东西，也应该好好藏着，留下一点痕迹。这样后世的人才知道，你曾经在这里存在过，你曾经的足迹和辉煌的过往才不会完全被磨灭。毕竟是因为你，我们才能灭了韩、赵、魏，才有了今日的大秦和长陵。”

耀眼的美丽，异样的威严，以及与庙宇里的神佛一样冷酷、完美的眉眼，让此刻的她看上去完全不像是人间的女子，而像是传说中的神灵。

接着，她用更加清冷的语气，自言自语地轻声说道：“你应该明白，这个世上除了神灵，任何人都是血肉之躯，都有着七情六欲。不为自己活着的人，才真正令人憎恶。”

她完美无瑕的面容上，竟浮现出憎恶的神情，甚至散发着强烈的怨毒和恨意：“而且你居然有传人……你的九死蚕竟然留了下来……你的九死蚕，你的剑意，要传也应该传给我，你竟然传给了别人！”

和往常一样，在日出时分，丁宁看着正在梳妆的长孙浅雪的背影，悄悄起床。

他很快便洗漱完毕，开始帮长孙浅雪熬黍米粥。

长孙浅雪有洁癖，不喜欢吃外面的东西，而且在长期的修行之中，她已经习惯了清淡、简单的饮食。

等到火候差不多时，他便用小火慢慢煨着，然后端着自己专用的粗瓷碗，到经常去的铺子买面。

除了做酒之外，酒铺所有杂事，包括长孙浅雪的饮食起居，都是丁宁在打理。

他做得非常细致，也乐意做这些事情。

看着吞吐的火苗，和不远处长孙浅雪走来走去的身影，他总感觉很温暖，很快乐。因为有些事，最好不要再想起；有些人，却一定要珍惜。

死去的那个人没有看清楚长孙浅雪，甚至没有足够的时间去看她，可他却看清楚了。

吃完一大碗红汤肥肠面，丁宁一边洗碗，一边看着小口喝粥的长孙浅雪，认真说道：

"王太虚的人一会儿就来接我去白羊洞了……只要我能够出来，就一定会回来和你一起修行，所以你不要心急。你应该明白，上次那种情形非常危险。"

长孙浅雪看了他一眼，没有回话，只是小口小口地喝粥。

看着她的眼色，丁宁忍不住笑了起来，他知道她已经答应了。

有辚辚的马车声在清晨寂静的巷道里响起，最终在酒铺门前停下。丁宁却迟迟未动，只是安静地等待着。

长孙浅雪眉头微蹙，终于忍不住抬头问道："既然你决定要去，车已经来了，为什么还不动身？"

"我等你吃完，帮你洗了碗再走。"丁宁深深地看着她，轻声说道，"平时你都不做这些活儿的。"

第十一章 山门难入

站在酒铺门口等待着的，正是昨日那个灰衫剑客。

看到走出铺门的丁宁，他没有任何言语，只是颔首为礼，待丁宁上车之后，便开始赶路。

车厢内的丁宁微微一笑，王太虚能够在长陵屹立不倒这么多年，绝对不是偶然，这个车夫的选择，就很符合丁宁的喜好。

马车沿着平直的道路，缓缓朝着城外的白羊峡驶去，那儿是白羊洞的所在地。

秦王初掌政权之时，修行之地大多距离长陵比较远。这些零散坐落于长陵之外的各个修行宗门，以及一些门阀贵族的领地，就自然构成了秦国的一个个堡垒。

随着长陵规模日益扩大，现在大半的宗门倒是直接位于长陵之内。虽然这些宗门依旧拥有特权，然而秦国对它们的掌控力却于无形之中变强。在很多历史甚至比秦国还要悠久的修行宗门看来，好处便是能够更便利地获得一些修行资源，以及增添了向别的宗门学习的机会。

车经过柳林河之时，丁宁听到很多惊呼声和哭声。他没有打开车帘，因为他知道河上肯定漂浮着很多尸体。

昨夜对于长陵的大多数居民而言，并没有什么不同。如果不是亲身经历，丁宁肯定也不会知道长陵市井江湖的势力在一夜之间有了重大改变。

柳林河的水只用于农田灌溉，所以经常是江湖人物青睐的抛尸之地。

昨夜虽然锦林唐只有唐缺和唐蒙尘两人死在红韵楼，但是丁宁很清楚，在漫长的黑夜里，会有更多锦林唐的人死去，现在他们的遗体，应该就在这条河里漂浮着。

长陵的地势，是由东南向西北呈阶梯状分布。城南有渭河、泾河的支流纵横交错，大部分都是平原，偶尔会有几个不足百米的小山头；中部是盆地，其中有许多区域都是古老的河床干涸后留下的洼地；北部则是高原和丘陵地带，大小共十三条山岭，最高的是石门山和灵虚山，最低的是北将山和拦马山。

白羊洞所在的白羊峡，就在北将山中。

沿着崎岖向上的山路，经过半日颠簸，终于进入白羊峡。因为整个山岭的地势都不算高，所以峡谷自然不会深到哪里去。然而不知道什么原因，峡谷里始终锁着水汽，数朵白云覆盖着峡谷，白云飘动之时，偶尔有大片殿宇显露出来，便显得分外有灵韵仙气。

赶车的灰衫剑客眼里终于露出一丝羡慕的神色。虽然在整个秦国，白羊洞只能算得上是一个二流的修行宗门，而且即将迎来最灰暗的结局，被并入仅隔着一座山头的青藤剑院，但即便如此，这样的修行之地，也不是他这种人能够进得去的。他开始有些担心，为车厢里那个梧桐落的少年担心，为他进入这个宗门之后的处境担心。

白羊峡口没有任何山门牌楼，唯有一块白色石碑，石碑上简简单单刻着四个字——御赐禁地。

前两个字代表秦国对宗门功绩的奖赏，后两个字则代表着宗门的特权。

正值晌午，本该是用餐时间，按理白羊洞不可能安排很多人员接引丁宁入宗。然而当马车在距离石碑不远处的山道上停下时，灰衫剑客却不由得瞳孔微缩。

石碑后方倾斜的山道上，竟然安静地站立着数十名年轻的弟子。这些身穿麻布长袍，袖口上有白羊标记的弟子们，在诡异气氛的笼罩之下，沉默地看着这辆马车。

“大约不是特意来欢迎我进入白羊洞的。”丁宁在灰衫剑客身后压低了声音说道。

灰衫剑客微微一怔。

丁宁平静地下了马车，朝着石碑走去。他的平静前行，却像一颗投入池塘的石子，瞬间激起了一层涟漪。

一个看上去比丁宁大五六岁的弟子，有些为难地迎上前来。他停下来的时候，位置站得很巧妙，竟和石碑齐平。这样一来，丁宁便没能真正踏过山门。

他对着丁宁微微欠身，清了清嗓子，说道：“在下叶名，奉洞主之命前来迎你进山门。”

丁宁微微一笑，回礼道：“如此便有劳了。”

正在这时，后方山道上却传来愤怒的冷笑声：“什么时候，我们白羊洞成了什么人都能进的地方了？”

叶名眉头微挑，脸上的神情却没有多少变化。

他原本就料到这一切，其实若不是师命难违，他也不会站在这里，而是会成为反对者中的一员。

丁宁抬头看了一眼，愤怒出声的是一个年纪和他相仿的少年，身材瘦削，头发很短，但是站得很直，腰间有一柄两尺来长的短剑，剑柄是一种有波浪纹路的深黄色老木，上面还雕刻着细细的符文。

不过他的目光并没有在这少年身上停留太久，他只是平静地看着叶名，一句话也不说。因为他知道自然会有人来解决这件事，自己去解释什么根本没有意义。

叶名没有想到丁宁会如此平静，他眉头一蹙，只觉得手里莫名多了一个烫手山芋，一时间，竟不知该如何处理。

白羊峡里有白云。

其中一朵白云下方，是一座孤零零的道观。站在道观的平台上，可以清晰地看到山门前发生的事情。

平台上站着两个人，其中一人便是昨夜一剑改变了锦林唐和两层楼命运的白发老者——杜青角，他是白羊洞洞主薛忘虚的师兄；而他身旁那个道士装扮、面如白玉的老人，身上的白色锦袍镶着黄边，佩戴着象征白羊洞洞主身份的白玉小剑，自然便是薛忘虚了。

“师兄，昨夜之事你太过冲动。”见师兄一时不言语，薛忘虚忍不住担忧地叹了口气，说道，“你也明白，因为皇后对我们有所不满，才导致此变，你昨夜出手时死了那么多人，我担心她会以此为借口来对付你。”

“正因为王后我才出手。”听到他的叹气声，白发苍苍的杜青角转过头来，微微一笑，说道。

薛忘虚更担忧了：“师兄何必置气。”

“这哪里是置气。”杜青角摇了摇头，“师弟的修为、见识和不重虚名的心性都在我之上，但是对王后的了解，你却不如我。”

薛忘虚一怔。

杜青角淡然说道："王后行事虽然果决狠辣，但是却比两相还要谨慎小心，有分寸。既然秦王已经下了旨意，她便不会让我的归老有任何意外发生。她和秦王之间必须亲密无间，哪怕是一件微不足道的小事，只有这样秦王和她才能强大，我们秦国才能强大。再者我虽然是一把老骨头，但这些年在长陵好歹还有些朋友。收了白羊洞不要紧，若是连我的归老都出现意外，那么大家总会有些想法。两层楼的旧情和许诺的好处，还不至于让我替他们出头。我知道锦林唐和王后的家里人有些关系，所以才故意为之。她不让我痛快，我在离开长陵之时，便也不让她太过痛快。"

薛忘虚无言以对，这还不是置气么？

"各退一步，海阔天空。我既然安心归老，她便会退让一步。"杜青角淡淡地补充一句。

薛忘虚深吸一口气，又长长地叹息了一声。

白羊洞山门前，僵局仍未打破。

叶名的表情越来越僵硬，他终于后退半步，不情愿地出声道："这是洞主之命……"

"我不相信这是洞主的命令。"那个出头的少年打断了他的话，稚嫩的脸上挂着一层寒霜，"这根本就不符合规矩，没有参加入门试炼便直接进门，这不只对我们不公平，而且对数百年来，所有在这道山门前被淘汰的人也不公平。我不相信我们英明的洞主会作出这样的决定。"

叶名无言苦笑，看来一时只能耗在这里了，难道去向洞主要证据不成？

"大师兄，大师兄来了！"就在此时，山道上人声鼎沸，一片喧哗。

叶名骤然松了一口气，转过身去，只见薄薄的山雾里，一个身材颀长的年轻人的身影显现出来。

这是一个气宇不凡的年轻人，清秀的面容上有着一般年轻人没有的英气，只是此刻，却也布有浓浓的忧思。

看着聚集在这里的弟子，他不悦地轻声说道："不要闹了，都回去吧。"

山道间骤然一静。

那个出头的稚嫩少年脸上一片赤红，大声嚷道："大师兄，难道你觉得这公平么！"

"公平？"平日里深得师弟师妹爱戴的大师兄张仪，此刻却摇了摇头，柔声说道，

“世上哪里有绝对的公平，若是有，我们白羊洞就不会被迫归入青藤剑院了。”

“大师兄！”

周围这些年轻弟子没有想到张仪会这么说，一时悲愤起来，眼睛里甚至闪烁着泪光。

那个出头的稚嫩少年眼睛红了，厉声说道：“大师兄，别人不公平，难道我们就不争么？如果我们自己都不在乎，白羊洞就真的完了。”

“沈白师弟，你说的我都明白。”张仪依旧柔声说道，“可是你们不能怀疑洞主的决定，无论洞主做什么事，都有他的道理。除了‘宁折不弯’，我们还要学会‘识时务者为俊杰’。”

张仪柔和的话语如同春风，带着一种温暖的气息。

丁宁原本事不关己，如同纯粹的看客一般，只是平静地望着峡里的白云。然而张仪的言谈和气度，倒是让他有些意外，他好奇地重新打量起这位大师兄。

张仪的目光也很柔和，让人望之深信不疑。他似乎从不盯着某个人看，却又好像时时看着每个人，让他们不觉得自己被忽视了。正如此刻，丁宁的目光刚刚落在他身上，他便注意到了丁宁，温和地向丁宁轻轻颔首。

区区一个白羊洞，居然有这样的人物？感受着对方身上的气息，丁宁有些惊讶。

“我自知见识比不上大师兄，但是我明白一个道理，不管白羊洞将来怎样，至少到现在为止，从未进过一个废物。”沈白深深地吸了口气，由于情绪激动，双手不住地颤抖着，“既然大师兄如此说了，我们也不把怨气撒在他头上，只是他想入门，必须得有资格，先通过我们的入门测试才行。”

张仪的目光再次落在丁宁身上，见他始终从容不迫，眼中也露出异样的光芒。

“入门测试没有那么重要，你们也知道，即便通过大试，决定权也在洞主手里。既然洞主已经同意了，那么他便是我们白羊洞的小师弟。你们堵在这里，便是缺了礼数，伤了同门之谊。”张仪柔声说道，“而且我可以保证，这位小师弟将来一定有很好的成就。”

“将来之事，谁能轻言？我却不管将来事，只信眼前事。”

眼见在张仪的柔声细语下，山门前一众弟子怒气渐平，身后的山道上却又传来清冷的声音。

正忧虑等待着的灰衫剑客通体一寒，从这句话中感受到莫大的威势。他先前觉得丁宁在入门之后恐怕有不小的麻烦，现在看来，连入这山门都不像想象中那么简单。

“苏秦师兄！”

包括沈白在内的数名少年眼前一亮，看他们兴奋、尊敬的神色，似乎来人在他们心目中的地位比张仪更高。

从薄雾里走出来的人身负长剑，剑眉星目，同样风度翩翩、气宇不凡。

“若不亲眼所见，如何能够心安？流传到外面，人家还以为我们白羊洞没了规矩，想进就进，是藏污纳垢之所。”

这人眼神凌厉，说话的语气充满锋锐，就像一柄闪烁着寒光的利剑。

这种气质特别容易让年轻人迷醉，白羊洞居然有这么多不俗的修行者？

丁宁没有在意苏秦的话，感受到他身上锋芒毕露的气势，眼中再次显现出惊讶的光芒。

张仪脸色微变，他有信心说服这里所有的弟子，却没有办法说服苏秦。尤其是苏秦这句话，就像袖里的匕首一样，藏着深深的机锋。

“不要试图说服我。”苏秦锐利的目光落在张仪身上，“你应该明白，心中不平……尤其是在并入青藤剑院这种时候心中不平，将会生出很多事端。”

看着忍不住蹙眉的张仪，丁宁微微抬头，正想说话。

就在此时，冷冽中带着浓厚鄙夷的女声，却从马车后方响起：“怪不得白羊洞会遭此变故，原来只会窝里斗。”

灰衫剑客一愣，转过身去，这才发觉马车后方，不知何时走来数名身穿紫色衣袍的弟子，为首的是一个身材娇小的秀丽少女。

除了张仪和苏秦之外，所有聚集在山门口的白羊洞弟子皆脸色大变。

看清对方身上衣衫的颜色和花纹后，沈白顿时勃然大怒，厉喝道：“放屁，你算什么东西！”

丁宁转身看着这几名身穿紫色衣袍的不速之客，不由得暗自叹了口气。为首的秀丽少女他自然认识，看来这原本简单的入门，变得更加复杂了。

“我不是什么东西。”少女脸上笼罩着寒意，听到沈白的怒骂，眼神变得更加冰冷，讥讽道，“我是青藤剑院的弟子南宫采菽，我的父亲是南宫破城。如果我没有猜错，你应该是白羊洞年纪最小的弟子沈白，你的父亲是沈飞惊，他原先是我父亲座下的部将。”

沈白的脸色骤然变得无比苍白，整个身体都不可遏制地颤抖起来。他知道对方是青藤剑院的弟子，然而却没有想到对方的身份如此之高。

军中的等阶观念比别地更重，部下对于提携过自己的将领，往往极其敬重。因为绝大多数战斗，都由上级将领操纵和指挥，下级必须绝对服从命令。生命既然掌握在上级将领手中，能够在厮杀中生存下来，连续获得封赏，便说明上级将领英明决策，调度出色。获得的功勋里，自然也有上级将领的一份功劳，所以得记着这份恩情。

南宫采菽是他的父亲都必须尊敬的对象，然而他却不小心冲撞了她。

“在青藤剑院，院长若是同意某个人进入剑院学习，我们绝对不会堵着院门不让他进去。或许现在你们看不到他的能力，我只想告诉你们，骊陵君座下一个修行者，曾让徐鹤山、谢长生和我遭受羞辱，然而他却让骊陵君遭受了羞辱。如果他愿意，马上可以成为骊陵君府的座上客。”南宫采菽满含讥讽，接着说道，“现在他选择了白羊洞，你们居然还嫌弃人家，端着架子堵住他！”

山门口一片哗然，所有白羊洞弟子都用不可置信地目光看着丁宁。

骊陵君虽然只是一个质子，然而这几年迅速崛起，骊陵君府早就成为超越一般修行之地的存在。

市井之间的故事显然没有传到白羊洞，他们不相信一个普通的市井少年能够羞辱骊陵君。

一片哗然之中，目光始终锐利的苏秦微微挑眉，英俊的脸上闪过一道寒光，双唇微动，想要开口说话。然而，耳边却响起很平静的声音：“只是简单的入门而已，为什么要搞得这么复杂？”

山门前骤然一静，所有人都怔怔地看着丁宁。

简单？这是简单的事情？

苏秦眼光更冷，眉头不自觉地蹙起，但是丁宁依旧没有给他开口说话的机会。尽管在白羊洞，他比张仪拥有更高的威信。

“既然有测试，那么我就接受好了。”丁宁一脸平静地说道。

“是么？”苏秦眉头挑得更高了，终于吐出了两个字。

张仪和南宫采菽却是脸色一变，然而不想再浪费时间的丁宁已经斩钉截铁地点头应道：“是。”

场间再次变得寂静了，所有人的目光里都带着深深的不解和怀疑：这市井少年真是轻狂，他是不知道所有修行宗门的入门测试都极难通过，还是真的天赋异禀，拥有绝对的信心？

“来吧。”丁宁微微一笑，催促道。

苏秦的呼吸莫名一顿，眼睛微眯，也笑了起来，露出雪白的牙齿。

数名弟子飞快地往峡谷里跑去，看到他们欢快的样子，南宫采薇越来越恼火。她终于忍不住了，走到一脸平静的丁宁身旁，虎着脸沉声说道：“你到底知不知道白羊洞的入门测试是什么？”

丁宁摇了摇头，轻声说道：“不知道。”

南宫采薇瞬间无语，气得手脚有些发凉。

“我知道你现在很生气，好心帮我却被我破坏了，不过你放心，我应该可以通过。”丁宁微微一笑，轻声说道。

“多一事不如少一事，我真不明白你是怎么想的。”南宫采薇深深吸了一口气，竭力控制着自己的情绪。

“我也是这么想的……”丁宁看了站在石碑旁的苏秦一眼，轻声说道，“但是否让我入门这件事，却能成为某些人笼络人心的手段……”

南宫采薇微微一怔，顺着丁宁的目光，她看到了苏秦和张仪脸上不同的神情：一个是绝对的冰冷、公正，另一个则是深深的担忧。而几乎所有聚集在山道上的白羊洞弟子，站立的方位，都明显偏向于苏秦这一侧。

“所以即便有你为我出头，想进山门还是很麻烦。”丁宁转过头看着她，微笑着低声说道，“不过我不认为苏秦将来会比张仪站得更高，因为一开始他就错了。真正的位高权重者，总是会审时度势，作出正确的决策。”

南宫采薇蹙紧了眉头，说道：“我承认你确实很有远见，然而入门测试测的是这个人是否有成为修行者的可能。至于见识和眼光，那是入门之后才会被看重的潜质。”

“谢谢你的关心，不过你越是关心我，我的麻烦恐怕就越多。”丁宁诚恳地说道，“虽然白羊洞归了青藤剑院，但弟子们大多数时候还是在此地修行，你越是和我亲近，他们就越是讨厌我。”

南宫采薇的眉头又皱得紧了一些，她听得出丁宁的感谢之意，也明白他所说的是事实，可是他真的有把握通过这不可能有半分取巧的入门测试么？

就在此时，白羊洞山门后的薄雾里，响起更多急促的脚步声。

最前面的两名弟子各自小心翼翼地托着一个松纹方木盒，他们身后则至少跟着四五十名弟子。这些弟子听说了普通的市井少年免试入门的事情，心中都有些不满，现在得知山道上的纷争已经惊动了大师兄和二师兄，而这少年居然主动提出进行入山测试，如此一来，便再也按捺不住，全部跑出来看个究竟。

事实上，对于他们而言，每年的入门大试都是非看不可的重头戏。看着大批人落选的画面，想想当日自己在极大的心理压力之下艰难通过测试的场景，心中油然而生的那种愉悦和优越感的确无法用言语来形容。

然而，此刻看着站立在山门之外的丁宁，所有白羊洞的弟子都感觉到他与众不同——丁宁非常平静，从他眼中看不出一丝紧张。

苏秦锐利的眼神里又涌出更多凛冽的意味：“不要以为入门测试是小孩子过家家的游戏。”

他挥挥手，让捧着木盒的师弟停在自己身侧，深深看着丁宁，缓缓说道：“每年从各地赶到这里参加入试的氏族子弟超过千名，真正能够通过测试的却只有数十名，所以我希望你认真一些，小心一些。”

南宫采菽深吸了一口气，脸色变得有些难看。

苏秦的话听上去像是提醒，其实却带着威胁的意味，很容易让测试者变得紧张起来。按照她平时的性格，肯定忍不住要争执两句，然而想到丁宁刚才说过的话，却硬生生忍住了。

张仪脸上的忧虑更浓了，甚至忍不住转身朝身后那些殿宇望去，心想这下麻烦越来越大了，为什么师傅师伯都不出来制止呢？

“嘎吱嘎吱”两声轻响，已经有些年份的木盒开启了。

正戏开场，所有人都有些紧张。

只见一个木盒里面，放着扁平的方石盘。方石盘里是一圈圈儿迷宫般的螺旋槽，槽内至少有数百颗细小的灰色石珠。在轻微的震动下，这些异常光滑的石珠在石盘里流水般滚动着，形成了许多条川流不息的灰色细流。

另一个木盒里是一块肉色的玉石，雕刻成一个小小的兵俑。兵俑手里持着一柄剑，平直地伸向身侧，虽然面目并没有雕刻出来，但这挥剑的姿态，却十分有秦国剑师的神韵，锋锐无伦，一往无前。

“这是流石盘，因为一圈圈儿的纹理有些像年轮，石珠的流动像流水，所以又叫年轮流水盘。石盘和石珠的材质有些特殊，略微的震动便会让石珠流动起来，而流动的速度又不是恒定的。”和以往主持入试测试时一样，苏秦先伸手指了指石盘，然后冷淡、

清晰地说道，“成为修行者的第一道关隘，便是静心入定，心无杂念才能入定内观，才有可能感觉到身体内的五气。这石盘首先考究的便是静心，这些石珠看上去大小差不多，然而有五颗却比其余石珠略微小一些……这种很细小的差别，唯有静心者才能发现。现在请你挑出它们，只要挑对三颗，便合格了。”

听完苏秦的述说，场内许多弟子不由得想起自己当初面对这个石盘时的景象，呼吸顿时变得有些急促起来。石珠的差异很小，哪怕同时放在摊平的白纸上，也未必分辨得出来。在这种流动的状态下，倘若让他们再来一次，也根本没有百分之百的把握能够通过测试。在以往的大试中，一大半的入试者便是在这一关就被淘汰了。

丁宁没有理会周围所有人异样的眼光，他凝视着这面石盘，眼神里有些犹豫。

在第二境便能杀死宋神书那样的修行者，当然不是普通人。此刻让他犹豫的，自然不是那些流淌的石珠本身，而是应该采取哪种方式通过这个入门测试。因为今日是他正式出现在长陵之人视线中的第一步，这一步决定了他以后的姿态，以后他在白羊洞将采取哪种方式修行。

他已经在长陵的街巷里低调、隐忍了许多年，他的修为还很低，长孙浅雪甚至对此表示强烈不满，因为在他们的计划中，走到现在这一步原本要在很久以后。

只是那面墙上的花朵越来越多，还有很多像宋神书一样的人，正安逸地享受着生活；而有些人却人不人鬼不鬼地苟活着，甚至每日里只能在阴暗的污水中泡着。

“我要更小心一些……不能让任何人发现九死蚕，发现长孙浅雪……我不能死去……”他深深吸了一口气，在心里反复重复着这些话，犹豫的神情消失了。

在一片不可置信的吸气声和惊呼声里，他伸出了手。

从石盘被端到他面前放稳，到他伸出手去，不过数十个呼吸的时间。

他的手截断了灰色细流，从中取出五颗圆滑的石珠。

南宫采菽满脸震惊。

入门测试的严苛程度与宗门的等阶、底蕴有关，青藤剑院和白羊洞其实是差不多的修行之地，所以入门测试的难度也一样。

青藤剑院入院时的测试是“万线引”，她足足用了半个时辰方才通过。白羊洞最快的记录是半炷香的时间，而丁宁居然数十息时间就完成了，如果真的能够通过测试，他便破了白羊洞和青藤剑院的纪录。

苏秦皱眉，一时觉得难以置信，难道这个市井少年，真的是因为拥有惊人的天赋才被特招入院的？

丁宁平静地看着苏秦，摊开了手掌，所有人的目光都聚集在他的掌心。

紧接着，一片更加响亮的倒抽冷气声和惊呼声响起。

张仪瞳孔微微一缩，眉宇间的忧虑瞬间消失不见了。

南宫采菽彻底愣住了。

原先反对最为激烈，但自从知道南宫采菽的身世之后，便一直不敢抬头的沈白，此刻脸色变得更加雪白，胸部剧烈起伏着。

所有人都看得很清楚，丁宁手中的五颗石珠，有一颗略微大一些，正因为有了它的衬托，人们才能一眼看清另外四颗略小一些。

苏秦的心脏剧烈跳动着，心中充满强烈的震撼。他没有第一时间发表看法，而是闪电般伸出手去。接过五颗石珠时，他的指尖与丁宁的掌心轻轻触碰了一下。

一瞬间，丁宁清晰地感觉到一股微弱的气息从苏秦指尖涌入，然后在自己体内的经络间急速游走了一圈儿。他知道苏秦是什么用意，所以依旧保持着绝对的平静，如同没有任何察觉。

苏秦的心再度往下一沉，寒意越发涌起几分。

他没有感觉到任何异样的气息，这意味着丁宁并不是有了一定境界的修行者。

"对了四颗，这一关你已然过了。"苏秦冷冷地说道。

他看了一眼手中的石珠，将它们转交给身旁那个弟子，然后指了指另外一个盒子里的肉色玉兵俑，缓缓说道："这是感知俑。感知是一种天赋，有些人能够做到绝对的静心内观，可是却好像天生感觉不到体内五气和天地元气的存在。没有这种天赋，也不可能成为真正的修行者。这种玉兵俑是用独特的肉玉制成，蕴含的元气与我们体内的五气有些相近。玉兵俑手中的小剑是空心的，只要你能感知其中的元气流动，自然就可以像从花瓶里倒水一样，将里面的元气倒出来。"

丁宁问道："只要将里面的元气倒出来，便算合格了么？"

苏秦点了点头："正是如此。"

丁宁微微一笑，说道："合格了我便可以正式入山门修行了吧？"

苏秦微微皱眉，再次点头，不再多说什么。

丁宁也不多言，直接上前半步，将玉兵俑握在手中。

这对他而言太过简单，在他的感知里，玉兵俑里的元气，就像是山洞里流淌的河流。

他调整着河流流动的方向，让它通过曲折的崖壁，朝着山洞的唯一出口——有光亮的地方流淌而去。

“哧”的一声轻响，水流喷出崖壁，变成一股瀑布。而他手中的玉兵俑所持的小剑，竟布满彩色元气，形成一道好看的彩虹。

所有人的呼吸仿佛停顿了，就连已经对丁宁有了一点信心的张仪都愣住了，他没想到丁宁这么快就过关了。

南宫采菽也呆呆地看着丁宁平静的面容，似乎想从他的脸上看出一朵花来。

白羊洞最高的道观前的两个老人，也陷入难言的震惊中。

“我知道这少年有些不寻常，却没有想到竟如此不寻常。”杜青角深吸了一口气，转过头看着身旁面如白玉的薛忘虚，缓缓说道。

薛忘虚犹豫道：“会不会之前便修行过？”

“不会有问题。”杜青角摇了摇头说道，“我和他待过数个时辰，除非他是赵四和白山水那种宗师，否则我不可能感觉不到他的异常。”

薛忘虚摇了摇头，他自然知道那是不可能的事情。

“但是他的身体有很大的问题。”杜青角看了他一眼，说道。

薛忘虚一怔，下意识问道：“什么问题？”

杜青角说道：“五气太旺，是阳亢早衰之体。”

薛忘虚双手微微一颤：“这……”

他突然没了主意。

“有什么关系！”杜青角好像看穿了他心中所想，带着一丝傲意说道，“就安排他和张仪、苏秦一起进洞修行好了。”

薛忘虚自认十分了解自己这位师兄，甚至到了只凭一个眼神便能觉察对方内心想法的地步，然而此时他却有些不理解，犹豫道：“可是……”

“他的资质值得我们白羊洞付出。”杜青角微笑着摇了摇头，“即便花在他身上的代价浪费了，也总比顺了别人的意，全部落入别人手里要好。至于苏秦……我知道你一直不太喜欢他，我也不喜欢他，但他的资质的确不错。而且昔日师尊曾对我们说过，一个人想要成长得更快一些，身边总得有人给他制造压力——苏秦便是很好的人选。”

薛忘虚沉吟片刻，点了点头，认真看着杜青角，心中充满难言的感慨：“师兄，这些年我的修为境界虽然比你高，但是有时候你的锐气，却是我无法企及的。”

“可是有什么用，到头来还是保不住白羊洞。”杜青角自嘲地一笑，眼中的傲意消失了，也感慨道，“我要走了，以后就辛苦你了。你的性子比我好，能忍常人所不能忍，不辩不争，便能走得更长远。白羊洞没了，留几颗种子也很好。”

薛忘虚看着杜青角，想到这些年他和自己一起经历的风雨，想到他即将远行，一时竟无语凝噎。

“他的命不好，不过遇到我们，也算是有缘。有什么能给的，便多给他一些，总比便宜那个女人要强。”杜青角转过头去，不再看他，目光落向远处的山门。

第十二章 特例特办

山门前一片死寂，就连苏秦的脸色都有些微微发白。

他和张仪一直是白羊洞最优秀的弟子，即便是他们，入门之时也足足花了半炷香的时间，才感知到这玉兵俑里的元气。

然而丁宁却宛如神助一般，只用了十数息时间，便感觉到其中的元气，让玉兵俑手中的剑大放异彩。

“各位师兄师姐，可以让我进去拜见师长了么？”丁宁平静地笑着，向所有人行了揖礼，轻声说道。

张仪也笑了起来，他揖手还礼，温和而认真地说道：“师弟，请。”

师兄与小师弟互相见礼，宗门纳新，场面很温馨。

苏秦看着这种画面，垂首沉默不语，心中不知在想些什么。

以沈白为首的那些堵住山门的弟子，此刻像是被人抽了一记耳光一样羞愧难当；也有不少弟子在震撼过后，纷纷上前祝贺丁宁。

然而所有人都没有想到，丁宁所带来的震惊还不止如此。

不远处，一个仙风道骨的身影正缓缓前行。

这是一个盘着道髻的中年男子，面目严肃、冷峻，双眉如剑，英气逼人。

他腰侧佩有一柄长剑，剑鞘由青竹制成，宽度不过两指左右，可以想象内里的剑身是多么纤细。剑柄比一般剑柄要长，看上去是用海外的红珊瑚石制成，整柄剑的长度也远远超过一般的剑，即便是斜挂着，剑鞘尾端也几乎拖到了地上。

“道机师叔。”

看到这肃冷的中年男子，所有白羊洞弟子心中一寒，纷纷行礼。因为他是李道机，白羊洞修为最高的人之一，平日里掌管戒律，若是哪位弟子触犯了戒律，他便施以相应的刑罚。

“都杵在这里做什么？”李道机肃冷地看着张仪，不悦地说道，“难道洞主交待的事情你都忘记了？”

张仪一怔，旋即反应了过来，对身侧数名青藤剑院的弟子歉然说道：“张仪奉命带诸位师弟师妹去经卷洞学习。”

去经卷洞学习？周遭白羊洞的弟子明白南宫采薇等人今日的来意，心中都涌起无力和屈辱的感觉。

秦王的旨意已经下达，白羊洞已归入青藤剑院，青藤剑院的弟子自然有了进入经卷洞研习的机会，南宫采薇等人便是第一批前来研习的弟子。

李道机转过身去，动步的瞬间，冷冷说了一句：“洞主有交待，让丁宁也一起进经卷洞挑选典籍。”

一片沉重的吸气声再次响起，所有白羊洞弟子都惊呆了。

然而李道机似乎还嫌这个消息不够分量，又随口补充了一句：“不限内外。”

一瞬间，山门口一片死寂。

除了少数几门宗门秘术口传身授之外，白羊洞其他心法口诀全都收录在经卷洞中，包括许多代修行者对于修行的理解。

之前即便是本门弟子，也只有经过半年左右的学习之后，才有机会进去学习。而且经卷洞分内洞和外洞，外洞的心法较容易理解，修炼起来大多没有特别的限制，所以任何门内弟子都可以研习；内洞的典籍比较深奥，尤其是许多前辈大能对于某些功法的心得体会不一定完全正确，需要自己进行甄别，所以唯有在某些方面达到一定要求，对门内的贡献达到一定程度的弟子，才有可能被允许进入。

“到底为什么？”一声满含着诸多情绪的叫喊打破了死寂。

出声的是沈白，他觉得这太不公平，因为迄今为止，他还没有获得过进内洞研习的资格。

然而李道机却头也不回，云淡风轻地吐出几个字：“特例特办而已。”

沈白呆住了，再也说不出话来。

其他人虽然因为连番强烈震惊，心头都有些发麻，但此刻听到“特例特办”这几个字，却反而觉得很有道理。因为先前丁宁的表现，让他们已然相信他能够破例进入白羊洞，并非存在什么见不得人的交易，而是确实有独特的天赋。既然如此，再破例让他直接进入经卷洞修行，又有什么问题？

看着李道机的背影，丁宁眼中也露出一丝异样。

“王后”，他再次想起这个因为身份相差太大，而显得分外遥远的称号。接着，又想起那晚在红韵楼力挽狂澜的白发老人。

有胆量得罪王后，再加上眼下这些意外……看来这个白羊洞，似乎并不像绝大多数人眼中所看到的那么普通。

尘埃落定，丁宁跟随在张仪身后，郑重地跨过石碑，再无人出声阻拦。

细心的张仪早已准备了一些饭团，送到丁宁、南宫采菽等人手中。

“经卷洞里严禁饮食，你们最好先填饱肚子。按照洞主的吩咐，青藤剑院的弟子研习的时间是一天，至于丁宁师弟……洞主没有交待，刚刚李道机师叔也没有明确说明，那么我想应该是不限时间，你可以待到你自己想出来休息时为止。你的住所我会帮你安排好，一切不需担心……至于修行课程，既然洞主说了特例特办，应该会另作安排。”

张仪一边在前面带路，一边做着介绍；丁宁则一边细细啃着混杂了野菜、兽肉的饭团，一边打量着这个修行之地的真容。

在秦国，一等一的宗门自然是岷山剑宗和灵虚剑门。这两大宗门都是内门弟子上千，外院各等杂役弟子上万，且这上千名内门弟子，都是来自秦国各地或属国的优秀人才。这两大宗门高高在上，其他宗门根本无法与之相提并论。

除了这两大宗门之外，秦国一流的宗门有十余处，其中横山剑院等数个宗门因为获得当世杰出王侯大将的鼎力支持而兴盛，其余如墨墟剑窟、正一书院等，则也是底蕴深厚。

白羊洞每年招收的有修行资质的弟子不过数十名，现有弟子之中，能够到达第四境上品的更是寥寥无几。且连参加岷山剑会，以及一年一次御赐的进入大宗门学习的机会都没有，这便说明白羊洞只是个二流的宗门，连岷山剑宗的一些外院修行之地都不如。

只是有些年代的修行之地总是有着独特的气象。

真正进入山门之后，丁宁才看清楚，其实白羊洞的殿宇，大多以一些立柱为支撑，建立在峡谷两侧陡峭的岩石上。不少殿宇只有一扇大门，内里则是一个个洞窟。殿宇之间以索桥相连，除了所有石阶都是由人工雕琢而成之外，其他则都保持着原貌，颇有丛林风范。显然白羊洞最早的修行者，便是在这峡谷两边的悬崖峭壁上凿洞而居的。

“我们的修行之地都在洞窟里，洞窟冬暖夏凉，里面有一种白灰石能自然吸收水汽，所以不像别处湿气很重。不过平日里山风很大，师弟你身材单薄，路又不熟，单独行走的话，一定要小心。另外石阶所至的地方，门内弟子都可以去，而索桥所至的地方，需要经过允许才能进入……”张仪细细地介绍着。

丁宁突然插嘴问道：“师兄，既是特例特办，我有时可否回梧桐落住？酒铺只有我小姨一个人，我不太放心。”

张仪一怔，旋即答道：“换了别人肯定不成，只是师弟……我问过道机师叔或是洞主再说。”

白羊洞不大，那座地势最高，在白云之下如同一座孤岛的小道观，也不过百丈不到的高度。

张仪边走边停，细细讲解白羊洞的门规，介绍一路上所看到的一些建筑，左右也不过花了半炷香不到的工夫。此时，对于白羊洞而言极其重要的经卷洞，已经出现在丁宁面前。

所谓的经卷洞，其实就是一间就着山势雕琢而成的粗陋小石殿，平日进出仅靠一条在风中摇晃不定的索桥。索桥的木板有些发黑，给人不甚牢固之感。

李道机此刻正站在索桥入口处，张仪拘谨地上前行礼，轻声向他汇报着什么。

李道机点了点头，威严的目光落在丁宁身上。

“出世修行需清净、无干扰，将心力都花在对自身和天地元气的感悟上，进境才快，所以所有修行宗门都建在与世隔绝之地。不过，也有人喜欢入世修行，多些际遇和感悟，进境反而更快……毕竟再强的修行者也逃不过尔虞我诈的尘世生活，洞主说了你可以特例特办，现在就看你的修行进境如何，看你有没有这样的资格了。”他看着丁宁，缓缓说道。

丁宁看着他肃冷的眼睛，说道：“师叔的意思是我可以回梧桐落，但首先得证明我的修为进境足够快？”

李道机眉头微蹙，他不知道丁宁是否有所领悟，但还是点了点头，说道：“经卷洞里的典籍，你可以自行挑选、研习，至于其他事情，洞主会根据你的表现再做安排和调

整。”

丁宁没有什么特别的反应，张仪、南宫采薇等数名弟子，心中却再次弥漫震惊和不解。

虽然修炼真元的道理是一样的，但是因为修行者的体质和体内的五气有所不同，所以修行者们遗留下来的修炼功法也有着很大的差别，凝练出来的真元更是带有不同的特性。比如燕国的真火宫，真传弟子才有资格修习的魍火真诀，真元调集的天地元气，只能化成恐怖的真火；而秦国唯一的女司首夜策冷，她所修习的天一剑阁的离水神诀，表象则是各种各样的水流。

不同的功法、剑诀，以及调用天地元气的手段，会产生不同的威力和效果。一般而言，弟子入门之后，师门便会因材施教，针对他的潜质、特点，提供一些建议，帮助他挑选合适的功法和剑诀。可以说，挑选修炼功法，是摸着石头过河的第一步，决定了修行者的一生。

然而现在，白羊洞竟然不给任何建议，让丁宁自由挑选修炼功法。

直到李道机翩然离开，身影消失在众人的视线之中，张仪依旧有些不敢相信这是真的，不过他自然不会违背师门的决定。

在带着众人穿过索桥，进入石殿之后，他忍不住苦着脸告诫丁宁：“师弟，经卷洞里的真元法决很多，许多法诀威力甚大，你千万要仔细斟酌，弄清楚是否有什么缺点，到底适不适合你……”

石门缓缓开启，露出一条缓缓向上的石阶。

一路上，南宫采薇一直刻意和丁宁保持一段距离，然而进洞之后，她终于按捺不住，紧走两步，来到丁宁身侧，认真说道：“一开始你就知道自己肯定能通过入门测试，对不对？这件事太奇怪了，你怎么会如此自信？该不会你早就拿年轮流水盘和玉兵俑练习过无数次了吧……而且白羊洞洞主竟然对你特例特办，让你进内洞挑选修行典籍……你……该不会是白羊洞洞主的私生子吧？”

丁宁本来饶有兴致地听着，听到最后一句推断，差点一个跟头栽倒在石阶上。

“南宫大小姐，你的联想太丰富了。”他无可奈何地说道，“像你这样拥有丰富想象力的人，真应该去监天司查案。”

“难道你真的只靠天赋么？”南宫采薇依旧难以置信，一边思索着，一边说道，“可是倘若如此，为什么你不直接参加宗门的春试？长陵之人应该都很清楚，除了岷山剑宗和灵虚剑门这样的宗门之外，绝大多数宗门的入试都没有什么限制，适龄之人都可以参加，而且以你今天的表现，完全可以进入更好的宗门。”

丁宁心中微微一沉，这的确是个引人怀疑的破绽，他必须给出合情合理的解释。

他微微蹙起眉头，想了想，说道：“一开始我并不知道自己有成为修行者的潜质，直到方绣幕和王太虚找过我……”

“方绣幕？方侯府的方绣幕？”南宫采薇大吃一惊。

秦国十三侯之一的方启麟已经年迈衰老，然而这些年方侯府非但没有衰落的迹象，反而有种隐隐超出其他侯府的架势，因为方启麟有两个令人羡慕的儿子：一个名叫方饷，已经和南宫采薇的父亲一样，是镇守外藩的神威大将；另一个名叫方绣幕，是出了名的剑痴，对修行之外的其他事物，全然不感兴趣。

虽然外界不知道方绣幕的修为究竟到达何种境界，然而十年之前大家便知，他是同龄人中破境最快的。就连秦王和两相都下过论断，说他是最有希望突破七境上品的修行者。

七境之上，便是第八境——古往今来极少有修行者能到达的境界。

这种人物对于南宫采薇而言，自然是一个只能仰望的神话。

“王太虚又是谁？”南宫采薇深深呼吸着，竭力让自己平静下来，接着问道。

“江湖市井帮派——两层楼的主人。”

丁宁看着南宫采薇，平静地说道：“方绣幕来找过我，说我有不错的修行潜质，但是他放弃了我，因为我的身体有很麻烦的问题……后来遇到王太虚，我才决定赌一赌，借助他的安排进入白羊洞修行。”

南宫采薇惊讶地问道：“你的身体有什么问题？”

丁宁回答：“我是五气过旺的早衰之体，如果没有特别的际遇，修行很有可能会让我死得更快。”

丁宁十分平静，然而他的话落在南宫采薇的耳朵里，却无异于惊雷。她连呼吸都有些停顿了，急迫地问道：“死得更快……有多快？”

丁宁说道：“估计能活到三十多岁吧。”

南宫采薇脸色苍白了起来，她难以想象像丁宁这样一个朝阳般的少年，竟然只剩下十几年的寿元……

“所以我不是白羊洞洞主的私生子，他对我破例，有可能是觉得无论我修炼什么，到头来都没什么用处。”丁宁微微一笑，坦然说道，“还有就是他想看看我的判断，毕

竟修行要靠自身，他想看看凭我的直觉，能不能挑选出更适合自己的功法，也好多活几年。”

南宫采薇久久不能言语，她莫名地想到一句话：有些人修行，是为了荣华；而有些人修行，则是因为修行便是他们的命。

丁宁继续前行，石阶尽头，一个始终沐浴在柔和天光中的洞窟，出现在他的面前。

这是一个顶上有许多通风孔的洞窟，通风孔里应该有许多晶石，柔和、美丽的光束洒落在洞窟的各个角落，隔绝了风雨，使得洞窟中的一切如同处于绝对静止的状态。

洞窟四壁的书架上，摆满了各种各样的典籍。

丁宁正前方有一条狭窄的楼梯，应该是通往内洞的。他从左手侧开始，认真翻阅起书架上的典籍。

南宫采薇定了定神，跟了上去。

身为青藤剑院的弟子，能够有幸进入其他宗门的藏经地，自然要抓紧时间，尽可能多看一些东西。然而此刻，她的注意力却都在丁宁身上。她很想知道，丁宁最终会选择什么样的功法。

白羊洞最高处的小道观里，薛忘虚正负手而立。看着前方空旷的天空和漂浮着的白云，想着逝去的那些师兄弟的身影，他的心中有一种说不出的空乏。

他轻轻叹了口气，向恭立在道观门口的李道机问道：“那少年已经进洞了？”

李道机点了点头。

“他若是选定了修行典籍，第一时间来告诉我。”薛忘虚满意地说道。

李道机又点了点头，然而他那如刀刻般的眉毛却不自觉地微微挑起：“师尊为何对他有这么大的兴趣？”

薛忘虚心生感慨，轻声应道：“因为他特别，是杜青角师兄给我们留下的一颗种子。等你到了我这个年纪，自然会明白那些和你相处了很多年的人一个个离开，会是什么样的感受。”

看着这个恋旧的老人，李道机不再多言，认真行了一礼，转身离开。

《养生经》《指玄真诀》《内观真引》《修行九境论》《悟真心诀》《白羊三十四剑经》《九墨离照诀》《长陵修行简史》《真火辨》……

对于寻常的修行者而言，经卷洞里的修行典籍浩如烟海，即便是分门别类地归理整齐，也难以挑选，所以干脆和大多数宗门一样，不做整理，大多随意摆放着。

丁宁比张仪更清楚修行之法都有着各自的优劣，除了一些特别逆天的不传之秘之外，其他功法并没有明显的高低界限，所以他不急着进入内洞，只是依次前行，一个书架都不放过。

看着竹简上密密麻麻的文字，他的心中并没有一般人会有的震惊和狂热，尽管许多典籍对他而言十分平庸，但是他的目光依旧十分慎重。

他所修的九死蚕是天下最为玄奥高深的功法，有着诸多奇妙的功用，然而却绝对不能暴露在长陵的阳光下。在他足够强大之前，需要有一门功法作为掩饰，而且绝大多数时候，会利用这门功法所产生的真元来战斗。这门功法必须最适合现在的他，所以这不亚于一场全新的修行。

《赤凰神照经》……蓦地，他停下脚步，手指落在这册典籍上。

这是他曾听说过，却没有见过内容的真元修行之法。

翻开厚重的竹简，他的思绪很快便沉浸在典籍里：这门真元修行之法很适合他目前的状况，因为它需要旺盛的五气，他原本就能省略掉大量的培气修行过程，修行速度比一般功法要快得多，而且这门功法修出的真气、真元，对和长孙浅雪的双修也十分有利。

他看了片刻，先收起这册竹简，将它捧在怀里，继续前行。

《五阳正身》也对双修有益，虽然不如《赤凰神照经》的修行速度快，但身体血肉却会更强健一些，这门功法似乎也不错……

《静观流光法》——一种可以让真气的流速变得更快的修行之法，从炼气境到达真元境的速度比一般功法要快很多。

丁宁全身心地沉浸其中，不知不觉已经捧了三册典籍在怀里。

《坐妄心经》，突然，这四个字落入他的眼中，他的身体微微一震，面容瞬间有些僵硬，目光带着一丝不可置信，快速前移。

《天照自观》《脱神法》《逆命诀》……从前方的架子上，他迅速捕捉到这些字眼。

他深深吸了一口气，身体里泛起一丝古怪的麻痒的滋味，这些熟悉的字眼，让他明白了白羊洞为什么会得罪王后，最终迎来被迫并入青藤剑院的结果。

这些在秦国，都属于不应该存在的典籍。

秦王初掌大权之时，为了稳固刚刚坐上的王位，为了消除“那个人”存在的痕迹，不知道杀死了多少修行者。有不少宗门被定了逆反之罪，这些宗门湮灭之后，为了避免他们死灰复燃，为了表达对秦王的忠心，无数与之相关的典籍皆被付之一炬。

随着岁月流转，过往很多事情已成为故事。即便是修行这些宗门遗留下来的一些典籍，并不意味着想要有所图谋，然而也鲜少有人再去尝试，因为这代表着一种态度……秦王绝不允许任何危机存在。

白羊洞的经卷洞里竟存在着理应被销毁的典籍，这便说明了白羊洞历代修行者的态度。尽管在修行道路上摸索出来的感悟都是难得的经验，但是白羊洞这样做，确实有些冒天下之大不韪，很多人会觉得他们对那些宗门抱有一丝同情心，对当年的事有着不同的看法。

丁宁心中充斥着难言的感觉，他深深看着那些恐怕已成孤本的典籍，略带僵硬的手指没有触碰它们，继续在书架上滑行着。

他的心情渐渐平复下来，《灵源大道真解》，一本薄薄的古册莫名地吸引了他的目光。

在他的记忆里，这是源自赵地灵源真宝宗的修行功法，再普通不过了，甚至在各朝民间都有流传。它在白羊洞也明显不受重视，古旧的卷册已经出现不少破损，上面落满灰尘，应该很多年没有被人触碰过了。

然而透过破损的竹简，丁宁看到里面行功图的部分画面，似乎并不普通。他不自觉地微微蹙起了眉头，将这本古册小心地抽了出来，缓缓打开。

他的眼睛里开始闪烁出异常的光芒。虽然一开始的表述看不出异常，但是第一副行功图却绝对不简单，越往后看，他便越是吃惊。他可以肯定这是一部罕见的修行秘典！

当看到一幅行功图旁大多数修行者根本无法理解的几行玄奥、晦涩的字句时，沉浸其中的他差点直接叫骂出来。

这哪里是赵国普通宗门流传在外的平凡典籍，这分明是韩国三大修行地之一——无我宫的秘典《斩三尸无我本命元神经》！

“三尸”指的是人的三种“恶欲”：私欲、食欲和色欲。这三种欲望对于修行都是不利的，要尽量消减它们。然而这门《斩三尸无我本命元神经》，却反其道而行之，提倡在修行的过程中，先刺激人的这三种欲望，然后再在关键阶段，硬生生地一下子斩掉这些欲望。

在刺激体内这三种欲望的过程中，修行者的五气往往分泌得更加旺盛，而只要一朝斩去它们，念力、心境就会得到极大的提升。这是一种置之死地而后生的险绝功法，也是超出一般修行功法的强大功法。

韩国覆灭之前的数十年，与相邻的魏国不断征战，无我宫就毁在韩国的一次大败之中。

相传无我宫占地数千顷，韩国战败之时，焚烧无我宫的火焰足足燃烧了一个月，其财宝和典籍遭到韩国溃军和魏国军队的疯抢。为了不让有用的典籍落入魏军之手，某些幸存的修行者只好毁掉它们，无数典籍被付之一炬，在火焰中如同蝴蝶般飞舞。

丁宁不知道这本伪装成普通功法的《斩三尸无我本命元神经》怎么会躺在白羊洞的经卷洞里，不过他十分肯定，这门功法极其强大，他修炼起来一定会很快，他甚至有些怀疑就连内洞都不可能有比它更强的功法了。所以他放下怀里的三册典籍，只留下这一册。然后，他开始专心地挑选与之配合的身法和剑诀。

随着时间的推移，他渐渐进入内洞。

内洞大约只有外洞的三分之一那么大，但洞中的典籍却的确比外面的要深奥、复杂得多。

最终，他的手指落在一册颜色有些发黑，名字极其普通的剑经上——《野火剑经》。

他对这里面的典籍再无任何兴趣，往一旁空着的数个蒲团走去。

“你挑来挑去，难道就选了这样两册典籍？”不可思议的声音在寂静的洞窟里响起，回音阵阵，传入丁宁耳中。

丁宁转过身来，看到南宫采薇站在自己身后，正用一脸难以置信的表情看着他。

丁宁点了点头，说道：“是啊。”

“你到底懂不懂什么是修行？”南宫采薇气得嘴唇都颤抖了起来。

丁宁看着这个脸色煞白的少女，平静地说道：“有什么问题么？”

“你到底知不知道这些都是什么典籍？”南宫采薇恼怒的目光落在丁宁手里的两本典籍上，睫毛不断颤动着，“你知不知道《灵源大道真解》只是很粗浅的真元修行功法，而且来自赵地，身为秦人修行这门功法，不但得不到什么好处，还会引起很多大人物的不满。至于这‘野火剑诀’，是一门威力不大，然而却特别繁杂难练的剑诀，不仅剑式难学，真气或是真元配合也分外复杂……我们青藤剑院也有这门剑诀，但是从来没有人会挑选它。”

“你的意思是……我选的功法和剑诀，配合起来会很差？”丁宁微微一笑，说道。

看到丁宁还能笑得出来，南宫采薇的脸上不由得笼起一层寒霜：“不是很差，是差

到不能再差。既然你在这里研习不限时间，为什么不多花点时间，仔细看看每册典籍的内容？你应该明白，不是所有白羊洞弟子都有进入内洞挑选典籍的机会，你的起点比他们高，为什么不好好珍惜？”

丁宁认真看着她，轻声说道：“可是我这么选，和你有什么关系？”

南宫采菽愣住了，这事儿的确和她没有什么关系。她和丁宁只不过有过一面之缘，甚至连朋友都算不上。

“我知道你是为我好，不过怎么修炼是我自己的事情。”丁宁看着她，接着解释道，“其实不同的典籍对不同的人而言意义不一样，我很肯定这两册典籍适合我。”

若是别人这么说，南宫采菽肯定觉得他要么是不知天高地厚，要么就是白痴。然而想到丁宁之前的表现和自信，她却愣愣地问道：“你确定？”

“我确定。”丁宁点了点头，无比诚恳而认真地说道，“你赶快抓紧时间查找你需要的东西吧，不要再浪费宝贵的时间了。”

尽管南宫采菽依旧觉得丁宁有些荒谬，但正如丁宁所说的那样，这事儿和她有什么关系呢？眼下任何事情都没有她的修行重要。她不再多说什么，深吸一口气，竭力让自己平静下来，开始一本本翻看内洞的典籍。

其他数名青藤剑院的弟子早已沉浸在修行的世界里，经卷洞里变得异常静谧，唯有“窸窸窣窣”翻阅竹简的声音。

第十三章　半日通玄

皎洁的光束洒落在丁宁身上，洒落在他身前摊开的古旧的竹简上。他忘却周围的天地，全身心地投入其中，开始全新的修行。

今日白羊洞给他带来了无数意外和惊喜。这册被伪装成普通修行功法的《斩三尸无我本命元神经》，对那些顶级宗门而言，都算得上是至宝；对他而言，更是难得的机缘，他很想知道这门功法有什么不同的神妙。

打开竹简，一条条注解和一幅幅图录，随着他的思索，清晰地出现在他的脑海里，然后慢慢连接起来，变得清晰而真切。

他缓缓闭上眼睛，修行的第一步，便是要做到识念内观，感觉到体内五气。

对于普通人而言，要做到这一步，不知要花去多少时间。然而在闭上眼睛的瞬间，他就完成了这一步。

在念力的驱使下，他体内的五气开始按照这门修行功法的路线，缓慢地在身体里穿行，朝着他的气海前进。

不同的修炼方法，使得体内五气就像符箓上的符线，沿着不同的线路流动，悄悄转化着，渐渐产生不同的真气、真元。

其实道理并不复杂，任何真元修行之法都是念力对于身体奥妙的探索，都是体内五气和天地元气的玄妙转化。然而这全新的探索过程和玄妙的转化之间，却充满了无数未知的危险。

时间悄然流逝，夜色开始笼罩白羊峡。

南宫采菽和青藤剑院的弟子已经彻底入迷，浑然忘记时间，就连翻阅竹简的动作都越来越慢。

忽然，他们感觉到一缕微风扑面而来。

经卷洞里的空气似乎凝固了，南宫采菽下意识地抬起头来，呼吸微顿，身体有些紧张。

她赫然发现，这微风竟从丁宁所在的方向拂来。

她一时有些茫然，然而在接下来的一瞬，她看到丁宁的肌肤竟亮起之前没有的光泽，似乎有五彩的光芒莹莹闪动着。

她开始联想起破境成功，打开气海，正式成为第一境下品修行者的画面。

这是识念内观，感悟五气，打开气海！

她的脑海里终于清晰地浮现出这句话，身体被前所未有的震撼占据，不可控制地颤抖起来。

其他人也开始反应过来发生了什么，他们甚至比南宫采菽还要惊讶，脸色无比惨白，张开了嘴，像快要渴死的鱼一样无法出声，无法呼吸。

打开气海，踏入第一境通玄下品，成为真正意义上的修行者，他们用了多久时间？

他们之中最快的人，都足足用了七个月！可是从挑选修炼典籍，到开始参悟，到打开气海……这个梧桐落的酒铺少年，只用了半日时间！

半日通玄！

李道机垂着头，快步走过索桥，来到最高处的小道观外。

他深吸了一口气，声音微颤，说道：“那少年已经选定了修行典籍和剑诀。”

洞内枯坐着，像是睡着了一般的薛忘虚顿时睁开双目，眼眸如星辰般闪亮：“他选定了什么？”

李道机答道：“《灵源大道真解》和《野火剑经》。”

薛忘虚一愣，下意识地伸手去摸旁边石案上的茶壶，喃喃道：“这可真是不妙，竟然如此牛头不对马嘴……怪不得你气得声音都发抖了。”

李道机缓缓抬起头，用了好大的力气才说道：“不是气的，是因为他已通玄……他已经踏入第一境，打开了气海。”

“你说什么？”薛忘虚的手猛地一抖，差点打碎了手里的茶壶。

李道机看着他，认真地重复道："他半日通玄了。"

薛忘虚看着李道机微微颤抖的双唇，兀自不敢相信这是真的。

"'怪物'……"数个呼吸之后，他才平静下来，吐出这两个字。

经卷洞里，南宫采薇和数名青藤剑院的弟子，也浑身轻颤着，用看着怪物一般的目光看着丁宁。

这怎么可能！

在他们的印象里，从古至今，能半日通玄的，便只有灵虚剑门的安抱石和岷山剑宗的净琉璃这两个"怪物"了，就连剑痴方绣幕都花了数十日时间才能通玄。

明知这是发生在眼前的事实，然而处于强烈震撼和不可置信之中的南宫采薇还是忍不住颤声问道："你已经打开气海了？"

丁宁没有回答她的问题，他微蹙着眉头，感觉着五气在气海里的流动，明白了这种顶级功法走的是极其霸道的路线。

然后，他注意到落在自己身前的光束。和之前相比，它们有了微弱的改变，明显带着宝石的光亮。他随即反应过来，夜色已经降临了。

"竟然用了这么久。"他自言自语道。

这句话完全是有感而发，因为《斩三尸无我本命元神经》的五气流动和绝大多数功法有很大的不同，否则在他的气海已然存在的情况下，引导五气进入气海，根本不需要这么久的时间。而且只是半日的修行，五气刚刚注入气海，他就有种手脚发虚的感觉。这样的消耗，使得他明白这门功法的确有独到的地方，将来形成的真气、真元，必定比一般的功法蕴含更猛烈的力量。所以若是普通的功诀，他恐怕连半炷香时间不到，就能够通玄。

然而他这句有感而发的低语，落在南宫采薇等人耳中，却有着截然不同的意味。

"用了这么久？"南宫采薇忍不住伸出一根手指，指着丁宁说道，"你知不知道一般的修行者走到这一步需要多长时间？"

丁宁看着她那根颤抖的白生生的手指，不知道该说什么。说自己不是一般的修行者？这句话虽然是事实，但此刻落在她的耳朵里，恐怕太自傲了。

南宫采薇却开始清醒了："难道你也像岷山剑宗和灵虚剑门的那些人一样，是真正的'怪物'？"

丁宁歉然一笑，他觉得有些事情根本没有办法向她解释，而且修行本身就应该是严

格保守的秘密。

然而南宫采薇看着他歉然的笑容，却认为他是因为天赋超出他们太多，所以才感到抱歉。

“你的确是真正的‘怪物’。”她有些伤心，颓然地低下头，“看来从一开始我就不该怀疑你的能力，不该多管闲事。”

她身后数名青藤剑院的弟子脸色微白，一个看上去最为持重的少年眼光闪烁，忍不住想要动步。

“鹿末龙，若是你想获得丁宁的好感……我劝你还是不要上前了。”就在此时，他身旁一个个子最矮，黑发散落的少年，用唯有他们两人能够听到的声音轻声说道，“现在再去表达友善，已经晚了。”

名为鹿末龙的少年身体顿时僵住了，心中充满了悔意，他知道对方说的是实话。

这个酒铺少年虽然年幼，但是却似乎拥有能看穿一切的平静双眸。之前在山门外，当南宫采薇为他出头之时，他们没有把他放在心上，现在因为对方表现出来的惊人天赋，再去结交的话，多少有点儿巴结的意味，想必也得不到对方的友谊。

既然表面上的客套话毫无意义，还不如不要堕了自己的脸面。所以他们继续搜寻自己需要的修行知识和经验，为了尽可能地抛开那震撼、失落和悔恨交缠的复杂情绪，他们甚至刻意与南宫采薇和丁宁保持一定的距离。

丁宁感觉很饿，他甚至已经闻到经卷洞外食物的香气。他怔了怔，旋即又闻到南宫采薇身上淡淡的幽香。

一丝惊讶浮现在他的心头，他马上反应过来，这应该是《斩三尸无我本命元神经》带来的一些改变。这种顶阶功法，让他在刚刚通玄之时，对色香味的感知便敏锐了许多。

他深深地吸了一口气，准备去吃点东西，对他而言，今日的修行已经告一段落。若是白羊洞没有特殊的安排，他想回梧桐落去。

就在这时，他突然注意到南宫采薇手上的典籍。

他微微犹豫了一下，轻声问道：“你的修行有什么问题？”

南宫采薇身体微震，她抬起头来，看着丁宁的双眸，有些怀疑地问道：“你想帮我？”

“每个人的修行都不同。”丁宁看着她，认真说道，“我最多和你探讨一下，至于对你有没有用，还是未知之事。”

“帮不了我也没关系。”

感觉到丁宁的善意，南宫采薇莫名地高兴起来。像她这个年纪的少女，对友情往往有着最美好的想象。她刚刚的失落，恐怕多半不是因为自己与丁宁之间的差异，而是因为丁宁对她的好意，一直抱着敬而远之的态度。

“我的感悟有问题。”她的情绪振奋了一些，快速补充道。

“是对天地元气的感悟有问题？”丁宁看着她发光的眼睛，认真问道。

“是的。”南宫采薇也认真点了点头，“我的修为已到了第二境上品换髓，现在应该设法感知天地元气，我也这么做了。因为从第二境炼气到第三境真元，破境的关键就在于能不能从周围的天地元气里找出与自己体内真气相融合的，成功地引天地元气入体。”

丁宁看了她身前摊开的典籍一眼，问道：“你是根本感觉不到天地元气的存在，还是感觉不出它们的差别，觉得它们就是混沌的一团？”

南宫采薇摇了摇头，轻声说道：“如果问题是这么简单就好了，师父和我恐怕还没有那么着急。我是感觉得到天地元气的存在，也能感觉出它们的不同，然而在我的感知里，每一股天地元气好像都很抗拒我，和我不亲近。”

“可能是因为体质问题，我父亲之前也遇到同样的问题，他在第二境足足卡了七年。”顿了顿之后，南宫采薇接着忧虑地说道，“正是因为有这样的顾虑，所以他没有让我修习他擅长的万涛真水诀，而让我修习了青藤剑院的‘青木真诀’。可我还是遇到了同样的问题，我从第一境突破到第二境上品，是所有弟子里面最快的，倘若我也在这个阶段卡上七年，那么我的进度就会远远落后于其他人了。”

丁宁点了点头，伸出手去，仔细翻阅南宫采薇身前的典籍。

《元气种类细辨》，他轻声读出这册典籍的名字，然后蹙着眉头，认真问道：“所以你来这里，就是想看看能不能找到破解之法？”

南宫采薇点了点头：“我父亲对此也束手无策，他是在一次战斗的危险关头，自然感觉到天地元气入体，才破境的。如果我不能找出原因，等待我的，或许是比七年更久的悲惨遭遇。”

如果七年都卡在第二境，这的确很悲惨。尤其是看着身旁的人一个个超过自己，就更加绝望、无助了。

丁宁仔细地思索着。

“这两本笔记里好像有很多独到的见解，你仔细看看？”他很快站起来，从一堆竹

简中挑出两册，放在南宫采薇身前，认真说道，“你慢慢看，我先出去吃点东西。”

《巴山蕉塘主人笔记》和《启天论》，南宫采薇惊讶地看着这似乎只是普通随笔的竹简，认真翻阅起来。

丁宁缓步走出经卷洞，打开放在石殿门口的食盒，坐在石凳上，慢慢吃着温热的菜蔬，脑海里开始梳理今天的收获。

伪装成普通功法的《斩三尸无我本命元神经》，绝对是门很霸道的功法，不仅可以让他拥有更好的感知，而且将来修炼成的真元一定很暴烈。

如果说普通功法修成的真元就好比江河里的大浪，那么这门功法修炼的真元，就如同大浪中难以驾驭的恶兽。

至于《野火剑经》，也绝对被修行者们严重低估了。它的真意是野火烧不尽，春风吹又生，因为剑势太过复杂，所以鲜少有人修行，导致人们未能发现它的妙用。

然而对他来说，复杂却不是问题。他很幸运，这重新修行的第一步，走得很好。

有异样的夜风拂来，吹乱了他的发丝。他抬起头，看到一脸素冷的李道机不知从哪里跳落下来，震得索桥一阵摇晃。

“跟我来。”李道机开口示意丁宁跟上自己。

“师叔，人家饭都没有吃完。”丁宁苦着脸，看着才吃了小半的饭菜说道。

“有些事比吃饭重要。”

李道机的剑柄在黑夜里闪着淡淡的红光，他的脚步没有丝毫的停留，唯有冷冷的声音从夜雾中飘来。

丁宁无奈地摇了摇头，抓了个饭团，快步跟了上去。

发光的剑柄在黑夜里摇曳，蜿蜒而上。

夜雾里，突然多出一条狭窄的索桥，延伸向最高处那座小道观下方不远处的一面崖壁之上。

奇异的是，这平日里被白云遮掩着的山体裂缝之间，竟然有一块平地。平地之上，立着三间一模一样的草庐。草庐前方有几块菜田，种的都是些山韭菜。

“这一间就是你的住所。”李道机微微侧转身体，指了指左侧一间草庐说道。

“你平日可以在这里修行，也不用像别的弟子一样去听课。在修行的过程中有什么疑问，可以直接找我或者张仪，但是一日三餐只会送到经卷洞的石殿那里。”思量一番之后，李道机又补充了一句。

倘若其他弟子听到这番话，必定又会心生羡慕，然而丁宁却没有任何惊喜的表情，只是认真说道：“师叔，我平时想回家住。”

李道机两条细细的眉毛瞬间挑起，他霍然转身，没有拒绝也没有答应，只是肃冷地看着丁宁，说道：“进去看了再说。”

丁宁感觉到李道机神色和语气中的异样，眼中闪过一丝惊异，不再多说什么，朝着李道机指点的那间草庐走去。

草庐的屋顶是用普通的茅草糊了些黄泥覆盖而成，装的是最普通的木板门，丁宁的手指还没有接触到木门，身体便不可察觉地微微一震。

草庐中竟然有水声。

他缓缓吸了一口气，伸手推开了没有锁的木门。

内里的布置极其简单：一张床榻，上面放着最简单的被褥；床榻前方，有一个草编的蒲团，潺潺的水声便来自蒲团下方。

感觉到草庐中充满异常鲜灵的气息，丁宁已经隐约猜到了结果，他的心脏比平时跳动得更快了一些，再次深吸了一口气，走上前去，移开厚厚的蒲团。

蒲团下方的岩石中，有一个拳头大小的泉眼。泉水如沸腾般不断翻滚，不时缓缓释放出一缕缕乳白色的灵气。

每一缕灵气，如同一只小小的白羊角，这便是传说中的灵脉。

在传承上千年的修行史中，绝大多数战争都是为了抢夺灵脉，现如今，灵脉的数量已经极其稀少。

对于那些拥有灵脉的宗门而言，唯有最看重的弟子，才能借助灵脉进行修行。

丁宁转身看向李道机，他有些困惑了。

李道机面无表情地说道：“这就是传说中的灵脉。从灵脉中沁出的灵气，随着修行者的吐纳进入他的身体，会起到很大的补益作用，就像一些丹药一样，可以帮助我们快速提高修行进境。并且，灵气本身就是天地间最纯净的产物，没有任何杂质，不像丹药有副作用。”

丁宁摇了摇头，说道：“我不是这个意思……我当然知道灵脉的好处，可是不是只有经过多次考验的真传弟子，才有资格利用灵脉修行么？万一我成了逆徒，将来欺师灭祖怎么办？”

李道机的嘴角出现冰冷的嘲讽之意：“白羊洞都没了，还理会这么多做什么？”

这破罐子破摔的话语，此时听来，充满不羁和洒脱。

丁宁苦笑一声，认真看着那小小的灵脉，问道：“为什么它和传说中的灵脉不一样，看上去有些小？”

李道机面容一僵，一时没有回话。

丁宁沉默片刻，轻声问道：“师叔，我听说白羊洞并入青藤剑院，是因为得罪了王后，我们到底是怎么得罪她的？”

“你从哪里听到这些？”李道机脸色铁青，眼睛里闪现出一丝锋锐的杀气，“要想活得长一些，这事儿最好不要再提。”

丁宁却毫不畏惧，他平静地看着李道机充满杀气的双目，轻声嘀咕道：“不是因为得罪了她，拥有灵脉的白羊洞就算没有厉害的修行者，又怎会并给青藤剑院这种级别的修行地。更何况，我本来就活不长……”

李道机眉头一皱，觉得他的话有些道理，眼睛里的杀气开始消散了。

“你活不长，我却想多活几年。”他缓声说道，“她想在我们的灵泉里种上一株灵莲，灵莲结出的果实可以炼制一些有用的破境丹药。其实她只是想看看我们的态度罢了，灵脉虽然稀少，但是以她的能力，也不至于看得上我们的灵脉。然而杜青角师伯和洞主却不乐意成全，因为灵莲会大量吸纳灵脉的灵气，导致灵脉枯竭。所以为了防患于未然，杜青角师伯早已将我们的灵脉分成三股，使得每一股灵脉都不足以维持灵莲的生长……”

丁宁微微失神了，他没有想到那个已经离开白羊洞的白发老者会做出这样的选择。

看着那股小得可怜的灵脉，李道机缓缓眯起了眼睛：“我们白羊洞也不想得罪任何人，但是我们只做公正和对的事情。现在灵脉虽小，但至少可以留下来。”

“我想回家。”丁宁点了点头，再次认真说道。

李道机的手下意识地搭在剑柄上，差点儿抽出剑向丁宁削过去，他不敢相信丁宁竟然对灵脉都不动心。

“你觉得在梧桐落那种地方修行，比得上利用灵脉修行么？”他胸部剧烈起伏着，强忍着情绪，寒声说道。

丁宁满脸无辜地看着他，说道：“我知道，可是白天可以在这里修行啊，晚上回家会睡得好一些。”

李道机自然不知他心中真正所想，他恼火地转身，拂袖而去。

不反对便是默许了，丁宁高兴地笑了起来，冲着他的背影喊道：“师叔，请帮我准备一辆马车啊。”

经卷洞里，南宫采薇已经看完了《启天论》，正在看《巴山蕉塘主人笔记》，她越看脸色越苍白。

这两册随笔的主人想必不是特别厉害的修行者，笔记很凌乱，很多地方只是一些猜测和临时感悟，但记载的大多是对天地元气的描述。最为重要的是，这两本笔记的主人，在对待天地元气的态度上都很卑微，很相近。

《启天论》的主人将自己比喻成一个瓶口朝上的空瓶子，修行之时，一些天地元气很自然地汇入瓶子之中。

《巴山蕉塘主人笔记》的主人则说自己在感悟天地元气时，正逢下雨，天地苍茫，无数雨水从空中流淌下来，汇聚到如同等待雨水滋润的池塘一样的身体里。而这一切也源于天地的赐予，并非主动汲取。

见这两册截然不同的随笔流露出同样的思想，南宫采薇心中越来越震惊，她觉得父亲和自己对待天地元气的态度可能是错的。并非感知不够，或是对天地元气的分析不够精细和透彻，而是从一开始态度就太过强势了。

强行夺取天地元气进入自己的身体，显然是不明智的。个人的力量无疑是渺小的，唯有认识到这种渺小，真正敞开身体，顺势而为，天地元气才会对她的身体感兴趣，主动汇入其中么？

万涓成水，汇聚成河……南宫采薇的脑海之中，出现这样一幅画面。

无数水珠从天而降，落在她旁边的草地上、芭蕉叶上……最终形成一条条细流，缓缓流入耐心等待着的“池塘”之中。

她的心脏剧烈跳动起来，眼眸像星辰一样明亮。

做了近百次深呼吸之后，她的心情才彻底平静下来，闭上眼睛，按照平日里的修行方法，入静内观，让念力缓缓朝着身外流散。

不同的是，她没有急着用念力去捕捉周围的天地元气，而是任由念力在安静的经卷洞里漂浮着。她的修为有限，流散的念力只能遍布整个内洞，无法到达外洞。

念力布及的范围，就像是一个渺小到可怜的池塘。然而她却一点儿也不急躁，只是平静、耐心地等待着。

随着时间的推移，她的感知里出现氤氲的水汽和很多细微到极点的粉尘，还有小到难以察觉的植物或者动物的绒毛……

它们悄悄进入她念力所在的世界，落入这个“池塘”，打破了原有的平静。

“池塘”周围骤然生起微风，而微风就像有生命一样，大部分带有本能的抗拒，只是无声地掠过，带起些微涟漪；有些却像在试探，开始尝试着进入“池塘”。

南宫采菽感到有些震惊，但她依旧什么也不做，只是如同真正的池塘一样，平静地接纳着任何地方流淌过来的水流。

她开始看到，微风里有着许多色彩，就像一颗颗闪烁的星辰。

她再也控制不住心情，激动得不能自已，浑身剧烈颤抖起来，大口呼吸着，入静内观就这样被打断了。

虽然她没能成功，没能引天地元气入体，但她已经感觉到至关重要的改变，明白了此处的真谛：接纳和包容，比起强取要有用得多。

她身旁不远处的数名青藤剑院弟子正皱眉苦思，沉浸在他们所挑选的典籍中，根本没有注意到她此时的模样。

她用一种近乎虔诚的姿态，将身前那两册笔记放回原位，然后走出经卷洞，来到石殿门口。

外面漆黑一片，距离黎明尚有一段时间。

她在石殿里坐了下来，面向索桥，耐心等待着。

不知是受什么情绪指使，她现在很想见到丁宁。

她俯瞰着白羊洞，旭日将升，山门渐渐沐浴在万道霞光之中，她是第一个拥有这种经历的青藤剑院弟子。

梧桐落很静，偶尔响起数声犬吠，在秋夜里的巷道中回荡。

丁宁推开虚掩着的木门，走进漆黑的酒铺。

酒铺里的摆设和平时没有什么区别，然而丁宁的眉头却深深皱了起来，心里也涌起一丝寒意。

他感觉不到长孙浅雪的任何气息……她不在酒铺里。

在过去的很多年里，他和长孙浅雪已经习惯了彼此的存在，他去哪儿都不放心，生怕长孙浅雪出什么意外。

虽然长孙浅雪的修为远远超过他，然而这里是长陵，再厉害的修行者都有被杀死的可能。

他一动不动地站在后院的中心，数十息时间过后，他沉默不语地走进一侧的灶堂，开始生火煮面。

他的心中越来越寒，双手有些微微颤抖。他看不见自己的脸色，但他可以肯定，即便是在温暖灶火的照耀下，他的脸色也一定很苍白。

他明白在长陵，他也是有弱点的，长孙浅雪便是他最大的弱点。

她绝对不能有什么意外，所以他燃起灶火，希望长孙浅雪能够看到烟囱里冒出的火星，知道他回来了。

他不敢去想如果长孙浅雪就此离开，他又要花多少时间，才能再次出现在她的身边？

他的眉眼看上去那么稚嫩，然而却充满了无尽的忧伤。

就在此时，长孙浅雪像凭空出现一般，来到他面前。

“你、你……”丁宁霍地站了起来，他以为自己一定会怒声喝骂长孙浅雪，然而看到她安静、清冷的双眸，他的心却一下子柔软了，涩声问道，“你……到哪里去了？”

长孙浅雪微微蹙眉，看到丁宁眼中对自己的关切，她并不是很喜欢。

丁宁深吸一口气，迅速平静下来，看着她说道：“你答应过我绝不轻易……”

“只是意外。”他的话还没有说完，就被长孙浅雪打断了，“你说过云水宫的人可能已经得到了孤山剑藏的重要线索。”

丁宁身体骤然绷紧，心情顿时无比紧张：“你发现了云水宫的人？”

长孙浅雪语气淡然地说道：“应该是的。”

丁宁更加紧张了，问道：“有没有交手？”

长孙浅雪说道：“只是记下了那个人的特征和气息而已。”

丁宁顿时松了一口气，绷紧的身体也放松了下来。

每一个王朝辽阔的疆域里，总会有些了不起的宗门，总会出现了不起的人物。

云水宫在魏国灭亡十几年之后，还能被每个秦人记得，确实是非常了不起的宗门。虽然不像赵剑炉拥有那么多可怖的宗师级人物，但是也出了个神秘、强大的白山水。

白山水在魏国被灭的时候，就已经越过第六境，踏入第七境。

十几年过去，虽然白山水没有像赵剑炉的弟子那种一剑屠城的显赫事迹，但所有人都知道他还好好地活着。在秦国无数军队和修行者的追杀下还能好好活着，说明他比以

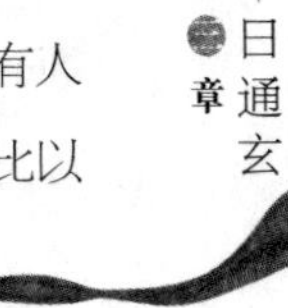

前更强大了。

白山水，现在还不是他和长孙浅雪能够正面应对的敌人。

“你不要管这件事情了，我会去查的。”丁宁沉默了片刻，凝重地说道，“事关孤山剑藏，监天司和神都监都会把所有力量用在追查云水宫的人上面，在白山水出现之前，我们最好默默旁观这件事的发展，否则会被拖下水，根本捞不到什么好处。”

“我会把那个人的特征告诉你。”长孙浅雪思索片刻，点了点头，然后转身朝着卧房走去，“我在床上等你。”

这句异常暧昧的话依旧异常冰冷，甚至带着一种不可有一丝逾越的肃杀之意，然而看着她的背影，丁宁的身体已开始恢复温暖。

山中夜凉如水。

在距离白羊峡不远的一处山坡上，有一片青色的殿宇。殿宇本身用灰色的山石建造而成，只是因为外墙缠绕着年岁很长的青色藤蔓，所以才呈现出一片青色。

最深处一座殿宇布满无数剑痕，地上铺着用最好的羊毛编织的华丽毛毯，整个殿宇在浓厚的秋意里显得分外温暖。

一个用青玉簪盘起花白头发的修长老者，看上去无比洁净，连指甲都修剪得十分整齐。他的眉毛是淡淡的青色，双眼微微内陷，面容平静，显得十分威严。

他便是青藤剑院的院长狄青眉，此刻他冷冷注视着手里一份便笺，嘴角慢慢浮现出一缕阴冷、嘲讽的笑意。

“白羊洞薛忘虚和杜青角这两个老糊涂，一直冥顽不灵，见了那么多鲜血淋漓的事情都不知悔改。现今已归入我们青藤剑院，居然还想出这么一招，说什么既然两宗合一，青藤剑院弟子和白羊洞弟子已无分别，那么白羊洞弟子也能参加我们的祭剑试炼，竟然反过来打起我们青脂玉珀的主意。”

他对面端坐着一个背负着双剑的青衫中年人，是迄今为止，他唯一的真传弟子端木炼。

听到他的冷笑，端木炼眉头微皱，沉声问道：“师尊，您会同意他的请求么？”

“我自然会同意。”狄青眉冷讽道，“若是不同意，又怎能反过来用这种话去套住他，图谋他的灵脉？”

“灵脉？”端木炼眼睛里闪过一丝异样。

“杜青角和薛忘虚这两个老糊涂在王后表达意图之前，便将灵脉分成了三股，以为这样就能保住他们的灵脉！”狄青眉冷笑了起来，“王后好不容易找到他们的错漏之处，将白羊洞划给我们，如果我们还让他们守住那三股灵脉，王后怎么会对我们满意？”

“我是不会让他们如意的，你替我去向薛忘虚回话，告诉他，他的请求我允了，但是这三股灵泉自然也归青藤剑院和白羊洞共用，唯有有资格者方能用之。干脆就作为祭剑试炼的奖励，给胜出者用吧。”狄青眉看着前方的端木炼，缓缓说道。

端木炼沉吟片刻，说道：“师尊大计，然白羊洞所有弟子里，张仪和苏秦不可小觑，这两人都符合参加祭剑试炼的标准。”

“既然这样，就想个办法把他们变成我们的人。”狄青眉看了他一眼，说道，“我听说张仪比较迂腐，但苏秦却是个人才，而且一直与张仪不和。”

端木炼眼睛微亮，站起身来，认真对着这个掌握青藤剑院大权的威严老人行了一礼，回道：“弟子明白。”

第十四章　青脂玉珀

沉寂的白羊峡里开始出现各种各样的响声，天还没有透亮的时候，山道上已经出现了白羊洞弟子的身影。

修行者的修行，讲究身、法、技合一。

其中身，指的是修行者自身肉体的修行。修行者的身体要强健有力，敏捷迅速，有足够的反应能力。

法，指的就是真元的修行。

技，指的是利用身体、真元和武器的技巧。

只会吸纳天地元气，熔炼真元，就会变成一个纯粹的容器。身、法、技的综合能力，才是一个修行者的真正实力。

按照修行者的惯例，晚间万物俱静，身体也需要休息，便是入静内观，修炼真元的好时机；日出之后，万物活跃，温度升高，人的气血流动也变得旺盛起来，便是锻炼肉身和技巧的好时候。

所以在微亮的天光下，有的弟子正负重攀附陡峭的崖壁；有的在峭壁边缘大口吐纳着，用呼吸法震动、强壮五脏六腑；有的则周身寒光飞舞，在刻苦练习剑法……

真是欣欣向荣的美好景象！就连此刻正等待着丁宁的南宫采薇，脑海中都忍不住浮现出这样的画面：整个长陵，整个秦国都开始苏醒，无数宗门内都是这样的场景。这些宗门的欣欣向荣，代表着秦国的繁荣昌盛。她并不知晓，白羊洞的某处山道上，一场激烈的争辩正在进行着。

“为什么？”苏秦一脸寒意地看着身前一个年轻的教习，质问道，“张仪进入草庐修行我没有意见，但是进入山门不到一日的丁宁有什么资格进去？”

这个年轻教习对苏秦十分不满，然而他很清楚苏秦将来的成就和他不可同日而语，面对修为已和自己差不多的苏秦，他强行按下心中不快，尽量和颜悦色地解释道：“这是洞主的决定，洞主这么做，想必有他的道理，毕竟丁宁在山门外的测试足够惊人。”

见苏秦的脸色变得越来越难看，他有些无奈，用唯有两个人能够听到的声音劝解道：“我只是负责传话……而且，你已经拥有用灵脉修行的资格，何必去管另外两名人选是谁，毕竟你也只能用一股灵脉而已。”

“这不是我能用几股灵脉的问题，而是关系着白羊洞行事是否公正的大事。你应该明白，利用灵脉修行，是白羊洞最高的奖赏，若是轻易赐给刚入门的弟子，那今后门内弟子，谁还会真正为宗门出力？”

苏秦的声音不算响亮，但冷冽而清晰，随风吹散，传入很多正在刻苦修行的白羊洞弟子耳中。

年轻教习脸色渐变，他开始明白为什么这段时间苏秦越来越锋芒毕露，在门内的表现也越来越强势。因为白羊洞归入青藤剑院，已不被王后和庙堂承认。若是能让白羊洞大多数人站在他的身后，那么他便有可能变成白羊洞的主人，爬向更高的舞台。

“你的野心来得太快，也太早。”年轻教习脸色异常难看，低声呵斥道。

苏秦冷笑着，眼角的余光扫向渐渐聚集到他周遭的白羊洞弟子，压低了声音说道：“我听说人活着一定要有野心，我还听说出名要趁早。”

看着无数双等待着答案，充满愤怒的眼睛，年轻教习心中微慌，一时不知该如何处理。

“洞主做这种安排，便是因为他有足够的资格。”冷漠的声音从年轻教习身后响起。

所有人的目光，聚集在从薄雾里走出来的李道机身上。他横在身前的剑柄，正散发着淡淡的红光，摄人心魂。

所有白羊洞弟子微微一怔，沉默中似乎有一种随时会爆发的恐怖气息。

苏秦微微一笑，他觉得无论今日结果如何，自己都会收获更多的威信。他有些轻蔑地看着李道机横在胸口的剑柄，心中想着：有什么了不起的，即便你现在比我强，但在不久的将来，我一定会超过你。

“丁宁已经通玄。”李道机的脸上，极其罕见地露出一丝笑容，只是那笑容看起来那么冰冷，蕴含着诡异的讥讽之意。

他看着面容瞬间僵硬的苏秦，又补充道：“丁宁昨日便已通玄……他半日通玄！”

“什么？！”

不可置信的惊呼声在山间响起。

苏秦脸色苍白，一句话也说不出来。

所有人都不相信这是真的，因为在他们的记忆里，整个长陵，似乎只有两个人能够做到半日通玄。

丁宁竟然是半日通玄的“怪物”……如果这样的“怪物”都没有资格得到灵脉，那么白羊洞里还有谁有这个资格？

“这是真的么？”一个稚嫩的声音响起。

发出声音的人是沈白，他是最激烈地反对丁宁入门的人，然而现在，他震惊的眼睛里却燃烧着希望的火焰。

如果这是真的……如果这个“怪物”能够茁壮成长，那么将来的白羊洞，还会承受像现在这样的屈辱么？

李道机看了他一眼，缓缓说道：“现在再谈论有没有资格根本没有意义，昨日青藤剑院狄青眉院长已提出，让白羊洞弟子也参加祭剑试炼。若是能够胜出，便跟青藤剑院的弟子一样，能够得到奖励，而白羊洞的这三股灵脉，也将成为优胜者的奖励。”

“什么？！”山道间再次响起一片激烈的惊呼声。

李道机目光冷漠地扫过在场的每个人：“洞主已答应此事……所以如果觉得心中有怨气，觉得白羊洞又失去了什么，想要把它们拿回来，那就凭自己的剑去竞争吧！”

半日通玄，这个消息显然比能够参加青藤剑院的祭剑试炼更令人震惊。然而引起震动的丁宁，却到日上三竿，才出现在白羊洞的山道上。

“这不是开玩笑么？”在距离经卷洞不远的山道上，丁宁看着面无表情的李道机，蹙着眉头说道，“昨日才告诉我可以利用那股灵脉修行，这才过了一夜，又说那股灵脉属于祭剑试炼的胜出者，这变化也太快了吧？”

李道机冷冷看了丁宁一眼，说道：“至少在祭剑试炼开始前的一个月时间，这股灵脉依旧属于你。如果嫌变化太快，你昨天就应该听我的话，抓紧时间利用灵脉修行，而不是回梧桐落去住，在路上花费这么长时间。”

丁宁看着眼里尽是不满的李道机说道：“我在来回的路上也没有闲着啊，我会研习《野火剑经》的。”

李道机讥讽道：“那么短的时间，你能记住《野火剑经》的内容么？”

丁宁点了点头。

李道机眼眸深处闪现出一丝隐怒，然而他没有说什么，伸手折下一根树枝，递到丁宁面前，指着一块方圆不足一丈的平台，向丁宁示意道：“既然如此，你练给我看看！”

“好。”丁宁也不拒绝，提着小树枝，踏上平台，开始挥动起来。

小树枝看上去十分可笑，顶端带着几片嫩叶。

李道机是故意为之，修行最忌骄妄，《野火剑经》比大多数剑典都要复杂，很多剑式往往由无数剑招连在一起组合而成，一个剑式便有很多种变化，根本不可能在短短一日时间便记住内容，并有所领悟。

然而在丁宁起手的瞬间，他的面容僵住了，满含讥讽的眼睛里，却已划过一道闪电。

看似可笑的小树枝在丁宁身前骤然抖成一个半圆形，空气里响起一片急剧的破空声。

小树枝变成无数细小的剑影，笼罩了丁宁身前方圆数尺之地。剑影绵密，大部分集中在丁宁腰部以下，他身前的地面上，如同落下一阵酣畅淋漓的剑雨。

李道机眉梢上扬，他从未翻阅过《野火剑经》，但他看得出这是《野火剑经》的起手剑式，虽然这个剑式有许多破绽，然而他已从中感觉到真实的剑意。

只是一个起手剑势，便让他感觉到有星火燎原之意。

这便是神韵。

剑式不够完美，剑身所处的方位有细小的偏差，可以通过练习来改善，然而剑意和神韵，却不能够通过简单的练习来领悟。

他也是剑师，所以十分清楚，只有真正得了神韵的剑师，才有可能发挥出剑法的威力；在战斗之中，才能让自己的剑自然而然地追随着剑意，出现在相应的位置上。

此刻，就连树枝上那几片可笑的树叶，都似乎带着 种独特的韵味，给人一种欣欣向荣之意，甚至带着绵长的后劲儿。

“我会给你安排一辆更快的马车。”他深吸了一口气，不再多说什么，转身离开了。

“谢谢师叔。”丁宁认真地向他致谢，脸上没有得意的表情，反而显出一丝莫名的冷意。

一切看起来的确不像丁宁想象中那么顺利，青藤剑院的狄青眉确实像传闻中一样，

与薛忘虚、杜青角不和，而且为了让王后满意，他必须得有所作为。

“换作平时，你再怎么和白羊洞争斗，我也不会插手……我没有能力去管这里的事情，然而现在却事关我的修行，你想从我手中夺走灵脉，我真的很不乐意。”丁宁丢下树枝，望着青藤剑院的方向，认真说道。

此刻他真的很不开心，为了多生出来的事端不开心，为了近日那时常出现在他脑海里的很遥远的称呼不开心。

“丁宁！”阳光下，南宫采薇的身影离他越来越近了。她看着凝立在平台上，正向远方

眺望的丁宁，身体有些微微颤抖，声音也有些轻颤：“丁宁，你真的是那种了不起的‘怪物’。”

丁宁收回思绪，他看着她激动的神色，知道她在天地元气的感悟上必定有了很大的收获。于是，平静地问道：“那两册随笔有用？”

“对我真的有用，我应该很快就能突破第二境了。”南宫采薇的心情依旧无法平静。

丁宁轻声说道：“能帮到你最好，这样我便不欠你什么了。”

南宫采薇一怔，眼中充满难以理解的神色，甚至出现一丝愤怒。她面孔涨得微红，直直地看着丁宁的眼睛，说道：“什么叫你不欠我了，我只是为你随口说上几句话，能和这个比么？你可是帮我节省了七年的时光，甚至有可能不止七年！”

丁宁看着激动的她，微微蹙眉，一时沉默了。

“或许你觉得自己是白羊洞的弟子，不能跟青藤剑院的弟子走得太近，但我不会这么想。哪怕你现在并不把我当作朋友，我也必须感谢你。”南宫采薇神色变得更加严肃，她认真地欠身，对着丁宁行了一礼，“你说过你的身体问题，我知道你的修行比一般人更加紧迫，所以有什么需要帮忙的地方，请一定要对我说。”

丁宁的眉头皱得更紧了，他想了想，说道：“如果你真的想帮我，那么不要告诉任何人是我帮你挑了那两册随笔，包括你的师长和父亲。”

南宫采薇一愣，无法理解地看着丁宁问道：“为什么？”

丁宁平静地说道：“修为进境快，恐怕已经引起很多不必要的麻烦了。倘若再让人知道我对修行典籍有着很强的直觉和理解力，那么就会更麻烦。你知道我没有多少时间了，我必须将一切时间花在修炼上。”

南宫采薇不知道丁宁心中真正所想，但她觉得丁宁的话是对的。她很清楚那些被称

为“怪物”的天才，在天赋展露之后，将会迎来更多的挑战和繁琐的世俗杂务。这些或许对他们今后站上更高的位置是一种很好的磨砺，然而他们有足够的时间去经营，丁宁却没有。

“我答应你！”南宫采菽认真点了点头，然后倔强地问道，“但是这还不够……我有什么可以帮你的地方么？”

看着这个一心想要帮助自己的少女，丁宁有些头疼，但他还是仔细思考了起来。

“有可以提升修为的丹药么？”他沉吟片刻说道，甚至觉得自己有些无耻。

南宫采菽愣了一愣。

尽管从长远来看，能够提升修为的丹药或多或少都有一些副作用，尤其是对到达第七境之后的修行者影响更大，然而因为它们可以快速改变修行者的身体，帮助他们大大节省破境时间，提升境界，所以任何和提升修为有关的丹药，都是天下最珍贵的宝物。

这样的丹药，对于南宫采菽这种世家出身的修行者来说，都是至宝。而且就算得到了它们，也会留给自己用，怎么可能送给别人？

然而南宫采菽却为自己能够帮助丁宁而开心，她十分严肃、认真地拍了拍胸脯，保证道：“我会想办法，尽我所能去帮你。”

“谢谢。”丁宁眼中也升腾起异样的神色，他认真地致谢，然后轻声说道，“那现在能不能请你给我讲讲你们青藤剑院的祭剑试炼……到底是什么？”

南宫采菽感到有些意外，她惊讶地看着丁宁，问道：“你怎么突然对我们青藤剑院的祭剑试炼感兴趣了？”

丁宁反问道：“你应该知道白羊洞的灵脉吧？”

南宫采菽更加困惑地点了点头。

丁宁说道：“昨天洞主让我利用灵脉修行，但是只过了一个晚上，情况就变了。你们青藤剑院的院长狄青眉让我们白羊洞弟子参加你们的祭剑试炼，祭剑试炼的三名胜出者，才能获得利用灵脉修行的奖赏。”

南宫采菽的脸色骤然变得有些难看，她是个很有正义感的少女，虽然身为青藤剑院的弟子，但她心中一直都有些同情白羊洞的遭遇。

在她看来，能够进入白羊洞的经卷洞研习不算什么，毕竟将来白羊洞的弟子肯定也能进入青藤剑院的藏经殿学习。但是白羊洞最宝贵的便是这灵脉了，现在青藤剑院却要将白羊洞的灵脉拿出来作为奖励，而自己最宝贵的青藤木剑则肯定不会拿出来与白羊洞

分享，这显然有失公允。祭剑试炼的赏赐原本是青脂玉珀，这东西虽然宝贵，但归根结底和灵脉不是一个等级，这便充满了巧取豪夺的意味。

“祭剑试炼，原本是我们青藤剑院……”她垂着头，正准备解释祭剑试炼到底是怎么回事儿，然而她突然领悟到丁宁话里的意思，顿时抬起头，震惊地看着丁宁，问道，“你是想参加祭剑试炼，然后从中胜出？”

丁宁平静地说道：“我是有这个想法，看你的表情，祭剑试炼似乎很难？”

“非常难。”南宫采菽蹙紧了眉头，一边思索着有没有这种可能，一边轻声解释道，“因为原本祭剑试炼获胜的奖赏是青脂玉珀。”

丁宁怔住了，喃喃自语道：“青脂玉珀？”

南宫采菽点了点头，说道：“青脂玉珀是青藤剑院独有的青脂藤的汁液形成的琥珀。青藤剑院在立院之时发现了这种琥珀，同时也发现了它的独特妙用……它能对我们由第三境真元境突破到第四境融元境起到很大的作用，可以让我们的真元融合更多的天地元气。”

丁宁的脸上莫名地出现一丝嘲讽，忍不住说道：“我倒是没有想到祭剑试炼的奖赏是青脂玉珀。”

他其实很清楚青脂玉珀的功用，事实上，并非像南宫采菽所说，这种玉珀唯有青藤剑院才有。至少他就知道，昔日魏国的两个宗门和现在楚国的某个宗门也有这种宝物。而且他还知道，除了在第三境到第四境破境之时能够起到不错的作用之外，在修到第六境本命境时，它还能让修行者更好地接纳一些本命物，甚至有可能接纳一些原本无法接纳的本命物。

他并非一般的修行者，所以青脂玉珀对他有着更重要的意义。而这场祭剑试炼……于他而言便有了必须胜出的理由。

“原本青脂玉珀就很稀有，现在就更少了，所以在青藤剑院，它必须分配给最杰出的弟子。”南宫采菽不知道丁宁内心的想法，凝重地接着说道，“因此祭剑试炼的规则，是入门十年以上的弟子才可以参加。”

丁宁没有说话，示意她继续说下去。

“这完全是实力的考验，试炼地点就在青藤剑院后山的祭剑峡谷。那个峡谷本来就十分狭长，而且还布有独特的青藤法阵，不仅穿越起来十分困难，而且有些青藤还会自主攻击路人。而作为奖赏的青脂玉珀就放置在峡谷另一侧，最先穿越整个峡谷得到青脂玉珀的，便是优胜者。”南宫采薇仔细解说道，“峡谷内只允许单独活动，禁止两人以上结伴同行，若是遇到其他试炼者，要么凭战斗决出胜负，要么赶紧逃离，另谋出路。但是穿越祭剑峡谷又以三日为限，并且每日都会布置一个必须半日就要到达的区域任务，然后还要在这个区域停留半日，这样一来，激烈的战斗便不可避免。当然，倘若到达不了指定区域的，便会直接被淘汰掉。”

丁宁冷笑道：“这就是人性……有人生怕会发生意外，所以总想提前解决掉对手。”

“是的，实力强大者自然想把胜负放在对决上，而不是谁跑得更快上。”南宫采薇心情沉重地说道，“即便法阵改变了祭剑峡谷里的天地元气，第三境之上的修行者的真元在耗尽之后得不到补充，只能以第二境的修为参加战斗，但是他们体内充盈的真元一开始便能秒杀很多对手，他们的战斗经验和对于剑术的理解，也会比其他人厉害许多。”

丁宁倒是有些意外，说道：“原来对修为还是有一定限制的？”

“只有体内的真元耗尽之后才会面临这样的处境。”南宫采薇犹豫了一下，还是诚恳地说道，“你应该明白，即便是炼气境的修行者，在力量上也和你有着极大的差距。你现在虽然通玄了，打开了气海，但是最多能够让你的身体更强健一些。你应该很清楚，蕴含着真气的剑，可以轻易地将你震飞。”

“我还有时间。”

丁宁微微一笑，南宫采薇的这些话，让他平添了许多信心。

他看了一眼经卷洞上方的白云，轻声说道：“虽然你们的院长狄青眉将那三股灵脉作为祭剑试炼的奖赏，但至少在那之前，其中有一股还是属于我的，我可以利用它修行。”

南宫采薇再次陷入莫名的震惊里，她声音微颤着说道：“一个月的时间突破第一境，似乎只有灵虚剑门和岷山剑宗那两个‘怪物’做到过。”

丁宁的笑容更加灿烂了一些，笃定地说：“只要有人做到过，便代表着真的有可能。”

南宫采薇呆呆地看着他，数息时间过后，她诚恳地轻声说道：“我希望你能成功，如果你觉得有必要，可以找我来练剑，我可以给你一些战斗经验。还有，苏秦是很厉害的剑师，看他的样子，要是在试炼中遇到你，绝对不会留手，你得提防他；至于青藤剑院，你最需要防范的是何朝夕。”

顿了顿之后，南宫采薇接着说道：“何朝夕的父亲何问道是严相座下的高手，我和他入门的时间虽然相同，但是他已经到了第三境中品，而且他并非没有能力进入更好的宗门，是狄青眉院长请求他加入青藤剑院的，因为他的体质非常适合我们最强的功法‘枯

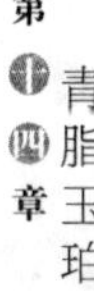

荣诀’。”

“近百年来，只有狄青眉院长的一位师叔修了这门法诀，那位师叔，便是青藤剑院唯一达到七境中品修为的宗师。”南宫采薇仍然不放心，又补充道，“所以几乎没有人知道这门功法的独特之处，听说它修炼起来十分困难，进境比一般功法要慢得多，但威力也比一般功法要强大得多。”

丁宁想了想，觉得自己知道得已经够多了，所以他认真问出最后一个问题：“试炼之中可以杀人么？”

南宫采薇看了他一眼，说道：“这正是我最担心的问题……原则上不允许，但总有失手的时候，而且师伯和师叔他们，也未必来得及出手阻拦或者救治。”

丁宁沉默了，青脂玉珀一定要得到，然而这里面，却不知会有多少凶险。

第十五章 一柄残剑

丁宁经过在风中摇曳的索桥，走向那隐匿在山体裂缝中的三间草庐。

在杀死宋神书之前，他曾经对长孙浅雪说过“四境之下无区别”，然而即便真的能够越境战胜对手，恐怕也要付出不小的代价。

今日天气晴好，往长陵的方向看，天空有种说不出的通透。而整座长陵也似乎一派平和，没有任何纷争。只是在这种平静之下，无数勾心斗角和看不见鲜血的厮杀，却和这天地间的元气一样，无比纷乱地纠缠在一起。只要进入这个局里，哪怕是最小的卒子，也不可能幸免。

因此，一开始在他的计划里，必须要到达第三境真元境才能展露一些特质，设法进入有资格参加岷山剑宗大试的宗门。

即便修的是天下间最强的九死蚕，然而他目前就如同桑叶下的幼蚕一样，还太过弱小，甚至不能暴露在阳光之下。

他需要更多的耐心。

然而长孙浅雪说得没错，从宋神书口中得到那么多消息之后，他的心开始不安了。

既然已经踏出了第一步，他便没有选择，不能去想那些凶险和困难，只能顾及眼前之事。

他沉默地握紧拳头，再松开它，让自己的心情平静下来，然后推开最左侧草庐的木门，坐在那个特殊的蒲团上面。

他闭上双目，一丝丝久违的灵气通过身下的蒲团，缓缓沁入他的身体。

他以寻常修行者难以理解的速度直接进入内观，他体内的五气在念力的驱动之下，缓缓流入气海。

气海下方深处，有一处晶莹剔透的空间，像是由海底玉建成的宫殿，这就是修行者所说的玉宫。只要将五气沉入玉宫，便能到达通玄中品的境界。

对于丁宁而言，只要他愿意，只需半日便可将五气沉入玉宫。因为他的玉宫已然存在，不需要重新感知。他所要做的，只是遵循《斩三尸无我本命元神经》的五气流动路线，让经过这种功法转化的五气，慢慢渗入自己的气海和玉宫，使二者随之进行一定程度的转化而已。只是不能太快，以免太过惊世骇俗，所以在和南宫采菽谈话时，他便决定用一个月的时间从第一境突破到第二境。

他深深吸了一口气，原本平静的身体内部骤然发生了改变，好像出现无数细小的幼蚕，正大口大口地吞噬着沁入身体里的灵气。

眨眼之间，他的身体就像变成了无比干涸的土地。他小心翼翼地控制着，不让身体里发出那种万蚕噬咬的声音。在他的控制之下，一小部分灵气没有被这些幼蚕吞噬，而是缓缓融入他体内的五气之中。

李道机的身影出现在这间草庐门口，他肃冷地伫立着，让自己的感知穿过薄薄的门板，落在丁宁周围。

丁宁已经刻意放缓了自己修为进境的速度，然而即便如此，他的五气在气海里沉降时，偶尔震荡出来的一些气息，也让此刻的李道机感到惊讶不已。

想到之前那根可笑的树枝展现出来的剑意，他的眼睛里浮现出更多异样的光焰。他转身动步，朝着白羊洞的山门行去。

白羊洞山门外，已经停了一辆马车。

李道机的剑很长，在进入马车时，他特意将剑提在手中，然后横在身前。剑柄发出微微的红光，他靠在马车里的软垫上，闭着眼睛，似乎想好好睡上一觉。

马车在道路上飞奔，驶向丁宁很熟悉的地方——城东鱼市。

马车最终停靠在鱼市的某个入口，李道机沉默地下了马车，缓步走入鱼市。

虽然天气晴好，但在重重叠叠棚顶的遮掩下，鱼市深处的大多数地方依旧阴暗而潮湿，星星点点的灯笼如鬼火般在风中摇曳着。

李道机对鱼市的道路十分陌生，在阴暗潮湿的街巷缓缓而行了半个时辰，问询了数名店铺中人之后，他终于进入鱼市的最里端，走进一间没有招牌，也没有灯火的吊脚楼。

当他看到坐在榻上的那个披发男子时，就知道自己没有找错地方，原来这人仍旧好好儿地活着。

“我要买剑。”李道机看着披发男子在黑暗中发光的双目，说道，“我记得你这里有一柄残剑。”

披发男子看了他一眼，冷漠地说道：“你的运气很好，这柄剑还在。”

说完这句话，披发男子的身体缓缓往后移动。他的下半身盖着一条毯子，此时将毯子移开，才看到他的双腿竟齐膝而断。

李道机似乎早就知道他的情况，所以目光并没有在他腿上作任何停留，只是落在他原本坐着的地方。

那里有一个很大的黑铁剑匣，披发男子打开剑匣，在里面翻动数下，取出一柄墨绿色断剑，将它直接丢给李道机。

这是一柄两尺来长的残剑，剑身有两指宽，剑尖似乎被一种恐怖的力量彻底斩断了，而且就连剩余的剑身上，都布满了数十条细长的裂纹。

剑的材质有些特殊，看上去像某种金属，但是却和某些晶石、木材一样，有着天然的纹路，所以所有裂纹都不是横向的，而是沿着剑身朝剑柄的方向延伸。

李道机点了点头，见披发男子身前案台上有些布条，便随手扯了数根，将这柄残剑包裹起来，绑在背上，然后取出一个钱袋，丢给披发男子。

披发男子合上剑匣，看着转身走出去的李道机，脸上骤然浮现出诡异的冷笑：“这柄残剑一直没人看得上，我有些想不明白，为何你突然记起这柄对你没有用处的残剑？倘若为它丢了性命，值得么？”

李道机没有说话，沉默地走出这间吊脚楼，朝着马车停驻的方位走去。

一个身穿深红色棉袍的男子不知何时出现在李道机身后，这男子看上去和李道机差不多年纪，左脸上有一道狭长的剑痕，身后背着一柄分外宽厚的大剑，黑色的剑鞘是寻常长剑的三倍之宽，就连古铜色剑柄也比一般剑柄大了两三倍。

他一直跟着李道机，与李道机始终保持着数丈距离，在这种距离，李道机不可能没发现他。然而两人却都没有任何动作，直到走出鱼市，才不约而同地停下脚步。

“我早就和你说过，只要你敢出白羊洞，我一定会杀死你。”男子看着马车旁缓缓

转身的李道机，无比冰冷地说道。

李道机看了他一眼，依旧没有说话，右手却落到微微发出红光的剑柄上。

红袍男子唇角微微翘起，面上浮现出戏谑的表情。

鱼市有鱼市的规矩，即便是他也不敢逾矩，然而现在已经出了鱼市，便不需要再顾忌什么。所以在唇角微微翘起的这一瞬间，他便已然出手。

他没有任何明显的动作，甚至没有去拔背上宽厚的巨剑，然而他的半边身体却骤然迸发出恐怖的气息，一股澎湃的真元汇聚着惊人的天地元气，如同惊涛骇浪一般涌入他右臂的衣袖之中。

平静的空气里顿时响起一声凄厉的啸鸣，一柄薄薄的银色小剑带着无比狰狞的杀意，从他的衣袖里破空飞出，卷起无数白色的涡流。

围观的人群听到这样一声啸鸣，纷纷骇然向后疾退。因为这是飞剑，唯有到达第五境神念境的修行者，才有可能修炼成功的飞剑！

大量聚集在飞剑上的念力、真元和天地元气，在给看似轻薄的小剑带来恐怖速度的同时，也带来摧枯拉朽般的破坏力。

这样级别的修行者交战，一柄失控的飞剑，有可能瞬间刺破十余道院墙，不幸被斩到的人，也难逃支离破碎的命运。

李道机的瞳孔剧烈收缩，瞳孔深处尽被这柄银色小剑和其身后的气流充斥，然而他的脸色却依旧平静如常。

面对朝着自己额头疾速飞来的飞剑，他的右手以惊人的速度挥出，“铮”的一声，剑鞘飞出，露出红色剑柄和细长的纯黑色剑身，色彩冲击异常强烈。长剑宛如一道惊鸿，准确无误地斩向银白色飞剑。

红袍男子眉宇间闪过一丝狠辣的神色，他左手五指微弹，使得在急速飞行之中不断震颤的银色飞剑，陡然更加剧烈地震动起来。只听“哧哧”声响起，银色飞剑带起一片炽热的气流，划破虚空，以不可思议的速度飘折下去，切向李道机的脖颈。

李道机的身体发出一声闷响，一股急剧迸发的力量在他的手掌和剑柄之间猛烈撞击着。他手中的剑柄大放红光，纯黑色的剑身一刹那笔直地竖立起来。

然而在接下来的一瞬，这柄和他的身高几乎一般长的剑，在力量的冲击下竟奇异地往一侧弯曲。纯黑色的剑身带出一束迷离的光焰，直接弯成一轮弯月。弯曲的剑身竟然准确无误地挡住了以惊人的速度飘折而下的银色小剑，两剑狠狠相撞，没有发出尖锐的金属震响，反而如同两股洪流相遇一般，“轰”的一声，爆出无数气团。

红袍男子面容骤寒，他一声厉喝，左手五指甫张，硬生生地控制住已经往上飞溅出十余丈的银色小剑。与此同时，他的背上猛地一震，那柄异常宽厚的古铜色大剑从剑鞘中震出，落向他身前。他的右手向前伸出，抓住古铜色大剑的剑柄，此时一颗猩红的丹药，也从他右手的衣袖中飞出，落入他口中。

“轰”的一声，这颗黄豆大小的丹药一入口，他的喉间竟然发出一声恐怖的轰鸣，瞬间化为一股猩红的气流，涌入他腹中。

时间仿佛在这一刻停止，李道机手中的长剑还保持着弯月的形状，然而红袍男子的身体已经往前疾进了。

红袍男子脚下的地面正无声地往下凹陷，之所以无声，是因为声音根本来不及扩散、传播出去。古铜色大剑被他前行的身体卷出的狂风挟带着向前飞行，宽厚的剑身贴着他的右手掌心急剧往前滑行，大量真元开始从他的手心涌入古铜色大剑的剑身。剑身亮了起来，一条笔直的符线，像是被他的手掌彻底擦亮一样，从剑尖一直延伸到剑柄。

他终于握住了剑柄，“轰”的一声，脚下突然传来爆响，一束猛烈的火焰从宽厚的大剑上燃起。火焰是青色的，就像某些丹炉里的丹火。

在青色火焰的映照下，他的脸色竟一片猩红。他一步跃到李道机面前，手上的巨剑像钢棍一样向其当头砸下，青色火焰再度轰然暴涨，竟隐隐形成一个青色的炉鼎！

在青色火焰的耀眼光芒下，李道机原本狭长的双目眯成了一条线，他知道自己不能退后，否则迎面而来的巨剑将再度向前碾压，青色火焰将会更加猛烈。

他原本一直垂在身侧不动的左手也落在红色剑柄上，黑色剑身上奇异地涌出一团团白色的天地元气，就像有一只巨大的白羊角正从他的长剑里往外钻。

没有任何花巧，他手中的长剑直接和迎面而来的巨剑狠狠相撞。

红袍男子一声闷哼，身体往后一挫，然而一瞬间，已经彻底弥漫在他体内的药力，却再度给了他强大的支持，他的身体牢牢在原地站定，手中的巨剑却依旧前行。

场间再度卷起狂风，李道机身侧的马车随之向一侧倾覆，一个车轮悬空，而另一侧车轮的车轴，则发出吱呀难听的摩擦声。

“咚！”

李道机的身体就像被战车迎面击中，顷刻间倒飞十余丈，狠狠撞在后方一株槐树上。

他的脸色瞬间苍白如雪，嘴唇却鲜艳如血。他的背部飞溅出一蓬鲜血，被撞的槐树

树干、树皮全部炸裂开来，无数枯黄的叶子纷纷脱离枝头，倏倏落下。

红袍男子的身体里浮起一丝难受的燥意，他知道这是那颗丹药的副作用，然而看到这样的画面，他还是感到由衷的欢喜。

就在此时，他的呼吸骤然一顿，他感觉到一股死亡的气息正从上方袭来——可上方明明只有飘舞的黄叶。

“不对！”

他的瞳孔剧烈收缩，刹那间，他看到一片飘舞的黄叶后面，竟然紧贴着一柄通体发黄的小剑。

小剑紧随着这片黄叶旋转、飘舞，就像毫无分量一样。

红袍男子心中生出极大的恐惧，他的左手一阵颤动，悬浮在他身侧的银色小剑随着他的念力，急剧飞向那柄枯叶般的黄色飞剑。

“叮叮当当”，无数密集的撞击声在他头顶上方响起。

转眼间，所有黄叶全被纵横的剑气绞碎，然而红袍男子的脸色更白了，他发现自己跟不上这柄黄色小剑的速度。

李道机沉默地抬起头，他的背部与炸裂的树干脱离，牵扯出无数血线。血线在空中未断，他的人却已经到了红袍男子身前。

他手中的长剑向红袍男子斩去，剑身在空气里弯曲、抖动着，化成数十个大小不同的黑色光圈儿。

黑色光圈儿在红袍男子身前绽放，他手中向上扬起的巨剑在空中僵住了。

已经没有任何意义，他根本感觉不到数十个光圈儿中真实的剑影会在何时落下，而且只是一个分神，他的银色小剑便追踪不到那柄枯叶般的黄色小剑的踪迹。

“噗”的一声轻响传来，红袍男子身上同时出现无数道创口，喷出了细细的血箭；“当”的一声闷响，红袍男子手中的古铜色巨剑狠狠坠地。紧接着，他的身体也凄然、无力地跌倒在地。而银色飞剑在空中划出一道光线之后，便落入后方鱼市的某个院落中。

“怎么可能……”

红袍男子看上去异常凄凉，脸上溅满无数血珠，就连头发也被鲜血浸透，身体因为大量失血而感到极度寒冷，不可遏制地颤抖起来。

他震惊而茫然地看着默默处理背部伤口的李道机，苍白的嘴唇微微翕动着：“你怎么可能胜得了我？”

李道机有些艰难地拔出深深钉入自己背部的数根木刺，同时用脚挑起跌落在槐树下的用布包裹着的残剑。他没有看红袍男子，也没有理会自己唇角沁出的血线，只是缓慢地转身，走向一侧的马车。

“为什么？”红袍男子情绪失控地叫了起来，“你的剑术明明在我之上，为什么之前一直不敢出白羊洞？为什么不直接杀了我？”

听到他失声大叫，李道机缓缓转身，用唯有两人能够听到的声音，清冷地说道：“我不出白羊洞，并不是因为我怕你，而是因为我没有必要去证明什么。我不杀你，是因为我们韩人已经死得没剩几个了。于道安，你毕竟是我曾经的师兄，也算是我在这世上唯一的亲人。”

李道机钻入车厢，马车缓缓向前驶去。

红袍男子一时失神地呆坐在地上，甚至忘了先替自己止血。

“那人到底是谁？！”

“那人用的是什么剑法？！”

……

战斗结束之后，一片死寂的街巷里，骤然响起无数倒抽冷气和惊骇的声音。

两人的战斗非常短暂，在普通人眼中，或许不像其他高手那样打得那么凶险，那么惊心动魄；然而鱼市周围有很多人都不是普通人，所以在他们眼中，两人这短短数息的战斗，其实更为凶险，更让人窒息。

尤其是于道安竟然直接吞服了刺激潜力的丹药，这种丹剑配合的丹剑道，是早已灭亡的韩国修行者常用的手段。随着韩国的灭亡，这种丹药已越来越稀少；能够如此熟练地运用丹剑道的修行者，也越来越稀少。

然而即便于道安如此，也无法战胜那个乘着马车离开的剑师。并且那个剑师在长陵似乎毫不出名，只是个名不见经传的小人物。至少鱼市里很多见识不凡的人，都不认识他。

“那人到底是谁？”

一间清雅的书房内，名贵的花梨木书架上，密密麻麻地陈放着各式有关修行的典籍，有些竹简看上去虽然破旧，但却都是极其名贵的孤本珍品。

书桌上很干净，唯有一册摊开的典籍和一盆白色兰花。

坐在书桌后发问的年轻人穿着普通的青色衣袍，身上没有任何华贵的配饰。然而他的整个身体都似乎在散发着光彩，他正是以楚国质子身份客居长陵，却渐渐拥有近乎王侯地位的骊陵君。

他的神情始终温雅平和，眼角却已生出细细的皱纹，他有太多事情需要思虑。即便已拥有如今的地位，然而只要一日不能回到楚国的国都，他的命运就不能完全掌握在自己手中。

万道河，千重山，归家的路实在太难。任何一件小事，都有可能让他功亏一篑。

鱼市是个独特的地方，无数权贵的影子投射在里面。偶尔冒出一两个不起眼的小水泡，便很有可能与潜藏在深处的两条大鱼有关。

今日，鱼市外面发生了一场特别的战斗，两名剑师都展现出了非凡的实力，最为关键的是，其中一个修行者之前从未正式出现在长陵人的视线里。所以他必须对这个修行者有所了解，必须明白这场战斗背后的意义。

白衫文士打扮的吕思澈悄悄走进这间书房。

这个面容英俊，眼睛里闪耀着睿智光芒的瘦削男子，便是骊陵君座下最重要的幕僚之一。长陵的街巷中发生的很多事情，经过他的分析之后，都会更清晰地呈现在骊陵君面前。而且他不会用自己的思维和判断来干扰骊陵君，他始终站在与骊陵君一起分析、探讨的位置。

吕思澈恭敬地在骊陵君面前坐了下来。

“那人是李道机，白羊洞薛忘虚的亲传弟子。因为入门之后一直没有踏出白羊洞一步，所以长陵之人大多不认识他。”吕思澈用一种不紧不慢的语气说道，“他和于道安都是韩国的遗民，曾是韩地异剑宗的弟子。后来韩国战败覆灭，异剑宗只剩下他和于道安。两人都曾获罪入狱，在秦王上位之时获大赦。后来李道机机缘巧合之下遇到薛忘虚，薛忘虚爱才，不拘一格将他收入白羊洞，于道安便认为他认贼作父，背叛师门，扬言只要他出了白羊洞，便会将他杀死。”

“在和于道安交手之前，李道机进了鱼市，从孙病手里买了一柄剑……另外，我还注意到一件事情，白羊洞破格招收了一个弟子，那个弟子便是梧桐落酒铺中的丁宁，他入门半日就通玄了。”吕思澈又补充道。

“半日通玄？”

听到此处，一直保持平静的骊陵君眉头骤然蹙起，脸色有些难看起来。

那日在梧桐落，他怀着极大的诚意和丁宁相商，向其许以重诺，然而却遭到对方羞辱。

他对丁宁十分不喜，甚至第一眼看到丁宁时，心中就有种莫名的焦虑，因为这个少年的目光比自己还要平静，因为隐隐觉得这个少年今后会对自己造成很大的威胁。

这是一种很古怪的直觉，似乎没有任何道理可言。

“半日通玄，在我的记忆中，秦王上位这十余年里，整个长陵唯有两个人做到了。”他蹙紧眉头，说道，“既然李道机已经忍了十年，那么倘若没有什么意外，他应该会继续忍下去。我认为李道机出山，极有可能和丁宁有关。”

吕思澈点了点头，他和骊陵君的想法一致。

骊陵君想了想，说道：“这酒铺少年，我很不喜欢。”

在此之前，他已经表露出对丁宁的不喜。然而因为丁宁身份低微，即便他有这种意思，吕思澈和陈墨离这些忠实的门客，也绝对不会去做任何针对丁宁的事情。但现在不同了，丁宁已经进入白羊洞，而且竟然能够半日通玄。

听到骊陵君说出这句话，吕思澈清楚自己必须对丁宁有所“关照”了。

“长陵真是藏龙卧虎之地。”骊陵君沉默片刻，在吕思澈起身告退之时，轻声感叹道。

此话落在吕思澈的耳中，大概只会认为骊陵君是在为丁宁的半日通玄和李道机表现出来的实力而感慨。然而他没有想到的是，此时骊陵君脑海中想到的，却是那条深巷中的酒铺和酒铺中让人惊艳的女子。

那个拥有倾城容颜的女子的想法，或许有可能会改变。

人生充满着无数的可能，只要不轻易放弃，或许就能将某一个可能变成现实。

丁宁还在修行，他体内的五气在气海里不断沉浸，以一种异常缓慢，然而对于其他修行者而言已经很快的速度，朝着气海深处的玉宫前行。同一时间，那无数看不见的幼蚕，也在不断吞噬着大部分沁入他身体的灵气，让他的身体产生着细微的变化。

丁宁感觉到玄奥难言的两种线路正在同时修行，一种淡淡的欣喜开始弥漫在他的感知世界里。

太长时间没有接触灵气，他甚至有些忘记灵气的味道和功效了。此刻感觉着那些幼蚕对灵气的吞噬，他开始意识到这股灵脉虽然细小，但是却可以让他的修为进境加快不止一倍。

按照这样的速度，一个月后，在他的《斩三尸无我本命元神经》的修为突破到第二境时，他的真实修为，也应该能够从第二境中品伐骨突破到第二境上品换髓。

蓦然，他体内的幼蚕消失得无影无踪，他停止了修行，异常警觉地睁开了双目。

“李道机师叔？”他轻呼了一声。

“既然察觉到我来了，就出来吧。”李道机冰冷的声音在草庐外响起。

丁宁从蒲团上站起来，推开门走出草庐的瞬间，他的眉头就微微皱了起来，他嗅到了浓重的血腥气。

看着李道机有些异样的站姿，他有些震惊地问道：“你受伤了？”

李道机眉头微挑，一时没有说什么，只是将布条包裹的残剑丢向丁宁，冷漠地说道：“既然你已经在研习《野火剑经》，那么就需要一柄剑。”

丁宁微怔，接住这柄剑的瞬间，他就已经感觉到这是一柄残剑。

解开布条之时，他发现布条上有很多干涸的血迹。而当墨绿色残剑出现在他的视线中时，他的瞳孔不可察觉地微缩起来。他的面容依旧平静，然而心中却不断涌起难以言明的复杂情绪。

他很清楚这是一柄什么样的剑，他了解这柄剑的材质、功用，甚至知道它是怎么铸造出来的。因为他认识这柄剑，或者说，这柄剑和他有着不同寻常的关系。

“剑和修行功法一样，最重要的是适合，如果你觉得不适合，可以放着不用。”看着丁宁沉默、异样的眼神，李道机以为他嫌弃这柄残剑，缓缓解释道。

“谢谢。”

丁宁的手落在剑柄上，他看着墨绿色残剑剑身上的裂纹，轻声致谢。他的声音有些低落，但是却由衷的感激。

李道机不再多话，转身想要离开。

“你是不是为了这柄剑受伤的？”丁宁看着他的背影，突然问道。

李道机冷冷说道：“你应该知道，太过聪明和好奇的人，反而活不长。”

丁宁安静地看着手里的剑，头也不抬，轻声说道：“反正我注定活不长，又何须顾忌什么？”

李道机身体一僵。

丁宁有些凄冷地微微一笑，手指拂过残剑表面。

剑身的裂纹里有些微光丝闪过，像是要从中开出无数细小的墨绿色花朵。

第十六章 一场刺杀

秋意已越来越浓，枯藤上爬满的白霜渐渐像雪一样厚重。

青藤剑院的一处石室里，南宫采薇微垂着头盘坐着。无数看不见的天地元气在她身边飞舞，很多天地元气落在她身上，慢慢渗透了她的肌肤。

这一夜似乎有些意外的变化，那些看不见的天地元气在落入她肌肤的时候，莫名地闪现出许多微小的光亮，散发出莹润的光泽。她的整个身体，都仿佛变成玉石一般。

然而她已经陷入沉睡的状态，体内的真气完全沉静不动，就像一个绝对安静的池塘，所以她看不到这样的画面，也不知道自己正在发生着什么样的改变。直到天空开始透亮，远处有飞鸟在青藤间飞跃，白霜纷纷如雪般洒落，她才缓缓醒过来。

她依旧没有感觉到自己发生了什么变化，习惯性地催动真气，运行气血，身体更加清醒后，她突然感觉到自己的真气已和以往截然不同了。

真气里好像掺杂了无数水滴，变得有些黏稠，像是某种奇特的液体。

她呆住了，开始激动起来，前所未有的激动。

她知道发生了什么，只是没有想到竟然会在睡梦之中完成这一步。

她已破境！在熟睡之中，从第二境炼气境进入了第三境真元境。

她跳了起来，没有第一时间感悟真元和真气之间的不同，没有细细体会这全新的境界，而是第一时间来到书桌前，用最快的速度研开了墨，然后十分严肃地提笔写信。

“父亲，我已破境成功，修行速度在青藤剑院的弟子里面，排名第三……天冷了注

意加衣……还有，上次求父亲寻找的可以提升修为的丹药，不知是否有了眉目，若是有可能，能否再加紧时间……”

她原本不喜废话，写到此处，便准备搁笔。然而想到丁宁的身体状况，想到他时间有限，只能顾及眼前之事，她便微微犹豫了一下，笔尖轻颤，又补充了一句：

“只是用来做交易，不是自用，所以只要提升修为进境的功效好便可，哪怕对身体的不利影响多一些，也没有关系。”

封好信后，她忍不住朝着窗外白羊洞的方向看了一眼，喃喃自语道：“这么多天过去了，不知道你的修为进境到底如何……祭剑试炼，可是越来越近了。”

对于这个性情直爽，颇有侠义心肠的少女而言，如果所求丹药只是用来交易的话，那么她希望收获的，只是丁宁的友谊而已。

丁宁从白羊洞的山门口走出，和往常一样，上了早已等候在山门口的马车。

在颠簸的车厢里，丁宁的手不停地抚摸着横亘在他膝上的墨绿色残剑。

即便已经过去了大半个月的时间，但是每次看到它时，他的心中还是会荡漾起不一样的感受。

他把它叫作“末花”，事实上，它的名字应该叫“茉花”。因为这柄出自巴山剑场的剑，在真气或者真元涌入剑身之后，剑身上便会亮起无数朵皎洁的茉莉花。

它原本是一柄极美、极有韵味的剑。

它之前的主人在使用它的时候，每一次出剑都十分决绝，毫无回旋的余地；每一剑都像是要走向末路一样，每一朵剑花都如烟花般绚烂、短暂。

剑在不同性情的主人手中，便变成不同的剑，拥有不同的命运。正因为主人太过一板一眼，直就是直，横就是横，完全不懂变通，所以它才变成这样一柄残剑。

此刻它的出现，对于丁宁而言，似乎是为了更好地提醒他那些欠下的和必须收回的债。

马车在黑夜里穿行，进入没有城墙的长陵，驶入平直的街巷。

不知怎的，和在山道上相比，马车在平直的街巷行驶，反而显得更为颠簸。

有异声从车底响起，车厢有了异样的摆动，马车也缓缓停了下来，赶车的中年男子有些歉然地向车厢里的丁宁轻声解释道：“许是上次车轴没有修好，加上赶得有些急，所以出了问题。”

见距离梧桐落已经不远，丁宁便下了马车，独自一人向梧桐落走去。

梧桐落外都是普通的民居，劳碌了一天的居民此刻都已入睡，只有灯笼微弱的光芒在萧瑟的秋风里摇晃不安。

丁宁刚刚走过一条幽暗的巷道，眉头便深深蹙起。他抬头朝着左侧的屋顶望去，那种寻常修行者所没有的强烈直觉，让他的精神瞬间集中到极致。

死寂的街巷骤然响起数声轻微的杂音，十余支特意磨细了箭尖，以便降低破空之音的弩箭，带着凄厉的杀意，从屋顶洒落。

丁宁面容骤寒，身体迅速伏低，敏捷地闪到一侧，轻而易举地躲过了这一轮箭矢。

"叮叮叮"，一阵密集的爆响传来，一支支落空的弩箭如同疾风骤雨一般呼啸着射向地面。杂乱的脚步声也随之响起，丁宁后方的街巷中，涌出十余条人影。他们背上都闪烁着寒光，双手之中则持着削尖了的数丈长的竹篙。

与此同时，前方巷口也涌出十余条身影，同样背负着利器，手中持有削尖了的竹篙。

丁宁的面容没有任何改变，他深深吸了一口气，右手紧紧握住墨绿色残剑。他不知道这些人到底是什么来历，他们明显有备而来，绝对不可能手下留情。

这里距离梧桐落还有一定的距离，长孙浅雪不可能及时赶来。所以，这里很有可能是他的末路。

他看了一眼每一条裂纹都异常平直地朝着剑柄延伸的末花残剑，开始狂奔。他瘦小的身躯贴着檐壁，变成一道急速流动的黑风。

前方巷口之中，位于最前方的四五人第一时间看到他惊人的速度和手中残剑的反光，似乎没有料到他们要刺杀的对象竟然拥有这样的实力，一瞬间都有些畏惧，但是在下一刻，他们仍旧迎了上来，给身后的人让出了空间。

十余根削尖了的竹篙纷乱地刺向丁宁，这些纵横交错的竹篙如同形成了符阵，瞬间就将丁宁周围的区域隔成无数小块。

然而其中一部分人只觉得手中一轻，他们手里的竹篙竟被切断了。

绝大多数竹篙仍然交错着，但是丁宁前方，却始终有一条笔直的通道。他急速突进的身体，根本没有任何停顿！

黑暗中，一个三十余岁的结辫男子骤然发出一声惨号。丁宁像狸猫一样冲入他的怀里，墨绿色残剑瞬间在他的腹部进出了数次。

猩红的鲜血喷涌在地上，一道惨白的剑光紧接着亮了起来。结辫男子身侧的一个刺

客立时反应过来，直接一剑往前横扫。

“哧”的一声轻响，似乎有一片杂乱的野草迅速在他眼前生成，他骇然退却。

他面前这个正在突进的瘦小少年，剑势竟然绵密、繁杂到了极点，他根本无法阻止对方剑势的蔓延，哪怕对方手中只是一柄两尺残剑。

他突然觉得手腕很冷，这时他才发现，方才那“哧”的一声轻响，是从他的手腕上传来的。他感到十分恐惧，眼睛瞪大到了极点，眼睁睁看着自己持剑的手掌和手腕脱离开来，洒出一蓬浪花般的鲜血。

丁宁眼中看不出任何情绪变化，他越过断腕男子的身体，手中墨绿色残剑的剑影像杂乱的茅草一般向前蔓延，瞬间便席卷了前方两名刺客。

“噗噗”，两团血浪喷涌在萧瑟的秋风里。

“这是什么剑法？”

“这么繁杂的剑法……这少年用得真是不错。”

后方街巷之中，某个屋檐下的台阶之上，坐着一个盘着道髻的蒙面黑衣男子，看着空气里不断蓬散开来的血花和墨绿色的剑影，他微微蹙眉，发出了真心的赞叹。

任何剑术，包括飞剑，在面对不同兵刃、不同方式的进攻时，都会有最合理的应对剑式。

挑、拨、撩、刺、斩、拖、磕、震……各种剑式组成的剑招，只要纯熟运用，在面对攻击时，便能最有效地对敌人造成伤害。

各种剑经注重的东西本来就有很大的差别，例如秦军中常见的“斩马剑诀”便只追求一剑斩出的力量，“追风剑法”则追求刺击时的速度……

《野火剑经》很冷门，没有多少人练习，所以坐在台阶上的蒙面黑衣男子并不认得，但他看得出这门剑法并不普通，应对各种进攻手段之时，每一剑使出，都会产生五六种不同的变化，甚至后继还有多种变化。

这使得这门剑法的剑招分外绵密，在小范围内就像是有一片长满杂草的原野在扩张，里面随时会升腾起伤人的野火。

然而分外繁琐的剑法往往不够简单直接，在发力上也不太酣畅淋漓，速度和威力有很大不足，最为关键的是，越繁琐便越难掌握。尤其在突进之时，应对手段太多，在剑式的挑选上反而会犹豫不决。而丁宁之所以能够赢得蒙面黑衣男子由衷的赞叹，便是因为他的剑招绝不拖泥带水。

明明以防守见长、反击较弱的繁杂剑法，在他的手里，竟然硬生生地有了些凌厉决杀的味道。他进入白羊洞不过二十余日时间，却对如此繁杂的剑经能有这样透彻的理解，即便是岷山剑宗和灵虚剑门绝大多数新入门的弟子，恐怕也难以做到。只是他所表现出来的才能越是让人欣赏，今日就越是得死在这里。

丁宁嘴唇紧抿，手中的残剑毫不怜惜地划破前方一人的咽喉。那人刚刚挥起一柄斩马刀，便连惨号一声都来不及，一头栽倒在地。

此时已有六人在丁宁身周倒下，然而这种剧烈的战斗，对他的身体和修为而言，其实是沉重的负担。

他的呼吸开始灼热起来，他上方的夜空里，骤然出现十余道杂光。

他双脚猛地一顿，再次发力，瘦小的身体如闪电般从前方一人腋下穿过，右手中的残剑反手撩了过去，在那人腰侧切开一道巨大的创口。

这个刺客顿时发出一声野兽般的惨号。

丁宁的动作因为这一剑而有所停顿，“噗噗噗噗”，十余支箭矢趁机狠狠刺入他的身体，带出一团团血雾。

顷刻间连倒七人，街巷后方的十余名刺客面色都变得异常苍白，双脚也有些难以挪动了。

“还说是见惯了大场面的铁血汉子，还没真正开始就被杀怕了，真是连普通秦军都不如。山贼就是山贼，上不了台面！”盘着道髻的蒙面男子自言自语地站了起来。

他的眼睛里开始散发出宝石般的光辉，就连肌肤也开始透出萤火一般的光亮。

在他站起来的这一刻，丁宁便感觉到了异样，身体变得有些僵硬，心脏剧烈跳动起来。丁宁知道，真正可怕的敌人终于出现了。

见蒙面黑衣男子开始动步，先前那些手持竹篙堵住这条长巷的刺客，都纷纷往后退去。

黑衣蒙面男子越过他们，走到正在原地大口喘息的丁宁对面，讥诮的目光掠过地上那些尸首，认真说道：“好狠辣的手段，若不是亲眼所见，我绝对不会相信这是出自修炼不到一个月的修行者之手。”

丁宁垂下右手的末花剑，让剑身上的鲜血顺着裂纹滴落，他调整着呼吸，平静地看着黑衣蒙面男子，问道：“你们是什么人？”

“这个问题我无可奉告，我只是得人钱财，与人消灾。”黑衣蒙面男子笑了笑，回应道。

丁宁没有再说什么，他深吸了一口气，并未试图逃跑，因为面对一个已经到了真元境的修行者，逃跑只会让自己死得更快。

黑衣蒙面男子眼神平静，一股凶残的杀气从他的身上散发出来。他的步伐频率一致，十分稳定，然而身影却越来越快。直至双脚完全脱离地面，整个人往前飘飞起来，他才右手微动，一股澎湃的天地元气从他体内涌出，撑得他的整截衣袖都似乎要炸裂开来。他空着双手，手中没有任何兵刃，一片薄薄的黄纸，从他的袖间飘飘悠悠地飞出。

丁宁的眼睛骤然眯起，一股凛冽的寒意从他心底深处涌起。他双足一挫，整个身体以尽可能快的速度向后退去，与此同时，手中残剑不断采取拍击之势，急剧向前，尽可能地排尽前方的空气。无数墨绿色剑影，如同一排排杂树树枝，在他身前不断闪现。

“哧”的一声轻响，从黑衣蒙面男子袖中飞出的轻薄黄纸，顷刻间化为灰烬。这些灰烬往外散开，内里蕴含的真元带出的轨迹，却猛烈燃烧起来，瞬间形成一个直径丈许的恐怖火团。

丁宁闭上眼睛，他的左手也落在剑柄上，接着又往前拍出一道剑影。

“轰”的一声爆响，幽冷的街巷充满无尽的燥意，无数流散的火焰向前飞出数丈远，又奇异地消失了。

丁宁整个人倒飞出去，他身上的外袍瞬间出现无数个焦黑的孔洞，甚至连稚嫩的脸上都有了焦痕。他双手的虎口全部撕裂了，鲜血顺着剑柄往下流淌，然而脸上却没有任何惊恐的表情。

看着依旧紧紧握着手中残剑的丁宁，黑衣蒙面男子微微蹙眉。一击竟然未能杀死丁宁，已经超出他的预估。他不想再有任何意外，深吸一口气，身体里的真元再度涌出，右手衣袖里再次飞出一片黄纸。

这片黄纸不像第一张那样毫无分量，而是如同一块无比沉重的金砖一样，狠狠坠落在前方的地面上。

“咚”的一声闷响，数十块青石顿时崩裂，泥土炸了开来。青石和泥土都被注入天地元气，变得异常沉重，而且全部跳起，朝着丁宁碾压而来。

丁宁手中的残剑再次化成一片剑影，挑、削、斩、砍……绵密的剑式交织在他身前，沉闷的声音不断响起。他连退十余步，一截断裂的青石重重砸在他的肋部，“噗”的一声，他喷出一口鲜血。

黑衣蒙面男子的眼睛里再度闪现出意外和震惊的光芒，丁宁竟然能够在他更猛烈的一击之下活下来！

“你已经不行了……你还在等什么……这种坚持只会让你在死之前更加痛苦而已。”黑衣蒙面男子忍不住轻叹道，他情绪有些复杂，右手再度捏住一张符纸。

丁宁依旧没有出声，他只是深深吸了一口气，举剑齐眉。

黑衣蒙面男子眼眉之间的冷意，使得他的眉毛上似乎染了一层白霜。他一声低喝，真元再度喷发，吹出手中这张符纸。

符纸瞬间就消失得无影无踪，前方开始落雪。

一片片洁白的雪花，在空气里自然形成，随风飘飞。每一片雪花边缘，都如同刀片一样锋利。

丁宁眼中全是洁白的雪花，刚刚那一击，他已经断了两根肋骨，内脏也有了不小的损伤。他十分清楚，即便他一开始就动用真正的修为，也未必能够杀死这个黑衣蒙面男子，因为对方竟然是一个罕见的符师。

对方打定主意速战速决，一出手便抛出大量消耗真元的符箓，这种纯粹的境界和力量上的碾压，令他实在无法抗衡。

然而他并非普通的修行者，他对于某些气息，尤其是熟悉的气息的感知，比这个符师要强大得多。

他脸上始终带着绝对的冷漠和平静，他在等待一个可以近身杀死这个符师的机会。

现在，机会终于来了！

就在洁白的雪花伴随着天地元气的凝聚而生成的瞬间，一条灰影无声无息地从黑衣蒙面男子身侧的屋檐下飘落下来。

黑衣蒙面男子正在用念力控制他面前的雪花，他毕竟是久经战阵的强者，刹那间便敏锐地感觉到背后有杀意，口中发出一声愤怒的厉啸，一直笼在衣袖里的左手上骤然出现一柄黑色短剑，一剑向后方冲来的灰色身影刺去。

虽然是仓促之间的应对，但是黑色短剑的剑身上还是涌起一层强劲的真元。“轰”的一声，一道平直的剑气从剑尖急剧冲出，如同黑色长矛一般，狠狠刺穿冷冽的空气。

让他意想不到的是，身后这条灰影竟然丝毫不闪避这一剑，反而用整个胸膛，朝着这一剑压了过来，同时一道无比狠辣的剑光，也朝着他的后颈狠狠斩落！

他平日里绝对不会害怕这种同归于尽的打法，然而他知道自己不能轻易死在这里，于是喉咙里再次发出一声愤怒的低吼，脚下真元涌动，顷刻间整个人如同一片落叶，轻柔地往一侧退让，避开了身后的偷袭。

丁宁已经在疾进了！在黑衣蒙面男子反手刺剑的同时，他的身体已经直直地向前冲出，屏住一口气，尽可能地迸发出自己所有的力量。

沉重的雪片在空中停顿着，一瞬间，他的脸上和双手上均被划出无数细细的血口，但是他的动作没有丝毫停顿。在黑衣蒙面男子像落叶般飘出十余丈之时，他已经距离黑衣蒙面男子不到一丈了。

黑衣蒙面男子一声厉啸，整个身体往一侧的屋檐下掠去，与此同时，他的念力再次集中在他和丁宁之间的区域。他觉得事情的发展越来越失去掌控，根本不想理会身后那不要命的剑师，只想赶快杀死丁宁，然后离开此地。

洁白的雪片再次振动起来，丁宁再次出剑，他带起一蓬剑影，墨绿色的光焰里，竟掺杂着白色的野火。

他手里的剑只有两尺长，以他目前的境界，根本不可能触碰到对方。

然而黑衣蒙面男子却觉得脸上一阵剧烈的刺痛，双目更是无法睁开。

当冰冷的寒意从他的血肉中渗入，他立刻反应过来，丁宁竟然用剑拍击了许多雪片，使它们以惊人的速度弹射到他的脸上。更让他感到心寒和难以置信的是，他的念力竟然无法感知到丁宁的存在，他的感知里，只有身后那个疯狂冲来的剑师。

丁宁身上的一切气息，就像是凭空消失了！

一股血腥气从身下涌起，他突然意识到什么，强行睁开眼睛，一声厉喝，左手中的黑色短剑往下方削去。

模糊的视线里，只见那柄墨绿色残剑，正斜斜刺入他的右腿内侧！

他的黑色短剑再次迸发出强大的剑气，然而为时已晚，森冷的凉意已经深入骨髓。

墨绿色残剑极其迅捷地挑断了他数根重要的血脉，然后急剧退出，带出喷泉般的鲜血！

他满脸震骇，手中的黑色短剑连忙斩向丁宁的头颅。

“轰”的一声，丁宁的身体再次倒飞出去。

黑衣蒙面男子不可置信地瞪大了眼睛，他无法相信丁宁竟然还活着，而且在这种情况下，还能抵挡自己的反击。

就在此时，一道剑光从他身后再次袭来。他右手的衣袖往后狠狠拂去，一股真元挟带着数十片还来不及成形的符雪，如巨浪般狠狠冲向他身后那条灰影。

“噗！”

一声闷响先行发出，灰影胸口的衣衫被真元拍击得粉碎。

“哧哧！”

灰影胸口的血肉上，出现十余个狭长的血洞，依稀可见碎裂的白色雪沫在急剧融化。

然而灰影却是说不出的悍勇，在这种情形之下，他的喉咙里只是发出一声闷哼，手中长剑略微偏离了一些方向，狠狠斩入黑衣蒙面男子的左肩。

黑衣蒙面男子眼神骤变，像一头走向末路的野兽般号叫起来。他左手的黑色短剑原打算刺向灰影的心脉，然而因为力有不逮，这一剑竟发生偏差，只是刺入灰影的肩窝。

灰影厉吼了起来，手中长剑再次扬起，不停斩下。

一剑、两剑……

一蓬蓬鲜血从黑衣蒙面男子的肩颈不断喷出，他再也无法站立，被这一剑剑的力量压得直接跪倒在地。他扬起左手中的短剑，右手五指不断抖动着。然而无论如何努力，却始终差着一点力气。

“噗！噗！”

灰影的第五剑落下之时，黑衣蒙面男子终于颓然地坐在地上，双手无力地垂落下来。

他脑海中最后残存的意识，是悔恨和难以理解。因为在今夜的计划里，他原本不应该出手，然而看到丁宁的表现，他违反了命令。他认为自己能够杀死丁宁，迅速离开，他没有想到这里竟然会是他的末路。他不惧死亡，可是一想到自己的死可能会给一向敬重的主人带来可怕的后果，他便悔恨得不能自已。而让他临死都难以理解的是，为什么丁宁可以控制身上的气息？他到底修的是什么功法？

空气里残留的最后一些洁白的雪片砰然崩散，消失得无影无踪。

灰影并没有就此停手，他再次狠狠挥出一剑，黑衣蒙面男子体内的真元已经彻底崩散，这一剑竟直接将他的头颅斩了下来。灰影这才放开手中的长剑，摇晃着，艰难地走向已经跌坐在地上的丁宁。

丁宁看着他向自己走来，强压下内脏震荡，几欲呕吐的感觉，嘴角浮现出一丝难言的苦笑。

这灰影便是之前送他去白羊洞的那个人，他的修为不过是第二境中品。没有想到，他们竟联手杀死了一个第三境上品修为的符师！

就在此时，丁宁忽然感觉到一股异常熟悉的气息，他终于安全了，无声地朝着气息传来的方位轻轻摇了摇头。

他很想就此倚靠在长孙浅雪怀里，因为他的确很累，很冷，很虚弱。然而他十分清楚，如果想要在长陵生存下去，长孙浅雪最好不要进入此地。

他看了一眼还握在手里的末花残剑，心中暗自为今夜的遭遇感到庆幸。接着抬起头，看着艰难走来的灰衫剑师，问道："你怎么样……你怎么会在这里？"

灰衫剑师眼神里也充满庆幸，但更多的是震惊和敬佩。

"死不了。"他从衣袖里摸出两颗伤药，先递给丁宁一颗，然后自己吞服了一颗，说道，"是太虚先生让我留在此地，尽可能护卫你和长孙姑娘周全。"

伤药入口，胸腹间顿时泛起一丝暖意，丁宁轻轻咳嗽着，过了许久才缓缓说道："王太虚很讲情义，我让他不用关照我，他还是将你留在这里……我欠了你们的情，欠了你一条命。"

"先生客气了。"灰衫剑师诚恳地说道，"您的命是您自己救的，我知道您是天才，但是没有想到只是短短时日的修行，您竟然就已拥有这么恐怖的剑术。"

"还未曾问过你的名字。"丁宁轻声说道。

"在下荆魔宗。"灰衫剑师答道。

丁宁看着他，问道："好独特的名字……名字里带'魔'字，你是月氏国人？"

荆魔宗点了点头："我父母都是月氏国的马奴。"

月氏国是秦国之外的一个边陲小国，对秦国臣服已久。荆魔宗身为马奴的后代，在长陵竟然拥有自由之身，能够用剑，这里面肯定少不了王太虚的恩情。

"你的剑术不错，假以时日，一定可以成为很强的剑师。"丁宁看着他，认真说了这句话。

荆魔宗一愣，丁宁的语气里，似乎夹杂着奇怪的意味。

"这些人是什么来路？"丁宁的目光已经停留在那个黑衣蒙面男子的尸身上。

荆魔宗摇了摇头，市井之间的江湖人物比那些庙堂里的修行者拥有更多的门路和眼线，然而无论是这个善用符箓对敌的修行者，还是先前那些手持竹篙的刺客，他都没有见过。这些人像是纯粹收钱帮人办事的杀手，而且是从远地调集过来的。

今夜于他而言有着太多疑团：是谁要杀丁宁？而且费了这么大的力气，竟然从远地调集杀手？

不过，让他更惊讶的，是丁宁的实力。若非亲眼所见，他根本不敢相信丁宁已经拥有这么高超的剑术。

丁宁没有理会荆魔宗的情绪，他思索片刻，摇摇晃晃地站了起来：“这些人……不要去动他们，在神都监或者其他司的人到来之前，尽量保持原状，不要动任何东西。”

“为什么？”荆魔宗感到无法理解，“连他们身上都不搜查一下么？”

丁宁摇了摇头，说道：“不需要……竟然用这种阵仗来杀我这样的小人物，背后之人绝对不简单。更何况我们查出来也没有用，只有朝堂里的人查到了才有用处。”

“告诉王太虚，如无意外，两层楼最好不要参与这件事。”丁宁轻轻咳嗽了一声，刚准备移动脚步，又忍不住回头补充道，“当然，最好也别让人发现你参与了这件事。”

荆魔宗依旧感到无法理解，然而他却将丁宁的话牢牢记在心里。

“你现在要到哪里去？”他担心地问道。

丁宁简单地答道：“回家。”

“回家？谁知道你的家在哪里？”

“我早就说过，你走得太快太急，若不是王太虚在这里留了一个不要命的月氏国刀客，我现在只怕要替你收尸了。”

“你才进了白羊洞多少天，就惹上这样的事情？”

……

身上的血迹早已被冷冽的秋风吹干，丁宁刚推开酒铺的大门，里面就传来数声愤怒的埋怨。他带上门，看着面笼寒霜的长孙浅雪，疲惫地说道：“今天这件事很奇怪。”

长孙浅雪冷冷地说道：“我不管别的，只在乎结果。这长陵城中有着无数恩怨，甚至几乎每个人身上都纠缠着恩怨。哪怕是刚刚那个月氏国人，身上也背负着血海深仇。虽然现在月氏国是秦国庇护属国，但谁不知道大秦的虎狼之军曾一役杀死了十三万月氏国人。你一日不踏进修行者的世界，还有可能远离这些人，远离他们身上的恩怨，但是只要你接触到这些人，便不可能完全置身事外。”

“结果就是我还活着。”丁宁坐了下来，丝毫不理会长孙浅雪越来越冰寒的目光，轻声说道，“那个蒙面修行者一开始就伪装成拿钱杀人的杀手，但我可以肯定，他是军中的修行者。虽然他用的是燕国修行者的符道手段，但我可以肯定，他最擅长的还是用

剑。”

长孙浅雪陷入沉默。

“在生命的最后时刻，他想到的是用剑，而不是用符，这便暴露了他所要隐瞒的一些事情。”丁宁接着说道，“那人有足够的实力杀死我和荆魔宗，他也并非怕死之辈。如果不是因为他一开始就束手束脚，一心想要隐瞒什么，我们不可能这么轻易地杀死他。他这种表现，很有可能是因为他和他的主子都拥有特殊的身份。而那些拿钱杀人的修行者都是真正的亡命之徒，他们不用担心自己的身份被发现，因为他们原本就是见不得阳光的。”

“我觉得他和他的主子，有可能是秦军中的人物。如果这件事和之前锦林唐背后的靠山有关，现在连对付像我这样弱小的修行者都动用了这样的阵仗，那么我担心的，是王太虚能不能活着见到明天的太阳。”丁宁思忖道。

“既然这样,你之前为什么不提醒那个月氏国人？”听到此处,长孙浅雪清冷地说道。

丁宁看着她，认真说道：“因为如果和我想的一样，提醒已经来不及了。”

长孙浅雪没有再说什么，只是看着他，冷冷伸出了手。

“噗噗”两声轻响，丁宁那两根断裂的肋骨准确归位。

“下次或许就没有这么好的运气了。”她看着丁宁腰侧挂着的那柄末花残剑，冷笑着说道。

第十七章 将山搬来

“关七七、何负、郭羽化……还有那个半日通玄的酒铺少年，现在应该都已经死了。”

一座两层的古楼里，一个黑衣蒙面的修行者，用一种可怜的目光看着坐在自己对面的王太虚，微讽道，“你应该明白自己不是我的对手，为什么你不试图逃跑呢？”

“因为这里是两层楼，是我的家；在我的家里，再强的修行者都不可能轻易杀死我。”脸色有些过分苍白，看上去还是很虚弱的王太虚，看着瞬间杀死自己十余名守卫的蒙面修行者，平静地说道，“我在这里等你，便是要和你说上几句话，看看你到底是什么样的人。”

黑衣蒙面人嘲笑道：“这便是死也要死得明白的古怪心理么？”

“长陵城里其余那些帮派，不可能请得动你这样的人，而且那些帮派不可能有这种能力，在一夜之间杀死我那么多兄弟。”王太虚看着这个修行者，说道，“所以我得到的消息没错，锦林唐背后应该是军中某位大人物。”

这个修行者双眉微挑，既不承认，也不否认，在他眼中，王太虚已经等同于一个死人了。

然而王太虚却用一种很诚恳的语气，接着说道：“可是你们有没有想过……万一你们杀不了我呢？你们杀了我那么多兄弟……我拼着两层楼的家业不要，也一定会不择手段地和你们斗到底。”

“我会把你们查出来，会毫不留情地对付你们的亲人和朋友……”王太虚的语气忽

然变得有些森寒。

这个修行者脸色骤变，说道："所以我绝不会让你活过今晚。"

随着一股恐怖的真元爆发，一颗拳头大小的青色铜球，从他袖中飞出。一瞬间，这颗看上去平淡无奇的青色铜球，表面竟亮起无数耀眼的金黄色符线。紧接着，所有金黄色符线裂开，青铜色碎片剧烈燃烧起来，如同绽开一朵火莲。

"轰"的一声爆响，无数燃烧着的莲片，以迅雷不及掩耳之势，朝着王太虚涌去。

"这里是两层楼的根基，我岂能容你在此地放肆？"王太虚说道。

他的脸色变得有些古怪，椅子下方的地板，竟骤然裂开。

火莲盛开之时，一道细细的淡青色剑光，就像一股无声无息的流水，从蒙面修行者的裤管内流出，然后紧贴着地面，朝着王太虚身下掠去。

他知道江湖人物都有些逃生的手段，为了防止王太虚从下方的暗道逃生，他已经准备好飞剑，势必要将王太虚削成两段。

然而他还是震惊而愤怒地狂啸了起来，王太虚脚下的地板突然爆裂开来，却并没有出现什么暗道。一股喷薄而上的气流瞬间将王太虚冲得向上飞起，甚至直接穿透上方的屋顶。

在他的怒啸声中，无数金色的火莲片瞬间撕裂了墙面，与此同时，爆炸的威力使得整座小楼瞬间土崩瓦解。

他的飞剑在爆裂的碎片和气流中摇摆不定，让他的念力遭受了一些损伤；他的身体迅速往后倒飞，只看到王太虚的身体已经超出他念力所能控制飞剑的范围。

就在这惊鸿一瞥之间，王太虚双手张开，腋下好像生出了黑色双翼——那是一件隐匿在外袍下的古怪的滑翔衣。

"唰！"

空气里响起急剧的破空之音，王太虚像一只蝙蝠一样，迅速消失在黑暗的夜色里。

蒙面修行者浑身轻颤，瞬间被冷汗湿透。

距离爆炸的小楼不远处，有一条漆黑的街巷。此时一株柿子树下，静静地停着一辆黑色马车。

黑色马车掀着车帘，里面坐着一个同样身穿黑衣的蒙面男子。他头发呈灰白色，额头莹润，眼角的皱纹却深得如同刀刻的一样。眼眸之中充满沧桑，虽然大部分面容都被蒙住了，但是一看到他这双眼睛，便会让人不自觉地联想起塞外的风霜，大漠的孤烟，残阳如血的古战场……

在小楼爆炸的瞬间，这个蒙面男子看到了冲天而起的王太虚。眼看着王太虚如蝙蝠一样消失在夜色里，他眼角的皱纹又深了许多。

在一举灭了锦林唐之后，长陵的市井江湖人物都认为王太虚已一飞冲天，然而他却很清楚，任何底层的修行者，不管飞得有多高，在长陵权贵眼中，还是太过低微。倘若王太虚活了下来，那么他们很有可能活不过今夜。

他的心头泛起一层苦意，摇了摇头，放下车帘，马车开始沿着平直的街巷缓缓驶离。

临近长陵东郊之时，有一辆普通的马车与这辆黑色马车在巷道中交错而过。尽管双方未作停留，然而那辆看似普通的马车里，却传出带着冷冽杀伐气息的声音："三日之内，王太虚必须死，否则，你明白该怎么做……"

蒙面修行者什么都没有说，微眯着眼睛，似乎已经睡着了。然而在马车驶出长陵，进入城外的官道之后，他却轻轻叹息道："一将功成万骨枯，自古如是。"

王太虚如同一只受伤的蝙蝠，一头栽进一间普通的民院。

以雷霆手段袭击他的那个修行者丢出的青色铜球，是楚国修行者擅长的法器。尽管依靠保命的布置逃了出来，但他还是被数片燃烧的金色符片刺伤了。此刻，他的腿部和腰腹部都有恐怖的伤口，最严重的一处甚至隐约可以看见内里的脏器。

他迅速脱掉破烂的外袍和奇异的蝠衣，然后坐了下来，用真元缓缓逼出体内的金属碎片。接着，又从脱下的外袍里取出两瓶药粉，一瓶外敷，一瓶内服。

失血过多，让他的脑袋变得有些昏沉；伤口剧烈的痛楚，让他不得不咬紧牙关，去分析自己目前的处境。既然对方派出这种级别的对手，那么他在长陵的那些隐秘住所便都不甚安全。

他犹豫了一下，伸出已经没有多少温度的手，悄无声息地从一旁晾衣的竹竿上取下几件衣衫，穿在身上。

借着黑夜的掩护，他连翻数十道院墙，最终进入某家酒楼后院的一间偏房。

偏房里有一个微胖的厨师，睡得极其香甜。他显然不是修行者，一直等王太虚走到他身前，连续推动他的身体，他才惊醒过来。

然而在看清楚王太虚苍白面容的瞬间，他像是迎来了一生中最重要的使命，脸上开

始闪现出一种奇异的光辉。

他异常尊敬地对着王太虚深深跪拜，问道：“您需要我做什么？”

王太虚看着他，轻声说道：“帮我打探消息，天亮之前，我必须到达真正安全的地方。”

莫青宫很恼火。

他揉着有些发疼的脑袋，随手将身前的年轻人小心翼翼递上来的一份卷宗，丢到旁边的火盆里：“不要花力气去调查这个酒铺少年，把力气花在那个被砍了头颅的用符的修行者身上！让神策组也去查，给我查到底！”

看着火盆里舔起的火舌，英俊的年轻人一脸惊愕。

“大人……”他忍不住想开口辩解。

然而莫青宫冷笑着打断了他的话：“我知道你想问什么，那个酒铺少年之前秦怀书已经清查过了，他的出身来历没有任何问题。你刚刚接替秦怀书的位置，很多事情并不清楚。”

英俊的神都监官员面容微僵，犹豫了一下，忍不住轻声说道：“大人教训得是……不过，真的让神策组也参与进来么？”

莫青宫眼神森寒，盯着他，异常冷漠地说道：“在我大秦各司担任要职，尤其是在我神都监为官，一定要明白一点，处理自己人的事情，永远比处理外面人的事情要重要。”

青年官员更加紧张了，满脸困惑地看着莫青宫。

莫青宫冷笑起来，接着说道：“我大秦到了这个份儿上，根本不会惧怕某个修行者或修行之地，大王和两位丞相在意的是我们是否绝对忠诚，完全按照他们的旨意做事。他们不希望见到拖着大秦这辆战车的战马，与自己脚步不合；公器私用，更是他们无法容忍的事情。神都监向来处理的是我朝内部的事情，你既然已经知道神策组也在全力追查云水宫那些人，觉得今夜发生的事情或许和公器私用有关，那么为什么不能更进一步，想清楚自己的职责所在？”

听了他的话，青年官员的冷汗浸透了发丝，沿着脸颊不断滴落。

“要想在长陵待得长久，便得懂得体察上意。慕容城的修炼资质比秦怀书好，人也比秦怀书长得英俊潇洒，然而现在他的尸体说不定已经腐烂了，而秦怀书却得到举荐，进入灵虚剑门学习。”莫青宫冷冷说道，“秦怀书的优点便是看得清楚，明白自己的位置。这些话，我不会再说第二遍，希望今后你也能看得清楚点。”

“多谢大人提点！”青年官员由衷地向他深深行礼。

“去吧！我倒是想知道，哪位贵人运气这么差，连对付这些江湖人物都会失手。”深谙用人之道的莫青宫面色略微柔和了一些，摆了摆手，示意青年官员离开的同时，又提点了一句，“做事细心、认真些，将力气用在该用的地方，你应该听说过，我手下但凡坐上这个位置的人，不出意外都会飞上枝头。”

青年官员心头一热，再次尊敬地躬身，然后充满斗志地退了出去。

骊陵君府，面容普通、气质独特的的骊陵君，看着他最看重的智囊吕思澈，深深皱起了眉头。

“不是我们做的。”吕思澈平静地说道，“我绝对不可能用这样粗暴、危险的手段。”

骊陵君点了点头，温雅地说道：“如果是你，想必不会露出丝毫痕迹。不过我很想知道，除了我之外，长陵还有哪位贵人不喜欢他。或许现在，这位贵人需要朋友和援助。”

吕思澈微微一笑：“有野心的贵人，断然不会拒绝您这样的朋友。”

骊陵君突然有些忧虑，思忖了一下，问道：“近日我一直在考虑一个问题，你说我要不要求见一下郑秀？”

吕思澈面色大变，双手不自觉地颤抖起来。因为骊陵君所说的“郑秀”，有着高贵、显赫的身份，她就是秦国的王后。

吕思澈顿了顿，说道：“再等一等。”

骊陵君点了点头，他知道吕思澈的顾虑是对的。即便那个拥有无上权势的女子会对他的计划感兴趣，早就等着他主动提出请求了，他也十分清楚，事情绝不会那么顺利。

这位平日里受尽敬仰，被各种赞美之辞包围的王后，拥有寻常人难以企及的冷酷和决断。

若是他作出太多让步，即便能够回到千山万水阻隔的故都，最终坐上那个精美的王座，大楚也很有可能不是原先的大楚了。

可是到底还要等多久？

他转过身，看着窗外漆黑的夜空，觉得长陵的每一个夜晚都是那么的漫长和难熬。

在他转头这一瞬，吕思澈鼻子一酸，呼吸不由自主地停顿了，因为他清楚地看到，骊陵君的发际竟已一片雪白。

鸡鸣时分，旭日初升。

打坐完毕的薛忘虚缓缓睁开双目，看着凝立在自己面前的李道机，清了清喉咙，轻声问道：“丁宁近日的修行可还顺利？”

李道机颔首说道：“他是我见过的修行最为顺利的修行者，其他修行者所会遇到的障碍和关卡，在他面前似乎根本就不存在。”

薛忘虚平静的眼眸中出现一丝激动的色彩，又认真问道：“在祭剑试炼之前，他真的有可能突破到第二境么？”

“那要看他破境的速度，若是连破境都不存在障碍，那么他的确是修行一个月就突破到炼气境的那种‘怪物’。”李道机接着说道，“不过昨夜他差点被人杀死。”

薛忘虚愣住了，他以为李道机这么早出现在这里，是想和他探讨丁宁的修炼问题。

不等薛忘虚开口，李道机又接着说了下去：“为首的是一个身上有不少符箓的真元境修行者，神都监已经在查这件事了。”

薛忘虚眉头皱了起来，依旧没有出声。

李道机接着说道：“丁宁断了两根肋骨，受了些伤，不过还算争气，竟然将那个真元境的修行者杀了。”

薛忘虚的眉头一下子舒展开来，眼睛里全是异样的光彩，轻声赞叹道：“他还真是给我们白羊洞长脸。”

然而李道机却眉头深锁，因为在他看来，这并不是什么值得高兴的事情。

“你今天就在这里待着，不用出去了。”薛忘虚站起身来，对着李道机微微一笑，说道。

李道机呼吸一顿，似乎察觉到什么，缓缓说道：“既然神都监已经插手了，丁宁自然可以安全回山，你根本不需要出去。”

“那不一样。”薛忘虚摇了摇头，淡泊的双眸里充满罕见的骄傲之色，“这些年来，白羊洞鲜有让我高兴和觉得脸上有光的事情了。好不容易出了个半日通玄，甚至有可能一月炼气的弟子，而且还是师兄离开时特意托付给我的，我怎能不好好守护着？我当然知道神都监会让他安全回白羊洞，但是我已经很久没有出过白羊洞了……再不出去，别人都会以为咱们白羊洞真的只能任人宰割了。你知道这世上最可怕的是什么人么？是我这种老得快要入土，根本不惧生死的人……”

薛忘虚的声音在道观里久久回荡，然而他的人影却已经消失在李道机面前，消失在风起云涌的天地之间。

当第一缕曙光落入梧桐落，丁宁像往常一样醒来。

他轻轻地咳嗽着，断了两根肋骨对他而言根本不算什么，但是在激烈的发力之下，许久未曾出现的全身酸痛的感觉，还是让他很不舒服。

长孙浅雪也和往常一样，坐在窗口，梳理着如瀑的长发。

“白羊洞的马车已停在门外。”她清冷地说道，“不过马车里多了一个受了伤的第五境修行者，应该是王太虚。”

丁宁知道她的感知绝对不会有问题，眼中充满了欣喜。

“今天有些特殊，我得早些回白羊洞，不能替你煮粥了。”他一边飞快地洗漱，一边向长孙浅雪解释着。

长孙浅雪想要反唇相讥，然而却不知该说些什么。

酒铺外，面目敦厚的中年车夫正焦虑地等待着。

他已然知道昨夜发生的事情，看到脸色有些苍白的丁宁，他的脸上顿时现出喜色，然而眼睛里却闪现出一丝愧疚。

“你的伤势怎么样？今日要回白羊洞么？”他关切地问道。

“要回，即便是治伤，白羊洞肯定比这里要强一些。”丁宁答道。

“昨日确实是我疏忽了……修车时我才发现，车轴早就被锐器割裂了，应该是有人在路上做了手脚。你是白羊洞的弟子，不要说白羊洞的师长……就连各司官员都会区别对待，我实在没有想到有人会对付你。”

“这只是个意外，你不必介怀。”丁宁劝慰道。

他敏捷地将车帘掀开一个小角，然后飞快地闪入。

看着悄无声息地蜷缩在软塌上的身影，他先是做了一个噤声的手势，然后轻咳了一声，对外面的车夫说道：“麻烦你尽快赶路！”

车夫应了一声，连忙打出一个响鞭，驱车奔驰起来。

王太虚面如金纸，蜷缩在一旁，显得更虚弱了。

丁宁看着他，轻声问道：“你竟然这么惨……难道已无处藏身，只能跟着我回白羊洞？”

王太虚无力地看着丁宁，脸上挤出一丝凄凉的笑意：“的确很惨，跟着我打天下的兄弟，能够在我死了之后撑起两层楼的，昨天夜里全部死了。为了打探消息，为了跟你会合，又有两个朋友为我而死。昨夜那场刺杀，我是唯一的幸存者。”

听到这些话，丁宁并没有感到震惊，他揣测道：“看来是锦林唐背后的那个军中贵人不甘心？”

“只要撑过这几日，我会让他的不甘心付出代价。”王太虚强忍着咳嗽，轻声说道。

丁宁摇了摇头，他不再理会王太虚，轻轻嘟囔了一句：“白羊洞不会不管我吧？至少李道机应该出来接应一下……”

疾驰的马车已经行驶在长陵边郊的官道上，按理来说，官道平坦又宽阔，马车行驶的速度应该更快。然而车厢里的丁宁和王太虚却都感觉到，马车的速度降了下来。

十余辆闪烁着森冷光芒的青铜色战车，占据了前方大半个路面，数十名身穿铁甲的军士正在逐一盘查过往的行人和车辆。

丁宁将车帘掀开一角，小心打量着外面的情况。

“应该是例行检查，这辆马车属于白羊洞，多半不会遭到阻拦。”丁宁推测道。

“只要不是那位军中贵人派来的人，就算发现我在你的马车里，也不会有问题的，我又不是犯人。”王太虚说道。

二人轻声交谈着，虽然看起来只是例行检查，但是查得那么仔细，肯定和昨夜那场刺杀有关。

人群之外，静立着一个同样身穿铁甲的军士。和其他军士不同的是，他的腰间挂着一柄无鞘的黑色铁剑。从铁剑上细密如繁花的符文，以及他脸上那层隐隐的荧光，可以看出他是一个修行者。

当丁宁所乘的马车出现在他的视野中时，他的眼睛微微亮了起来。他唤过身旁两名军士，悄悄交待了几句。

十余辆排在前面的马车被驱赶着向道路两侧让开，给白羊洞的马车让出一条宽敞的通道。

车夫有些惊喜，以为这些军士看到了车厢上的白羊标记，所以才特例放行。谁知他刚扬起鞭子，准备加速前行，那数十名军士便迅速围了上来。

王太虚透过车帘的缝隙看着这些军士的举动，轻声叹了口气，真诚地对丁宁说道：“看来今天我很有可能交代在这里，一会儿如果动起手来，你千万不要出来！”

“你放心，只要这些人显露出不顾一切也要格杀你的迹象，我绝对不会和你站在一起。”丁宁点了点头，也十分真诚地说道，“我未必会给你收尸，但是我会想办法替你报仇。”

王太虚笑了起来，他强忍着咳嗽，笑得很辛苦。

“你们这是干什么？”车夫看着迎面走来、腰挂黑色铁剑的军中修行者，怒斥道，“这是白羊洞的马车。”

军中修行者面无表情地说道：“白羊洞的马车也要接受检查。”

“那可未必。”车夫冷笑一声，从袖中取出一张盖着鲜红印记的文书，说道，“这是神都监出具的通关文书，谁敢阻拦？”

车厢里的丁宁和王太虚顿时愣住了，两人都没想到会有这样的变化。

秦国各司都会有比较特殊的文书，这些文书往往在紧急情况下才会动用，旨在协调各司人马。车夫拿出的，正是神都监的特别通行文书。由于神都监平日里押运一些犯人，或是护送一些人证物证需要赶时间，所以便拥有这种可以不接受沿途关卡盘查的特别通行文书。想来出了昨夜的事情之后，神都监不想丁宁再有意外，所以才会给予特别照拂。

然而军中修行者却冷酷、漠然地说道：“这份文书无效。”

“为何无效？”

车夫不可置信地张开了嘴，刚想出声询问，一个冷峻的声音就已经在人群中响起。

出声之人是一个看上去像是普通商贩的秃头男子，他微微抬头，看着比他高了半个头的军中修行者，脸上散发出阵阵寒意。他取出腰间佩戴的黑色玉牌，然后高举过头顶，将其展示在众人面前。

上面的“神都监”三字，已充分显露出他的真实身份。神都监无疑是长陵最令人畏惧的地方之一，所以在场之人无不心中一寒。

然而面对这个神都监便衣官员豺狼般凶狠的目光，军中修行者的神情却没有任何改变，依旧冷漠地说道：“因为我是五大夫断知秋。”

神都监便衣官员心中一窒，面色变得极度难看。

秦国军功爵位共分二十级，八级之上便可享有诸多特权，五大夫号为“大夫之尊”，赐邑三百家。再加上秦人尚武，对有军功的军士向来尊崇。所以神都监便衣官员思忖一番之后，只得悄悄退到一旁。

“里面的人出来吧。”

断知秋冷漠的目光落在马车上，一缕若有若无的气息，从他的身体内沁出。

感受到这股气息，车厢里的王太虚脸色骤然变得无比苍白。

丁宁的心也倏然下沉，他的感知甚至比王太虚还要强出不少。他可以确定，断知秋已是修为到达第五境的强者！以目前的形势，倘若战斗起来，他们绝对不可能从这样一个军中高手手上逃生。

“我倒是要看看，有谁能让我白羊洞的人从里面出来。” 就在这时，后方突然传来一个平淡而苍老的声音。

所有人都不由自主地转头看去，只见道上走来一个须发皆白的老者，他面如白玉，双唇朱红，白色道袍上镶着黄边，腰间佩着一柄白玉小剑，看上去颇有仙风道骨。

听到声音，丁宁的眼睛亮了起来，然而当他看到这个老者时，却轻声嘀咕了一句：“怎么看上去比杜青角还要老……不仅老，而且连火气都没有，到底行不行啊？”

王太虚的眉头依旧深锁着，从老者身上那柄白玉小剑，他已经猜出此人是谁。他感到震惊，同时又有些紧张，因为老者距离马车很远，所以不仅要行，还要足够快，才可以救下他和丁宁的性命。

断知秋的眼睛微微眯了起来。

“你不会有机会抢先出手。”老者看着他，笃定地说道。

断知秋冷笑了起来：“想必你就是白羊洞洞主薛忘虚，不过你似乎忘了，你根本没有资格插手此事。”

薛忘虚笑了笑，说道：“我不讲资格，只论实力。”

断知秋目光骤寒，嘴唇微动，正待说话。

薛忘虚却又开口说道：“我昔日的功劳比你现在的军功高得多，也不敢自恃身份，不将他人放在眼里。现在白羊洞已归了青藤剑院，我没有什么可担心的，有的是时间与你周旋。”

他语气平淡，听不出任何火气，然而眉宇之间，却有一种说不出的骄傲和霸道。

断知秋的嘴角忍不住微微抽搐，冷厉地直视薛忘虚，说道：“好，那就看看你的实力！”

薛忘虚微微侧转过身体，看向北将山后那片连绵的山峰。在静谧的晨光里，远处的山峰如同水墨画里那最淡的一笔，清新而隽永。

“看我将那座山搬来。”薛忘虚说了一句让人摸不着头脑的话。

然而就在此时，远处淡淡的山峰，却骤然变得清晰起来。

断知秋脸色雪白，身体不受控制地颤抖起来。

突然，“轰”的一声闷响，上方的天空中，竟多了一座大山。

在场之人皆惶惶然，不知道发生了什么事。然而无论是断知秋还是那个秃顶的神都监官员，都明白是怎么回事儿。

这是搬山境!

唯有一次性从那片山峰抽取如此恐怖数量的天地元气，众人头顶才会陡然多出一座无形的巨山。

薛忘虚满意地轻握住身侧那柄白玉小剑，压在众人头顶的那座无形巨山骤然消失。

“噗噗噗噗……”

一种更磅礴的力量，却从那柄白玉小剑上发出，贴着地面向上卷起。断知秋发出一声低沉的厉喝，他身上的铁衣震出无数积年的细尘，整个人竟然支撑不住，向上飘起，双脚已离地一尺。

“嗡！”

停驻在旁边的所有战车，也如同感受到致命的危机，同时急剧震动起来，车身上的饕餮符文全部亮起，发出耀眼的光芒。

一头头贪婪嗜杀的凶兽，带着一种凌厉的气息，似乎瞬间就要从战车上冲下来，择人而噬。

更令人震骇的是，这些需要四匹战马才能拉动的符文战车，竟然也被一种澎湃的力量托得往上飞起，且越飞越高，很快便远远超过路边凉亭的高度。

这是一种难以用言语来形容的画面。无比沉重的符文战车被抛飞在空中，车身上的凶兽面目狰狞，却根本无力抗衡。

看到这样的景象，那些身披铁甲的军士全都震撼无言。

心中骇然的神都监官员骤然反应过来，发出一声惊呼：“不要！”

符文战车打造不易，每一辆都累积了无数工匠的心血，是秦国的宝贵财富。按照秦国律例，修行者故意损毁符文战车者，论罪当斩。

然而他的担心是多余的，只听“唰”的一声轻响，空气里所有的异样突然消失了。

“噗噗……”

断知秋身体落地，脚底再次震出两蓬尘土。

所有沉重的符文战车被一股柔和的力量托着，无声无息地安全落地。战车表面那些光纹形成的凶兽，也畏惧般迅速消隐。

薛忘虚收回白玉小剑，满脸骄傲地看了脸色雪白的断知秋一眼。

无数惊呼声响起，直到此时，众人才赫然发现，白羊洞那辆马车竟已通过关卡。

薛忘虚看了一眼浑身仍在震颤的断知秋，摇了摇头，整个人如同一片毫无分量的白云般飞起，在车夫身旁坐下，淡然说道：“回山。”

远山如黛，峰峦叠翠。

回山的路还很漫长，然而无人再敢阻拦这辆马车。

“三日之内，王太虚必须死，否则，你明白该怎么做……”

长陵东郊一座寻常的小院里，一个修行者坐在腊梅树下的竹椅上，反复思量着这句话。

他脸颊莹润，下巴上的胡须却尽染白霜，更添几分沧桑的味道。

一只翅膀苍劲有力的鹰隼从高空中急剧飞落，直接停在他伸出的手臂上。

他从系在鹰隼腿上的一根空心细管里抽出一张小卷，看到小卷上的内容之后，他满脸愁苦，发出一声深深的叹息，然后闭上双目，靠在冰冷的椅背上。

他的脑海里闪过很多画面：有跪倒在长巷中无头符师的尸体，有冲天而起、瞬间消失的王太虚，有为了帮助王太虚逃离而服毒自尽的胖厨子，还有薛忘虚施展搬山境的场景……

在他以往经历过的所有战阵中，这一次似乎是最有把握的一战。

然而谁能想到，平日里符剑双修的高手，竟然会死在一个乳臭未干的少年手中？谁能想到，为了断掉线索，帮王太虚隐匿痕迹，那么多人宁愿自己死去？谁能想到，一个在外界看来很不起眼，甚至已经被长陵绝大多数人遗忘的小宗门宗主，竟然是到了搬山境的大宗师？

所以这一战，他败得不冤。

败局已定，再无翻盘的机会。

“三日之内，王太虚必须死，否则……”

他耳畔又想起这句话，三天和一天，又有什么区别呢？

他面容愁苦地闭上眼睛，体内真元如风暴般穿行，毁灭了所有的生机。

一缕鲜血从他口中沁出，洒落在他胸前的衣襟上，如同开出数朵凄美的蔷薇。

载了四个人的马车跑起来有些吃力。

王太虚掀开车帘，坐正身体，认真向外边的薛忘虚行礼：“多谢薛洞主救命之恩。”

“不必谢我。”薛忘虚回头说道。

他用满意的目光打量着丁宁，而丁宁也用满意的目光打量着他。过了一会儿，他伸手指了指丁宁，说道：“要谢就谢他，若不是他半日通玄，昨夜又做出让白羊洞面上有光的事情，我绝对不会出山。”

王太虚没有说话，只是恭谨地再次行了一礼。

“市井之中多是性情中人，你的确比朝堂里的人更讲情义。”薛忘虚平静地看着王太虚，缓缓说道，“不过我还是想奉劝你一句，‘得饶人处且饶人’，此事朝堂里的贵人想必会给你一个交代。若是你不能令他们满意，牵扯出不应该牵扯的人，那么只会将你自己和更多的人搭进去。”

王太虚面容顿肃，点了点头，说道：“晚辈受教了。”

“你真得很不错。”薛忘虚的目光再次停留在丁宁身上，忍不住赞赏道，“我很满意。”

丁宁恭敬地微笑起来：“我对您也很满意。”

薛忘虚笑道：“我对你满意，不纯粹是因为你的修行进境，还包括你为人处事的态度，你是一个有人情味的修行者。”

丁宁看着他说道：“我对您满意，也不是因为您实力强大……而是因为您竟然亲自接我回山。”薛忘虚毫不掩饰眼中的关切之意，说道：“你的伤势好像不轻，可是青藤剑院的祭剑试炼快到了。”

丁宁点了点头：“所以您得给我好点儿的伤药……不然我可能支持不到最后，抢不回那股灵脉。”

薛忘虚大声笑了起来，笑声在道路两侧的山林间回荡。

“你和我师兄也有些渊源，就在我白羊洞后山待几天吧。”接着，他看着王太虚，淡淡说道。

土太虚再次认真致谢。

耀眼的晨光落在马车上，镀得四人眼前一片金黄。

丁宁眯起眼睛，靠在软垫上，轻声对王太虚说道：“你觉不觉得，这样杀来杀去，其实很无聊？”

王太虚点了点头：“的确很无聊……只是人们心里都有一杆秤，这杆秤不端平，人就活得不痛快。”

丁宁轻轻感慨道：“这便是所谓的‘人争一口气，树活一张皮’吧！”

第十八章 所谓公平

“薛忘虚已至搬山境？”

青藤剑院最深处，满是剑痕的殿宇里，狄青眉的双手不住地颤抖着，手里的一杯茶尚未送至嘴边，已经洒落了小半。

对于一派宗主而言，的确非常失态。

坐在他对面的端木炼脸色也难看到了极点。

“怪不得他做起事来有恃无恐，怪不得杜青角忤逆了王后，还可以顺利归老！”狄青眉的嘴唇哆嗦了起来，一时情绪失控，完全没有了往日的威严。

平日里，他一直称呼薛忘虚和杜青角为“老糊涂”，他认为自己的修为比他们要高得多。他怎么都没有想到，薛忘虚竟已跨入第七境！

他在九年前就已到达第六境上品，然而直到现在，都无法触及第七境的门槛。而且今日，他明显感觉到青藤剑院周遭天地元气的剧烈波动。薛忘虚故意从他这里引聚天地元气，这是一种提醒，更是一种威胁！薛忘虚通过这种方式告诉他，在接下来的祭剑试炼和其他宗门事宜上，不要太过分。

关键在于，他不能无视薛忘虚的威胁。因为境界就是境界，哪怕只差一个破境，也有着天壤之别。只要薛忘虚愿意，甚至可以当众折他的脸面！

“到底意难平啊！你想要公平，我便在祭剑试炼上给你们公平。不过你以为给了你们公平，白羊洞的弟子就能获胜么？”

狄青眉深深吸了一口气，体内真元躁动不安，震碎了他手中的茶杯。

青藤剑院其他地方也是一片骚动。

薛忘虚公然在官道上展露境界之事，很快便传遍长陵的每个角落。若是其他宗门突然出现这样一位一鸣惊人的修行者，青藤剑院的弟子肯定会异常兴奋，然而此时得知这一消息，他们却感到莫名的威胁。毕竟他们十分清楚，院长狄青眉也只是六境上品的修行者。

若是七境的修行者是一头壮年雄狮的话，那么六境上品的修行者，最多只是一头豺狼。人们只听说过狮子统御豺狼，豺狼怎么可能反过来去统御狮子？

一个身材匀称、面容冷峻，穿着单薄青衫的少年，却是个例外。

他在鸡鸣时分起床，先以洁净的泉水洗涤肠胃，接着算着分量，简单吃了点五谷和菜蔬，然后练了一个时辰的剑，看了一个时辰的典籍，最后开始入静内观……

他严格按照着自己制订的修行计划，丝毫不为外界这些消息所动，不肯浪费一点时间。因为他的名字叫何朝夕，他的父亲给他取这个名字，就是希望他加速修炼，只争朝夕。

南宫采菽也是一个例外，她也没有因为薛忘虚展露境界这件事而担心，她担心的是丁宁的修炼进境。

还有数天便是祭剑试炼了，丁宁能够顺利突破到炼气境么？

于是，她忍不住再次提笔，写信催促自己的父亲，寻找丁宁所需的丹药。

白羊洞的草庐里，丁宁正盘坐在蕴满灵气的蒲团上。

薛忘虚真舍得出本钱，给他的伤药竟然是难得一见的龙虎大还丹。此时浑厚的药力在他体内肆意游走着，只一会儿工夫，他的伤便好得七七八八了。

他的目光再一次落在膝前的末花残剑上。有时候杀人报仇这种事情，的确很无聊，不仅死去的人活不过来，还会有更多的人死去。然而王太虚说得很对，如果活得不痛快，那么活着就更没有意义了。

他的脑海之中，又出现长孙浅雪的影子，他想到她所说的公平。

每个人心中的公平，和世间所谓的公平，其实并不一样。

“这柄剑现在在我手上，不过也有可能变成你的。”

青藤剑院外的一处瀑布之下，幕僚吕思澈正平静地看着面前身穿青藤剑院院服的少年，用一种极具诱惑性的语气说道。

这少年比南宫采菽入学还要早上数年，他嘴唇周围已有淡淡的胡须，喉结也十分明显，双手手掌上则布满老茧。

他五官端正，看上去还算沉稳，然而眼中却充满震撼和掩饰不住的渴望，目光一直停留在吕思澈右手那柄剑上。

那是一柄银白色小剑，仅有一尺来长，比丁宁的末花残剑还要短，然而短短的剑身上却布满细密的符文。吕思澈并未灌入任何真元，但是这些符文却自行发亮，似乎马上就要破剑而出。

这是雪蒲剑，出自楚国名师姬天雪之手。

独特的材质和符文，不仅使它成为盛载修行者念力的容器，而且这柄剑本身，也蕴含着独特的力量。

世上很少有自身带有力量的炼器材料，而且也只有楚国的一些炼器宗门，才懂得运用这种材料去炼制各种符器和法器。

楚国之所以能够称霸百年，强大的符器和独特的炼器手段正是它屹立不倒的根基。

雪蒲剑的确是一柄名剑，不过这个青藤剑院的弟子也很清楚，想要得到这柄剑，必定要付出代价。所以，他深吸一口气，竭力让自己显得镇定一些，问道："骊陵君想让我做什么？"

"墨尘，我查过你的出身，虽然你和墨府那些贵人一样出自安城墨氏一族，修行天赋也还不错，但是从你祖父那一辈开始，你们这一脉便和墨府那一脉交恶。现在墨府一脉早已封侯，而你们却依旧困守于安城。并且你来长陵求学，都受到特殊'关照'，一再被那些想要讨好墨府的人刁难，好不容易才进了青藤剑院。若是没有什么际遇，恐怕你这一生都会郁郁不得志，难以有出头之日。"吕思澈坦诚说道，"我用这柄剑，只是想换你一个承诺……希望你将来能够成为骊陵君的门客。"

墨尘呆呆地问道："只是如此？"

他心中充满不可置信，因为于他而言，即便不许以任何好处，将来出了青藤剑院，能够拜在骊陵君门下，也是一种荣耀。

"有了这柄剑，你应该可以进入祭剑试炼前三名。"吕思澈轻声说道，"骊陵君不太喜欢白羊洞那个半日通玄的少年，所以希望你不要让他进入前三名。"

墨尘身体一震，惊呼道："让我持这柄剑去参加祭剑试炼，是不是有点儿不公平？"

“难道不可以么？”吕思澈冷笑道，“这世上哪有绝对的公平？据我了解，祭剑试炼根本不限制用什么样的剑，别人得不到这么好的剑，你却有能力拥有，又有什么不公平的？”

墨尘的心脏剧烈跳动着，他十分紧张，身体竟不可遏制地颤抖起来。

一想到只要凭借这柄剑在祭剑试炼中获胜，就可以赢得一股灵脉，以及对修行大有裨益的青脂玉珀，他便激动万分。

“要在祭剑试炼中除掉他么？”他小心翼翼地问道。

“不要用这么简单、粗暴又危险、愚蠢的方法。”吕思澈摇了摇头，“想让一个天才变成庸才，有无数办法，比如让他没有足够的修行时间，或是让他受伤……只要不是那种一月炼气，数月便踏入真元境的修行‘怪物’，骊陵君又何需对他另眼相看？”

墨尘生怕错失良机，连忙用力点头，冷汗却顺着后背滚滚而落。

他既惊惧于这些大人物的高高在上，同时又有些担忧……难道真如传言所说的那样，那个新入门的白羊洞弟子，竟然只用一个月便能突破到第二境？

黄叶落尽，耀眼但不炽热的阳光照耀在秦宫的石道上。

一个身穿绿袍的男子正缓步经过石道，向石道尽头的书房走去。

他看上去三十多岁的年纪，肌肤莹润，散发着黄玉般的光泽。他的额头开阔，嘴唇宽厚，给人一种分外坚毅之感。

他的身材很普通，但是却给人一种奇怪的力量感，就连缓步行走时，双臂和双腿都十分强健有力。

石道两侧是似乎随时都会有所动作的强大铜偶，石道尽头的那间书房，是秦国王后——那个拥有至尊容颜和无上权势的女子常去的地方。

任何人在面对她的召见时，都会紧张、畏惧。然而这个男子却似乎没有这种情绪，他的目光始终直视前方，脚步也很平稳。

此刻，王后便坐在书房里。她面前那口活泉依旧不断散发着乳白色灵气，丝丝灵气正缭绕在那数朵和她一样近乎完美的灵莲上。

听到动静，她缓缓抬头，眼神显得更加威严。一瞬间，她耀眼的美丽便让整个书房变得更加明亮起来。

男子走到距离她二十步时，停了下来，微微躬身行礼。

能够如此近距离地面见王后，这于秦国所有官员而言，绝对是一种殊荣。这个男子便是军功已满，接下来最有希望封侯的龙虎北军大将军梁联。

“我已经特别警告过你，即便想从市井之中吃下那块肉，也绝对不能用那样简单粗暴的手段。”没有任何废话，王后看着梁联，说道，“你实在太令我失望了。”

梁联歉然道：“那是一个意外。”

王后完美的脸庞上出现一丝冷意，略带嘲讽地说道：“这不是意外，而是你选错了对象。你连一个和王太虚有些关系的酒铺少年都想杀，所以才惊动了薛忘虚。如果薛忘虚和杜青角真的那么弱小，白羊洞早就消失了。是你太想斩草除根，所以才导致失败。”

梁联眉头微蹙，沉声说道：“斩草当然要除根。”

王后看着他，漠然说道：“你只顾眼前，却没有想到，任何一个长陵的修行者都是我朝宝贵的财富，我听闻那个少年半日通玄，甚至有可能一月炼气……将来极有可能成为国之大器。很多人并不在意你是否想抢那块儿肉，毕竟想封侯，就得有足够的力量。然而你处事太过狠辣，再说世上没有不透风的墙，即便周剑林等人已死，也难免留下些蛛丝马迹。在那些能够决定你前途的大人物眼中，周剑林等人和那个少年都是我朝的修行者，即便要死，也得死在战场上，而不是死在阴谋中。”

王后摇了摇头，接着说道：“长陵那么大，我大秦的疆域那么大，不怕有人抢肉吃……那么多肉，即便再多几个人抢，又怎么抢得完……怕就怕自己人杀自己人，光是这次你对部下的态度，便让人心寒。而且你应该明白，很多人对你还有更深层的顾忌。”

“或许我真的错了，但我也只是想尽心为您办事。”梁联不卑不亢地看着她，轻声说道，“我还有机会么？”

王后看着身前那几株圣洁的灵莲，微微颔首道：“机会当然有，例如孤山剑藏，例如九死蚕……”

梁联不再说什么，恭谨地行礼，退出。

“母后。”

梁联的身影彻底消失之后，王后身后一道垂帘内，突然钻出一个年纪尚幼的王子。他的面容和王后有些相似，看上去十分秀美，甚至有些男人女相，显得太过娇柔。一双眼睛分外灵动，似乎对任何事情都充满好奇。

“那个酒铺少年之前没有修行过，却能够半日通玄，甚至越境杀死军中的修行者……他的来历会不会有问题？”王子兴奋地问道。

王后对他十分溺爱，脸上现出少见的笑容，语气也分外柔和起来：“有问题的话，方绣幕和神都监的人早就觉察了……不管有没有问题，他这样的人，是不值得你花心思的……扶苏，你和别人不同，你是我的儿子，将来注定会成为大秦的主人，你根本不需要关注这些细小的地方。即便他真的能够一月炼气，也还是如同蝼蚁一样渺小。你只需着眼于大处，时刻关注那些已经站得够高的人，只要真正懂得如何和这些人相处，你便能站得更稳。”

“像那骊陵君，他也是个人杰，然而他的弱点就在于事必躬亲。尽管以他的能力，目前大大小小的事情也还处理得不错，但是一个人精力有限，凡事亲力亲为，便难以游刃有余。”王后微讽道。

“多谢母后提点，儿臣必定谨记在心。”扶苏应道。

停了一会儿，他笑了起来，撒娇般说道：“只是倘若这人真的一个月便突破到炼气境，而且又是在白羊洞那种地方，儿臣倒是不得不服气。”

“有些时候，服气便好。”王后收敛了笑容，郑重说道，“就怕像这梁联一样，明知不可为，偏偏又不服气，心中便生了执念。”

扶苏认真说道：“梁将军是个人才，母后得空多提点他几次，希望他不要自误。”

王后看着他灵动、纯真的双目，又是微微一笑。那么多王子之中，也只有性情宽厚的扶苏才会说出这种话来。性情过于宽厚，对于绝大多数人而言自然是最大的弱点；然而对于将来的秦国而言，或许会是最大的优点。只是过分宽厚，便是妇人之仁。所以她又正色说道：“平日你要多去听听严相的课，他会教你为人处事之道。”

“驾……”

青藤剑院山门外的山道上，同时响起数声喝马声。数辆马车正向山门驶来，随着它们的到来，在它们后方，又陆续出现一些马车。

大约觉得互相避让太麻烦，不少乘客索性掀帘下车，朝着山门步行。他们都是和青藤剑院关系不错的修行之地的弟子，此时赶来，自然是为了观看青藤剑院一年一度的祭剑试炼。这是互相观摩学习的好机会，只是人数上面自然会有限制，一般只有学院最为看重的优秀弟子才有资格前来。

随着各个修行之地的弟子陆续到来，平日里清净的青藤剑院，一下子变得热闹起来。

青松剑院的徐鹤山和白云观的谢长生等人也赫然在列，不过这些年轻才俊之中，最为出名的却是来自影山剑窟的顾惜春。

影山剑窟与青藤剑院之类的修行之地相比，实力原本要更强一些，顾惜春又是影山剑窟这数十年来所公认的修行进境最快的弟子。他修行一个月便通玄，三个月便突破第一境，正式踏入第二境炼气境。此种速度，放眼整个长陵，除了极少数的那几个“怪物”之外，已经足够骇人了。

此刻他凝立在人群之中，谈笑风生之间，顾盼神飞。他身穿一件翠绿色长袍，容颜俊朗，双眉如剑，薄唇直鼻，哪怕并不展露境界，光是身姿便显得鹤立鸡群。

越优秀的年轻人便越自信，越骄傲。听闻周围的好友谈及此次祭剑试炼白羊洞也参加，又提及那个半日通玄，甚至有可能一月炼气的少年，他不以为然地微微一笑，说道：“半日通玄可能是机缘巧合，一下子感知到气海的存在，但是从第一境到第二境，这领悟炼气的奥妙，却毫无花巧。通玄快，并不代表突破到第二境也快，说是有可能一个月破境，但直到现在还没有动静，左右不过是白羊洞美好的念想罢了。”

听到他这么说，当下便有人半开玩笑半当真地说道：“顾惜春，你该不是因为自己做不到，所以才觉得那个酒铺少年也绝无可能做到吧？”

“你是觉得我妒才？”顾惜春脸上的笑容瞬间消失了，他没有恼怒，只是正色道，“我根本不在意这些，我在意的只是岷山剑宗的大试。”

此言一出，喧闹的人群便骤然安静下来。

不远处的徐鹤山、谢长生也停止了交谈，谢长生忍不住摇了摇头，微嘲道：“即便有这样的野心，也用不着公然说出来，以显示自己不凡。”

徐鹤山却是有些服气，轻声说道：“至少他有这样的心气。”

谢长生和徐鹤山觉得顾惜春有骄傲的资本，所以只是私下嘀咕两句，并不会公然驳了顾惜春的面子，然而在场诸生之中，有的是出身显赫，只是修为不如顾惜春的弟子。

短暂的沉寂过后，便有人忍不住了，轻飘飘地说道：“顾兄志向高远，吾等自然不及，但若是这白羊洞的丁宁真的能够一月炼气，并且接下来的修行速度也和安抱石、净琉璃那两个‘怪物’差不多的话，或许到了岷山剑会之时，他便是你的劲敌了。”

“是么？”顾惜春看着那人，微微一笑，说道，“左右我们闲着也是闲着，不妨来下点彩头，看看丁宁今日能不能破境吧！”

听闻此言，在场的人多数人都觉得没什么意思。因为直到昨日，丁宁还没有破境，以一日为期限，赌丁宁是否能够破境，获胜几率实在太过渺茫。

事实上，在场所有人都觉得丁宁根本不可能一月炼气，即便赢了，也没有多少彩头。

然而就在此时，一个略显稚嫩，但又有些桀骜不驯的声音却响了起来："好，既然这样，那我就押三枚云母刀币，赌丁宁今日能够成功破境。"

"嘶……"

山门前响起一片倒抽冷气的声音，所有人的目光都聚集到那人身上。

一枚云母刀币价值五百金，三枚便是一千五百金，拿这么多钱财作为赌注，这股豪气让在场大半弟子都惊呆了。诸生都以为出声之人在开玩笑，然而看清楚他是谁，看到他从袖中取出三枚刀币，所有人便明白这是真的。因为他是白云观的谢长生，谢家是关中巨富，别人赌不起这一千五百金，他却是赌得起的。

"你这是干吗？"徐鹤山一脸难以置信的表情。

"钱财乃身外之物。"谢长生撇了撇嘴，轻声回答道。

其实一开始顾惜春的态度，便让他觉得有些不快，所以一听顾惜春骄傲地约下赌局，他便按捺不住了。

"哦？"

见是谢长生，顾惜春眉头微蹙，便想搭话。然而就在此时，又有勒马声响起。

"谢长胜！家中的钱就不是钱么？"

"你以为你有权利毫无节制地随意挥霍钱财么？"

"你以为爹给你取了'长胜'这个名字，你就真的能够逢赌必赢么？"

……

愤怒的女声在山道上接连响起。

谢长生一个哆嗦，脸顿时煞白。

"这又是怎么回事儿？"

徐鹤山顺着众人的目光望去，只见一个高挑的少女双眼含煞，从停下的马车中掠了出来。这少女身材十分匀称，长着一张好看的瓜子脸，一头长发用一根碧玉簪子盘着，显得脖子更加细长了。

"她是谁？"徐鹤山看着身旁的谢长生，忍不住问道。

从少女青袍上的"太霄"二字，可以看出她是太霄离宫的弟子。历年来太霄离宫也在青藤剑院邀请的名单里，只是之前前来观礼的弟子数量比较少，所以众人没有见过这个少女。

“她是我姐，名叫谢柔，名字很柔，可是人一点儿也不温柔。”谢长生一脸苦相，轻声说道。

徐鹤山觉得有些不能理解，心想就算是长姐，也不用怕成这副模样啊。

“我打不过她，而且现在父亲让她掌管钱财，我要用钱，得从她手里支取……”像是知道徐鹤山的心声，谢长生又轻声补充了一句。

徐鹤山顿时释然了，对谢长生充满同情。毕竟见惯了谢长生挥金如土的样子，若是有一天，谢长生的日子也过得捉襟见肘，那可真是难受，说不定他会浑身不舒服，甚至影响修行进境。

“她喊你‘谢长胜’，又是怎么回事儿？”看着一脸怒意，越走越近的高挑少女，徐鹤山又将声音压低了一些，问道。

谢长生脸色更苦了：“我本名叫谢长胜……只是我觉得这个字太土，所以自己改了名字。”

“是够土的。”徐鹤山一怔，但旋即正色道，“不管多土，父亲起的名字，可不能随便改啊。”

“你还改名了？”听到徐鹤山的话，谢柔顿时柳眉竖起，一脸寒霜地看着谢长生，厉声喝道，“你好大的胆子！”

“我哪有……”谢长生脸色异常难看，强辩道，“这里谁不知道我叫谢长胜。”

听到这句话，徐鹤山嘴角微微抽搐，想笑却又不敢笑。从此之后，谢长生恐怕只能恢复本名了。

“是么？”谢柔一脸阴沉地看着这个不成器的弟弟，说道，“那你在这里大声喊两句，我叫谢长胜。”

之前的谢长生，现在的谢长胜顿时恼羞成怒了，叫道：“姐！你到底想干吗！不就是个赌注么，好歹丁宁能够半日通玄，我未必会输！”

“一个普通的市井少年罢了，听说他在之前的一场风波里还受了不轻的伤。”霸道的少女脸上浮现出讥讽的笑容，“若是这样也能一月炼气，那么我索性让他当你姐夫算了。”

“……”

山门口顿时沉寂了，所有人都哑口无言。这岂不是说倘若丁宁真的天赋惊人，她便会嫁给他？

常听人说关中女子多豪气，现在看来果然与众不同……即便只是一句教训弟弟的气话，但是从一个少女口中说出来，对长陵之人而言，还是太过惊人了一点。

“果然厉害，怪不得你很怕她。”徐鹤山用力咽了咽口水，忍不住在谢长胜耳边轻声说道。

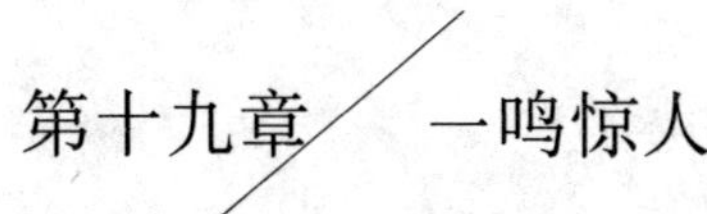

第十九章 一鸣惊人

“大师兄，丁宁师弟的修为到底……”

此时，在白羊洞，有不少师兄弟围住张仪，向他打听有关丁宁修行的事情。

“很难。”张仪忍不住看向隐藏在山峡内的草庐所在的方向。

他明白这些师兄弟的情绪，知道他们对丁宁的期待，但还是实话实说道：“他在月中打开了玉宫，按照五气运行的速度，除非他的修行进境平稳到了极点，而且和半日通玄时一样，在破境上没有多少障碍，才有可能在今日突破到炼气境。”

听到张仪的解释，这些弟子都多少有些失望。

寂静的草庐里，丁宁正在平静地修行。

他气海深处的玉宫已经被五彩的元气彻底点亮，而此刻流动在他气海之中的五气，已经从玉宫往上流淌，形成一根气柱，以异常稳定的态势，缓缓朝着气海顶端那个最明亮的空间靠近。这个最明亮的空间，便是天窍。

很明显，气柱的顶端距离明亮的空间，唯有一步之遥。眨眼之间，就连这最后一点距离，也在气柱缓慢而稳定的移动下，渐渐消失了。

丁宁的身体微微一震，气海、玉宫、天窍彻底贯通。五气如同瀑布一般，从天窍中流淌而下，川流不息。

没有任何迟滞和阻碍，在念力的牵引下，正在进行周天运行的一部分五气，开始以玄妙的方式凝聚起来。

一些与体内五气相比要沉重很多倍的乳白色真气开始生成、沉淀下来。气海也发生了改变，渐渐被这种真气充斥。

这便是炼气境。

尽管就连一直对他青睐有加的张仪大师兄，都对他的破境没有信心，但是对他而言，这却是水到渠成的事情。

在这个云淡风轻的午后，当很多人还在为此事争论不休的时候，他却悄悄地破境了，成功做到了一月炼气。

他的气海被凝聚出来的真气充斥着，随着真气开始浸润身体，一股鲜活的气息从他的身上散发出来。就像一朵幽兰，在静谧之处缓缓绽放。

李道机此刻正站立在草庐外的韭菜地前，虽然无法感知丁宁身体里的变化，但他最清楚丁宁的修行状况，知道丁宁的修行进境极其平稳。这种平稳，让他始终有所期待。

此刻，他看着天上的云朵，突然感受到草庐中散发出一股鲜活的气息，顿时明白了什么，脸上露出罕见的笑容。

他双足在地上轻轻一点，直接朝前方跃了出去。他的身影穿过白云，落在白羊洞的山道上。

平日里他也常以这种方式飞掠，只是这一次显然有些激动，跳跃的幅度有些大，落下的高度有些惊人。

“砰砰砰”，落地声在山谷里不断回响。

很多人注意到他的异样，张仪正往山下走去，抬眼看到他脸上异样的神色，想到了某种可能，身体莫名地颤抖起来。

“李道机师叔……”他连忙揖手为礼。

不等他询问什么，李道机便朝着他点了点头，说道：“他破境了。”

“这可……”虽然心中已有准备，但是真的听到这句话时，张仪还是惊喜得差点儿从山道上跌了下去。

“这可真是太惊人了。”数息之后，声音还有些发颤的他才彻底回过神来，说出一句完整的话来。

“丁宁真的破境了？”

"丁宁真的从第一境突破到了第二境？"

"丁宁竟然真的一月炼气了？！"

此刻，几乎所有白羊洞弟子都走了出来，为这个好消息激动着、欢呼着。

"真的？"

就连在最高处小道观里打坐的薛忘虚都感觉到了异样，他睁开眼睛，瞬间明白发生了什么。

"唉哟……"

一声痛呼传来，他扯断自己数根胡须，以验证自己此刻不是在做梦。

日已偏西，晚霞渐浓。

青藤剑院正在准备迎接观礼诸生的晚宴，此刻，二十余个修行之地的弟子都已到齐，聚在青藤剑院某个石殿前的空地上，场面颇为热闹。

南宫采薇坐在徐鹤山、谢长胜身旁，让谢长胜畏惧的亲姐谢柔，也紧挨着谢长胜坐着。谢长胜苦着脸，时不时地接受几句训斥。

"到现在那个酒铺少年都没有一点动静，你还敢和别人打赌么？"

"不知道你是怎么想的，就算你不知银两得来不易，也应该多为家里想一想，干吗跳出来和顾惜春抬杠？先不说顾惜春有可能进入岷山剑宗学习，即便他在岷山剑会上失利，以他现在的修为进境，将来也必定有不错的成就。做生意讲究的是和气生财，就你最会惹是生非，若不收敛，将来肯定到处树敌。"

"家里给你钱财，是让你用在修行或者游历交友上，不是让你给那个酒铺少年……"

谢长胜显然早已习惯谢柔的管教，再加上经济命脉也掌握在她手里，所以只能装作充耳不闻。然而一旁的南宫采薇听到谢柔一口一个"酒铺少年"，眉头却渐渐挑起。

"听闻你立下赌约，若是丁宁能够一月破境，你便让他做谢长胜的姐夫。"看着俏脸上尽是严厉神色的谢柔，她忍不住插嘴道，"谢长胜还有其他姐姐么？"

"他只有我这一个姐姐。"听出南宫采薇的话外音，谢柔豪爽地一笑，说道，"采薇妹妹，别说他只有我这一个姐姐，即便是还有其他姐姐，这种大事，我难道还能替别人做主不成？"

南宫采薇想到丁宁的身体状况，又想到父亲迟迟未有丹药的回音，心中燥意更浓，板着脸说道："那么你是认真的？倘若丁宁真的一月炼气，你便非他不嫁么？"

徐鹤山有些愕然，心想难道真的是秋高物燥，连人都容易毛躁，怎么连南宫采菽说话也分外冰冷，夹枪带棒的？

看着南宫采菽冷冷的面容，谢柔微怔，但旋即不在意地笑道："谁不知道我谢家做生意都是一诺千金，我虽非男儿，但也绝不出尔反尔。"

谢柔的回答铿锵有力，周围的人自然都听见了。

不远处的顾惜春本来正潇洒地自斟自饮，见到这种场景，不由得连连摇头。

就在此时，沉重的脚步声响起。有人快步冲来，似乎控制不住脚下的真气，行走之间，竟卷起大片尘土。

南宫采菽微微皱眉，顺着脚步声望去，发现来人却是师兄向邈。

这向邈比她早一年入门，性情忠厚，平日里行事比她要沉稳得多，但现在却是一副惊慌失措的姿态。她不由得开口问道："向师兄，发生什么事了？"

"一……一……一"满脸通红、呼吸急促的向邈情绪太过激动，连说了三个"一"字，却如鲠在喉，再也说不出话来。

南宫采菽的眼睛骤然发亮，她呼吸一顿，下意识地脱口而出："难道丁宁真的一月炼气了？"

场间诸生听到这句话，骤然僵住了，都瞪大了眼睛。

向邈剧烈地呼吸着，郑重地点了点头。

顾惜春带着嘲弄的神情瞬间凝固在脸上，心中被一股莫大的震惊充斥着，整个脑袋都嗡嗡作响。

"这是真的？"

一声响亮的惊呼从谢长胜口中发出，打破了这片死寂。

向邈再次点头，终于艰难地说道："刚刚白羊洞传来消息……丁宁已经破境成功，到了炼气境。"

顾惜春的脸色有些发白，手指微微震颤着。他不需要再去求证什么，在进来之前，向邈肯定已经仔细求证过。

然而此刻没有人注意到他的脸色，所有人的目光都不由自主地聚集在谢柔身上，他们都想知道她会说些什么。

谢柔面色惨白，睫毛不停颤动着。先前的霸道、严厉不见了，瞬间变成了格外娇柔、可怜的少女。

南宫采薇更加高兴了，忍不住想放声大笑。然而下一刻，谢柔又恢复了往日的刚硬，她的嘴唇还在微颤，脸上的线条却变得冷硬起来。

“我关中谢家一诺千金，说话自然算话。既然丁宁真的一月炼气，我自然会信守诺言，非他不嫁。”

所有人都想看她的笑话，就连她的亲弟弟谢长胜也不例外，然而此话一出，大家反而都被她震住了。

“铮”的一声，她拔出腰间长剑。

她的剑宽厚、沉重，完全不像是女子常用的佩剑。剑身和剑锋都是灰黑色，笔直的剑脊却是明亮的白色。这黑白分明的长剑，无论是剑柄，还是剑身的样式、尺寸，甚至是剑鞘，都最合乎关中地带制剑的礼制和规格。

“唰”的一声轻响，长剑轻轻划过冰冷的空气，一缕黑色秀发飘落在她手中。

“关中谢家长女谢柔，在此立誓。”她清冷的声音再次响起，此时听来，格外摄人心魄。

所有人再次震惊无言，谁也没有想到，她的性情会如此刚烈，竟然当众立下重誓。

青藤剑院为诸院弟子准备的晚宴十分丰盛，而且于修行大有裨益。

酒是用附近山上的青菩果所酿，可以补气延年；五谷杂粮之中加了一些罕见的药草，可以强身健体。

主菜是寒蛟肉。寒蛟是出没于寒潭之中的一种蛟龙，这可是真正的稀罕之物，数名六境之上的修行者共同联手，才有可能将其击杀。它全身是宝，蛟角和蛟丹价值最高，其次是蛟骨和蛟皮，最后才是蛟肉。然而即便是蛟肉，也因为蕴含不少对修行者身体有益的元气，所以往往有市无价，一般的修行宗门根本求之不得。

不过，梧桐落的晚餐则十分简单。当丁宁推开酒铺虚掩着的大门，迎接他的只是一盘腊肉炒白菜而已。菜显然刚刚才端出来，还有热气在升腾着。

丁宁看着坐在桌子旁的长孙浅雪，脸上露出温暖的笑意。他坐了下来，开始吃饭。

“今天你比平时要早一些。”长孙浅雪看着他，说道。

丁宁“嗯”了一声，边吃边说道：“明日就是青藤剑院的祭剑试炼了。”

“这么赶来赶去，你不嫌麻烦？”长孙浅雪不知想起了什么，原本还算柔和的面容忽然变得有些寒冷，“你根本不需要每日赶回来。”

"可是不回来，我真的睡得不安心。"丁宁看着她，认真说道，"我倒是不嫌麻烦，可是李道机嫌麻烦，今日我要回来，他便派了三辆马车跟着……所以我决定，祭剑试炼夺个好名次之后，我便提出请求，今后大多数时间可以在外面修行，这样一来，我便自由多了。"

长孙浅雪冷笑道："以你现在的实力……根本就不应该想着名次，而应该想着怎么保住自己的性命。"

丁宁将饭碗里所有的饭菜扒完之后，才说道："我之所以一定要拿名次，是因为我确实需要那股灵脉，当然，还有你的关系。"

长孙浅雪眉头微蹙："我的关系？"

"因为青藤剑院最重要的奖赏，竟然是青脂玉珀。你应该知道，它不仅在我们从第三境到第四境破境时能起到不错的功用，还能让我们更好地接纳一些本命物。"微微顿了顿之后，丁宁加重了语气，接着说道，"这对你而言尤为重要。"

长孙浅雪沉默了片刻，没有任何情绪地说道："你和你的师尊的确不同，他只为自己考虑。"

丁宁呆住了，在和长孙浅雪相处的这些年，除非十分特别的时候，否则她绝对不会主动提及"那个人"。而且虽然此刻她的脸上没有什么明显的情绪，但是他却感觉到她眼眸深处似乎隐藏着什么。

他的身体不自觉地一震，想到今日对长孙浅雪而言意味着什么。

人的一生有很多特殊的日子，比如第一次相遇，比如一别之后，再会无期……只是这些于自己而言十分特别的日子，别人或许根本不会知道，也不会记起。

丁宁身体微僵，轻声问道："'那个人'真的只为自己考虑么？"

"至少在别人看来是这样。"长孙浅雪看着摇曳的烛火，说道，"他确实只为自己的想法而不择手段。"

深秋已至，距离初雪似乎只差一线。

峡谷里那些高大的乔木，如今只余下最后几片黄叶，它们孤零零地挂在枝头，从高处往下看去，这山林便少了许多阻碍。

眼下落英缤纷，既可赏山林间的野菊，又可赏剑，的确是适合观礼的好时光。

清晨，所有青藤剑院弟子，以及前来观礼的弟子都早早洗漱完毕，静待白羊洞弟子到来。

然而率先打破这种寂静的，却不是白羊洞的马车，而是一匹狂奔而来的骏马。

骏马上风尘仆仆的短发男子，身穿一件黑色武将官服，胸前赫然是一头威武的斑斓猛虎。距离山门还有数十丈之遥时，他似乎嫌马跑得太慢，直接飞身而起，几个起落，便来到山门口那块石碑前。

“我有事要见南宫采薇，烦请通传！”

看到准备接引白羊洞人马的数名青藤剑院弟子，这一脸风霜的冷峻男子简单有礼地说道。

“有军中的将领要见我？”

在内院安静等待着的南宫采薇在接到消息的瞬间，便想到了某种可能，心脏剧烈跳动起来，几乎一路狂奔着，冲到青藤剑院山门口。

“华青锋叔叔？”看到山门口站立着的短发男子，她更是直接惊呼了起来，“你怎么来了？”

“还不是因为你的信笺比长陵的军令催得还要急。”

看到有些惊讶的南宫采薇，短发将领微微一笑，从怀中掏出一个玉盒，递到她的面前：“这颗丹药有些霸道，你父亲生怕你不够重视，正好我到长陵处理军务，所以顺便当面向你交代一下。”

南宫采薇呼吸微顿，接过玉盒的瞬间，手心里竟密密出了一层汗：“到底是什么丹药，需要您亲自来一趟？”

“是韩国黄庭丹宗的黄庭金丹。”华青锋收敛了笑容，严肃说道，“黄庭丹宗在韩国灭亡前没有多少名气，但炼制的丹药大多走旁门左道，都是异常暴烈的东西。这颗黄庭金丹提升修为进境的效力十分惊人，足以让刚入第二境的修行者直接突破到中品伐骨后期。只不过药力极其驳杂，到真元境之后，真元或许没有那么纯净。”

南宫采薇犹豫了一下，修行者体内有许多杂质无法排出，便会带来很多后继问题；真元不够纯净，更是会对力量产生影响，无形之中，所修的功法就会降了品阶。

“这颗丹药对于正常的修行者而言，肯定劣处更多，所以你父亲十分担忧，让我来看看你是否真的只是用于交易，而不是自用。”看着南宫采薇润泽的肤色，华青锋神情略微轻松了一些，接着说道，“现在亲眼看到你，他和我也能放心了。”

“正常的修行者……”

南宫采薇心中本来犹豫不决，听到华青锋这句话，却骤然平静了下来。她想到丁宁的身体，想到他已没有多少时间，便不再多说什么，点了点头，然后打开手中的玉盒。

玉盒里面有一个白色蜡块，蜡块中心是一颗龙眼大小的黄色丹丸，看上去很有弹性，但是又给人一种沉重之感。

南宫采薇与华青锋寒暄了几句，目送他放心地离开，这才回到青藤剑院。

她始终将这个玉盒牢牢抓在手心，随着时间的流逝，她的心情越来越激动、紧张。

数列马车缓缓穿过山间薄雾，出现在青藤剑院门口，白羊洞的人终于到来了。

走在最前面的是李道机，他身后紧跟着的是张仪和苏秦，薛忘虚和十余名白羊洞教习反而走在最后面。

身材并不出众的丁宁处在一大批白羊洞弟子中间，然而无数人的目光，却自然而然地聚集在他身上。

那个看上去如此瘦弱、稚嫩的少年，竟然就是一月炼气的丁宁？他如此普通，根本不像那些“怪物”一样，天生便带着某种神光……这样的人，怎么能够做到一月炼气？

无数细微的议论声响起，负责此处事宜的端木炼脸色也有些难看起来。

这是并入青藤剑院之后，白羊洞诸人第一次进入青藤剑院，在他原先的想象之中，作为失败者的他们应该是一副臣服的姿态。然而此时，因为有了薛忘虚之前展露的境界，因为有了一位一月炼气的弟子，白羊洞诸人却反而有了一种反客为主的气势。

狄青眉显然对此早有预料，所以一切从简，根本不关心环节，只是在后山等待着。

眼看白羊洞诸人越来越近了，徐鹤山忍不住转头看向谢柔，想看看她会有什么反应。然而谢柔却十分镇定，脸上并没有特别的表情。谢长胜却突然往前走出数步，直接对着人群中的丁宁行了一礼，亲热地叫道：“姐夫好。”

本来气氛就已经很怪异了，谢长胜突然做出这种举动，就连李道机都彻底愣住了。

丁宁自然认得谢长胜，只是他并不知道昨夜发生的事情，所以完全摸不着头脑，左右看了一下，伸手指着自己，对一本正经的谢长胜说道：“你是在对我说话？”

“当然。”谢长胜一副恭谨有礼的样子。

场间一片哗然。

徐鹤山和南宫采薇愕然对望，心想难道这姐弟两人已经达成协议，今日竟然真的要提及婚嫁之事了？然而谢柔的脸却涨得通红，似乎又不像是约好了。

丁宁有些茫然，他注意到人群里的南宫采薇，用求助般的眼神看着她，想要弄明白到底是怎么回事儿。

“昨日我姐姐当众立誓，倘若你能一月炼气，她便非你不嫁，所以你自然是我姐夫了。”谢长胜解释道。

“玩笑罢了，岂可当真？”丁宁怔了怔，旋即哭笑不得地说，“这个玩笑开大了。”

“这不是玩笑。”一个清冽的女声响起。

全场一片肃静，所有人的目光都聚集到谢柔身上，大家都想看看这件事会如何收场。

丁宁愣愣地看着谢柔，此时她脸上的红晕已全部褪去，肌肤胜雪，娇美无匹。

谢长胜悄然退到徐鹤山和南宫采薇身侧，脸上充满幸灾乐祸的神色。

“你这是做什么？”徐鹤山觉得难以理解，连忙轻声问道。

“我是故意的……”谢长胜压低了声音，得意地说道，“婚姻大事岂可儿戏，别说丁宁根本不会同意，就算他同意了，这婚嫁之事，岂是她能做主的。父亲绝对不会同意她这般胡闹……闹得凶了，说不定会把她抓回去。这些年父亲觉得她稳重，把大权都交给她，我处处受她管制。这下好了，我终于可以扬眉吐气了……”

“……”

徐鹤山一时哑口无言，过了一会儿，南宫采薇才憋出一句话来：“你竟然为了一己之私，将姐姐推到这风口浪尖上……她到底是不是你亲姐姐啊？”

“她教训我，限制我日常花销的时候，也不知道有没有当我是亲弟弟。我挨的十次揍里，至少有九次是她在使坏。”谢长胜撇了撇嘴，说道，“这次又不是我的错，是她自己胡闹，理应让她吃点儿亏，长长记性。”

“你还真是幼稚。”南宫采薇深吸了一口气，感慨道，“幸亏我没有你这样的弟弟，否则我肯定也天天打骂他。”

丁宁微微蹙起眉头，长孙浅雪说得不错，这长陵充满恩怨，只要一只脚踏进去，便会纠缠无数恩怨，恩怨都难以理清了，倘若再扯上什么情债，就更麻烦了。

他正不知该如何开口，谢柔却坦然说道：“我已削发为誓，这里的人都可以为我作证，所以此事并非玩笑。”

丁宁的神情也严肃起来，用唯有他和谢柔才能听见的声音说道：“我明白你重视家门声誉和承诺，只是我们素未谋面，为了一个别人未必当真的赌约就私定终身……这是不是太过偏执了？而且我听闻谢家不是普通人家，你这么做，家里未必会同意。”

谢柔看着他平静、严肃的眼神，心中莫名平和了许多。这少年的确有些不凡，至少没有令她太过失望。

“一言既出，金玉不移。”她轻声说道，“我自然有办法让家里同意。”

丁宁眉头皱得更深了，微垂下头，目光不由得落在那柄末花残剑上。不知为何，谢柔认真的眼神，让他莫名地想到了这柄剑的主人。

“关键在于你的态度。”谢柔微微犹豫了一下，眼神再度变得坚定起来，真挚地说道，“虽然我们只是第一次见面，但是你这份波澜不惊的心性，让我很是赞赏。感情可以慢慢培养，希望你不要觉得此事太过唐突，也不要有门第之见。”

丁宁越来越觉得谢柔和末花剑的主人有相似之处，如果说冥冥之中自有天意，那么他十分不喜欢这种巧合。他深吸了一口气，心肠硬了起来，断然拒绝道：“这不可能，我不会接受你，所以此事不要再提。”

谢柔脸色有些苍白，她倔强地咬着嘴唇，一时没有说话。

丁宁再次表明态度：“我绝对不会娶你，所以我们就当这件事从未发生过吧。”

谢柔眼眶微红，胸部剧烈起伏着。她毕竟只是个少女，作出这种决定，也不知用了多大的勇气。她深吸了一口气，待心情平复之后，对着丁宁深深行了一礼。

“这件事是我不对……你可以不娶，但是我却不能不嫁。”说完这句话，她便转身离去了。

丁宁的心骤然一沉，这句旁人无法理解的话，他却能明白其中深义。看来，她比他想象中还要固执。她不逼迫他娶她，但是今生今世，她一定要嫁他。所以他不娶，她便不嫁，除了他，她心中再也装不下任何人。

这似乎很可笑，但是丁宁此刻却怎么也笑不出来。

“其实她是良配。”李道机原本一直保持沉默，现在却忍不住说道，“关中谢家富甲一方，对你将来的修行有很大帮助，她的相貌品行也还不错，我建议你认真考虑一下。”

“有您这么做师叔的么？”丁宁恼火地说道，“您就不要添乱了，我才多大，就急着谈论婚嫁之事……大好风光我还没……”

李道机打断了他的话：“大好风光可以慢慢欣赏，但有些人一旦错过就不在……”

丁宁有些恼羞成怒了：“师叔，您身为长辈，不帮着劝解她放弃这个念头也就算了，还要火上浇油么？你又不是看不出她那股烈性……您要是真的喜欢，让她嫁给您好了。”

李道机很少见到丁宁露出气急败坏的神情，不由得微微一笑道：“我倒是想娶啊，可惜她看上的不是我。”

丁宁顿时为之气结。

“姐，这件事我办得不错，算是让你和姐夫正式见礼了吧？”看着向自己走过来的谢柔，谢长胜故作诚恳地说道。

谢柔面色如常地看了他一眼，说道：“幼稚。”

听到这两个字，谢长胜心中的得意骤然化为乌有。

徐鹤山和南宫采菽却对谢柔莫名有了些好感，两人看着谢长胜，异口同声地轻叹道：“交友不慎啊。”

第二十章 适者生存

对于谢长胜上演的这场闹剧，端木炼和青藤剑院的一些师长心中自然有些不快，一想到历来十分庄重的祭剑试炼竟被这种气氛破坏了，他们的脸色便颇为难看。

“狄院长早已在后山候着，祭剑试炼随时可以开始。薛洞主，你们是要先休息一下，还是现在就过去？”端木炼竭力控制好情绪，迎上前去，遥遥对着薛忘虚行了一礼。

看到须发皆白的薛忘虚，所有年轻才俊心中微微一寒，立时惊觉这个老人已是令人仰望的第七境修行者了。

“我只是个风烛残年的老人，随便跟过来看看，有什么事儿找李道机就好了，不用问我的意见。”薛忘虚微微一笑，说道。

“若真的是随便来看看，那就好了……青藤剑院何至于因为顾忌你的修行境界，束手束脚……”端木炼满腹牢骚，面上却依旧拘谨有礼，对着李道机轻轻颔首。

“修行者不必拘泥于小节，现在就过去吧。”李道机心情不错，嘴角依旧留有一丝笑意。

“那便即刻出发。”

端木炼也不想多说什么，吩咐参加试炼的弟子走在一起，超过年限无法参加试炼的弟子和外院观礼的弟子则跟在后面。

“端木老师。”正在此时，一个弟子却突然叫道，“何朝夕不在。”

听到这个名字，一直阴沉着脸的顾惜春，眼中顿时射出冷厉的寒光。他知道素未谋面的何朝夕是一个值得注意的对手，将来在岷山剑会或许会对他造成威胁。

端木炼微微一怔，若是寻常弟子此时还未来集合，他必定恼怒至极，然而没来的是何朝夕，他的脸色反而好看了几分。

“何朝夕！”他转身对着殿宇深处长啸一声。

数息之后，有破空声响起。一个身材匀称，身穿单薄青衫的冷峻少年，从数间石殿之上飞掠而来。

他的身上始终有白气在蒸腾，衣衫却十分干燥清爽，显然这白气不是汗水，而是因为他的体温融化了周围的白霜才产生的。体温如此之高，说明他刚刚修炼完毕。

想到那些有关此人刻苦修行的传闻，顾惜春的眼神更冷了。

“他就是何朝夕，除了吃饭如厕之外，他几乎把所有的时间都放在修行上，就连祭剑试炼这种大日子，也一刻都不肯放松。”丁宁身旁响起南宫采菽的声音。

“在试炼中能避开他，你就尽量避开他。”趁着大家的目光都停留在飞掠过至的何朝夕身上，南宫采菽将一直握在手中的玉盒塞给丁宁，“这是我父亲设法找来的丹药。”

丁宁一愣，感到有些意外。

“这是黄庭丹宗的黄庭金丹，它提升修为进境的效力很惊人。如果现在服用，可以直接让你突破到中品伐骨后期，但是会带来很多不利的影响，服用之后，真元可能不会那么纯净。”南宫采菽在他耳边轻声说道，“你最好等祭剑试炼之后，彻底了解清楚它的利弊，再决定是否服用。”

丁宁点了点头，他虽然没有听说过这种偏门的丹药，但是他很清楚有这样一颗丹药在手，他在祭剑试炼中获得名次，便又多了几分把握。

看着飞掠而至的何朝夕，端木炼心中渐渐一片火热。

何朝夕所修的枯荣诀，是青藤剑院最强的修行法门，而且他对剑经的理解，也非众多青藤剑院和白羊洞弟子所能相比。今日这个各方面都极其出众的少年，必定会绽放出耀眼的光彩，大扬青藤剑院之声威。

“平时抓紧时间修行也就是了，现在这么多人都在等着你，实在有失礼数。”端木炼表面呵斥了一句，脸上却看不到严厉的神色。

何朝夕并不多言，只是躬身致歉，静静站到一个青藤剑院弟子身侧。他身前不远处，有一个神情拘谨的青藤剑院弟子，不自觉地紧握着怀中的剑柄，此人正是墨尘。

阳光渐烈，晨雾渐渐散去。

所有人跟随在端木炼身后，穿过整个青藤剑院，向后山天竹峰走去。

祭剑峡谷在天竹峰之下，对面是略微低矮的铁剑岭，青藤剑院便坐落于这些山头之间。

山头之间的距离超过百丈，青藤剑院的先祖们用绳索牵引，引藤蔓缠绕，经过数百年的时光，绳索和藤蔓首尾相连，紧紧缠绕在一起，竟形成了十余道可容马车通过的藤桥。

藤桥中央建有宽阔的观景台，观景台边缘甚至种植了一些灵草鲜花。远远望去，如同空中楼阁，呈现出一派秀美的仙府景象。

此刻，青藤剑院院长狄青眉，站在靠近天竹峰的一处观景台上，青衫飘飘，直欲飞去。

看着拾级而上的端木炼和李道机等人，他的目光没有任何停留，开始在人群中搜索丁宁的身影。想到丁宁竟然真的一月炼气，他的眉头便微微蹙起。然而在他心中，即便丁宁天赋惊人，也只不过是一头没有多少威胁的幼兽。这只幼兽能否长成，还是未知之数。眼下他真正担心的，是那头垂垂老矣，爪牙却分外锋利的凶猛老兽。

他面容肃穆，眼神犀利，遥遥对着薛忘虚揖手为礼，朗声说道："白羊、青藤合而为一，此次祭剑试炼，气韵大不相同。薛洞主又已到第七境，实乃两地之荣耀。"

听闻这一句开场白，谢长胜忍不住轻声嘀咕："这院长倒也聪明，白羊洞归入青藤剑院，便再无白羊洞之称，换了别人，恐怕会绝口不提白羊。此刻他却在言语上竭力避让，反正今后白羊、青藤归他管理，只要切实有好处，一时的忍让也算不得什么。不然真闹起来，以薛忘虚的修为，说不定会让他灰头土脸。"

薛忘虚微微一笑，说道："狄院长客气了，我现在只是一个闲散老人，不过来看看热闹而已，有什么要事，吩咐李道机处理便是了。"

这话听上去很客气，但是落在狄青眉耳中，却别有一番滋味。凡事找李道机即可，意思是从今往后，李道机竟要和他平起平坐么？想到这一点，他心中大怒，面上却不动声色。

"祭剑试炼是我们青藤剑院的传统，我院开山祖师祈临风，便是在今日破境，成功进入第六境本命境，并凝练了本命剑——青藤木剑。所以每年今日，我们便会举行祭剑试炼，以此来纪念先祖。胜出者不仅可以获得院中宝物，还有机会去外院或者其他修行之地历练。"狄青眉直接进入主题，"修行者不拘小节，却讲规矩。接下来，便由端木炼详解此次祭剑试炼之规则。"

“祭剑峡谷已在我们脚下，此处遍植青藤，且布置了我院独有的青藤法阵，出路难寻。青藤看起来虽然一样，但其中一些会攻击修行者，甚至还有一些力量超过炼气上品修行者的藤王。若是被它们缠上，无法挣脱之时，千万不要惊慌，停止一切动作，它们便不会继续攻击了；否则会越缠越紧，一旦解救不及，便有性命之忧。”

“所有参加试炼的弟子必须从我们划定的入口分散进入，穿越整个峡谷，到达另一端的出口。禁止两人以上结伴同行，若是不小心相遇了，要么立刻逃离，要么凭战斗决出胜负。”

“穿越峡谷以三日为限，每日都有一个区域任务。每日正午时分，我们会以狼烟为信号，提醒各位必须准时到达指定区域，完成任务，然后你们要在那个区域停留至午夜，午夜之后才可继续赶路……”

端木炼清晰而大声地讲解着，这些规则丁宁之前都听过，但他依旧听得非常认真。

“因为今年参加试炼的弟子数量比往年多出一倍，所以难度也略有增加。每个弟子身上都带有一枚令符，每日至少参加一次战斗，抢夺一枚令符，否则就算到达指定区域，也会被淘汰。休整区域也没有现成的食物，需要吃东西补充体力，必须自行捕猎，不过有些兽类实力不弱，捕猎之前必须自己权衡清楚。”端木炼继续解说道。

此话一出，场间顿时议论纷纷。

“这对修为境界不高的弟子很不利。”听到和以往略有不同的规则，南宫采薇转过头去，有些担忧地看着丁宁，说道，“对你更为不利，你修炼时间尚短，又没有经过多少身体的练习，更容易消耗体力。既要每天战斗，又要消耗体力寻找食物……越到最后，体力就越跟不上。”

“这种规则对于何朝夕这样综合素质都很强的修行者，当然更加有利，但是谁也不能说它不公平。”丁宁点了点头，轻声说道，“因为这种试炼本身，便是为了挑选出综合素质最强的弟子。”

南宫采薇沉默了，有时候所谓的规则和公平就是这样，表面看上去对所有人都一样，实际上却偏向于某一类人。

“有规则便有应对的方法。”丁宁看出她心中不快，真挚地说道，“我们生在满是规则的世间，便要设法在规则之下生存。”

“姐，这种规则似乎对姐夫很不利啊！”谢长胜欠揍般问道，“对了，你觉得姐夫怎么样？”

“很好。”谢柔并没有生气，像是看穿了他心中把戏一般，讥讽道，“我对他有信心，他应该能够进入前三。”

谢长胜愣了片刻，愤懑地嚷道：“你这变化也太快了吧？一开始我对他有信心，想把赌注押在他身上，你却看不起他。现在你怎么反而比我还有信心了？他才刚入炼气，白羊洞有张仪、苏秦，青藤剑院有何朝夕、南宫采薇，他怎么可能进入前三？”

“之前我没有见过他，所以才下了这样的论断。”谢柔信心满满地说道，“现在我亲眼见过他了，结果自然不一样。”

谢长胜反问道：“哪里不一样？”

谢柔深深地看着远处的丁宁，说道：“他的眼神充满信心……不然怎会如此晏然自若？我四岁起便在家中众多商号见识各种交易场面，阅尽形形色色的生意人，我确定我不会看错。”

谢长胜用手拍着额头，郁闷地说道：“这是做生意么？”

“道理是一样的。”谢柔看着他，摇了摇头说道，“你太小了，很多道理还不懂，将来或许能明白。”

谢长胜气得脸都白了：“我哪里小了？！”

谢柔讥讽道：“小肚鸡肠！”

“你……”谢长胜气得直哆嗦，一时再也说不出话来。

“你个小屁孩儿懂什么，你先别得意，此事我自然会跟父亲解释。”谢柔面目严肃起来，看着谢长胜，意味深长地说道，“再说了，我只是个小女子，家里的担子本就不需要我来挑。即便我胡闹一些，父亲也会由着我，但是你不一样，你是个顶天立地的男儿。”

谢长胜深吸一口气，怒声说道：“你不要老是这副教训人的口气好不好？”

谢柔脸上散发着清冷的光辉，挑衅般看着谢长胜，说道：“要想不被我教训，至少得在修行上超过我，打得过我再说吧。”

谢长胜脸色微白，握紧拳头说道：“我一定会超过你。”

谢柔笑了：“那是最好，否则将来若是连骊陵君的一个门客都打不过，那才丢人呢。”

谢长胜垂下头，不再说话，而此时端木炼已将祭剑试炼的规则全部讲解完了。

绝大多数人的目光再次聚集在何朝夕身上。

所有参加祭剑试炼的弟子里面，何朝夕、张仪和苏秦修为最高，都在第三境中品之上。张仪和苏秦可能更接近第三境上品，但是差距不会太大。论体力，显然花了大量时间在修身上的何朝夕要强一些，而且他的青藤枯荣诀或许会有想象不到的妙用。

在此种规则下，何朝夕自然是最有希望获胜的人。然而墨尘却不这么想，他知道自己在这场祭剑试炼里，一定会让所有人都感到意外。

参加祭剑试炼的弟子开始沿着山道，朝祭剑峡谷的入口行进。

没有人检查他们身上是否私藏了食物，因为在接下来的三天，他们会因为阵法遮掩而遭遇各种艰难险阻，但上面的观礼者却可以在悬空的平台上，将他们的一举一动看得一清二楚。

丁宁走在队伍中间，往下的山道越来越宽，不一会儿，一片落差有十丈左右的断崖出现在他们面前。断崖上有上百根青色藤蔓，直达峡谷底部。

即便没有参加过祭剑试炼，丁宁也猜测出来，参加试炼的弟子便是通过这些藤蔓落入峡谷。只要略微有一点时间差，下方的法阵自然就会将他们隔开。

端木炼严肃地说道："每人挑选一根藤蔓，前后隔二十息时间。"

"你要小心。"南宫采菽有些担忧地对丁宁说道，"不要心急。"

丁宁知道她这句话的真正含义是什么，微微一笑，说道："你也一样，打不过就跑，这种长时间的试炼，谁也不知道最后会发生什么。"

南宫采菽回味着丁宁这句话的意思，见前方的弟子已依次滑下，问道："你先还是我先？"

丁宁说道："我先好了。"

南宫采菽认真说道："希望你能一直领先。"

丁宁微微一笑："承你吉言。"

他慢慢蹲下，双手抓住藤蔓，一跃而下，然后双腿紧紧夹住藤蔓，缓缓滑落。

看着他的身影渐渐没入下方山林之中，南宫采菽眼中充满深深的担忧。丁宁此刻的动作，与其他修行者相比，显得太过笨拙。

然而对于丁宁而言，最困难的恰恰是尽量让自己显得笨拙一些，不让那么多观礼者看出他太过敏捷。毕竟今日的战斗不比那晚在梧桐落长巷里的生死之博，他无法做到肆无忌惮。

他的双脚平稳落地，开始打量起周围的景象。

从上往下看，这个长满各种巨藤的峡谷非常清晰，只是被众多小树丛和巨藤分割出无数迷宫般的通道。然而当他踏上峡谷底部松软的土地，却看到周围弥漫着薄薄的雾气。

这雾气并不是普通的白雾，而是泛着一种诡异的青色。而且它对于看远处的东西似乎没有多少妨碍，只不过有着奇异的折光效果，使得周遭的一切都有些朦胧和微微的扭曲。

周围的藤蔓似乎也截然不同了，从上往下看时，树木和藤蔓之间还有些空地。然而现在树木和藤蔓紧紧交织在一起，密不透风，只留下一些拱门般的通道。

丁宁耳中一片寂静，听不到任何声音，看来法阵还有隔音的作用。这样一来，便很难通过声音去躲避和追击敌人，遭遇战斗的概率大增。当然，捕猎兽类的难度也大增。

按照端木炼之前所讲的规则，进入峡谷之后，必须马上离开，否则便算违规，所以丁宁开始动步，朝着前方一个拱门般的缺口走去。

他微微闭上眼睛，开始静心感知周围的一切。

他感觉到这里的天地元气很紊乱，就像有无数柄乱剑在不停地穿梭着。再加上周围的青藤吸收和释放的一些独特元气的干扰，便很难找到通道。

这种布置，对于第六境之上的修行者来说毫无用处，他们完全可以用体内蓄积的真元，直接开辟一个连接阵外天地的元气通道。然而对于丁宁这种境界的弟子而言，却是很难跨越的障碍。

从藤桥中央悬空的观景台上往下看，此刻祭剑峡谷入口处可谓是人头攒动。

有近百名弟子在这片区域内活动，甚至数十丈的距离便有四五名弟子在前行。然而如此近的距离之下，他们却互相没有察觉，这就使得整个画面显得有些可笑。

谢柔的目光始终追随着丁宁，此刻距离丁宁不到十丈的地方，便有一个青藤剑院弟子。

这个弟子名叫赵庆，是赵地平湖人士，比南宫采菽早两年入院。虽然只是炼气上品的境界，但是长陵任何修行之地，对于先前并不属于秦国疆域的赵地、韩地、魏地出身的考生，考核更为严苛，赵庆能够进入青藤剑院，自然有比一般弟子更为出色的地方。

他双臂的力量天生要比同龄少年大很多倍，他的父亲曾是赫赫有名的力士。

双臂力量超出常人，便能使用常人无法使用的剑，练习常人不能练习的剑法。所以平日里他用的是重量超过普通长剑数倍的阔剑，修的是大开大阖的《狂风剑经》，威力相当惊人。因此，他并不认为自己毫无胜出的希望。再加上有过一次祭剑试炼的经历，他很清楚，这并不是一场谁走得快就能胜出的比试，所以他比丁宁还要小心。

就在他缓步走过一个拱门般的缺口之时，数条青藤突然无声无息地伸出，朝着他的后背袭去。

在这些活物般的青藤距离他还有数尺之时，极其警惕的他反应了过来，一声厉喝，右手闪电般拔出背负着的阔剑，反手向后荡出。

“噗噗噗”，数声轻爆声响起，这数条青藤竟被他一剑震成无数碎屑。只是他还未来得及松一口气，便又有一条青藤从身侧林间如利剑般狠狠刺出。

这条青藤表面闪烁着森冷的光芒，他突然意识到了什么，脸色骤变。口中再次发出一声急剧的厉喝，体内真气源源不断地涌入手中的阔剑。剑身上数条平直的符线亮了起来，通体闪耀着一蓬雪白的剑气。

阔剑前端的剑气尤为浓烈，“当”的一声，剑藤相交，竟然发出金铁撞击的声音。

他的身体微微一晃，这条明显不同的青藤也被他一剑斩断了。他的心中骤然生出寒意，下意识地往脚下望去。

他脚下的落叶突然沸腾般向上跳跃，数条细小的藤蔓瞬间缠住他的脚踝，他的身体失去平衡，开始往前倾倒。

他手中的阔剑再次闪光，往脚下削去。

“噗噗”，脚下的藤蔓被他切断，与此同时，前方再次射来数根藤蔓，他根本来不及阻挡，整个人被拖行了数丈远，接着一头撞在树墙上，被更多的藤蔓缠得越来越紧，脸憋得通红，不要说挥剑，就连呼吸都越来越困难了。

他极其不甘，发出一声悲鸣，他知道此时唯一能做的便是静止不动，不再挣扎。

“为什么今年的祭剑试炼比往年难了很多？”他的脑海里不可遏制地闪现这样的疑问。

其他惊呼声也接连响起，只是都被独特的阵法隔绝了。此时祭剑峡谷入口处的山林，已经变成一片沸腾的绿海。

很多人正在惊慌失措地迎战，藤蔓残破的枝叶在空中飞舞着。不一会儿，他们就像赵庆一样被牢牢缠住，无法动弹，只能接受一开始便失败的结果。他们的想法也和赵庆一样：今年的祭剑试炼怎么这么难？

往年在这种区域，根本不可能出现强大的藤王。然而今年不仅攻击点大大增多了，而且每个攻击点似乎都有藤王存在。

站在观景台边缘的狄青眉，嘴角浮现出一丝若有若无的笑意。他自然理解这些弟子心中的震惊和不解，因为这种改变正是出自他的授意，他必须更好地保证像何朝夕这样的，他想要胜出的人胜出。

谢柔的眉头微微蹙了起来，丁宁行走的路线似乎还算平静。然而就在此时，她看到丁宁身侧密不透风的藤林中，竟出现一丝细微的异动。原本软软垂落的数根藤蔓，像是陡然涌入某种力量，变得坚硬起来，如同数柄小剑，开始悄然刺出。

顾惜春眼眸深处骤然闪过一丝喜色，他的目光也一直停留在丁宁身上。

青藤剑院山门外的赌约虽然没有成形，然而他话已出口，再加上谢柔当众削发立誓，这几日发生的故事一定会在长陵广为流传。

丁宁的表现越是出色，他就越加不堪。不堪的名声，对于还未正式踏上王朝舞台的修行者而言，势必会带来不利的后果。所以看到祭剑试炼难度很大，丁宁行进的路线终于出现障碍，他心中便充满欢喜。

在他看来，丁宁一定会在入口处被淘汰，绝对不可能通过这一关。

李道机面色如常，看到丁宁身侧藤墙里的异动，在心中轻声说道："你那么有信心，总不可能在第一关便失利，让我看到你被吊起来的难看模样吧？"

丁宁比任何人都更早感知到藤墙里的异动。

他的念力能够覆盖的范围不过周身数丈，然而与相同境界修行者的念力相比，却像飘散在风里的雨丝一样，更加绵密。他甚至感知到，藤墙深处还有一股更强烈的元气，正不停地向一根截然不同的藤蔓注入。

以他的实力，完全可以一剑斩断这根藤蔓，然而他十分清楚，若是这么做了，必定会引起那些观礼者的疑心，带来无穷的麻烦。于是，他先在脑海中将《野火剑经》的诸多剑式过了一遍，然后伸手握住了末花残剑的剑柄。

这时，三根绿藤正好距离他身侧数尺，这是很合理的距离，所以他出剑了。

扁尺般的断剑如闪电般斩出，发出细微的轻鸣。剑身上的裂纹骤然充盈着真气，那些平时隐没在墨绿色光华中的符文，也自然点亮了。洁白的星芒在符文中流动，如同一朵朵小小的茉莉花，缓缓向上飘起。

丁宁心中骤然涌出些伤感的情绪，他一步不退，迅速出剑，颇有一种置之死地而后生的气势。

一片剑影在他身侧生成，转瞬间，三根绿藤皆断。

谢长胜就像看到某种怪物一样，嘴巴张大到极致；谢柔双拳紧握，眼中闪烁着惊喜；顾惜春嘴角刚刚浮现的微笑渐渐凝固了，脸色说不出的难看……一片整齐的吸气声响起，观景台上的人们个个露出难以置信的表情。

正在这时，丁宁身侧那片藤墙猛烈颤动起来。数十片碎裂的藤叶首先喷洒出来，紧接着，一条闪烁着金属光泽的粗藤，如利剑般刺向他的胸口，强大的力量甚至带出一股旋涡。

然而已是穷途末路的丁宁不退反进，因为此时有数根细藤从他后方蹿出。他这一进，便拉开了和这数根细藤之间的距离。

他手中的末花残剑再次织出一片绵密的剑影，随着他的前行，一片片藤皮不断飞起，如同刨花一样飞舞在他周围。而那条力量明显在他之上的粗藤，却始终无法将他缠住。

又一片倒抽冷气的声音响起，转眼间，这根粗藤骤然裂成缕缕白丝，软绵绵地在他身前散开。

他平静地转身，挥剑。

数根细藤被他一剑斩断，四周恢复平静，他收起剑，继续前行。

站在观景台上某处不起眼角落的薛忘虚，再次扯断了数根白须。

他听李道机说过，丁宁对《野火剑经》有着很深刻的理解，用剑已深得神韵。然而他怎么也没有想到，丁宁对《野火剑经》竟然掌握到了这种程度！

李道机的面容依旧没有什么改变，然而眼中却充满骄傲的神色，心想在场所有弟子，有哪一个能在这么短的时间，将这几剑施展到如此境界？

随着那条粗藤被丁宁切成缕缕白丝，顾惜春像是被人当众打了耳光，脸上火辣辣的疼。他实力不弱，所以更清楚那短短数息时间发生了什么。

丁宁先用斩、拖、反挑等数种剑式，切断了那三根绿藤；接下来又用引带、缠削和磕击等更为精妙的用剑手段，刨掉了那条粗藤坚硬的表皮；最后毫无花巧的横挥与竖斩，更是精准地将那条粗藤切碎。

他之所以能够如此轻松地破解这些藤蔓的合击，关键就在于对繁杂剑式的巧妙运用。但是这怎么可能！寻常的修行者哪怕用一年的时间专门苦练这本剑经，也未必能做到这种程度。只是一个月的时间，他怎么可能运用自如！

“这不可能！”

一片惊呼声响起，这确实是在场所有人此刻的心声。

“是不可能。”谢柔白皙素净的脸上闪烁着动人的光辉，认真说道，“除非他真的是那种‘怪物’。”

此时丁宁已经往前走出数十步，陷阱似乎少了，其他弟子也未遭到偷袭，然而观景台上的人们仍然处于震惊之中。

每年有资格成为岷山剑宗和灵虚剑门真传弟子的数十人里面，有各种各样的天才。他们即便从未摸过剑，但是第一次用剑时，也往往如臂使指。只是他们和普通的学院弟子差距太大，就像一个个遥不可及的传说。

他们能够利用岷山剑宗和灵虚剑门所能给予的一切资源，能够随意进入这两大宗门的许多处禁地。而普通宗门的弟子必须先在本宗的比试中胜出，才能代表宗门去参加这两大宗门的剑会。即便经过无数轮淘汰，最终在剑会中胜出，也只能依靠圣恩，获得短暂的进入这两大宗门修行的机会。要想更进一步，就得参加这两大宗门内的比试。所以这些弟子不敢相信，丁宁和两大剑宗那些真传弟子有着相同的天赋。

顾惜春当然也不相信，他认为一定是李道机或者薛忘虚花了大量时间在丁宁身上。毕竟这《野火剑经》只是剑式繁杂，并不像一些特别玄奥的剑经，光是真气或者真元配合之道，就难以领悟。

然而不少人的目光却落在他的身上，他们纷纷思忖道：当初在山门口，你完全不将丁宁放在眼中，甚至觉得自己和丁宁压根儿就不在同一个层面上，现在又该如何自处呢？

感受到众人异样的目光，顾惜春的情绪莫名地烦躁起来，他忍不住不冷不淡地说道：“藤蔓再怎么灵活，也比不上修行者的剑。”

徐鹤山的眉头深深皱了起来。

年轻人的火气自然比较盛，他觉得顾惜春完全不了解丁宁时，在山门口说出那番话也算情有可原，毕竟顾惜春是影山剑窟数十年来最优秀的弟子，在今日到场的弟子里面，也算得上是佼佼者。但是丁宁已经一月炼气，再加上方才展现出的惊人的剑技，已足够证明自己的能力。所以，他忍不住出声为丁宁讨回公道：“你这么说便很没意思了，从丁宁目前的表现来看，他已经超过我们绝大多数人。你看不起他，便是看不起我们所有人。而且，任何时候话不要说得太满，倘若接下来他能出色地应对修行者的剑……你便更下不来台了。”

徐鹤山的话很不客气，顾惜春眉宇之间不由得露出几分煞气，他嘴唇微启，一时却没有说话。因为就在此时，他看到丁宁和一个弟子距离越来越近，两人即将遇到。

丁宁马上就要遭遇修行者的剑了。

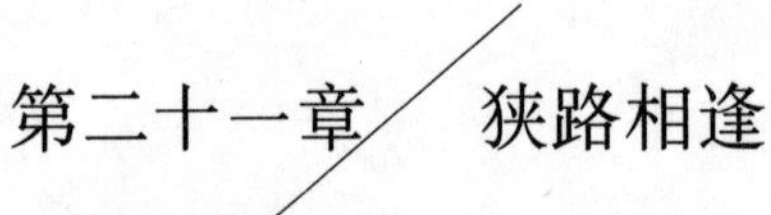

第二十一章 狭路相逢

即将和丁宁相遇的那个肤色黝黑的少年名叫俞镰，来自青藤剑院，是柳泉郡人士。虽然出身平凡，但是他的修为进境已是炼气上品。

俞镰和丁宁隔着一道藤墙缓步前行，道路的尽头是同一个出口，两人终将相遇。

几乎同一时间，他们互相看到了对方，两人都手握剑柄，凝立于原地。

丁宁神情平静，俞镰却很紧张，眼神有些犹豫。然而一想到倘若自己能够战胜白羊洞这个风头最劲的天才，夺得对方身上的令符，观景台上的师长必定会非常高兴，他眼中的犹豫便迅速消失了，取而代之的，是升腾而起的熊熊斗志。

“铮”的一声轻鸣，他直接拔剑出鞘了。他的剑通体幽红，散发着玉质般的光泽。

“好剑！”丁宁看着他的剑，忍不住问道，“这是什么剑？”

俞镰微怔，碍于礼数，他轻声应道：“此剑名为暗火，出自柳泉郡秘火剑坊。”

丁宁颔首，拔剑横于胸前。和俞镰的暗火剑相比，他的残剑只有三分之一的长度，看上去显得有些可怜。

所有人都以为他会全力应战，俞镰也以为他即将出手了，然而一瞬间，他整个人却朝着侧前方一处藤墙的缺口疾掠了过去。

观景台上一片哗然，徐鹤山等人皆愣住了，丁宁竟然直接选择逃离。

虽然此举并未违背试炼规则，然而按照秦国的风气，在一对一决斗之时直接逃离，是非常懦弱、丢脸的事情。

顾惜春怔了怔，脸上随即浮现出浓浓的嘲讽。

“连面对修行者的剑都不敢，看来他并不像你们所认为的那么出色。”他转头看着徐鹤山，讥讽道。

徐鹤山眉头皱了起来，看着拼命逃离的丁宁，他心中亦是不快。

俞镰也没有想到丁宁会掉头逃跑，不过他马上反应了过来，轻啸一声，便追了上去。

丁宁刚刚到达炼气境，而他已是炼气上品，两人之间隔着两个小境界，他的身形明显比丁宁要矫健得多。只是几个起落，他离丁宁便只有不到一丈的距离。

看到丁宁在劫难逃，顾惜春脸上嘲讽的意味更浓了。

然而就在此时，异变陡生，丁宁和俞镰身侧笼罩着青色雾气的藤墙突然一颤，闪电般刺出数根青藤。

丁宁的步伐丝毫没有停顿，手中残剑一切一挑，先将近身两根青藤切断，然后继续往前冲去。

俞镰大吃一惊，手中幽红色长剑剑身上骤然浮现一层淡淡的火焰。他一剑横扫而出，攻向他的一根青藤被斩断了，切口处一片焦黑。“噗”的一声轻响，一蓬碎叶如喷泉般涌出，一根粗大的藤蔓带着呼啸的风声，狠狠朝他席卷而来。

他很清楚此种藤蔓的威力，脸色微变，体内一股真气再度涌入手中长剑。

“哧”的一声轻响，剑身上的火焰全部消失了，变得通体赤红，温度也急剧升高，像在火炉里放了许久一般。

他竖起长剑，猛地向上刺出，滚烫的剑尖轻易刺穿了已接近他胸口的粗藤坚硬的表皮。

观景台上的诸多弟子面容微寒，他们认出这是《焚天剑经》中的“烈烛焚天”。

这是极凌厉的近身剑式，最适合数尺方圆内的战斗。

此刻疾伸过来的粗藤已被这一剑钉穿，眼见剑身就要顺势前行，直接将其从中劈开。可就在此时，前方的丁宁却骤然停顿，急速转身！一点墨绿色的剑光从他手中飞起，直接斩向俞镰的手腕。

俞镰又惊又怒，厉喝一声，双脚狠狠深入下方的土地，身下扬起一片尘土。

几根细藤迅速朝他的脚踝游来，虽然面临三处夹击，但是他始终处变不惊，确保自己能够站稳的同时，长剑猛地一震，剑身抬起，磕向丁宁斩来的残剑。空气中传来一阵爆破之音，剑身上的火焰猛烈向外翻滚，被钉住的粗藤迅速燃烧起来，眨眼间便一片焦黑。

丁宁手中的残剑直接切入滚滚火焰之中，“哧哧哧”，剑身上洁白的茉莉花一朵朵熄灭了。滚烫的热气甚至让他的手臂都感到灼痛，然而他并没有收剑，手中的残剑就像滑溜的鱼一样，迅速贴着暗火长剑的剑身滑下，切向俞镰持剑的手指。

俞镰心中涌起强烈的不可置信，他完全没有料到对方竟然能够做出这样的反应，脸色顿时变得苍白无比，手中长剑硬生生转动了半圈儿。

“当”的一声，丁宁手中的残剑被磕开数尺。

“啪啪啪啪……”

俞镰脚下也响起鞭击般的响声，数条细藤缠上他的脚踝，然而一时竟无法拖动他，只是再次震起一片尘土。

丁宁面容依旧平静，他脚步轻移，墨绿色残剑再次盛开很多洁白的花朵，切向俞镰的手腕。

若是在平时，俞镰有很多种方法去避开这一剑，甚至可以直接挥剑反击。然而此刻他的长剑正和那根粗藤僵持着，身体也牢牢钉入泥土里，只要提起脚，恐怕会立即被那几根细藤拖飞出去。

他没有其他选择，唯有弃剑，否则他的手腕便会被丁宁这精巧的一剑切断。

“叮”的一声轻响，丁宁手中剑光一转，直接将暗火剑从粗藤中挑飞出去，身体同时向一侧闪开，再度朝着藤墙前行。紧接着，他手中残剑挑起大片绵密的剑光，只数息时间，便将这根粗藤切断了。

被斩断的粗藤就像数圈儿粗麻绳一样，从俞镰身上掉落下来。以俞镰的力量，完全可以挣断脚下那数根细藤。然而他手中已无剑，仅凭血肉之躯，根本不可能和丁宁抗衡，哪怕丁宁手中只有一柄残剑。而且他十分清楚，若是真正的战斗，丁宁不会先割断那根粗藤，定会先将他杀死。所以他无比难过地垂下头，颤声说道：“我输了。”

丁宁点了点头，没有说话，一边喘息着，一边等待俞镰交出身上的令符。

观景台上一片寂静。

“好剑。”徐鹤山打破了寂静，他看着坠落在地上的暗火剑，鼓起掌来，“不愧是出自柳泉郡名匠之手的名剑，真气行走于符文和剑身之中，便能引燃温度这么高的火焰。不过这一战，还是手持残剑的丁宁表现更出色。”

顾惜春脸上已笼了一层寒霜，他当然清楚徐鹤山这话是针对他的。

“只是凑巧而已。”他冷冷地看着徐鹤山，说道，“若是没有那个陷阱，此刻认输的应该是丁宁。”

徐鹤山反唇相讥道：“能够利用周围的一切，也是一种能力。”

顾惜春面无表情地说道：“只可惜绝大多数修行者之间的对战，是没有机会投机取巧的。与这些小手段相比，我更加相信绝对的实力。”

徐鹤山并不是个擅长辩论的人，顾惜春的话令他很生气，然而一时之间，他却不知该如何应对，只好阴沉着脸，陷入沉默。

之前很是活跃的谢长胜，此刻也陷入沉默。谢柔的话对他刺激很大，而丁宁的表现，更是让他没了玩闹的心情。

“他的确非常出色，但是他手里那柄破剑是怎么回事儿？”良久，他忍不住问道，“难道白羊洞连买柄好剑的钱都没有么？”

听到他这句话，谢柔摇了摇头，说道：“白羊洞的师长既然给了他这样一柄剑，自然有他们的用意。你不要那么纨绔，张嘴闭嘴都是钱钱钱……”

“会花钱不算纨绔，花了钱却闯不出个名堂，才是真正的纨绔。”谢长胜自言自语道。

一个实力不错的弟子被丁宁击败，对于端木炼而言，并不是件愉快的事情，然而他的脸色却还算柔和。

虽然丁宁的表现太过优异，但他毕竟修为有限，身体素质也明显比其他弟子要差一些。应对俞镰这种级别的对手，应该是他的极限了，而青藤剑院剩余的弟子里面，比俞镰强的至少有十余名，所以无论如何，他也不可能从激烈的竞争中胜出。

看着得到令符继续前行的丁宁，端木炼从观景台边缘拔起一面青旗，朝着峡谷挥动了数下。

峡谷里缓缓飘出四股狼烟，它们越来越浓，最终形成四根凝结不散的烟柱，直冲上天……

丁宁感觉到风中的烟火气，随即看到了那四股狼烟。他的眉头缓缓皱了起来，狼烟所标定的区域离他有一段距离，按照规则，正午时分他必须进入那个区域，否则将以失败论处。然而现在已接近正午了，所以他必须立刻前往此地。

这么着急地赶路，便更消耗体力，于他而言也更不利。他计算了一下时间，估计得一路小跑才有可能到达。

就在此时，他却又感觉到一丝异动。他骤然停顿下来，迅速转身，一条如狼般大小的黑影从后方藤墙中猛地弹跳而出。

感觉到对方这一跃之间的力量，他双脚用力探地，身体往后微仰，体内真气滚滚涌向手中残剑。

残剑上盛开无数洁白的小花，他向上一挥，瞬间切中黑影，并顺势将它从自己头顶挑了过去。

没有任何鲜血飞溅，唯有一串明亮的火星顺着切口迸出。

“什么东西？”观景台上的诸多弟子不由得面面相觑。

黑影是狼烟涌出之后出现的，给他们的感觉，倒像是有人故意打开笼子，将这些东西放了出来。

“啪”的一声，黑影重重落地，溅起一蓬飞尘和落叶。

大家依旧没有看清楚这到底是什么东西，然而此时丁宁却忍不住皱起眉头，感慨道：“原来是你……想到要吃你的肉，便有些倒胃口。”

尘埃和落叶渐渐散开，观景台上之人齐齐发出一声惊呼。

那趴在砸出的凹坑里，瞪着血红的双目，虎视眈眈地盯着丁宁的，竟是一头浑身漆黑的巨型蜥蜴。

巨型蜥蜴深山中都有，然而却没有一种像眼前这头蜥蜴一样，它身上的鳞甲每一片都有两三个铜钱的厚度，看上去就像是披了一层特质的玄甲一般。

这是巴山特有的披甲蜥，它还有一种称呼，叫作腐毒蜥。它总是吞食腐烂的食物，唾液和胃液本身，便富含各种剧烈的毒素。

丁宁有信心杀死它，只是一想到要以它为食，就怎么都愉快不起来。

“何朝夕！”看台上又响起惊呼声。

无独有偶，在距离丁宁数百丈之遥的地方，何朝夕面前也出现一头这样的蜥蜴。

“这是披甲蜥。”徐鹤山转头看着身旁的谢长胜，凝重地说道。

“除非是特别锋利的名剑，否则炼气境的修行者根本无法切开它身上的鳞甲。”谢长胜蹙紧了眉头，说道，“它的眼皮上都有鳞甲……似乎张开的嘴才是弱点？”

“如果你真的这么想，那就完了。”徐鹤山摇了摇头，说道，“它的牙齿比鳞甲还要坚硬得多，咬合速度很快，而且咬合力比四肢的力量还要惊人。很多不了解它的剑师，以为它张开的嘴是弱点，结果却被它轻而易举地夺去长剑……”

谢长胜心中骤寒，他可以想象，若是像他这样的修行者失去手中长剑，面对这样一头披甲蜥，下场会是何等凄惨。

“希望姐夫不要用剑去刺它的咽喉。”他由衷说道。

何朝夕正面无表情地继续向前，似乎面前根本不存在这样一头狰狞的猛兽。

披甲蜥似乎感受到他的轻慢，发出一声怪异的咆哮，随即纵身一跃。

观景台上诸人瞳孔骤然收缩，因为此时何朝夕肌肤表面骤然闪现出一层青色荧光，凝聚成一股可怕的力量。

他脚下的土地无声凹陷了下去，人也跃了起来，身影瞬间出现在披甲蜥头顶。

他拔出背负着的长剑，一剑斩去。

他那奇特的枯黄色长剑，看上去就像是一柄木剑，然而这一剑却如同一座巨山，向披甲蜥头顶压去。

一团环形空气在披甲蜥头顶炸开，披甲蜥瞬间入地数尺，再次爆开一股强大的气浪。

谢长胜眉头不由得一挑，嘴角微微抽搐。

何朝夕竟没有任何花巧，只凭蛮力应对，他想象得到这一剑的分量，恐怕现在这头披甲蜥就算不死，脑袋也已经被震成一团浆糊了。

何朝夕实在太强了！

与此同时，和丁宁对峙的披甲蜥也已经有所动作。地上骤然卷起一股狂风，落叶如波浪一般往两边疾分。

披甲蜥腹部贴地，四肢却以惊人的频率划动着，整个身体就像一柄贴地的黑刃，在急剧滑行。

俯身对付来自地面的攻击，总是比站直了身体对敌要困难得多，更何况丁宁手里的残剑比一般的剑要短得多。

谢柔呼吸一窒，因为丁宁已然出剑，而他这一剑明显是往披甲蜥口中掠去，她甚至不敢去看接下来的画面。

然而一瞬间，她的眼睛骤然瞪大，不由自主地发出一声惊喜的轻呼。

丁宁的剑没有刺入披甲蜥的咽喉，只是贴着它的舌根掠过。

一截猩红的长舌掉落下来，披甲蜥好像被人用巨锤狠狠锤击了一下，身体骤然一僵，不由得往后一缩。鲜血混杂着腥臭的唾液，从它口中不断漫出。

徐鹤山和谢长胜愣住了，他们没有想到丁宁竟然一剑切断了披甲蜥来不及收回的长舌。

李道机也愣住了，他没有料到丁宁会使出这样一剑。

……

在众人惊讶的目光里，丁宁手中的残剑剧烈一震，剑身上顿时飞洒出许多细小的血珠和洁白的花朵，它们一齐射向披甲蜥的双目。

披甲蜥下意识地闭目，然而距离实在太近，不少血珠和花朵还是狠狠溅射在它脆弱的双瞳上，它的双瞳顿时渗出许多细密的血珠。

它惨号一声，前肢以惊人的速度向前乱抓起来。

丁宁深吸一口气，手中的墨绿色残剑上再次盛开无数洁白的花朵。他用最快的速度向下挥剑，斩杀。左一剑，右一剑，他的剑以极快的频率和节奏，不断斩在披甲蜥左颈部和右颈部的同一个位置上。

披甲蜥双目已毁，双爪不停乱抓，然而却始终慢上一拍：抓向左侧时，剑光已落在它的右颈；抓向右侧时，剑光又落在它的左颈。

在丁宁连续斩杀之下，它颈部两侧的鳞甲终于破裂，开始飞溅出鲜血。

一阵阵吸气声在观景台上响起，看到这种画面，众人的身体都不由得一震。

“这种斩杀毫无技巧和美感，简直就像是在砍木头……”徐鹤山脸色苍白，深吸一口气，缓缓说道，“只是谁会想到，这样也能斩杀一头披甲蜥呢？”

另一边的何朝夕又使出一剑，直接斩杀了那头披甲蜥，开始从被杀死的披甲蜥身上取肉。与何朝夕相比，丁宁显得有些弱小，然而这弱小的反击却反而更加震撼人心。

在丁宁毫无美感的砍杀下，披甲蜥颈部两侧逐渐被切开，四肢不断挣扎着，最终在整个头颅接近掉落之时，彻底不再动弹。

丁宁剧烈喘息着，毕竟修为有限，他的双臂十分酸软，真气也几近枯竭。只是他知道自己没有时间停留，连忙蹲下身来，将手里的末花残剑当作撬棒，撬掉了披甲蜥背上数片鳞甲，然后开始小心翼翼地割肉。

对他而言，这种杀死走兽取其血肉的事情已经十分久远，所以此时不免有些恶心。最为关键的是，披甲蜥的内脏，尤其是胃囊里面，满是毒素和脏东西，所以他要控制好剑锋，以免一不小心割破内脏。

看着他小心割肉的样子，一个来自白云观的弟子从震撼中回过神来，忍不住轻叹道：“他懂的好像挺多。”

徐鹤山深吸一口气，说道：“陋巷之中出英杰。”

顾惜春双眉再次挑起，他很清楚徐鹤山这句话是针对他的。

“他的起步还是太晚。”顾惜春想了想，觉得再为与自己不在一个层面的丁宁争执，有些自降身份，所以最终还是平静下来，轻声说了这句话。

这句话很公允，大家都沉默下来，表示认同。因为以丁宁表现出来的天赋，倘若早个六七年踏入修行之路，那么现在的成就肯定不容小觑。然而他到了这个年纪才开始修行，与何朝夕、顾惜春，甚至南宫采菽相比，已落后一大截。无论如何努力，也难以追上他们。

徐鹤山知道这是事实，他无法辩驳，只好沉默不言，但是他觉得不公平，脸色越加难看，心中越发觉得气闷。

“他起步的确太晚，不过我们寻常人是用走的，他却是用跑的。”谢柔清亮的声音传来，她的目光始终没有从丁宁身上抽离。

此刻丁宁已从披甲蜥背上割下两块肉来，虽然背上的肉最粗最厚实，简直难以下咽，但是相对来说更加干净、安全。

他用布和藤条将这两块肉负在背上，然后朝着狼烟四起的区域大步奔跑起来。

这两块肉加起来不过十余斤，但是因为他的身体与其他修行者相比更为弱小，再加上连续经历了两次激烈的战斗，所以跑起来便显得分外艰难。他的胸脯剧烈起伏着，双手和双腿都有些发颤。

其他弟子都已遥遥领先，有些人甚至即将到达狼烟标示的区域，只有他孤单地落在后面。以他此刻的奔跑速度，倘若不出意外，正午之前应该能够到达指定的区域。

他艰难而顽强地奔跑着，姿态不美，步伐也不矫健，但是那种努力向上的力量和坚定执着的意念，却足以让人感动。

大家看着他，心中既紧张又激动，眼中则充满期待。

他在奔跑，在和时间赛跑，在追赶那些已经接近指定区域的青年才俊们。

他的身体已到达极限，胸腹中好像有团火在燃烧，说不出的难过，但是眼神始终平静、清冷，看得分外长远。

看台上的人们其实都不知道，他此刻的追赶还有更多的意义……因为他在追赶的，还有自己的生命，有长陵那些位高权重的强大修行者，那些王侯将相，以及那高高在上，将秦国河山尽揽入怀，修行已至第八境的秦王……

就在丁宁奔跑之时，一个身穿绿色官袍的男子正背负着双手，站在军营的演武场上，

冷漠地看着远处长陵的街巷。

男子肤色莹润，散发着黄玉般的光泽，额头宽阔，眼神里蕴含着极大的气势，他就是虎狼北军大将军梁联。

他身侧站立着一个看上去四十余岁的黑衫师爷，头发已经花白，脸上全是风霜留下的痕迹。

“你真的觉得我必须这么做？”梁联认真问道。

“将军您必须这么做。”黑衫师爷点了点头，轻声说道。

梁联转头看着他，说道：“公器私用，动用些手段从长陵的市井人物手里抢些资本，即便失败，最多也只是引起大王和王后不满，但是放跑白山水，丢掉孤山剑藏，是大逆之罪。大王一旦震怒，不知道会掉多少个头颅。”

黑衫师爷神色没有改变，依旧恭敬地说道：“将军您比我更清楚，您在长陵立足的根本是什么……您和夜司首一样，之所以能够好好活着，是因为手里的剑有足够的分量，是因为你们强大，有利用的价值……”

梁联摇了摇头：“我和夜策冷不一样。”

黑衫师爷也摇了摇头：“您和‘那人’有过关系，既然您背叛过‘那人’，也难保不会背叛大王，所以大王始终没有像信任两相和十三君侯一样信任您。您不要觉得为王后做事便可高枕无忧，若真按照她和那些贵人的想法，让夜司首光荣战死，为大王夺得孤山剑藏，那么夜司首的现在，或许便是您的将来。”

梁联一时沉默不语。

“夜司首和白山水这样的人越少，长陵就越安定，然而对您而言，便越不安全，所以您不能轻易让这样的人消失。您立足的根本永远是您自身的强大，只要足够强大，哪怕不能封侯，至少也可以在关外镇守一方。”黑衫师爷缓缓抬起头，坚定地说道，“我们从关外的死人堆里爬出来……满城的人死得只剩下我们两个的时候，您都没有害怕。好不容易爬到现在的位置，将军您反而怕了么？我们所做的一切，都是为了将前路掌握在自己脚下，您不是一直这样教导我的么？”

梁联沉默许久，秋风卷起演武场上的黄沙，笼罩在他和黑衫师爷身上。他点了点头，面容渐渐变得温和起来。

“他的运气可真是不错。”顾惜春悠悠出声。

已是正午，在所有人的注视下，落后的丁宁终于进入四股狼烟标示的区域。

他丝毫不顾及形象地坐在地上，卸下背上的蜥蜴肉，然后靠在一株小树旁，剧烈喘息着。汗水顷刻间便将他的衣衫浸湿了，顾惜春说得没错，倘若沿途再遇到一点意外，他便会因无法及时赶到而被淘汰。

不过说出这句话之后，顾惜春立刻感觉到周围的目光有些莫名的冰冷。他微微蹙了蹙眉头，很快想明白为什么他们会有这样的情绪，但他也只是在心中冷笑一声。

弱者的努力和不放弃的确可以换取人们的同情和欣赏，只可惜最后的结果往往不会有什么改变。

此时只有三分之一的人成功到达指定的区域，三分之二的人都被淘汰了。在他看来，白羊洞、青藤剑院的实力与影山剑窟相比，实在太弱了一些。

薛忘虚此刻坐在观景台边缘一张垫着软垫的藤椅上，眼睛半睁半闭，似乎快要睡着了。

若是他知道顾惜春的想法，一定会持反对意见。因为一个宗门强大与否，绝对不是由三境以上修行者的数量来决定的，而是由最顶端的修行者决定的。

有时候真正的强者，一个便足够了。

小憩一会儿过后，丁宁开始生火，烤肉。

青藤剑院的杂役也做好了饭食，将装着许多食盒的藤制提蓝在靠近观景台的山道上一一摆开。

此时祭剑峡谷中显得十分平静，很多弟子甚至藏匿起来，补充体力。那些观礼的弟子也起了用餐的念头，然而突然数声惊呼响起，他们全部停住了脚步。

在一道狼烟附近，两条人影即将相遇，他们都是最有可能胜出的人：其中一人身材颀长，英姿俊朗，正是白羊洞的苏秦；另一人身材普通，然而浑身没有一丝赘肉，行动之间充满说不出的力量感，正是两剑便砍杀披甲蜥的何朝夕。

这两人相遇了，一番较量之后，不知会鹿死谁手？大家的呼吸不由得变得粗重起来。

当前方遮挡视线的树丛变得越来越稀疏之时，何朝夕和苏秦同时看见了对方，两人隔着十余丈的距离，同时止步不前。

苏秦剑眉微蹙，右手缓缓落在腰侧的剑柄上，指节有些发白。

何朝夕双目微眯，缓缓拔出枯黄色长剑，然而让众人感到意外的是，他并没有向苏秦出手，而是切下一块披甲蜥的肉来。

“我认识你，你是苏秦，你的修为应该在三境中品之上。”他看着苏秦，冷峻地说道。

说完，他直接将半个拳头大小，沁着血丝的生肉放入口中，开始用力地咀嚼，吞咽。

“他这是做什么？”谢长胜脸色发白，转头看着徐鹤山和谢柔问道。

何朝夕的举动让他倒抽一口冷气，一想到披甲蜥的样子，他便一阵阵反胃。

谢柔和徐鹤山都摇了摇头，以何朝夕的性情，想必不会用这种方法来恶心或者恐吓对手。

苏秦的眼神变得更加锋利，看着大口吃着生肉的何朝夕，微讽道：“我知道吞食大量的生肉后，连续不断的剧烈运动，可以让你体内的五气变得极为旺盛……只是即便你想和我大战一场，也不会愚蠢到认为我有耐心等你将这些肉吃完吧？”

何朝夕继续切肉，同时说道：“与直接决出胜负相比，我觉得我们还有更好的选择。”

苏秦冷笑道：“什么更好的选择？”

“这只是一个试炼而已，我不想浪费太多时间。”何朝夕平静地说道，“一两天就能解决的事情，何需等到第三天呢？”

苏秦微怔，他想到某个可能。

何朝夕看着他，接着说道：“两头狮子捕羊比一头狮子捕羊要快得多。”

苏秦剑眉依旧挑着，眼中寒意不减，脸上却浮现一丝笑容。

“所以你的提议是，我们一起来捕猎？”他饶有兴致地看着何朝夕说道。

“不知道在天黑之前还能剩下多少……”说完，何朝夕继续吃着生肉。

苏秦嘴角微微翘起，往前方看了一眼，说道：“我接受你的提议，因为我也没有多少耐心，而且我很不喜欢像看猴戏一样被人盯着。”

何朝夕看着身前的小树林，点了点头，问道：“以此为界？”

苏秦淡淡说道：“以此为界。”

何朝夕不再多说什么，一边大口吃着肉，一边转身奔跑。

苏秦也转过身去，开始不疾不徐地前行。

“他们到底想做什么？”谢长胜寒着脸问道，他看出二人似乎达成了什么协定。

“分而食之。”徐鹤山深吸一口气，缓缓说道。

谢长胜一愣，随即反应过来。若是在这个区域直接将其余竞争对手全部捕获干净，试炼就可以提前结束了。

“可是这很危险。”他脸色难看地说道，“连续战斗，状态肯定不佳，甚至有可能受伤，败在原本不如自己的人手中。”

徐鹤山点了点头，轻声说道：“你说得对，但是苏秦骄傲，何朝夕自信……”

谢长胜深吸一口气，不知从何时开始，他竟希望丁宁能够走得更长远一些，内心深处甚至有了希望丁宁获胜的想法。

第二十二章　来捡便宜

一个正在采摘金黄色野桔的白羊洞弟子突然感觉到什么，立即闪到桔树后方。

看到出现在视野之中的人时，他神情略松，下意识地轻呼一声：“苏秦师兄。”

然而下一瞬，他看到苏秦竟已握住剑柄，顿时僵在原地。

“抱歉，同门之间也必须公平比试。”

话一说完，苏秦便出剑了。“哧”的一声轻响，他身前的薄雾全部被震开，现出一条明亮的通道。

一道紫色的剑光从他左袖中跳跃而出，和寻常的修行者不同，他使的是左手剑。他的剑比一般的剑要长出一尺，而且异常柔软，通体闪耀着紫色光焰。

白羊洞弟子骇然出剑，一剑横档，架住这道剑光。然而剑光骤然弯曲，柔软的剑身绕出一个半圆，“啪”地一声拍击在他的脖子上。他连退数步，瞬间昏倒在地。

苏秦颔首致歉，取下他腰间挂着的两枚令符，然后继续前行。

同一时间，另一处地方发出一声闷雷般的爆响，一圈儿气浪翻涌开来，寂静的空间好像被砸出一个通道。

一道身影凄惨地往后倒飞，狠狠撞入藤墙之中，再也无法爬起。而他正对面的何朝夕则反手收剑，然后继续狂奔。

背负的生肉已经全部被他吞下，他的腹部高高鼓起，狂奔之时，肠胃之间竟发出蛤蟆的叫声。

“这种试炼的确有些幼稚，但是很适合我们，尽管何朝夕一点也不幼稚。”

谢长胜腹中也发出轻微的雷鸣，他很饿，可是却没有去山道边取食物，而是对身旁的徐鹤山说了这句话。

徐鹤山能够理解他此刻的心情，想必无论是丁宁还是何朝夕的表现，都给了他很大的感触。

“看来我们的确需要更加努力一些，否则会被何朝夕和顾惜春他们甩得更远。”徐鹤山点了点头，接着轻声说道，“南宫采薇和丁宁有危险。”

谢长胜深吸一口气，异常认真地说道：“虽然明知没什么可能，但我还是非常希望他们两个能够胜出。”

南宫采薇正在薄雾里行走，和绝大多数人相比，她很幸运。除了遭遇两次藤蔓陷阱之外，便再没遇到其他危险。但这也意味着她还不能休息，她必须寻找足够的食物，至少要和其他弟子战斗一次。

她突然停下脚步，因为风中隐隐传来低沉的震鸣。

祭剑峡谷里的法阵能够让天地元气变得紊乱，连音波都会最大程度地被瓦解，空气里和地面上寻常的震动，根本不可能被感觉到。然而她却清晰地听到低沉的声响，说明声音很大很惊人，而且距离她很近。

“何朝夕！”她微微沉吟，下意识喊出这个名字。

风骤然疾了一些，青色薄雾被吹开了面纱。一个有些狂野的身影，带着无数被卷飞的落叶，从侧前方的薄雾里冲出。

“果然是你。”

南宫采薇面色微寒，右手缓缓落到背负的鱼纹铁剑的剑柄上。

何朝夕双脚顿地，一圈儿风浪随即向外席卷而去。他胸膛敞开着，细密的汗珠刚从微微发红的肌肤上沁出，便马上被他的体温烤干了。

他的腹部依旧发出类似蛤蟆的叫声，眼睛里燃烧着无比炙热的战意，诚恳地说道：“其实我不太想遇到你。”

南宫采薇缓缓抽出鱼纹铁剑，横于身前：“既然遇到了，想必是非战不可了。其实

我早就想和你打一架，看看你我之间差距有多大。只是我之前未能破境，和你隔着一个大境界，生怕输得太惨……”

何朝夕也将枯黄色长剑横于身前，说道：“我状态正佳，而且修为高于你，所以我让你三剑。”

“随便你！”

南宫采薇开始动步,狂风从她脚下生成,吹开地面上的枯叶和浮尘,露出坚硬的黄土。

她开始以纯正的直线向前冲锋，一股股真元从她的指尖急剧流淌出来，不停涌入鱼纹铁剑之中。

鱼纹铁剑剑身上的鱼纹全部被耀眼、黏稠的银色光亮充满，看上去就好像注满了银色水流，眼看就要从这些符文里面渗出来，然而却偏偏渗不出来。剑身似乎承受不住这种力量，微微弯曲着，紧接着急剧震颤起来，抖出无数银光。

黑沉的铁剑仿佛变成一条银色大鱼，“噗”的一声，银色大鱼晃动得越来越厉害，终于挣脱出来，跃出水面。所有银光也失去束缚，跳跃着向前疾飞，冲向五六丈之外的何朝夕。但那柄黑沉的铁剑，却始终在南宫采薇手中。

“‘秘鱼剑式’？”

何朝夕轻咦一声，似乎有些惊讶，南宫采薇并未用家传的连城剑诀。

紧接着，他看似随意地往前挥剑，枯黄色长剑在空中划出一道弧线，剑尖上竟亮起一道明亮的剑气。

这道剑气以惊人的速度朝着南宫采薇斩去，刹那间便破空而至，距离南宫采薇的双目竟不到两尺！而此时，空中跳跃的银色大鱼距离他却还有一丈！

在全力出剑之时反遭对方进攻，且身体正在向前突进，便极难防守。

南宫采薇瞳孔剧烈收缩，幸亏她还有一柄剑。眼看明亮的剑光距离她的眉心只有一尺，她左手袖中飞出一道青色剑光，将将挡住了此次进攻。

“啪”的一声爆响，她下意识地闭起双目，硬生生止住脚步。

破碎的剑气将她的秀发吹得向后扬起，甚至在她白皙的脸上划出数道血痕。

“轰！”

银色大鱼被一道黄色浊浪拍飞，一截枯黄色的剑身从浊浪里透出，以惊人的速度向她斩来。

何朝夕并未让她三剑，看来他明白了她的意思，选择了尊重。

她连忙将双剑交叉于身前，滚滚的真元急剧涌入剑身。

枯黄色的光团和银色、青色的光团瞬间在空中相交，峡谷里再次响起闷雷般的声响。一圈儿肉眼可见的环形气浪往外扩散，将周围藤蔓和树枝上的叶片全部震落。

何朝夕硬生生止住突进的身影，脚下发出难听的炸裂声，一双布鞋直接裂成许多碎片。而他面前的南宫采菽则无比凄惨地向后倒飞，将一处藤墙撞出一个孔洞，然后狠狠坠地。

南宫采菽身前的地面上洒下许多鲜血，衣袍上也腥红一片，然而她的双剑却依旧紧握于掌心，并没有脱手。她没有发出任何声音，只是艰难地站了起来。

何朝夕脸色凝重，再次横剑于身前，认真说道："请！"南宫采菽开始奔跑，她的身体在薄雾中拖出一条笔直的通道，被鲜血浸润的剑柄再次发出耀眼的光亮。

她双剑齐出，滚滚涌入剑身符文之中的真元，汇聚了一些天地元气，向四周激飞而出。

一片青色藤蔓在她身前密集生出，间隙之中有银光乍现，紧接着飞出无数道银色鱼鳞般的剑光。同时使用两种剑式难度更大，所以极少有人使用双剑。

何朝夕将剑身横转，平直地向前拍出。

这似乎是以力破道的打法，只是这一剑的力量，似乎不足以应对南宫采菽泼洒出来的剑光。

众人正感到困惑之时，何朝夕的身体发生了奇异的变化。他的左半边身体刹那间枯萎，而右半边身体却生机勃发。

"轰！"

一股强悍的力量从他右臂中骤然涌出，注入他手中的枯黄色长剑。剑身上绽放出无数脉络般的光纹，瞬间力量大涨！

南宫采菽呼吸一窒，她已来不及收剑。

一声更加沉闷的巨响从她身前发出，她的双脚再次脱离地面，一股强烈的震颤随之传来，她双臂的衣袖全部被震碎，碎裂的布片像蝴蝶一般四处纷飞。

强大的力量让她瞬间倒飞出去，朝着更远的地方坠落。

观景台上之人都震惊无比，很多人张着嘴，一句话也说不出来。

难道这便是青藤剑院最强的枯荣诀的力量？

丁宁正在吃烤好的肉。

当第一声沉闷的巨响传入他耳中时，他停了下来，凝神倾听着；当第二声更为沉闷的巨响传来时，他感觉到地面都在颤动，眉头皱了起来，连忙起身。

他有着旁人无法理解的修行经验，所以只是凭着第一声沉闷的震响带来的力量感，他就已经能够肯定，其中一方必定是身体力量最为出众的何朝夕。另外一人，则可能是张仪、苏秦，或者南宫采菽。

两虎相争，必有一伤，这对他而言确实是难得的机会。所以他用最快的速度，朝着响声传来的方向飞奔而去。

谢柔觉得有些难以理解，在她看来，此时弱小的丁宁应该好好躲起来，远离战斗，可他用这么快的速度赶过去干什么？

南宫采菽和何朝夕之间的战斗还未结束。

南宫采菽再次艰难地站了起来，双臂不停地颤抖，手掌上布满撕裂的伤口。她的衣袍被鲜血浸染，袍角正在滴血。

她看着正前方的何朝夕，知道自己所修的真元功法根本无法战胜他，但是她还想再试一试。因为若是双方的真元都已耗尽，那么决定胜负的便是剑技、战斗经验以及纯粹的身体力量，她想看看自己的剑技和战斗经验到底有没有何朝夕强。

她吐出混杂了泥屑的血水，说道：“你的真元应该所剩无几了，下面这一剑，就让我们都把真元消耗掉吧。”

何朝夕眉头微挑，南宫采菽顽强的意志和求胜的决心，有些出乎他的预料，不过他当然不会惧怕这种挑战。

他深吸一口气，再次横剑于身前。与前两次不同的是，他开始主动动步，向前冲去。

他所修的枯荣诀不仅有着玄妙的力量转化，而且气海之中所储存的真元也比寻常的修行功法要多一些。再加上他强悍的体力，哪怕不动用真元，也可以击败绝大多数第二境的修行者，所以他才有信心在第一日就进行收割。只不过因为有张仪和苏秦在，所以他想留下一点真元。此刻，他只好尽可能地依靠身体力量去应付南宫采菽的挑战。

他的爆发力很惊人，双脚落地的地方尽是凹坑，只是十余丈距离的冲刺，便已带起恐怖的狂风。

大片落叶被他带起的狂风卷起，形成一道移动的落叶墙。

他手中的枯黄色长剑向前斩出，看似波澜不惊，然而却有一股燥热之意在剑锋上散开。

一条火线落在前方的落叶墙上，“轰”的一声，无数飞舞的落叶猛烈燃烧起来。

在剑气的压缩下，火团不断翻腾，热气不时相撞，产生更大的压力，倏然迸发出更强的力量。

“枯木生火”，这是青藤剑院《枯木剑经》中的一式。《枯木剑经》是青藤剑院最高深的剑经之一，看来何朝夕修行的真元功法和剑经都是青藤剑院最出众的。

顾惜春眉头微蹙，何朝夕此刻的表现，让他感觉到隐隐的威胁。

看到面前骤然生成的火团，南宫采薇微微犹豫了一下，但是一瞬间，她的眼神便变得无比坚定。

她强忍着剧痛，用力握紧剑柄，将体内所有真元尽数灌入双剑之中。

鱼纹铁剑自她的右手异常平直地斩出，迎向挟带着火团的枯黄色长剑，火团一触即发，仿佛随时都要爆炸。

一股股力量从剑身上不断爆发，绵密的剑意如同无数浪头拍击而来，这便是她最擅长的，纯粹追求刚猛的连城剑诀。

“轰”的一声，被压缩的火团终于在此时爆开，无数燃烧的枯叶化为火烬。

平直的鱼纹铁剑在火星中骤然停顿，带着炽烈气流的枯黄色长剑随即斩击在它身上，它再次弯曲，再也无法停留在主人手中，往斜上方打着旋儿飞出。

一剑劈飞鱼纹铁剑之后，何朝夕心中反而一沉。只听一声厉啸从南宫采薇唇齿之间迸发，他感觉到一股强横无比的力量，再次压在他的枯黄色长剑上。

南宫采薇的另一柄小剑同样使出刚猛无比的连城剑式，他无奈地摇了摇头，体内剩余的真元毫无保留地向手中长剑尽数灌去。

一股大力撞击在左手的小剑上，已经有所准备的南宫采薇向后侧上方跃起，同时再度握紧小剑，向上扬起！

她的手掌飞洒出许多血珠，却始终剑不离手。就在此时，她看到何朝夕抬起头来。

他的整个身体震颤着，双膝微弯，一步也没有后退。他手中的枯黄色长剑微微一顿，随即如闪电般朝着她斩来。

她强行挥剑下劈，“当”的一声，一沉一压之间，枯黄色剑光已从她的腰侧切过，顿时血涌如注，半边衣袍尽湿。

她悲鸣一声，向后翻落，心中充满强烈的无奈和不甘。

她已经成功逼迫何朝夕动用了最后一丝真元，然而力量上的差距，还是让她的动作慢了一步，无法封住何朝夕的剑势。

腰侧的剑伤虽不严重，但是倘若想继续战斗，就得先处理伤口，否则会因失血过多而彻底失去战斗力。

何朝夕当然不肯给她喘息的机会，准备速战速决。

然而就在此时，一个沉重的声音响起："我早就跟你说过，打不过就跑，你偏偏要这么拼。"

观景台上，谢长胜的目光一直紧跟着南宫采薇，看到她身上的鲜血越流越多，他的神色越来越紧张。此刻骤然发现不远处多了一个人，待看清那个人的身影之后，他满脸不解地尖叫一声："丁宁跑来凑什么热闹！"

看清来人是谁，南宫采薇一开始有些惊喜，但紧接着又怒又怕，吼道："丁宁，你过来做什么！"

"丁宁到这里做什么，难道他还想捡便宜不成？"观景台上诸人脑海之中冒出这种想法。

"我来捡便宜。"像是洞悉了他们的念头，丁宁竟理所当然地承认了，"现在你们一个真元耗尽，一个身受重创，不正是捡便宜的好时机么？"

南宫采薇还想说些什么，但是丁宁却平静地看了她一眼，说道："你若是还不止血，恐怕就连你们青藤剑院的师长都要强行中断你的试炼，我想捡便宜也捡不成了。"

南宫采薇呆了呆，尽管无法理解丁宁此刻的行为，但她还是咬了咬牙，开始飞快地止血。

"你想帮她？"一直沉默着的何朝夕看出端倪，直接问道。

丁宁摇了摇头："试炼规则可不允许我这样做。"

何朝夕认真看着他腰侧的残剑，轻声说道："我很高兴她有你这样的朋友，但是你太弱了。"

听到两人的对话，南宫采薇愤怒地叫了起来："丁宁，我不用你管，你快逃！"

"闭嘴，省点儿力气吧，否则我第一个解决你。"丁宁瞥了她一眼，然后转过身来，正视何朝夕，平静地说道，"没有打过，怎么知道我打不赢你？"

南宫采薇的脸色原本难看至极，恨不得立即对丁宁出手，然而丁宁自信的语气却让她骤然顿住了。

"而且来都来了，以我的速度和体力，想逃也逃不掉啊。"

丁宁接下来吐出的这句话，却让她眼前一黑，差点儿有了骂粗话的冲动。

何朝夕不再多言，不管对手实力和境界如何，都值得尊重。他再次横剑于胸前，庄重地对丁宁说道："请！"

丁宁也举起末花残剑，微笑道："请！"

见丁宁不想先行出剑，何朝夕眉头皱起，点了点头，说道："好。"

话音刚落，他便已动步。

他堂堂正正地朝着丁宁飞掠，身体如同重石一样，轰然碾压过去，再次带出恐怖的狂风。

枯黄的落叶在他面前飞舞，他跟在这道飞速移动的落叶墙后面，朝丁宁一剑斩出。

他的真元的确已经耗尽，剑身上不再有火线燃起，然而随着他的发力和挥剑速度，依旧迸发出可怕的力量。

一瞬间，平直的剑身被这种可怕的力量扭成弧形，又重新抖直。"啪"的一声爆响，剑身上传递的力量，全部拍击在前方的枯叶上。

凌乱飘舞的枯叶骤然变得沉重，"哧哧哧哧"，就像羽箭一般射向丁宁。

何朝夕深吸一口气，动作变得轻柔起来，将剑尖隐匿在向丁宁飞射而去的枯叶之间。

观景台上众多弟子情绪复杂地看着这一幕，心想恐怕自己也未必能接住何朝夕这一剑。

丁宁不断后退，残剑齐眉，护住双目，任凭枯叶"噗噗"打在身上，甚至刮过脸庞，在他脸上划出一道道血痕。

然而在一截剑尖即将接近他左肩时，他手中残剑竟狠狠斩落。

"当"的一声爆响，枯黄色长剑被他一剑封住，双剑相交的地方迸出无数火星。

看台上诸人眼前一亮，他们没有想到危急时刻，丁宁竟然能够如此精准地封住这一剑。

何朝夕呼吸微顿，感受到剑身上传来的冲击力，他没有任何犹豫，眉头微蹙，再度发力向前扑去，将身体的重量全部压了上去。此时他的枯黄色长剑和丁宁的残剑之间唯有半寸距离，所以他根本不能停歇，也无法闪避。

两剑相交，再次发出一声爆响。

丁宁闷哼一声，显然无法承受这种力量，右臂猛地向后一荡，顷刻间连退了五六步。

何朝夕连忙向丁宁冲去，手中的枯黄色长剑再次向前挥出。快要接近丁宁时，剑身却横转过来，随着他的发力，再度被扭成弧形。

“啪”的一声，他一剑横拍，无比蛮横地拍向丁宁的身体。

丁宁手中的墨绿色残剑瞬间开满洁白的花朵，他皱着眉头，不断输出真气，将剑挡在自己身前。

刺耳的金属震鸣声再度响起，尽管他这一剑依旧准确地封住了何朝夕的进攻，然而强大的力量还是轰在他的胸口。他原本就在向后退却的身体，陡然像被大石击中，双足脱离地面，整个人以一种凄凉的姿态倒掠出去。

一缕鲜血从他唇间沁出，沿着苍白的肌肤滴落下来。

“这世上哪有白捡的便宜！”看到这一幕，观景台上的谢长胜忍不住愤怒地叫了起来。

何朝夕毕竟不是一般的弟子，他剑法高明，战斗经验丰富，再加上纯粹以力量碾压，丁宁根本毫无招架之力。即便丁宁对《野火剑经》领悟得不错，也根本来不及反应，用出精巧的剑式。

可以想象，这样硬生生接下何朝夕一剑，丁宁会承受怎样的疼痛。估计此刻整条手臂早已麻痹不堪，一时也难以恢复了吧。

“这世上哪有白捡的便宜？”

长陵街巷之中，坐在一家临街面铺长凳上的中年男子一边喝着面汤，一边嘲讽着身旁一个年轻人。

他面容端正，肤色微红，身旁放着一根脚夫挑担用的粗黄竹，身上的衣衫也是普通脚夫的装束，甚至连一双草鞋都满是污垢，十分破旧。然而他真正的身份，却是神都监的缉凶使秦玄。

在神都监，他的身份虽然比以莫青宫为代表的几条恶犬略低，但是资历却和他们差不多，所以绝大多数人都得看他的脸色。

他身旁的年轻人名叫蒙天放，刚刚调入神都监不久，师出长陵某个还算不错的宗门，一直尊称他为“师傅”，听从他的教导和调遣。能够进入神都监的年轻人，除了有特殊的靠山之外，大多勤奋好学，具有慎密的心思和极佳的观察力。

他们面前的街巷名为狮子巷，在整个长陵，算得上是一个异常热闹、繁华的所在。

巷子一头是九江郡会馆，另一头则是上党郡会馆，中间全部是卖古玩字画的铺子。

秦国幅员辽阔，长陵也很是雄伟瑰丽。一些偏远外郡的人士到长陵办事，往往人生地不熟，摸不到门路，所以一些商行便办起老乡会馆。

这些会馆不仅是落脚之处，也是外郡老乡在长陵结朋唤友、寻人办事的重要场所，所以平日里车马往来不绝，热闹到了极点。

自秦王即位以来，秦国国力强盛，人人丰衣足食，一些贵族人家对日常饮食、用器也不免讲究起来，古玩字画的价格倒是水涨船高。

秦玄之所以这么说，是因为在他眼皮子底下，一个外郡商人以五镒黄金购得一件大幽王朝的玉如意。若真是大幽王朝遗留下来的玉如意，至少也得五十镒黄金，怎可能如此贱卖？然而见那个外郡商人欢天喜地的模样，显然并不认为买到了假货，反而为自己眼光独到，用极低廉的价格捡了大漏而沾沾自喜。

秦玄鄙夷地看着那个利欲熏心，被蒙蔽了眼睛的外郡商人，突然，他的脸色有些不对劲儿。

一旁的蒙天放察觉到他的异样，骤然紧张起来，轻声问道："师傅，怎么了？"

秦玄神情古怪地看着街巷对面，说道："长陵卫怎么会来这里？"

蒙天放顺着他的目光看去，只见数十名身穿铠甲的长陵卫正从另一条街巷中穿出，朝着一列车队行去，那列车队刚从九江郡会馆门口驶离。

那些长陵卫像是要上前盘查那列车队，然而查案缉凶向来是监天司和神都监的职责，即便有重大事件发生，需要封锁城门、设卡盘查，依靠的也是长陵的驻军虎狼军。

长陵卫虽然和虎狼军一样，同属于兵马司，然而平日里的职责只限于一些固定场所的守卫和巡察，比如一些司所的办公之处，侯府、大官府邸周围的安全护卫，王宫外围、王侯将相的陵墓等等。现在他们居然狗拿耗子多管闲事，实在太奇怪了。

更何况，蒙天放和秦玄之所以会潜伏在这里，是因为他们十分清楚这九江郡会馆里面，可能潜伏着一个"大逆之人"。

对于现今的秦国而言，能够用"大逆"一词形容的修行者绝对不多。

这些人不仅修为惊人，对王朝的稳定具有极大的破坏力，而且出身极其显赫，大多是已覆灭王朝的旗帜性人物。

数十日前，神都监便通过一些线索发现了这个"大逆之人"。之后一直暗中观察，想要从他身上得到更多线索，找出其背后的首领，那个令秦王都深深忌惮的人物！

在事情未有决定性进展的情况下，这些长陵卫莫名其妙地出现，肯定不是好事儿。

秦玄咬了咬牙，对蒙天放沉声说道："你快去通报祁大人，以防有变。"

蒙天放眼底精光一闪，缩着脑袋，装出一副畏惧那群长陵卫的样子，快步转入旁边一条小巷，迅速离开。

就在此时，那群身披铠甲的长陵卫如同虎入羊群一般一拥而上，将刚刚从九江郡会馆驶离的车队截住。为首一个戴着玄铁面具的将领，凶神恶煞般厉吼道："停车！都滚下来！准备好户籍文书！"

一个青衫师爷模样，清癯的中年人上前作揖，说道："不知将军有何事，我们是九江郡天升昌商号……"

他话还没有说完，便"咚"的一声，被那个将领一脚踢飞，狠狠撞在车厢上。一时之间，他面色煞白，一口气喘不上来，差点儿昏死过去。

"没听到我说的话么！"将领手握剑柄，面上的玄铁面具反射着冷光，无比森寒地说道，"现在怀疑你们之中有盗陵寇，所有人下车，出示户籍文书，再有反抗者，当场格杀！"

车队中人顿时脸色发白，盗陵可是诛九族的重罪，若是他们之中真有盗陵寇，那就大祸临头了。

不远处的秦玄通体一寒，他发现这数十名长陵卫身后，某家店铺屋檐下的阴影里，还站着一个不动声色的长陵卫将领。

尽管他看上去十分低调，然而秦玄却清晰地看到，他的头发用一支白玉簪挽着，腰侧的剑鞘上镶嵌着数颗红玛瑙。想来他的地位绝对不低，至少也是第六境的军中修行者。

秦玄再转头去看那个戴着玄铁面具的将领，越看越觉得可怕，忍不住霍然站起。

此时，车队中人已全部下了马车，人人手里握着一张户籍文书。

长陵卫开始逐个检查这些户籍文书，并时不时提些问题进行核对。

秦玄拿起身旁的黄竹竿，才走出一步，呼吸便停顿了，那个戴着玄铁面具的将领已经走向商队，来到一人面前。

那人看上去三十余岁，车夫打扮，头发有些发黄。他一边接受长陵卫的盘查，一边偷偷四处打量着，目光有些闪烁不定，嘴角却微微上扬，浮现出一丝诡异的冷笑。

秦玄根本来不及阻止，即便此刻他冲上前去亮名身份，也必定打草惊蛇，所以他只是死死抓住手里的黄竹杆，心中希望神都监的援军能够尽快赶来。

"你叫什么名字？"戴着玄铁面具的将领森寒地问道。

车夫模样的男子思量了一会儿，竟莫名地笑了起来，用挑衅的目光看着将领，说道："你真想知道？"

一股危险的气息骤然散发出来，其他长陵卫也觉得气氛有些怪异，齐刷刷转身，看向车夫所在的地方。

戴着玄铁面具的将领冷笑一声，说道："看来就是你了……我倒要看看，你究竟是何方神圣！"

车夫模样的男子笑了起来，露出白森森的牙齿："那要先问问我的剑同不同意了。"

地面陡然一震，无数烟尘从他脚下扬起，与此同时，他身旁数辆马车好像突然变成没有分量的纸片，向两侧飞去。

戴着玄铁面具的将领骇然拔剑，剑才拔出一半，一道剑光便从他头顶划过。

"咔嚓"一声，面具陡然裂开，面具下方那张惊骇万分的脸上，出现一条红线。

"云水……"

将领骇然喊出这两个字，便颓然倒地。

"轰！"

向两侧飞去的马车重重撞入店铺之中，一时间人仰马翻，四周一片凌乱。

直到此时，这些长陵卫才看清车夫模样的男子手中握着一柄长剑。这柄剑如同泉水凝成，兀自闪着粼粼微光。

"云水宫逆贼！"一声足以洞穿金石的厉啸响起。

隐匿在阴影之中的那个将领狂掠而出，一柄桃红色小剑飞于他身前，剑身上竟层层叠叠开出无数桃花，向车夫模样的男子周身弥漫而去。

车夫模样的男子傲然一笑，单手收剑，负手身后。

"轰"，九江郡会馆的窗户被磅礴的天地元气直接摧成粉末。

一滴晶莹的水滴飘落下来，震碎了所有的桃花，桃红色小剑断成两截。

将领喷出一口鲜血，颓然坐倒在地上，身体瞬间矮了数寸。

秦玄不可置信地抬头，看向九江郡会馆楼上。

"我辈喜学剑，十年居寒潭……"

伴随着一声动听的轻吟，一道白色身影从楼上飘落。一瞬间，周遭的一切都仿佛为之失色，所有人竟不由自主地仰望着他。

“一朝斩长蛟，碧水赤三月……”这人依旧轻歌慢吟。

只听“轰”的一声，十余名长陵卫浑身鲜血飞溅，四下飞出。

“术成剑铸就，千车却难阻，逃去变姓名，山中餐风露……”

顷刻间，白色身影已沿着街巷前行数十丈，他歌咏之时，始终有一道剑光如流水般飞舞着，沿途的长陵卫根本无力反抗。

秦玄浑身发抖，连拔出长剑的勇气都没有，在心中不住地呐喊：“白山水！竟然真的是白山水！”

车夫模样的男子随便夺了一辆马车，一手持剑，一手驱车，跟在白色身影后面，瞬间便从秦玄眼前掠过。

不远处有战车隆隆响起，数十辆虎狼军的符文战车从平直的街道冲出，围向这辆企图冲向长陵外围的马车。

“国破山河丧，臣子同此责，吾等虽卑微，亦当不惜身，今日战长陵，他日斩秦王，再祭故国魂……”

充满傲气的歌声不断响起，如猛兽般不断向前扑击的符文战车竟停顿下来，纷纷砸向两侧，房屋轰然倒塌，一时间长烟四起。

白色身影如入无人之境，径自向渭河行去。

十余名神都监官员终于赶至九江郡会馆，神都监副司首祁悲槐看到颓然坐倒在地上的长陵卫将领，以及远处那一条条如巨龙般直冲上天的烟柱，听着街巷中的无数惊呼声和怒叱声，脸上瞬间苍白得没有一丝血色，歇斯底里般咆哮了起来：“长陵卫怎么会在这里？长陵卫来这里做什么？！”

跌坐在地上的长陵卫将领听到祁悲槐的咆哮，艰难地抬起头来，鲜血沿着他的嘴唇不断滴落。然而他并没有回答祁悲槐的问题，而是如木偶般不断重复道：“白山水……白山水怎么会在这里！”

第二十三章 鹿死谁手

祭剑峡谷之中，何朝夕和丁宁的战斗还在继续。

丁宁从满地枯叶中缓缓站起，虽然唇间有鲜血滴落，但他依旧缓缓举起了末花残剑。

“还不认输！难道非得把自己伤到一两个月都无法修行，才肯放弃么？”谢长胜再次愤怒出声，“还举着剑做什么？难道还想凭这柄破剑杀出一条生路么？”

何朝夕也是同样的想法，他看着丁宁，忍不住问道：“还要再战么？”

南宫采薇情绪有些激动，想上前阻止丁宁继续战斗。然而丁宁却看了她一眼，对着她摇了摇头。

“我已熟悉你的剑式，所以只需一剑便可分出胜负！”丁宁对何朝夕说道。

一剑便分胜负？难道他还有信心获胜？

何朝夕的眉头不由自主地皱起，他觉得丁宁不像在说大话，所以准备用最稳妥的战法去应对丁宁这一剑。

“人贵有自知之明，若是连自知之明都没有，必定会输得很难看。”顾惜春淡淡说了一句。

他很痛快，尤其是听到连一直和他作对的谢长胜都忍不住呵斥丁宁时，心中就更痛快了。

微眯着眼睛坐在藤椅上的薛忘虚自言自语道：“你葫芦里到底卖的什么药？”

他将双手放在膝盖上，凝神关注着下方的战斗。

何朝夕神色骤肃，身体以纯正的直线迎向丁宁，手中的枯黄色长剑急速斩出，然后于空中横转，再次扭成弧形。

这是最稳妥的战法，他相信纯粹的力量碾压，便足以战胜丁宁。先前数击，他便是凭借这简单有效的招式直接拍飞丁宁，让他根本无法抗衡这巨大的冲击力。

丁宁依旧挥剑硬挡这一击，不同的是，这一次他右手挥剑，左手却迅速捏碎一个蜡块，将一颗龙眼大小的黄色丹药送入口中。

何朝夕心中觉得有些异样，他根本来不及思索，丁宁的身体便强行突进，眼看就要撞上他的长剑。

“当”的一声爆响，丁宁一剑击中他的剑尖。之前数击，丁宁的残剑只能击中他枯黄色长剑的中间部位，然而此次却大为不同，让他顿时感觉使不出力来。

他尚未从震惊中恢复过来，丁宁已瞬间掠起，距离他更近了！

“轰！”

就在此时，丁宁体内狂暴的药力散开了。他闷哼一声，身体爆发出更为猛烈的力量，手中兀自在震荡的残剑散开更多白色小花，闪电般切向何朝夕腰腹之间。

何朝夕呼吸停顿，瞳孔剧烈收缩，他的剑很长，不适合贴身战斗。无奈之下，他只好用剑柄磕击丁宁的剑锋。

丁宁凌厉无比的斩杀已破空而至，剑锋在空中悠然舞动，洒开一片剑影，径直切向何朝夕的五指。

何朝夕觉得难以置信，然而他别无选择，只能松开五指，侧闪出去。

枯黄色长剑骤然失去主人的把握，迅速向下方跌落。然而丁宁的墨绿色残剑却顺势一挑，将它挑飞出去，眨眼间，它便坠入远处的藤林之中。

何朝夕顿住身影，震惊地问道：“这是丹剑道？”

一股黄色的药气在丁宁的肌肤下翻滚，手持残剑的丁宁虽然衣衫褴褛，但是看起来却比以往任何时候都更加强大，更有力量！

丁宁微微颔首，轻声说道：“这颗丹药是南宫采薇在试炼之前给我的。”

“你竟没有特意修过丹剑道？得人赠丹，便以命相搏，护她周全。丁宁，你不仅是个天才，还是个值得结交的朋友。”何朝夕眼中虽有不甘，但面上却浮现出尊敬之色，他向丁宁微微躬身为礼，说道，“我败了。”

“你……你吃了那颗黄庭金丹？”南宫采薇震惊的声音响起，直到此时，她才反应过来。

“怎么回事儿？何朝夕败了？”

“丁宁吞服了一颗丹药？”

观景台上一片哗然。

狄青眉满脸铁青，端木炼僵在原地，顾惜春的嘲讽冻结在脸上，久久无法散开。

“这是什么丹药，药力竟如此强横？”薛忘虚惊讶地问道。

他神色有些复杂……丁宁又给了他极大的惊喜，除了丹药入口的时机掌握得极好之外，就连剑式运用也已超过何朝夕。看来在之前的战斗中，丁宁就在不断研究何朝夕的剑式，并仔细思索破解之法。

先前那些对丁宁的天赋还有所怀疑的人，此刻大多为之折服。不过天赋越佳，就越容不得挥霍，他很担心这颗药力凶猛的丹药会给丁宁带来很多不利的后果。

谢长胜张大了嘴，久久说不出话来。良久，他才向一旁的顾惜春说道：“多谢你。”

顾惜春惊愕地看着他，有些不明所以。

“每次只要你公然开口说他不成，他就会有令人惊喜的表现。”谢长胜解释道，“所以接下来，你可以多说说这种话。”

顾惜春脸色骤然变得铁青。

“不要胡闹！”谢柔厉喝一声，恨不得上前赏谢长胜一耳光，然而她眉宇之间，却洋溢着掩藏不住的喜气。

“还不到高兴的时候。”就在此时，徐鹤山凝重的声音响起，“苏秦来了。”

谢长胜霍然转身，脸色立变。

丁宁始终很平静，并未因眼前的胜利而感到欣喜。他似乎感觉到什么，向何朝夕身后的树林望去。

原本已恢复平静的淡青色薄雾突然有了异动，苏秦意态潇洒的身影不急不缓地从中出现。

他看着脸色极为难看的南宫采薇和何朝夕，拍手赞叹道：“这一战着实精彩，想不到青藤剑院的第一强者竟然会败在我们白羊洞刚刚入门的小师弟手上。”

何朝夕直视着苏秦，说道：“早知如此，之前便应该先与你一决胜负。”

“真是可惜。”苏秦毫不在意地微微一笑，说道，“我也有些遗憾，原以为和你交

手的是张仪，这样我便能将最后的威胁也一次解决了。”

南宫采薇知道他对丁宁不怀好意，忍不住寒声质问道：“乘人之危，岂是君子所为？”

苏秦淡然答道：“君子善假于物，善战者，因势利导……敌人全盛时图之，莽夫也。”

南宫采薇怒声说道：“这又不是敌国之间的战斗，只是同门之间的试炼罢了。”

“既然话不投机，何必浪费口舌。”丁宁平静说道。

苏秦本来还想和南宫采薇辩论两句，却被这句话堵住了。他也不生气，微微一笑，对丁宁说道：“其实我很欣赏你的性情，只可惜立场不同，不免相看生厌。”

丁宁也微微一笑，说道：“师兄倒不虚伪。”

苏秦脸上的笑意渐渐收敛，说道：“趁对手真元耗尽之时，借丹药之力取胜，你也算是善假于物了……不知你现在是否有信心试试我的剑？”

“同门弟子本应互相扶持，岂可倒戈相向，先对付自家小师弟？”

就在此时，不远处突然传来熟悉的声音，一条身影正急速向三人冲来。

苏秦眼神骤寒，像是要结出冰来。

丁宁却是面色不改，向那急速冲来的身影颔首为礼，说道：“大师兄，你怎么也来凑热闹了。”

观景台上的谢长胜长出一口气，觉得张仪不像是来找麻烦的样子；他身旁的徐鹤山脸色依旧凝重，一颗悬着的心却是放下了。

虽然阵法有隔音作用，但是苏秦和张仪还是接连赶来，只能说明何朝夕的确力量惊人，弄出的动静太大。其他弟子大概自觉实力无法与之抗衡，所以并未赶来。

张仪见丁宁衣衫褴褛，一身血迹，满含歉意地说道：“我没想到交战的是小师弟，慢了一步。不过听苏秦言下之意，你反而胜了？”

丁宁轻咳了一声，说道：“我来捡了个便宜，若是公平一战，胜负可就难说了。”

何朝夕皱了皱眉，正色说道：“赢便是赢了，我输得服气。”

苏秦面色更寒，看着张仪，缓缓说道：“何朝夕已败，只要解决掉眼前这两人，我和你必定是此次祭剑试炼的前两名，你真要护着他们？”

张仪斩钉截铁地说道：“一时的胜负，哪里有同门情谊重要？”

苏秦冷笑起来：“倘若我不听你的话，偏偏要抢夺他们身上的令符呢？”

张仪认真说道：“那我自然会竭力阻止。”

丁宁突然插嘴问道：“大师兄，你和二师兄，谁更厉害？”

南宫采薇突然有些想笑：一是因为她觉得张仪很有意思，和传说中一样，是个温润如玉的谦谦君子，迂腐得有些可爱；二是因为丁宁说“二师兄”的时候，故意加重了“二”字的音调，使得这个称呼听上去全然变了味道。

张仪也听出这个称呼有些异样，眉头微皱，神情有些尴尬。他迅速靠近丁宁和南宫采薇，挡在二人前面。

苏秦冷冷地扫了一眼丁宁和南宫采薇，然后转身离去。

“我现在还不想和你拼个两败俱伤，祭剑试炼不允许结伴而行，张仪，我就不信你能一直守护他们。”充满杀气的声音从薄雾中传来。

“师弟，听师兄一句劝，恃才傲物、嫉贤妒能，可是修行之大忌！”张仪忧虑地对着苏秦的背影说道。

“大师兄，你这句话是真心的么？”丁宁突然开口问道。

张仪觉得有些奇怪：“当然是真心的，小师弟你为什么会这么问？”

丁宁笑道：“我以为师兄是故意气他来着，看来我是以小人之心度君子之腹了。”

张仪愕然说道：“我是真心希望他能改正，不然前途叵测……”

丁宁感慨道：“只可惜江山易改，本性难移。”

何朝夕不想再浪费时间，竟径自脱去外袍。

“你这是干吗？”丁宁见他赤着上身，有些发怔。

“你的衣袍破了，又受了伤，晚上山间比较冷，有些难熬。我反正要出去了，这件外袍就送给你吧。”何朝夕随手将外袍丢给丁宁。

丁宁尴尬地笑了笑，连忙将外袍穿在身上。

“你就算要赠衣，也用不着当着我的面脱掉啊，好歹我也是个姑娘家……”南宫采薇有些不悦。

何朝夕面容微僵，轻声申辩道：“我不想浪费时间……你可以转过身去啊……”

“我为什么要转过身去？”南宫采薇白了他一眼，说道，“你的身材又不差。”

何朝夕脸上出现一抹少见的绯红，一时不知该如何回应，轻咳一声，竟头也不回地逃离此地。

张仪泯然一笑，也朝来时的方位走去，同时轻声说道：“小师弟，按照规则，我们无法结伴同行。接下来两日，你千万要多加小心。”

张仪的身影渐渐消失在薄雾中，不一会儿，一件带着他体温的院袍却从薄雾中飞了

过来，落向南宫采薇。

“采薇姑娘，你的伤比小师弟还重，这件外袍便送与你了，希望你不要嫌弃。”张仪的声音随之传来。

南宫采薇微微一怔，心中充满感激，然而一想到张仪在薄雾的遮掩下飞快脱衣的样子，她竟忍不住“扑哧”一声笑了起来。

丁宁嘴角上扬，故意朝着张仪离开的方位大喊：“大师兄，你光着身子可如何是好？观景台上那么多人看着呢！”

“哎呀……”张仪惊呼一声，有些羞愧地说道，“我得就近找人战上一场……求一件蔽体之衣……”

想到张仪赤着上身冲出去的画面，丁宁忍不住开心地笑了起来。

“我得离开了，你也要多加小心。”丁宁向南宫采薇挥了挥手，说道。

他的笑容渐渐收敛，缓步朝一侧走去。

南宫采薇点了点头，将张仪的院袍披上。院袍太过宽大，穿在她身上如同戏服一般，看上去有些滑稽。

微风拂过，伤口很痛，但是她却非常开心。她觉得不管此次试炼胜负如何，她心中都不会有遗憾。

对于长陵之人而言，今日的震惊注定来得更为强烈。

长陵那一座座无比高大的角楼和分外平直的街道，在今日体现出了作用。

平直的街道使得马车和那个“大逆之人”始终无处藏身，而从角楼上激射而出的弩箭，则紧紧追随着他们。

一阵阵曼妙的歌声在长陵上空萦绕着，在符文战车和重甲军士的追击下，那道飘逸如仙的白色身影一路所向披靡。

马车所过之处，扬起滚滚烟尘，如同蛟龙一般，向渭河奔腾而去。

沉重的符文战车被流水般飞舞的剑光拍开，砸向两侧；一个个悍不畏死的重甲军士前仆后继地向前冲击，却像稻禾一样被一茬茬收割殆尽。

某座角楼上，一个虎狼军将领脸色阴沉得像要下雨。

“传令下去，沿途的虎狼军不要再进击了！”他咆哮着喊道。

听到军令，他身旁一个副将身体不由得颤抖起来，他很清楚来不及列阵的虎狼军就这样冲上前去，根本徒劳无功，但是任由这“大逆之人”在长陵纵横驰骋，简直就是在秦国那些权贵脸上狠狠扇了一个耳光。此时拥兵不前，后果恐怕难以想象。

“你还在犹豫什么！”见他并未传令，将领再次厉声咆哮了起来，“今日之事，真要承担后果，自会有人挡在我们前面。何况对我而言，手下这些人的生死比颜面更重要！”

“你应该明白让白山水直接冲杀出去，会带来什么样的后果。那个车夫其实是云水宫的真传弟子樊卓，我们神都监跟了他数月，为的便是从他身上得到更多线索。别说我们还未发现白山水，就算发现他了，想要收网，也必须仰仗夜司首和几位侯爷。”火速赶来的莫青宫走到那个跌坐在地上的长陵卫将领面前，无比阴沉地说道，“现在你即便是死，也要先将话说明白，你们长陵卫为什么会到这里，为什么会找这列车队的麻烦？”

长陵卫将领惨然一笑，说道：“我们发现有人暗中售卖楚造金蟾，这是十几年前被盗王陵中的陪葬之物。线索指示可疑人物有可能在这列车队里，所以我们就赶来了，谁知竟会牵扯出白山水这样的大逆。”

莫青宫脸色铁青，一时说不出话来。

云水宫的人不可能和十几年前的盗墓贼有关，显然是有人故意布局，上演了这出好戏。

少了虎狼军的拼死抵挡，狂奔的马车便越跑越快，从四面八方汇聚而来的水汽也越来越足。整辆马车已被包裹在云气和水汽之中，远远看去，如同在腾云驾雾一般。

转眼便到了渭河岸边，看见波涛滚滚的江面，两匹奔马下意识就要止步。然而驾车的中年男子双掌一拍，奔马悲鸣一声，竟以更快的速度向前冲去。

“轰”的一声巨响，马车高高跃起，坠入江面，溅起惊人的水浪。坚实的车厢承受不住这种冲击，瞬间裂成大大小小的碎块。

驾车的男子站立在一叶残片上，白山水则轻盈地落在水面上。

此时白山水才露出真容，他身穿白色裘袍，肤如凝脂，相貌极美，看上去只有二十余岁，让人根本无法将他和那个为了练剑久居无人潭心，为了躲避秦国追杀十年来餐风露宿的剑客联系在一起。

不多时，一个方圆数丈的漩涡从不远处涌起，一个白影向他们游来，仔细一看，竟是一条长约数丈的白鲤。它将白山水和樊卓稳稳驮在背上，正准备向前游去，就在此时，波涛翻滚，一艘铁甲巨船以惊人的速度向他们驶来。

这艘船颜色斑驳，船身上布满伤痕，就像一截从深海中探出头来的巨型珊瑚。船上散发着浓烈的血煞之气，最前端的撞首，赫然是一颗真正的鳌龙兽！鳌龙首两颗血红的巨目中射出幽幽红光，分外摄人心魄，而龙首之上，则站立着一个白衣女子，只见她衣袂飘飘，宛若天神！

白山水也不惊慌，脚下白鲤绕出一个半圈儿，卷起一股弧形波浪。

他遥遥看着如天神般的白衣女子，微微一笑，说道："夜司首果然风姿绰约！我很想知道我的云水真诀和你的天一生水一朝相遇，会是何种风情，只可惜你来晚了。"

夜策冷面色平和，淡淡说道："无妨，他日你我必会再见！届时还请先生不吝赐教！"

白山水收敛笑意，认真说道："我看夜司首在长陵过得也未必如意，不如与我结伴同行，就此离开，从此遨游于江河湖海之间，岂不快哉？"

夜策冷微嘲道："若你真的能放下一切，寄情于山水之间，便不会再来长陵，在此处搅弄风云了。"

"你说得不错，故国旧魂，我自然不能放下。"白山水笑道，"对于我们这种修行者而言，与天斗，与那些拥兵百万的人相斗，难道不是更快乐的事情么？且你曾经师从'那人'，即便现在只想求个安稳，那些位高权重者又岂会让你高枕无忧？"

夜策冷抬首望天，朗朗晴空瞬间乌云密布。

"我自然有我的理由，你无须知晓。"她面无表情地回应道。

"道不同不相为谋，既然如此，你我就此别过。"白山水微微一笑，颔首为礼。

他脚下白鲤长尾一摆，激起一蓬浪花，顷刻间便划破江面，乘风破浪而去。只数十息时光，便杳无踪迹，再快的轻舟也追之不及……

鱼市外，渭河岸边。

极少走出鱼市的红衫女子脸上蒙着一层细细的黑纱，远远看着白山水和樊卓离开。她的身旁，站着那个拄着黑竹杖的佝偻老人。

听到隐隐约约传来的歌声，她平静地说道："孙叔，你看长陵最大的问题还是心不齐，遇事总是窝里斗。恐怕又有不少人要背黑锅，为了秦国的颜面赴死了。好不容易有个压得住场的人，还被自己人给杀死了。"

佝偻老人没有抬头，发出"嗬嗬"的声音，听上去不知是哭，还是笑。

第二十四章 借刀杀人

夜色笼罩，繁星闪耀，点点白霜渐渐生成，乍一看，像是由洒落下来的星光凝结而成。

丁宁躺在用藤条绞成的简易吊床上，丝毫没有觉得寒冷。

对于韩、赵、魏的修行手段，他多有涉猎，然而南宫采菽送给他的这颗黄庭金丹，他却从未听说过。

尽管如此，这颗丹药还是给了他极大的惊喜。此刻他紧闭着眼睛，识念内观，不断炼化着充盈在体内的药力。

他的血肉之中似乎悄然钻出无数小蚕，缓缓吞噬着药力中对修行者极为不利的驳杂成分。因为吞噬得极为缓慢、轻柔，所以他周身一片寂静。甚至连已融入血肉和真气里的驳杂成分，都被缓缓吞噬掉了。

随着时间的流逝，他体内剩余的药力越来越纯净，纯净到连昔日最强的南阳丹宗中最上品的丹药都不可能达到的程度。

纯净至极的药气与真气慢慢融合，他气海里的真气越来越黏稠，越来越沉重。这些真气穿透了他体内许多原先无法通过的筋络，不停地渗入他的骨骼。

这便是第二境炼气境的中品伐骨。

正如南宫采菽所说，这颗黄庭金丹足以让炼气下品的修行者突破到炼气中品，然而丁宁的修为进境依旧没有停止。

经过吞噬，药力中的驳杂成分被清洗出去，黄庭金丹的药力也得到最大化的利用。

此刻他体内还有不少纯净的药气留存，所以必须继续炼化下去。

变得更加凝重的真气不断深入，浸润、滋养着那些连识念都到达不了的地方……

第一抹晨光洒落下来之时，他体内最后的药力终于消失殆尽，距离第二境上品换髓，只差些许距离。

他睁开眼睛，大口呼吸着新鲜空气。

他对自己目前的修为进境很满意，或者说，对自己控制修为进境的能力很满意……

按照规矩，后半夜便可启程赶路，但是第三天才是决定胜负的关键日子，提早赶路非但没有意义，还容易在杀机四伏的黑夜遭遇危险。所以继续参加试炼的弟子们，大多选择日出之后再动身。

一个青藤剑院的弟子正在烤一只云雀，他身旁还放着有些干瘪的野桔。

突然，他身体一僵，汗毛直竖，右手随即落在腰侧的长剑上。

“我劝你最好不要拔剑，尤其是在我未必想对你动剑的情况下。”苏秦从薄雾中缓缓走出。

他看着这个弟子，缓缓补充道：“如果我记得不错，你叫时夏，是新近入门的弟子，用的是青霜剑，修为已至炼气中品。你的表现还算不错，不过你可不是我的对手。”

时夏面容稚嫩，身形只比丁宁略高一些，他看着苏秦，眼中充满惊惧，一时不知该如何应对。

过了一会儿，他艰难地咽了咽口水，竭力让自己冷静下来，说道：“苏秦师兄的博闻强记，果然和传说中别无二致。只是不知师兄何出此言，难道是认为我修为低下，不值得你出剑么？”

苏秦微微一笑，摇了摇头，说道：“我的意思是你或许有更好的选择。”

时夏连忙问道：“什么选择？”

苏秦淡淡说道：“你可以和距离这里不远的丁宁战斗，他才刚刚进入炼气境，你极有可能战胜他。我甚至可以保证，你能顺利接近他。”

时夏一愣，抬头看着苏秦，惊愕地问道：“为什么……”

“想让一个人退出有很多理由，我无须向你解释什么。”苏秦看了他一眼，说道，“你只需作出选择便可，要么马上败在我的剑下，要么去击败丁宁，赢得继续试炼的机会。你也明白以你的实力，参加这种试炼的意义，是为了获得更多战斗经验……”

“苏秦到底想要做什么？”睡意未消的谢长胜看着祭剑峡谷中的情形，寒声问道。

“这是赶兽之法。”谢柔蹙着眉头解释道，“巴郡里某些猎户，每每狩猎时收获颇丰，甚至能捕捉到不少猛兽，原因就在于他们擅长将野兽驱赶到一处，将它们牢牢围堵起来。有些凶猛的野兽被逼得狭路相逢，便会自相残杀。苏秦受到张仪牵制，无法向丁宁出手，看来他打算牵制住张仪，然后逼别人去和丁宁战斗。”

谢长胜顿时脸色一变，忍不住骂道：“此人真是无耻。”

“兵不厌诈，适者生存。”他身旁的徐鹤山凝重地说道，“试炼本身便是实力和计谋的比拼，苏秦虽然有些无耻，但他的确和传说中一样才智过人。”

看着离丁宁越来越近的时夏，谢柔的眉头蹙得越来越紧了……

丁宁正在嚼着滋味不是很好的桔瓣，当他觉得牙帮子有些酸软的时候，看到了低头向自己走来的时夏。

“我叫时夏，是专门来向你挑战的。”时夏在距离他数丈之遥时停下脚步，说道，“我本无意与你战斗，是被你们白羊洞的苏秦师兄逼来的。”

丁宁微怔。

时夏接着说道：“我知道这样做不太好，但是我想多些历练的机会……所以我别无选择。”

丁宁微微一笑，真挚地说道：“没关系，换作是我，也会做出这种选择。”

时夏感激地看了丁宁一眼，说道：“听闻师弟你才刚刚进入炼气境，所以等下交手，我会尽量将修为控制在炼气下品。”

丁宁越来越觉得他有趣，笑着说道：“你若是这么想的话，应该能获得更多的历练机会。”

时夏一时无法理解丁宁话中之义，不过他要说的已经说完了，于是不再多言，对着丁宁行了一礼，开始出剑。

他的剑看上去如同坚硬的玉石，通体青色，上面有着杂乱、细密的符文。随着真气不断涌起，剑身上开始散发出凛冽的寒意，渐渐凝出一层层青色霜花。

丁宁微微一笑，也缓缓出剑，剑身上绽开许多如茉莉般洁白、美丽的小花，看上去和之前并无分别。

时夏觉得丁宁这柄残剑在盛开白色小花时非常好看，有种别样的凄美。丁宁神情平和，让他暂时忘却了受苏秦胁迫一事，渐渐觉得这是一场公平的对决。

他庄重地出剑，空气里响起清越的破空之声，青色剑光径直袭向丁宁胸腹之间。

丁宁没有挥剑去挡这一剑，只是横剑于胸前。因为青色剑光不像其他剑式那么平直，随着时夏身体和手腕的细微动作，它竟显得有些扭曲，就像一根晃动着的青藤，在快要接近丁宁胸前之时，剑锋一转，竟全力刺向丁宁颈部。

“这是青藤剑院有名的‘缠藤剑法’。”谢柔轻声对身畔的谢长胜说道，“它的剑式很独特，像藤蔓一样绕来绕去，因此对手很难把握住剑锋的真正走向，以便及时作出应对。”

谢长胜神情凝重地点了点头，看似袭向胸腹的一剑最终却刺向咽喉，任对手修为再高，也很难防范得住。尤其是到了第五境之上飞剑对决之时，起心动念之间便有可能决定生死，使用这种剑式就更加占据优势了。

徐鹤山眉头微挑，眼睛里闪现出一丝异光，因为丁宁已然抵挡住这一剑。他的末花残剑向上抬起，横于咽喉前方，竟十分精准地用剑脊拦住了青霜剑的剑尖。他随即展开反击，纵身跃出，挥动着残剑，迅速朝时夏喉部斩去。

时夏也不惊慌，青霜剑抖出一个弧形剑圈儿，反切向丁宁的手臂。

丁宁手臂微收，两剑剑尖相交，激起一蓬火星。

时夏后退半步，动作骤然大开大阖起来，长剑或拍，或甩，一时间，他身旁就像长出数根摇曳不停的青藤。

丁宁身前一两尺之地，也瞬间充满绵密的墨绿色剑影。

从观景台上看去，两剑似乎并未相交，然而短短数十息时间，便有一蓬蓬火星在空气中不断绽放，画面甚是好看。

“时夏好像不想占便宜，刻意压制了修为，现在两人纯粹在比拼剑技。”谢长胜眉头微蹙，轻声说道。

徐鹤山用赞叹的语气说道：“丁宁的确不错，缠藤剑法非常难缠，若是两剑剑身相贴，很容易被对方一缠一绕，将剑绞飞出去。时夏手中青霜剑上的冰霜粘附力很强，你看丁宁每一剑都能避开它的缠绕，即便是应对拍击剑式，也绝不让剑身有相贴的机会。”

谢柔点了点头，说道：“丁宁的剑虽有残缺，但是真气灌入之后力量也不弱；

剑身虽短，却很适合《野火剑经》这种繁杂绵密，在短距离之内能快速变化的剑式。”

“我收回这是一柄破剑的说法。”谢长胜凝重地说道，“但是丁宁现在全然防守，如何能够获胜？”

徐鹤山沉声说道：“我们只管拭目以待。”

时夏看着丁宁无比平静的眼神和越来越精准、纯熟的剑式，眼中的敬佩之色越来越浓。他知道必须使出更强的剑式，才有可能战胜丁宁。

他深吸一口气，一直暗中蓄势的左手以惊人的速度敲击在青霜剑的剑柄上。

一股劲气沿着剑柄炸开，“咔”的一声，青霜剑上厚重、坚硬的霜壳破裂了，如同锋利的剑片向前激射而出。

这些霜壳薄而锋利，威力惊人，观景台上诸人瞳孔剧烈收缩，大家都紧紧盯着这决定胜负的一剑。

丁宁脸色依旧平静，“哧哧哧哧”，数声响声传来，他手中的末花残剑急速扫过这些霜壳。

他并没有用多少力，只是一味追求速度，因为这些轻薄的霜壳虽然锋利，但是比较脆弱，容易破碎。

所有激射而来的霜壳一瞬间成为齑粉，他的口中发出一声低沉的厉喝，一剑横扫，狠狠拍在青霜剑的剑身上。

时夏微微一滞，他没有想到丁宁竟然并不惧怕剑身相交。他心知不对，厉啸一声，体内真气急剧涌入剑身，剑身上再度涌起一层冰霜。

“噗”的一声，双剑撞击，爆开一蓬夹杂着无数细霜的气浪。

时夏极其熟练地拧身，转腕，眼看就要将丁宁手中的剑绞飞出去。然而丁宁却上前半步，紧绷着身体，死死握着剑柄，将身体的重量都压了上去。

时夏只觉得剑身上如同压了一块巨石，根本翻转不动。

“哧啦”一声，丁宁的剑已顺势切了下来，如同刨冰一般，将他剑身上刚刚结出的一层厚霜切得尽皆飞散。一蓬蓬青色飞霜喷在他的脸上，衣袍上，一时间，他的头发和眉毛都变成了青色。

时夏心中寒意顿生，拼命抽剑往后飞跃。两剑脱离之时，丁宁却又快速一震一拍，无数真气形成的白色小花和青色冰霜骤然加速，如同一股水流般冲击在时夏的脸面之上。

他不由得闭上眼睛，一瞬间，只觉得一股冰冷的剑意朝他的小腹迅速袭来。他厉喝一声，连忙挥剑向那道剑意斩去。然而那道剑意却又急速缩回，瞬间来到他的左肋。

他强行睁开眼睛，再次挥剑，却只看到一朵朵白色小花正朝着他的左肋前行。

此时，丁宁手中那柄墨绿色残剑却收敛了所有真气，像一道阴影一般，无声无息地在空气里前行，转眼便已来到他的右肩。

他的身体骤然僵硬，瞳孔剧烈收缩。“啪”的一声，丁宁手中这柄墨绿色小剑只是在他的肩头拍了一拍，便收了回去。

丁宁退后一步，持剑不再进击。

一片欢呼声在白羊洞弟子聚集的地方响起，观景台上的其他弟子这才呼出一口气。

“想不到这样也能获胜。”

谢长胜深深吸了一口气，他可以肯定，自己绝对躲不过时夏那一击，更不用说扭转局面，发动如此酣畅淋漓的反击了。

徐鹤山和谢柔都沉默不语，虽然他们心中都希望丁宁能够获胜，但是在纯粹的剑技比拼之中，丁宁能够以如此完美的表现获胜，依旧给他们带来了极大的冲击。

时夏大脑一片空白，他有些不敢相信丁宁竟然能够击败他。数息之后，他回过神来，看了看自己的右肩。他很清楚方才丁宁那一剑若是顺势斩下，即便不用任何真气，也足以卸下他这条右臂。

“我败了。”他心悦诚服地向丁宁躬身行礼，“丁宁师弟你剑术精妙，常人无法企及。”

“狄院长，丁宁的表现你是否满意？”

观景台上，披了一条薄毯的薛忘虚抚须微笑，对一侧的狄青眉说道。

狄青眉脸色铁青，想要保持平静，但是眉头却忍不住颤抖起来。

“脸色不要这么难看。”薛忘虚看着他，认真、平和地说道，“不管你对我有什么看法，毕竟白羊、青藤合一，将来我和你，或许都会因为出了这样一个弟子而欣喜。”

狄青眉心中一颤，霍然转头，看向薛忘虚。

薛忘虚淡淡一笑，抬头看着空中的白云，有些感伤地说道：“白羊洞注定不复存在，你越是牵挂这门户之争，就越是向世人提醒着白羊洞的存在。其实丁宁是我的弟子，但同样也是你的弟子……若是心胸不宽，连小小一片天空都容不下，又岂能容得下眼前这大好河山，到达更高更远的境界呢？”

狄青眉的心脏急剧跳动起来，双手不住地颤抖，薛忘虚这句话，给已在第七境门口徘徊了很多年的他带来许多感悟。他用不可置信的语气问道：“你为什么要对我说这些？”

“你不要忘记，不管是白羊洞还是青藤剑院，首先都属于秦国，你我都是秦人。”薛忘虚平和地说道，“大王和王后容得下师兄和我，就是因为知道我们首先将自己放在秦人的位置上。必要的时候，我们的剑始终会斩向大秦的敌人。至于修行，到了我这样的年纪，已不再害怕会被他人超越，我的敌人只可能是自己。”

狄青眉的双手更加剧烈地震颤起来，他突然觉得自己很渺小。

“薛忘虚，我的确不如你。”他轻声说道。

“那倒未必。”薛忘虚依旧平静地说道，“我的路已快到尽头，你的路却还远着呢，将来如何，就看你自己怎么走了。”

祭剑峡谷里，输得心服口服的时夏伸手摘下腰畔挂着的令符，就要递给丁宁。

就在这时，丁宁抽了抽鼻子，问道：“好香，你闻到了没有？”

时夏一怔，用力吸了几口气，这才感觉到似乎有烤肉的香气隐隐传来，是那种油脂很足的肉烤熟之后散发出来的香味。

“你难道想过去看看？”他忍不住好心提醒道，“那可能是个陷阱，今日你已经胜了我，只要赶到指定区域便可以过关。”

丁宁笑了起来，说道：“我只吃了几颗野桔，空腹吃这种东西，不停地冒酸水，着实难受得很，必须找到实在的东西填饱肚子，才有足够的体力。”

时夏始终把自己和丁宁放在弱者的地位，他根本没有料到丁宁会主动寻找对手。想到接下来等待丁宁的可能又是一场恶战，以及方才丁宁所施展的精巧至极的剑式，他的眼神骤然热切起来，忍不住脱口而出：“丁宁师弟，我可以跟你一起过去看看么？”

丁宁说道：“我没有意见，不过祭剑试炼禁止两人同行……”

时夏如梦初醒一般，将身上的令符丢给丁宁，说道：“我已经输给你了，所以不用再遵循试炼规则。”

丁宁不再言语，开始朝香气飘来的地方前行。

时夏远远地跟着丁宁，连绕了数道藤墙之后，他才终于闻到清晰的香味。他心中一惊：看来丁宁的嗅觉，也比我灵敏啊……

不多时，丁宁前方出现一片桔红。走近一看，原来是一株野柿子树。

看着那些表皮上挂着淡淡的白霜，已然熟透了的柿子，丁宁满意地笑了起来，对着树下之人颔首为礼，说道："都说霜打的红柿甜如蜜，我最爱吃这种柿子了，叶名师兄倒真是会找地方。"

野柿子树下坐着的那人身穿白羊洞院袍，正是丁宁入门之时，在山门口接引他的叶名。他正在烤着一只野猪腿，火堆旁则放着一只被切了一条腿的野猪。

这丰衣足食的悠闲景象实在让人羡慕，然而叶名却是一副愁眉苦脸，不知该如何开口的模样。

见他神色有些异样，丁宁又笑了起来："你该不会也是被苏秦师兄逼迫，刻意在这里等我的吧？"

叶名愕然问道："丁宁师弟你怎么知道？"

丁宁指了指身后，说道："因为有了先例。"

叶名这才看清他身后有一个青藤剑院弟子，不由得怔住了。

"他叫时夏，特意跟我一起过来看看。"丁宁看着叶名手中烤得金黄的野猪腿，揉了揉肚子，认真说道，"我肚子很饿，要不叶名师兄先请我吃些东西再说？"

叶名眼中有一丝犹豫。

"难道这也是苏秦师兄猎到的？不过有什么关系呢，无论等下是谁胜出，难道在接下来的试炼中，他会对你我手下留情么？"丁宁撇了撇嘴，像是看穿了叶名心中想法一般，说道，"吃他条烤猪腿又算什么？"

叶名想了想，展颜道："有道理，丁宁师弟先请。"

"这山间的野猪肉果然很香，师兄的手艺不错，只可惜少了些盐，只能用这柿子来调调味了。"

"你一口熟肉一口生柿子，当心一会儿拉肚子。"

"无妨，何朝夕吃了很多生肉都没有拉肚子，反正等会儿要和师兄大战一场，正好消消食儿。"

"何朝夕？你见过何朝夕？"

"是啊，他输给了我，苏秦师兄没有告诉你么？"

“……”

叶名看着已经切掉小半条猪腿的丁宁，眉头皱起，脸色越来越严肃，忍不住说道：“丁宁师弟，我知道你天赋非凡，但做人要诚实，你年纪轻轻，怎么编造这种谎话来吓唬我……”

丁宁良久才抬起头，将视线从手中的半个野柿子上移开，无奈地说道：“叶名师兄，我说的是真的。”

“你真是不知悔改！”叶名脸色越发难看起来，放下手中那根猪骨，缓缓站起，说道，“既然这样，那就让我看看你的剑到底有多强！”

丁宁认真抗议道：“我还没有吃饱。”

叶名深吸了一口气，说道：“吃太饱不好，还有人等着看你的战斗呢。”

丁宁擦了擦手，忽然像想起什么似的，说道：“叶名师兄，其实我身上的院袍就是何朝夕的。”

“不知你从何处扒来这件院袍，你以为这样就能吓到我了？”叶名闻言更加恼怒了，呵斥道，“难道你觉得我会相信你不仅将何朝夕打倒在地，还扒下了他的外袍？”

丁宁有些哭笑不得，他很不情愿地站了起来，拔出末花残剑，对叶名说道：“师兄先请。”

叶名沉着脸拔出背负着的长剑，知道丁宁修的是以守为主的《野火剑经》，他也不多言，身影一弹，一剑刺向丁宁胸口。

他的剑是秦国最普通的黑铁直剑，剑脊正中间有一道平直延伸至剑锋的符文，能够让运行其中的真气化为剑气。

在距离丁宁胸口还有数尺之时，只听“哧”的一声爆响，一股白色剑气从剑尖冲出，如同陡然伸出的白羊角，以完美的弧度顶向丁宁的下颚。

叶名修的是白羊洞最正宗的《白羊剑经》，这一剑便是出名的“白羊挂角”。

丁宁想到了快速击败叶名的办法，他后退一步，体内真气狂涌而出，汇入手中的末花残剑。有着许多细微裂纹的墨绿色残剑发出“滋滋”的声音，洁白的花朵瞬间布满整个剑身。

他用尽全力，挥剑磕向那只白羊角。

远处观战的时夏呼吸微顿，他觉得有些不对，还没来得及细想，丁宁的剑已和那只白羊角撞在一起。

只听“轰”的一声爆响，丁宁明显无力抗衡，连连后退。

叶名的长剑僵在空中，他有些茫然，感受到白色花朵释放出来的剑意，以及手中长剑上震荡的力量，他终于从惊骇中恢复过来，张大了嘴，不能理解地喊道：“怎么回事儿？你的修为竟已接近炼气上品！”

丁宁向前踏出一步，飞散着洁白小花的残剑切向叶名的手腕。这一剑反击并不快，然而因为叶名太过震惊，所以动作便显得有些迟钝。他想要收剑，但丁宁的剑锋已经切向他的五指，所以他只好松手，弃剑。

丁宁的剑锋敲击在他的剑柄上，剑往一侧飞出，彻底脱离他的掌控范围。

丁宁随即顿住身形，不再进击，歉然地看着他，说道：“师兄承让。”

叶名根本没有意识到丁宁已击败自己，瞪大眼睛看着丁宁，再次问道：“丁宁师弟，怎么你的修为已接近炼气上品？”

丁宁平静地解释道：“我在对战何朝夕时吞服了南宫采菽赠我的一颗丹药，所以才有这样的修为进境。”

丁宁真的战胜了何朝夕？叶名开始相信丁宁先前说的话是真的，他呆呆地看着丁宁，忍不住说道：“怪不得你毫不犹豫地拒绝了谢柔，原来是因为南宫采菽。”

听闻此言，丁宁顿时苦了脸，说道：“叶名师兄你的思维跳跃性也太大了……”

时夏走到丁宁身侧，对着他认真行了一礼，说道：“原来你的修为早已超过我，我将修为控制在炼气下品，实是小看你了……你本来可以轻易击败我，却故意将修为压至炼气下品，与我纯粹比拼剑技，方才那一战我学到不少东西，所以我必须感谢你。”

丁宁平静地说道：“你不必谢我，我会做出那样的选择，只是因为你先做了那样的选择。”

时夏不再多说什么，再次躬身行礼，然后转身离开。

“你凭剑技胜了他？”叶名又是一副不敢相信的样子，“丁宁师弟，只是一个月的时间，你到底是怎么修炼的？”

“师兄，你的问题实在太多了，我一时没办法和你解释啊……”丁宁有些受不了了，向叶名伸出手去，“先把令符给我吧！”

距离丁宁和叶名战斗之地不远处，张仪和苏秦分别凝立于两株挂满藤蔓的老松顶端。

“师弟，丁宁小师弟的确是万中无一的天才，我们做师兄的，理应全力帮扶他才对，怎么能反过来处心积虑地对付他呢？”

见叶名已交出身上的令符，张仪转过头来，看着面如寒冰的苏秦，苦口婆心地劝说道。

苏秦冷冷地看了他一眼，身影一动，掠下老松，便要离开。

张仪有些着恼，跺了跺脚，老松上的枯针顿时被震得“哧哧”飞出。

“苏秦师弟！你到底是怎么想的？”他怒声问道。

苏秦冷笑道：“你又不是第一天认识我，应该明白我苏秦做事，从不半途而废。”

“不要再逼迫其他弟子去和丁宁小师弟战斗。”张仪纵身一跃，落在他身侧不远处，一字一顿道，“我绝不允许你这么做。”

苏秦眉头挑起，一言不发。

张仪看着他，面色坚毅地接着说道：“假如你再有这样的举动，我便会出手。”

“你拼着自己无法获胜，也要保住他么？”苏秦沉默片刻，微讽道，“既然如此，那我就让他再多待一天好了。”

见苏秦如此执着，张仪的眉头不由得深深皱起。

苏秦转身离开，他面无表情地看着自己靴底的落叶，想到它们最终会和泥土混在一起，变成泥土的一部分，嘴角便浮现出更多的冷意。

对于丁宁和门内这些师兄弟，他和张仪的看法在本质上便有不同。

张仪说同门之间要互相帮扶……然而在他眼中，修行者的世界只存在两种可能：踩人或者被人踩。

若是不能踩着人往上走，便会像这些被踩入泥土里的落叶一样，慢慢腐烂，变成最平庸、最不起眼的存在。所以越是显眼、不凡的人，就越要及早将他们踩下去。

他嫉才，却并不害怕与这些人为敌。因为若是连对手的天赋都畏惧，今后还有什么勇气去战胜更强的对手，跨越修行途中那些危险的关隘？

四股狼烟燃起，他收回思绪，慢慢走向狼烟标示的区域。

第二十五章 名剑雪蒲

一个面貌并不出众，为人十分低调的青藤剑院弟子也缓步朝着狼烟燃起的方位前行。

他的右手时不时地伸入怀中，触碰着那柄用布包裹着的小剑。剑身上散发的气息，让他的身体里不时涌起暖意，甚至让他忘记了饥渴。

他是墨尘。

突然，墨尘停顿下来，只见前方薄雾里，走出一个同样身穿青藤剑院院袍的弟子。这个弟子身材高大，背上两柄长剑的剑柄都是金黄色。

“墨尘师兄，对不住了，我今日还没与人战斗。”他向墨尘歉然行了一礼，随即拔出背负的两柄长剑。

他是厉丹霞，青藤剑院最有希望进入前三的人之一。他的修为虽然没有何朝夕高，但已突破第二境，踏入真元境。

知道这是凭借实力对付不了的对手，墨尘深吸了一口气，右手伸入怀中，紧紧握住小剑的剑柄，然后对着厉丹霞行了一礼，说道：“厉师弟，对不住了。”

厉丹霞微微一怔，有些不明所以。他尴尬地轻咳了一声，不再多说什么，扬起手中双剑，做出一个请对方出手的姿势。

墨尘的心脏剧烈跳动起来，眼睛里闪耀出前所未有的光亮，他深深吸气，从气海里流淌出来的真气，毫无保留地于他的指掌之间涌出！

厉丹霞瞳孔剧烈收缩，心中涌起强烈的不安。

紧接着，包裹着小剑的布帛被墨尘的真气撕得粉碎，在小剑暴露出来的一瞬，充斥在小剑周围的真气竟被密密麻麻的符文吞噬。

“轰”的一声，银白色小剑上爆发出耀眼的光芒，震散了墨尘的发带，他的长发四散开来，随风飘舞。一刹那间，这个平日里沉默寡言、不起眼的青藤剑院弟子，却散发出令人心悸的魔性。

感受到对方小剑上散发的恐怖气息，厉丹霞下意识地吞咽了一口口水，体内真元也毫无保留地灌入手中两柄长剑之中。

他的长剑剑柄是金黄色，剑身却是赤红色，随着真元的灌入，这两种颜色交相辉映，像燃烧的晚霞一般绚烂。

墨尘整个人飞掠起来，一剑朝着这片晚霞斩出。

此时，他脑海中浮现出无数画面：他看到墨侯府的人一脸冷漠，完全无视自己的存在；看到自己离开安城时，众人期待的眼神；看到自己在长陵四处碰壁，求学无门的场景；看到自己经过一番波折，终于进入青藤剑院，却碌碌无为，得不到师长赏识……

他要一剑斩尽那些不平的画面……

厉丹霞呼吸一窒，只看到无数白色蒲花向自己飞来。

一股巨大的力量涌来，他手中两柄剑全部从中折断，飞旋而回的剑身反而斩在他自己身上。

鲜血从他身上飞洒出来，他不由得连退十余步，颓然坐倒在地上。

观景台上一片哗然。

谢长胜转头看着谢柔，震惊地问道：“姐，这是什么剑？”

“剑气如雪白的蒲花……真气境的修为却激发出比真元境下品还强的力量……看来很有可能是雪蒲剑。”谢柔深吸一口气，缓缓说道。

谢长胜和徐鹤山面面相觑，异口同声问道：“难道是大楚神匠工坊姬天雪打造的雪蒲剑？”

谢柔转身看着二人，问道：“这柄剑为什么会在他的手里？”

谢长胜和徐鹤山的目光顿时落在端木炼身上，雪蒲剑是名剑，神匠工坊又是御用工坊，唯有王室子弟，才有可能得到这种名剑。

端木炼眼中也充满震惊，他根本不知道墨尘这样平凡的弟子竟会拥有雪蒲剑。

“这不公平。”一个沉重的声音响起。

众人转过头去，发现出声之人竟是平日里只知抓紧时间修炼的何朝夕。

何朝夕坦荡地迎着众人的目光，看着端木炼说道：“光是雪蒲剑本身的力量，就足以击败绝大多数参加祭剑试炼的弟子。”

端木炼知道何朝夕说的是事实，真元境的修行者在体内真元消耗之后，根本无法与雪蒲剑抗衡。然而试炼规则对这方面没有明确的规定，而且每个人所带的剑也各有千秋，只是不如雪蒲剑威力这般惊人而已。

端木炼一时难以决断，转头看向观景台一侧的薛忘虚和狄青眉。

“你有什么看法？”狄青眉轻声问道。

只过了一夜，他的眼眉之间便少了几分戾气，多了几分平和。

薛忘虚看了他一眼，笑着说道：“我的看法应该和你一致。”

狄青眉点了点头，对端木炼说道：“无妨。”

何朝夕一愣，正想出声询问，然而狄青眉却又接着说道：“既然试炼规则对此未有明确的规定，那么墨尘此举就不算违规。他有能力得到雪蒲名剑，自然比其他弟子更有机会拥有更广阔的天地……”

观景台上再度沉寂了，何朝夕的眉头缓缓舒展开来，向狄青眉微微躬身行礼，不再发表异议。

黑夜再次笼罩祭剑峡谷，四周一片安宁。

一股示意可以再次出发的狼烟燃起，许多火星从浓厚的烟尘中迸射出来，显得分外美丽。

一个青藤剑院弟子在夜色中快速前行。

这已是最后一日，按照试炼规则，谁能最快到达祭剑峡谷的出口，获取放置在那里的青脂玉珀，便是最终的获胜者。

所有弟子正全力以赴地向出口赶去，这个青藤剑院弟子日间在进入指定区域之前，就已勘察出一条能够安全到达出口的路线。此刻虽然他已费了许多体力，极其疲惫，但是却充满信心，认为自己绝对能以最快的速度到达出口。

然而他奔行了半炷香的时间，眼看距离出口已不远，却骤然停顿下来，眼中充满震惊，一脸的难以置信。

他面前原本应该有一条平直的通道，然而这条通道竟凭空消失了，只剩下一面看上去异常厚实的藤墙。

他揉了揉眼睛，向前走近几步，想确定自己是不是看错了。突然，这面沉寂的藤墙出现异动，伴随着“哧哧哧哧”的声音，数十根藤蔓同时向他射来。

他骇然惊呼一声，剑光挥洒，“当当当当”发出连续爆响，一蓬蓬火星不断迸出。

这攻向他的数十根藤蔓，竟然全部都是那种表皮坚硬如铁的藤王！

他手中的剑在瞬间便被磕开，他绝望地束手就擒，眼睁睁看着数十根藤蔓同时缠到身上，将自己直接包裹成一颗粽子。

一个青藤剑院的师长从上方飘然落下，缠绕着这个弟子的藤蔓如流水般重新散开。接着，在师长的带领下，这个已然失去试炼资格的弟子垂头丧气地离开了此地。

不一会儿，刚刚平静下来的薄雾一阵涌动，苏秦颀长的身影不急不缓地从中显现出来。他停留在此处，凝视着面前这面看似平静的藤墙。确定它已完全封住通往峡谷出口的通道，感知到其中的天地元气缓慢的流失速度，他彻底安下心来，盘腿坐下，开始闭目休憩。

几乎同一时间，丁宁也到达这面藤墙的另一侧。

他比苏秦还要更清晰地感知到周围天地元气的变化，甚至察觉到这面藤墙平直地朝着两端延伸，如同与两侧的青山连成一体，按照此处天地元气的流散速度，这面藤墙在明日正午之前不会消失。所以，他在附近挑了一块干净的大石，放松地躺了下来，闭目睡觉，等待日出。

黑夜渐渐散去，当第一抹曙光悄然照向这片山谷时，观景台上的弟子几乎同一时间发出惊呼。

只见淡青色薄雾竟已渐渐消散，原本郁郁葱葱的藤蔓也变得枯黄，所有叶片开始“簌簌”掉落。整个祭剑峡谷豁然开朗，变得异常清晰。唯有那面宽逾数丈，像城墙一样厚实的藤墙却依旧存在着，横亘于峡谷两端。而这面密不透风的藤墙面前，竟站立着七条身影。

丁宁、南宫采菽、张仪、苏秦、墨尘，以及另外两名青藤剑院的弟子，柳仰光和裹留年。

从上往下看，这七人错落地分布着，大多相距不远，其中最近的，只不过相距十余丈。

“看来已经到了彻底了断的时候。”丁宁伸了个懒腰，看着周围这些人，脸色依旧平静。

“终于到时候了。”苏秦脸上浮现出一丝诡异的冷笑，他的目光扫过所有人，最终停留在墨尘身上。

在其他人还未有所动作的时候，他竟率先走向墨尘。

“他想做什么？”

“难道他的目标竟是墨尘？”

刚刚从震撼中回过神来的众人看到苏秦的举动，忍不住纷纷出声，激动人心的一刻终于来临了，这七人将会在今日进行激烈的角逐。

“先对付在他眼里最弱的一个，这样便只剩下六人。”已经许久没有出声的顾惜春清冷地说道，“张仪、丁宁和南宫采菽三人显然是同一阵线，他除掉墨尘之后，便会游说另外两人与他站在同一阵线。”

谢长胜和徐鹤山互相看了一眼，两人虽然都有些厌恶顾惜春，但是此刻他们却觉得顾惜春的分析是对的。

“只可惜墨尘不是他想象中的那种软柿子。”谢长胜欣喜地说道。

然而事情却并未像他期待中那样发展。

看着缓缓走向自己的苏秦，墨尘抬起头来，握紧手中的银白色小剑，开始向其灌入真气。

一股澎湃的气息再次从小剑中涌出，将他的黑发吹拂得全部散开，他身上竟散发出摄人的气势。

苏秦停了下来，眼睛里闪现出异样的寒芒。

“我想先和丁宁战斗。”墨尘看着他的眼眸，异常坚定地说道。

苏秦微怔，随即嘴角扬起，淡笑道：“那真是妙极了。”

墨尘一怔，似乎从苏秦的笑意中看出了什么。

苏秦蓦然转身，目光落在柳仰光和慕留年身上，随即微笑着走向慕留年，说道：“请。”

慕留年面容骤寒，一旁脸色苍白的柳仰光则悄悄松了一口气。

“张仪师兄。”丁宁的目光从墨尘手中的雪蒲剑上收回，他蹙着眉头对张仪说道，“你必须出手了，如果让苏秦把慕留年解决掉，他接下来肯定会和墨尘、柳仰光一起对付我们。我们三人实力偏弱，得尽快想出应对之策。”

张仪面色微苦，轻声说道：“苏秦师弟是你我的同门，我岂可先出手对付他，若果真如你所言，那么我少不得拼尽全力，保你周全便是。”

丁宁一呆，无奈地说道：“张仪师兄，你真是妇人之仁啊……”

张仪却诚恳地说道：“同门弟子应以仁义友爱为先，我身为大师兄，必须作出表率。”

丁宁看着他，想起记忆深处的‘那人’，想起梧桐落酒铺里的那面墙，一时沉默下来。

“你应该明白为什么我会先找你。”看着满脸惊讶的慕留年，苏秦说道，“因为你比其他人弱。”

他的声音虽然平淡，但是却能瞬间挑起对方的怒火。

慕留年眼眸之中充满浓浓的战意，心头似有一把烈火在熊熊燃烧。

“铮”的一声，他的剑已然出鞘。剑身异常平直，他五指收紧，只听一阵轻响，剑身上竟弹出许多弯刺。一瞬间，这柄剑看上去竟如同鱼骨一样。

这是雁门郡独有的鱼脊剑，在战斗时，每一根弯刺都有可能锁住对方的剑，让其无法顺势而行。

没有任何停留，慕留年手中这柄鱼脊剑瞬间化为数十道剑影，朝着身前的苏秦笼去。

面对这数十道凌厉的剑影，苏秦只是微微一笑，他挥动左手，一股浑厚的真元涌入手中的长剑。

只见一道紫色剑影破空而至，迎面而来的数十道剑影尽皆消散。

慕留年厉声长啸一声，体内真元毫无保留地全部涌起，再次挥剑向苏秦斩去。

两剑相交的一刹那，鱼脊剑剑身上的几根弯刺锁住了苏秦的长剑。

“当”的一声爆响，慕留年只觉得手中一热，鱼脊剑竟被一股无法抗衡的力量带向一侧。

苏秦淡淡一笑，随着真元再度涌入，他手中长剑急速弯曲，一道弯月形的剑光瞬间形成，直接切向慕留年怀中。

慕留年此时才骇然发现，苏秦竟牢牢锁住了他的剑。看到即将切入自己怀中的剑光，他呼吸一窒，连忙松手向后飞退。

即便如此，他的胸口还是现出一道血光。

看着这惊人的一剑，墨尘将雪蒲剑握得更紧，柳仰光的脸色则更加苍白了。

“我不会对你出手，因为最后的胜利者有三人。”苏秦一边收剑，一边对柳仰光说

道，“我知道你的仰光剑实力不错，你可以与我和墨尘一起并肩战斗。只要我们能够战胜张仪、丁宁和南宫采薇，我们便是此次祭剑试炼的胜出者。”

柳仰光身体一震，不由自主地深吸了一口气，一颗悬着的心终于放下了。

“他真的很强。”南宫采薇看着苏秦手中的长剑，沉声问道，“张仪师兄，他这柄剑叫什么？”

“这是紫苏剑。”张仪凝重地说道，“此剑柔韧有力，如同蒲柳一般摇曳不定，配合他主修的《风柳剑经》，招式着实千变万化，层出不穷。而且苏秦师弟的剑术柔中有刚，比起前些年又有了很大的进步。”

“看来真被丁宁言中了，苏秦打算合墨尘、柳仰光二人之力来对付我们。”南宫采薇的眼睛微微眯了起来，说道，“张仪师兄，你去对付墨尘，我去拖住苏秦，丁宁去对付柳仰光。只要张仪师兄击败墨尘，我拖住苏秦，丁宁只要击败柳仰光，便有机会获胜……我会尽全力为你们多拖延一些时间。”

张仪看着南宫采薇，犹豫道：“这好像不妥吧？”

“这当然不妥。”丁宁笑了起来。

张仪和南宫采薇都有些发蒙，不明白为何这个时候他还能笑得如此灿烂。

“我有更好的选择。”丁宁看着缓缓向他们走来的三人，轻声说道，“张仪师兄你去对付墨尘，南宫采薇你去对付柳仰光。”

张仪和南宫采薇一怔，齐声问道：“那你呢？”

丁宁扑哧一笑，说道：“这还用问吗？我当然是去对付苏秦啦！”

张仪皱起眉头，说道：“丁宁师弟，都什么时候了你还开玩笑！”

丁宁认真说道：“我没有开玩笑，南宫采薇想要拖住苏秦来成全我们，而我这个计划，却能让我们三人都成功进入前三。”

南宫采薇瞪大了眼睛，用难以置信的目光看着丁宁，说道：“让我们三人都进入前三？你的意思是你能战胜苏秦？”

丁宁极其严肃地点了点头：“我知道你们不相信，但是我真的可以。”

张仪和南宫采薇互相对望了一眼。

张仪愁眉不展地说道：“小师弟，我知道你天赋异禀，可是再怎么样，你也不可能击败苏秦。这种时候，你千万不要有舍己为人，骗我们上当的想法。”

南宫采薇深吸了一口气，说道：“给我一个相信你的理由。”

丁宁轻声说道：“我在经卷洞里仔细看过《风柳剑经》。”

提及经卷洞，南宫采薇骤然想到很多事情，心情顿时激动起来，她还是有些不放心，再次问道：“你真的看过《风柳剑经》？”

看着她清澈的眼神，丁宁有些不好意思，毕竟他压根儿连《风柳剑经》在哪里都不知道，然而他还是肯定地回答：“当然。”

张仪还想问些什么，开口叫道：“小师弟……”

话还没说完，丁宁便急不可耐地打断了他：“师兄妇人之仁也就算了，怎的还如此婆婆妈妈！”

“我相信你，但是如果你输了，我会把青脂玉珀交给你，到时你不要婆婆妈妈地拒绝就好。”南宫采薇深吸一口气，眼中闪过决然的神色。

丁宁拍了拍手说道：“成交！”

“小师弟……”张仪又开口了，见丁宁眉头竖起，一副要发飙的样子，他连忙说道，“形势所迫，我也只能选择相信你。”

丁宁顿时转怒为笑：“大师兄你很明智。”

然而张仪从他身旁经过时，却又在他耳畔轻声说了一句：“我们经卷洞里哪儿来的《风柳剑经》，《风柳剑经》是苏秦师弟家传之物。做人要以诚信为本，小师弟着实不应该撒谎，尤其不能对南宫采薇这么漂亮的姑娘撒谎，她真的很不错！”

丁宁有些傻眼儿了，笑容一时僵在脸上。

“张仪，你这是什么意思？”看着径直走向墨尘的张仪，苏秦的瞳孔微微收缩，冷笑道，“你的对手应该是我。”

“选择谁做对手，不是你能决定的事情。”南宫采薇扬起手中的鱼鳞铁剑，指向柳仰光，说道，“仰光师兄，我来领教你的仰光剑。”

柳仰光微微一怔，不由得望向苏秦。

苏秦一时有些想不明白，皱眉望着丁宁。

丁宁却笑了起来，用一种很虚伪、很肉麻的语气叫道：“苏秦师兄，我来领教你的紫苏剑！”

墨尘想要接近丁宁，张仪却微微一动，挡住了他的去路。

张仪温和地看着他，彬彬有礼地说道：“雪蒲剑确实不错，然而你修为有限，除非你能击败我，否则你的对手只可能是我。”

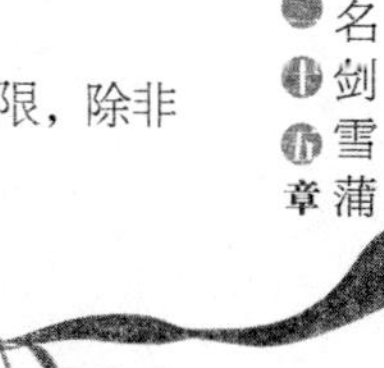

墨尘眉头微挑，看了不远处的苏秦和丁宁一眼，然后颔首为礼，说道："你说得没错！"

苏秦沉默了片刻，然后讥讽道："想要拖住我，成全别人么……你觉得你能拖住我？"

丁宁摇了摇头，微笑着说道："我不是想拖住你，而是要击败你。"

苏秦冷笑道："青天白日的，你就不要做梦了。"

"你一开始便不相信我能通过白羊洞的入门测试，但是我证明给你看了。"丁宁收敛了笑意，平静地看着他，说道，"你认为我不可能战胜何朝夕，但是我不仅战胜了他，还战胜了你驱赶过来的其他对手……你一直都不明白我的信心来源于何处，但是我的确有信心战胜你。"

苏秦盯着他，目光渐冷。

丁宁无所顾忌地接着说道："虽然我进入白羊洞时间不长，但是薛洞主、李道机师叔和张仪大师兄，他们为人都还不错，除了你……你从一开始就不喜欢我，其实我也一样，从一开始就不喜欢你。你总想踩着别人向上走，就连尊敬、仰慕你的同门师兄弟，在你眼里也是随时可以践踏的垫脚石……我自然不希望你这种人留在白羊洞，所以你败在我手里之后，最好迅速从我眼中消失，否则今后我会变着法子对付你。"

苏秦嘴角虽然浮现出笑意，眼睛里却弥漫出浓烈的杀意，嘲弄道："你居然反过来威胁我？"

"苏秦师兄，我想说的话都已经说完了，所以你就不要废话了。"丁宁也笑了起来，横剑于胸，说道，"这可是我最后一次叫你师兄了。"

苏秦面色不改，眼底的杀意却越来越浓，像一蓬幽火熊熊燃烧了起来。

第二十六章 胜券在握

“这是什么意思？”

观景台上一片愕然，所有人心中都充满困惑。

自从看到张仪走向墨尘，南宫采薇拦住柳仰光，谢长胜的双拳就握得越来越紧。此时见丁宁要对战苏秦，便再也控制不住自己的情绪，走到顾惜春面前，用一种极其谦卑的姿态请求道：“顾惜春，不如你再损损丁宁，好不好？”

“难道你到现在还不死心？认为只要我损他两句，他就真的有可能战胜苏秦？”顾惜春嘲讽地看着他，冷笑道，“既然你这么幼稚，那么我便遂了你的意，丁宁要想战胜苏秦，除非太阳打西边儿出来！”

“谢长胜，你头脑有问题么？”徐鹤山恼怒地拉回了谢长胜，“就算这种幼稚的方法真的能为丁宁带来运气，但他和你有什么关系，你非要弄得自己当众出丑才甘心？”

“怎么和我没有关系！”谢长胜恼羞成怒，大声咆哮起来，“你了解我姐还是我了解我姐，你以为我姐那些话是说着玩儿的？既然我姐是认真的，那么丁宁现在就是我未过门的姐夫！”

谢柔根本没有注意谢长胜和徐鹤山的争执，此刻她的所有精神全部集中在丁宁和苏秦身上。

“难道你真的能够战胜苏秦？”她自言自语道。

薛忘虚神色异常复杂，暗自思忖道：“你若真能胜了苏秦，我便为你乞命……”

苏秦一言不发地向前伸出左手。

紫苏剑剑身柔软，平时便缠在他的左臂上，此刻他刚握住剑柄，一蓬紫光便绕着他的手腕旋转，顷刻间现出一柄长剑。

“铮”的一声，他一剑向前挥出。

这一剑看似非常随意，和丁宁相距甚远，根本不可能触及到他，然而一道弯月般的紫色剑光却从剑身上跳跃而出，径直出现在丁宁喉前。

丁宁手中残剑布满白色花朵，紫色剑光与这些白色花朵相撞，瞬间便被击碎。墨绿色残剑也不可避免地向后弹去，在丁宁咽喉上压出一道细细的血痕。

“还差一些。”丁宁眼神平静，没有丝毫畏惧，他微微一笑，露出白生生的牙齿。

“那就试试这一剑。”

苏秦冷漠地吐出这句话，兀自在清冷的秋风中摆动的紫色长剑骤然变得笔直。电光石火之间，他的右脚重重跺向地面，体内真元疯狂涌入紫色长剑。

“轰”的一声巨响，他整个人破空飞出，紫色长剑周身涌起旋转的紫云，极为蛮横地刺向丁宁。

观景台上所有人呼吸骤顿，一瞬间，他们都觉得苏秦这柄剑已变成一支长枪，一支纯粹以速度和力量向前冲刺的长枪！

丁宁瞳孔剧烈收缩，身体微微跃起，手中残剑急剧抬起又压下，将前半段剑身准确无误地压在苏秦手中长剑的剑尖上。

一股无法抵御的巨大力量，顺着残剑传到丁宁身上。

丁宁身体不由得一顿，紧接着重重一挫，加速倒飞出去，狠狠坠落在后方藤林之中，将藤林上残余的黄叶震得漫天飞舞。

苏秦渐渐眯起眼睛，脸上没有丝毫得意的表情。因为丁宁已经从漫天飞舞的黄叶中站立起来，再次抬起那柄十分碍眼的墨绿色残剑，然后微笑着抹去唇角的鲜血，云淡风轻地说道：“这一剑还是差了一些。”

南宫采菽站立在柳仰光面前，眼角余光却盯着坠入藤林，激起无数黄叶的丁宁。

她深吸了一口气，发出一声令人耳膜刺痛的厉啸，手中的鱼鳞铁剑和青藤短剑同时以最纯正的直线向前进击，不断迸发出一层层力量。

柳仰光完全止住了呼吸，他往后倒退，手中长剑用尽全力挥洒开来，剑光在身前形成一个巨大的光罩。

“轰”的一声爆响，他骤然连退了五六步，一时竟无法站稳。

他的虎口和掌心不断有鲜血渗出，脸色再度变得苍白。看着南宫采菽腰侧沁出的一摊血迹，他急剧喘息着，颤声说道:“你受了这么重的伤，为什么还用如此刚猛的剑式……这样是坚持不了多久的。”

南宫采菽毫不在意地说道：“我不需要坚持很久，因为这已是最后的战斗，我只需在倒下之前击败你即可。”

看到她坚定的眼神，柳仰光流血的手也不可遏制地颤抖起来。

“能否接住之前那两剑并不是关键，关键在于你能不能接住我的第三剑。”见丁宁脸上明显露出挑衅的笑容，苏秦没有动怒，接着说道，“若是接不住我的第三剑，你的一条手臂或许会彻底废了。”

苏秦的声音极其阴冷，然而丁宁的眼神却出奇的平静，他摇了摇头，轻声说道:“说不定恰好相反，有可能废掉的是你的手。”

苏秦面无表情，一言不发，他决定要做的事情，一定会不惜一切去完成。

他深深吸了一口气，将体内剩余真元全部涌出，注入手中的紫色长剑。

“嗡”的一声震鸣传来，紫色长剑上所有的符文瞬间亮了起来，剑身莹润得像要滴出水来，剑锋微微向外延展，变得更薄了。然而这柄剑却并没有因为力量的灌注而变得平直，反而像一片微卷的柳叶，渐渐弯曲起来……

见苏秦将体内真元尽数倾泻出来，张仪的脸色不由得骤然大变。他双足一顿，正欲飘飞过去。然而就在此时，一直没有动作的墨尘也深吸了一口气，将蓄积在臂内的真气尽数灌入手中的雪蒲剑。

空气中似乎出现一些淡淡的纹理，雪蒲剑如同被火点燃，绽放出异样的光辉。

他的身体竟被雪蒲剑的力量带起，人和剑一同向前飞去，剑尖直指张仪。

张仪性情温和，他的剑色泽也如同青玉，异常温润。然而感觉到苏秦剑中的杀意，他竟不复平时的温和，直接发出一声低沉的厉喝，青玉般温润的剑身中，陡然涌起一片白茫茫的剑气。这些剑气以惊人的速度汇聚在他的剑尖，顷刻间凝成一座颇有气势的小

山。

他用尽全力提起剑，撬动这座小山，朝着墨尘砸了过去。

这是白羊提山剑，《白羊剑经》里威力最大，最难掌握的剑式之一。

“轰”的一声爆响，墨尘只觉得自己被一座真正的小山砸中了，数缕精纯的真元随着震荡的剑身，直接侵入他的气海。一股逆血从他口中涌出，他顷刻间连退十余步。

张仪转过身去，脸上没有任何欣喜之色，因为此时苏秦已然出剑，整柄紫色长剑竟奇异地卷曲起来，形成一条空心绞龙。

这条空心绞龙精准地绞住了丁宁的残剑，将残剑和他的半条手臂，全部笼罩在内。

观景台上之人心中都涌起强烈的寒意。

李道机下意识地向前跨出一步，手也落在胸前的剑柄上。

“这个混账！”

狄青眉脸色剧变，愤怒至极，袖中一道青气差点控制不住，破空飞出。原本他对丁宁没有好感，然而薛忘虚的几句话不仅让他在修行上获得了许多感悟，也让他真正放开了眼界和心胸。

此刻眼看苏秦这一剑狠辣至极，卷曲的长剑挟带着强大的杀伤力，竟将丁宁的半条手臂都笼罩其中，已经不只是想绞飞丁宁的剑这么简单，他不禁怒不可遏。这一剑若是落到实处，丁宁的半条手臂恐怕会不保。

“苏秦太阴毒了，这哪里是同门试炼！”谢长胜无比愤怒地叫骂了起来。

谢柔身体发冷，她一直是个比许多男子还要刚强的女子，然而此刻，她心中却涌起强烈的担忧和无助。

顾惜春嘴角露出鄙夷的笑意，眼前仿佛已经出现血肉模糊、骨屑飞溅的可怕场景，在他看来，这完全是丁宁自找的。

所有人都看得出苏秦的阴险用意，然而他们却都来不及阻止这一剑……

卷曲的剑身开始像失去水分的柳叶一样，迅速越收越紧，带着极其优美的韵律，在丁宁的手臂上蜿蜒盘旋。

如此局促的空间，使得丁宁根本没有回旋的余地，手臂无法摆动，也施展不出任何精巧的剑式。即便他已到达炼气境的巅峰，也不足以与苏秦真元境的修为相抗衡，似乎剑落臂残的结局已注定无法改变。然而清冷的空气里，却散发着一缕不同寻常的味道。

苏秦心中骤然涌起强烈的不安，因为丁宁的神色依旧十分平静，甚至显得有些过分从容。他握着剑柄的手越来越紧，指节由于太过用力而渐渐发白。

丁宁比苏秦想象中还要从容，因为在所有人看来凶险至极、无法破解的这一剑，于他而言根本不算什么。和真正精绝的剑招相比，苏秦这一剑不过是小孩子的玩意儿罢了。虽然以他此刻的修为境界，对付这一剑唯有一种办法，但是有一种办法便足够了。

在苏秦的长剑如脱水的柳叶一样迅速收紧的这一刹那，丁宁体内真气无比平稳地涌入末花残剑，来到那些平时压根儿不会到达的符文里。剑身上小小的白色花朵带着一去无回的悲壮和凄美，纷纷向前飞出，然后迅速消失。

“轰”的一声，剑身竟陡然裂开，散成无数剑丝，如同一朵绽放开来的墨绿色花朵。而且随着真气的游走，这些剑丝还在急速延展，变长。

观景台上所有的人呼吸一窒，一个个目瞪口呆。他们陷入极大的震骇之中，有些人甚至一脸茫然，压根儿弄不明白究竟发生了什么。

丁宁的手臂保持平直，在紫色长剑的缠绕下一动不动，然而飞散出去的剑丝却已经落在苏秦的整条手臂上。

尽管苏秦紫色长剑的剑锋距离他的手臂非常近，但他依旧面容平静，甚至连呼吸都没有一丝紊乱。他不断输出真气，任凭剑丝刺入苏秦的血肉，绞断他的筋脉，甚至穿透他的骨骼。

一瞬间，苏秦持剑的手臂上涌出数蓬血花！他倨傲的面容变得雪白，看上去有些狰狞。他发出一声极其凄厉的惨啸，像一只受伤的大鸟一样，急速向后倒飞。眼看只差一线便能斩下丁宁的手臂，没想到形势逆转，他被突袭而至的剑丝重创，根本无法使出半分力量。

“哗啦”一声，卷曲的紫色长剑失去控制，在空中不停旋绕着，一时间又与许多剑丝相撞，爆出细小的火花。

让人感到震撼无言的是，紫苏长剑锋利的剑刃斩在那些看似脆弱的剑丝上，却未能将它们切断。

紧接着，分散的剑丝迅速收拢起来，再次变成墨绿色残剑。

苏秦凄厉地倒退着，急剧的后掠使得剑丝从他的手臂内抽离时，带出更多破碎的血肉和骨屑。他的左手像脱了骨的凤爪，扭曲得不成样子，他惨号一声，咆哮道：“这到

底是什么剑！”

丁宁没有回答苏秦的问题，只是沉默着，脑海中却浮现出这柄剑和它主人的故事。

一片沉寂的观景台上，端木炼看着那柄墨绿色残剑，想到方才剑身延展的画面，终于将它与一柄名剑联系在一起。他难以置信地说道：“置之死地而后生，每一剑都像是要走向末路，这竟是巴山鄢心兰的末花剑！”

有些弟子未曾听过这柄剑的名字，所以得知它是末花剑，并不觉得震惊。然而狄青眉和青藤剑院年长的师长却完全不同。在他们眼中，此剑本身便是一个传奇，它代表着一种宁折不弯的态度……尽管在很多人看来有些不识时务。

只是他们没有想到，丁宁手中不起眼的断剑，竟是那柄剑的残余，而且还拥有这样大的威力。

“难道李道机早已看出丁宁对《野火剑经》有了此种领悟，能够参悟它的真意？难怪许久未出白羊洞的他不惜冒险一战，也要为丁宁寻来这柄残剑……”狄青眉思忖道。

震惊的情绪在他心中无限扩大，他很清楚《野火剑经》的真意不在于形成燎原之势，而在于春风吹又生。它的剑式变化无穷，看似已经穷途末路，却柳暗花明又一村，后招频现。方才丁宁这一剑虽然依循着末花剑的特性，然而所展现出来的剑意，却足以让每个大剑师动容。

“这柄剑竟然有如此威力……难怪你一直那么有信心，原来是因为有这样一柄剑！”惊惧和痛苦终于涌上心头，苏秦看着鲜血淋漓，已然废掉的左手，疯癫一般厉声狂笑了起来，“你竟然废了我的手！”

“是你想废了我的手，我不过是以其人之道还治其人之身。”丁宁抬起头来，冷冰冰地讥诮道，“这可是你自己的选择。”

“提升修为的丹药和如此厉害的残剑……你身上到底隐藏着多少秘密？”苏秦双目欲眦，不甘心地问道。

丁宁平静地说道：“这与你有何关系？你的手已经废了，你天生就是左撇子，就算换右手炼剑，先天的劣势也会让你注定一生平庸。”

苏秦脸色惨白，瞬间失去所有的力量，只剩下满腔悲愤。

一个青藤剑院的师长带着药箱，从藤林中急速穿出，奔向苏秦。

“不要靠近我！”苏秦如同受伤的野兽一般，冲他发出一声歇斯底里的嘶吼。

他连忙停下脚步，他比观景台上那些人更接近战场，所以十分清楚这里发生的一切。他皱起眉头，冷漠地看着情绪彻底失控的苏秦，冷笑道：“你这是自作自受，你以为从今以后，你还是那个可以令宗门师兄弟们都围着你转的天才么？”

说完，他不再理会手上还在不断滴血的苏秦，转身向南宫采薇走去。

柳仰光已经垂下了剑，他原本还有力量抵挡南宫采薇数剑，然而此刻看到苏秦已然落败，心中所剩不多的勇气竟消失殆尽。

“我认输。”他垂头丧气地对南宫采薇说道。

张仪完全没有想到会出现这种局面，他不希望丁宁有什么损伤，所以不顾一切地输出真元，想要尽快摆脱墨尘的纠缠。他性情宽厚，见到苏秦的惨状，有些于心不忍，着实不愿对方结果这样凄凉。他很清楚，从一个天才跌落为连寻常修行者都不如的废材，对任何修行者而言都是最严重的惩罚。

这一战的结果太出人意料，就连墨尘都停顿下来。在他眼中，以前英姿勃发，似乎一切尽在掌控之中的苏秦，和现在厉鬼一样的苏秦，完全就像是两个世界里的人。

他垂下头，看着手中的雪蒲剑，心想，自己又何尝不是与之前判若两人？赐雪蒲剑给自己的人，希望自己能够阻止丁宁胜出。然而现在苏秦败了，柳仰光败了，他再负隅顽抗，对结果也不能产生什么影响，可他还是觉得一定得做些什么。所以他抬起头，在张仪还在为如何医治苏秦的左手而忧虑的时候，他的身形便已化成一道狂风，急速向丁宁掠去。

“你！”

张仪明显一怔，他不能理解墨尘为什么这么做。他绝不允许墨尘对丁宁造成什么伤害，连忙向墨尘奔去。

他手中温润如玉的长剑顿时变得凌厉起来，随着剑身急剧震动，剑光不停地闪烁，无数剑影化为暴雨，向墨尘侵袭而去。

墨尘的眼神黯淡下来，他没有再出剑。因为张仪的速度比他快太多，他不可能摆脱张仪，对丁宁造成威胁。

剑雨淋漓而至，将他周围地面上的落叶击得粉碎。张仪收剑，身影却落在他的前方。

“‘雨洒芭蕉’！这是巴山夜雨剑。”狄青眉皱起眉头，转头看着薛忘虚，轻声说

道，“这应该是早已焚毁的剑经。”

薛忘虚微微一笑，脸上带着一丝掩饰不住的骄傲之色，说道：“这种剑经，白羊洞还有不少。”

“我不得不承认，即便是作为对手，你也是值得尊敬的对手。”狄青眉转过头去，感叹道。

苏秦失落的目光落在墨尘周围地面的无数剑孔上，感受到张仪方才那一剑的速度和威势，他终于明白，张仪平日里的谦和是真正的谦和，原来此人竟深藏不露。想到若是公平对决，自己连张仪都不可能战胜，他又笑了起来，笑声无比凄楚，神情分外怪异。

张仪皱着眉头，原本想要说些什么，但是看着低头解下身上令符的墨尘，面色却渐渐恢复平和，不再多说什么。

然而丁宁却不像张仪这么仁慈，墨尘手中的雪蒲剑和最后的举动，让他瞬间想明白很多事情。

“是骊陵君用雪蒲剑收买了你？”他看着墨尘，嘲弄地问道，“正所谓士为知己者死，所以即便到了这种时候，你也想拼一拼，看看能不能把我踢出前三？”

墨尘沉默不语。

“雪蒲剑于你而言可能像生命一样贵重，然而对骊陵君来说，只算得上是一件比较精美的摆设。用这种手段来对付一个根本不会对他构成威胁的酒铺少年……未免太卑劣了一些。”丁宁看着他，讥讽道，“劳烦你告诉他，惹上像我这样的对手，将来他一定会后悔。”

听到这些话，张仪舒展的眉头又皱了起来，满怀忧虑地劝说道：“小师弟，骊陵君诚然不对，可是眼下你去逞一时口舌之快，也没什么意思。”

丁宁说道：“有些话一说出来，心里就会舒畅很多……”

“小师弟，你总是有自己的道理，我没办法说服你。”张仪有些苦闷地说道。

“我的人生，其实没有道理可言。”丁宁在心中轻声说道。

他抬起头，看着深秋温暖而不刺眼的朝阳，脸上露出一丝满足。

祭剑试炼，是他暴露在长陵阳光下的重要一步。倘若能够按照他所预设的一步步往前走，那么梧桐落酒铺墙面上的痕迹，便可以磨灭得更快一些。

一切终于尘埃落定，此时，丁宁身后横亘如城墙的藤蔓中，发出一阵“哧哧哧哧”

的声音。

许多粗藤如水蛇般向两侧游走，落叶漫天飞舞着，转眼间藤墙竟已消失。

丁宁、张仪和南宫采薇身前，出现一条平坦的通道。通道尽头是祭剑峡谷的出口，那里有一座高台，高台上面分别放置着三块青脂玉珀。

“走吧。”

看着已经处理完伤口的南宫采薇和一脸愁容的张仪，丁宁坦然说道，随即迈步向那座高台走去……

直到此时，观景台上所有人才彻底反应过来，这个半日通玄、一月炼气的酒铺少年，已真正成为最终的胜利者。

金色的阳光洒在他挺拔的背影上，洒在落满无数黄叶的平坦大道上，为这分外美丽的景象披上一层银辉。

然而不知为何，看着他腰侧那柄断剑，看着他洒脱、俊逸的身姿，谢柔的眼眶却湿润了。她莫名地觉得，他瘦弱的身躯以及所走出的每一步，似乎都异常艰难。

她身旁的谢长胜没有这么多感触，想到自己的“姐夫”竟然如此争气，如此不可思议，他的脸上便堆满灿烂的笑容。

他转过身去，对着满脸惊愕的顾惜春躬身行礼，说道：“真是太感谢你了！希望岷山剑会之时，你也多损损他、嘲笑他，说些他不行之类的话。”

他的脸上挂着一丝掩饰不住的得意，一旁的顾惜春竟无言以对，如同雕像一般驻立在阳光下。

李道机仍旧面容不改，然而心中却是分外满足。

图书在版编目(CIP)数据

剑王朝.1,大逆 /无罪著.
—武汉:长江出版社,2017.5
ISBN 978-7-5492-5130-8
Ⅰ.①剑… Ⅱ.①无… Ⅲ.①长篇小说—中国—当代 Ⅳ.①I247.5

中国版本图书馆CIP数据核字(2017)第132371号

剑王朝.1,大逆 /无罪 著

出　　版	长江出版社 (武汉市解放大道1863号 邮政编码:430010)
选题策划	多乐图书编辑部 李　鹏 胡　芬
市场发行	长江出版社发行部
网　　址	http://www.cjpress.com.cn
责任编辑	钟一丹
特约编辑	刘　敏 张　君
装帧设计	彭　微 汪　雪
印　　刷	中印南方印刷有限公司
版　　次	2017年7月第1版
印　　次	2017年7月第1次印刷
开　　本	787mm×1092mm　1/16
印　　张	18
字　　数	320千字
书　　号	ISBN 978-7-5492-5130-8
定　　价	32.80元